W0400663

LA BÊTE NOIRE

Collection dirigée par Glenn Tavennec

L'AUTEUR

Fabio M. Mitchelli est né à Vienne (Isère) en 1973. Il a été révélé au public par son thriller *La Compassion du diable* (Fleur Sauvage, 2014 ; Milady Thriller, 2016), surnommé « le livre bleu ». Fasciné par les faits divers et les grands criminels du XXe siècle, il se surpasse avec *Une forêt obscure* et fait coup double en dynamitant les codes du thriller psychologique et du *true crime*.

Retrouvez
LA BÊTE NOIRE
sur Facebook et Twitter

Vous souhaitez être tenu(e) informé(e)
des prochaines parutions de la collection
et recevoir notre *newsletter* ?

Écrivez-nous à l'adresse suivante,
en nous indiquant votre adresse e-mail :
servicepresse@robert-laffont.fr

FABIO M. MITCHELLI

UNE FORÊT OBSCURE

LA BÊTE NOIRE
Robert Laffont

© Éditions Robert Laffont, S.A., Paris, 2016

ISSN 2431-6385
ISBN 978-2-221-18872-9

À Nina, qui est partie sans rien nous dire,
Miss Rose sous son ciel de strass.

S'il y a vraiment une lumière qui nous apparaît au bout d'un tunnel lorsque nous mourons, c'est qu'il s'agit probablement de la lumière qui pénètre le vagin de notre mère, celle qui nous met au monde dans notre vie suivante...

Eric Clinton Newman,
dit Luka Rocco Magnotta

Au milieu du chemin de notre vie je me retrouvai par une forêt obscure car la voie droite était perdue.

Dante, *La Divine Comédie*,
« L'Enfer », chant I

Avis au lecteur

Certains passages de ce récit s'appuient sur des faits divers qui se sont réellement déroulés à Montréal, au Canada, et à Anchorage, dans l'État de l'Alaska. Certaines scènes de ce roman évoquent des articles parus antérieurement dans la presse ou sur des sites Internet spécialisés, ainsi que les événements liés à la catastrophe écologique causée par l'*Exxon Valdez* en 1989.

Cet ouvrage s'inspire également de l'escalade criminelle de Luka Rocco Magnotta et du meurtre prémédité qu'il a commis en 2012, sur la personne de Lin Jun, un jeune étudiant chinois installé au Canada, ainsi que des crimes de Robert Christian Hansen qui a violé et assassiné entre dix-sept et vingt et une femmes dans les environs d'Anchorage entre 1971 et 1983.

Malgré de nombreuses scènes empruntées à la réalité, ce roman est une fiction.

Prologue

15 août 2010, Juneau (Alaska)
sentier forestier de Gold Creek

IL ÉTAIT ENVIRON 22 HEURES lorsque Emma s'extirpa du sentier forestier de Gold Creek. Elle avait l'habitude d'emprunter les chemins de la forêt nationale de Tongass pour son footing de décrassage, chaque semaine, afin d'entretenir le cardio et d'être au mieux de sa forme le mercredi, au club de danse.

Courir. C'était sa façon à elle de s'évader, de rêver. Emma avait conscience qu'au XXIe siècle les rêves étaient rares et fragiles, qu'il fallait fabriquer ses propres remparts, chasser ses démons, se donner l'illusion que le monde n'était pas si sombre. Courir pour fuir. Laisser derrière soi les mauvais souvenirs…

Les coudes collés au corps, Emma s'engagea sur Basin Road. La route était déserte et sinuait jusqu'à l'entrée du centre-ville, un peu au nord-est de Juneau. Elle souffla, inspira profondément et sentit s'ouvrir les alvéoles de ses poumons. Ses mollets musclés encaissaient aisément la déclivité du terrain et régulaient la descente.

À trois ou quatre kilomètres se trouvait la maison de son père, au 536 Park Street. Celui-ci vivait seul depuis trois ans, séparé de sa femme. Emma avait eu du mal à l'accepter, puis elle s'y était faite. Le temps avait fini par cicatriser sa peine.

Elle monta le volume de son iPhone et, dans « Teenage Dream », Katy Perry exprima son désir brûlant de pouvoir enfin devenir une femme :

I might get your heart racing
In my skin-tight jeans
Be your teenage dream tonight
Let you put your hands on me
In my skin-tight jeans
Be your teenage dream tonight…

À mesure qu'elle avançait, les bois tout autour défilaient comme un décor de cinéma, un fond animé que l'on aurait placé derrière le comédien pour donner l'illusion du mouvement.

Emma scruta les profondeurs de la forêt, laissant glisser son regard entre les majestueux cyprès de Nootka, se persuadant que rien de fantastique ni de surnaturel ne pouvait jaillir de la pénombre. C'était ici, quelque part au creux de cette forêt, que tout avait pris sa source. Rien n'avait été laissé au hasard. Et c'est cela qui intensifia son malaise, *comme si les vieux spectres avaient décidé de surgir et de la poursuivre…*

Elle enfonça plus profondément les écouteurs au creux de ses oreilles tout en accélérant sa foulée. Après le grand virage à la lisière de la forêt, et tout au bout de la longue ligne droite, elle aperçut les premières maisons qui bordaient la route. Elle avait hâte de rentrer.

Un sourire s'étira sur ses lèvres. Elle ajusta le rythme de sa course à celui de la musique qui lui emplissait la tête. La voix de la chanteuse la plongea dans une euphorie qu'elle n'avait encore jusque-là jamais ressentie... d'ailleurs, combien de camarades sur le campus lui avaient fait remarquer sa ressemblance avec la pop star ? Combien de fois avait-elle éprouvé l'extase que lui procurait cette comparaison ?

Son regard se perdit sur l'horizon, caressa les langues de brume qui stationnaient sur les pentes du relief comme des colonies de fantômes égarés, puis il se focalisa sur un coin de ciel. La clarté avait quelque chose de prodigieux, une lumière particulière, presque magique, comme si cette fois la nuit s'était enfin décidée à tomber. Emma pensa à Noon Agaguk, son amie. Elle pensa aux cauchemars qui hantaient sa camarade ces derniers temps. Elle frissonna en se remémorant le drame...

Elle inspira profondément en contemplant le paysage qui paraissait englué dans une sorte d'humidité en suspension, presque palpable. En tournant son poignet, elle visa le cadran de sa montre qui lui indiqua deux paramètres : l'heure et sa pulsation cardiaque.

[22 h 12 / 183 bpm]

Katy Perry continuait, toujours plus fort, incisive et pénétrante :

We can dance until we die
You and I
We'll be young forever...

La musique à plein volume dans les oreilles, Emma n'entendit pas le vrombissement qui enfla derrière elle.

Elle ne percevait que son cœur qui battait, et la voix de la sublime chanteuse californienne.

Le pick-up, un Dodge Ram Laramie noir, dévalait la route forestière à une vitesse dingue, rasant tantôt le fossé, tantôt les poteaux électriques qui ponctuaient Basin Road. Le véhicule avait un mouvement erratique, un peu comme si son chauffeur était soûl ou qu'il se soit endormi au volant.

L'énorme pare-buffle en chrome jeta un éclat lorsqu'il accrocha la zone de lumière qui nimbait la piste, donnant à la calandre l'allure d'une armure de combat.

Emma consulta une seconde fois le cadran de sa montre :

[22 h 13 / 187 bpm]

Au loin, à l'extrémité de Juneau, là où fusionnaient le ciel plombé et la surface glaciale du détroit de Gastineau, elle aperçut un rai de soleil noyé dans la masse nuageuse d'où il tentait de s'extraire.

Un rayon de lumière frôla Douglas Island, juste après le pont de Juneau. Elle trouva cela magnifique, presque bouleversant, proche du miracle.

Ce fut son ultime vision terrestre.

Le 4 × 4 la faucha juste après le dernier virage de Basin Road.

Le choc. Le bruit. Le poids qui s'écrase sur le métal souple de la carrosserie. Un crissement de pneus, une embardée, un froissement de tôle, et le chauffeur reprit le contrôle du véhicule pour ralentir et freiner enfin tout au bout de la route forestière, pénétrer dans Juneau et se fondre dans la ville.

Emma fut projetée à quelques dizaines de mètres. Elle passa par-dessus le parapet de béton qui longeait la route, puis roula en contrebas sur un tapis de feuilles mortes. Son corps s'immobilisa enfin, stoppé par le tronc d'un cèdre, lové contre son écorce séculaire.

La forêt de Tongass, immuable, venait une fois encore d'engloutir la vie d'un enfant de Juneau.

Les dernières paroles de la chanson se déversèrent dans les écouteurs :

My heart stops
When you look at me…

[22 h 14 / 0 bpm]

I

LES SYMPHONIES DU VIDE

1

Samantha

Mai 2012, Alaway Avenue, Juneau (Alaska)
Central du Juneau Police Department

QU'EST-CE QUI AVAIT BIEN PU LA METTRE DANS CET ÉTAT ? Un nouveau choc ? Un nouveau drame ?

L'adolescente trembla, claqua des dents. Elle paraissait transie, figée, comme si elle avait passé une nuit entière à errer dans l'immensité des plaines glacées de l'Alaska. Son regard était vide, noyé dans le vague.

Elle eut un sursaut lorsque la sonnerie d'un téléphone résonna, quelque part dans les locaux voisins. Elle avait tout l'air d'un être auquel on avait retiré son âme, un fantôme, une créature traînant un corps froid et flasque, un résidu humain que la folie ou la mort ne tarderait pas à consumer.

Le lieutenant Callan la dévisagea encore en réfléchissant, une moue de dégoût sur les lèvres. Elle imagina le pire. Elle conclut que la gamine ne tiendrait pas longtemps si elle ne faisait pas rapidement l'objet d'une prise en charge psychologique.

Cette gosse est perdue… si c'est encore un viol, elle est perdue.

Carrie Callan observa le cou, le visage et les mains de Samantha Cardwell. Elle nota des griffures le long des bras et sur les joues. Sa chevelure brune était ébouriffée et sale, comme si la malheureuse avait été traînée dans la poussière. Ses lèvres étaient en sang et ses vêtements étaient déchirés au niveau de la poitrine. Curieusement, le seul détail qui rassurait lorsqu'on l'observait, c'était la clarté de ses yeux et ce regard d'enfant. Un bleu glacial, transparent comme du cristal de roche.

Carrie Callan se leva, s'approcha de la fenêtre et s'empressa de tourner la manivelle qui permettait de descendre le store. Un peu de pénombre, un peu de dignité et de pudeur pour cette fille qui, même si elle semblait ne plus avoir la force de communiquer, pouvait encore ressentir de la honte.

Elle alluma ensuite la petite lampe sur le bureau, malgré le jour blanc qui s'infiltrait toujours dans la pièce par les interstices, arrangea la couverture que portait la victime sur ses épaules puis, d'une voix douce, elle murmura tout près de son oreille :

— Samantha… je… en attendant la psychologue, et si tu veux bien, j'aimerais… je voudrais bien qu'on essaie de discuter un peu, qu'est-ce que t'en penses ? Tu as soif ? Tu as besoin de quelque chose ? Tu n'as pas froid ?

L'enquêtrice paraissait s'enfoncer dans des sables mouvants. Mais que dire ? Que faire ? Comment s'y prendre avec une ado qui venait apparemment de subir des violences physiques ?

Samantha ne répondit pas. Le regard fixe, elle gardait une expression de terreur sur son visage livide, comme imprimée dans la délicatesse de sa peau d'adolescente.

Dans un état cataleptique ; seules ses lèvres frémissaient.

L'horreur... de nouveau.

Samantha Cardwell, dix-sept ans, était la fille d'un mécanicien carrossier dont le garage se trouvait jadis près du terrain de golf de Medenhall, au nord de Juneau. Gabriel Cardwell était alors un homme apprécié par ses clients, ses amis, et la majorité des habitants de Juneau. La famille vivait bien, ni riche ni pauvre, heureuse. Les Cardwell habitaient dans une zone pavillonnaire, un peu à l'est de la ville, dans une charmante villa bâtie à la sueur du front de Gabriel. Quelquefois, ce dernier ressassait le passé. Il avait un mal de chien à accepter le décès de son épouse, Brenda, qui avait succombé à une embolie pulmonaire en 2005.

Certaines personnes ne sont pas conscientes du malheur qui bien souvent les confronte au pire. Plusieurs drames peuvent survenir au cours de leur vie, les faire ployer, leur mettre la tête sous l'eau. Et au moment où elles pensent refaire surface, ne serait-ce que l'instant d'une bouffée d'oxygène, tout bascule...

C'est dans la nuit du 3 au 4 mars 2007 que Gabriel Cardwell avait commis l'irréparable. Brisant la vie de sa fille, alors âgée de douze ans. Il n'avait jamais expliqué son geste, sa folie. Effondrés, les grands-parents avaient été forcés de se rapprocher de Samantha. Ils avaient quitté Anchorage pour venir s'installer à Juneau, ne voulant pas perturber l'adolescente davantage en l'obligeant à déménager, perdre ses camarades et abandonner l'établissement scolaire dans lequel elle avait tous ses repères. Après le jugement, ils avaient obtenu la pleine garde de leur petite-fille.

Gabriel Cardwell avait été condamné à vingt-cinq ans de réclusion pour acte sexuel criminel au premier degré.

L'onde sismique qu'avait provoquée l'affaire, largement relayée par les médias, n'avait fait qu'accentuer le traumatisme qui meurtrissait l'enfant. La ville entière avait été secouée, cette année-là. La population de Juneau s'était liguée, avait créé une association contre ce genre de crime pour le soutien des victimes et des familles. Tout le monde avait découvert avec effroi qu'un père aimant, qui avait durement travaillé pour permettre aux siens de bénéficier du meilleur, avait sombré dans la folie et s'était livré à l'acte le plus odieux qui puisse exister.

Gabriel Cardwell avait toujours clamé son innocence. C'est une fille de treize ans, du nom d'Emma Nelson, qui avait révélé à son père le terrible secret que traînait sa camarade d'école.

★

Mai 2012, rue Saint-Urbain, Montréal (Canada)
Quartier général du SPVM

Louise Beaulieu arrangea une longue mèche de ses cheveux roux derrière son oreille et pianota rapidement sur le clavier du Mac.

Criss de viarge ! Login, mot de passe… et puis quoi ? La couleur de mon string avec ? Font chier avec ces fichues procédures !

Elle entra les informations nécessaires à la connexion et patienta nerveusement. Elle observa le cadran de sa montre, décolla les fesses de son siège pour examiner la rue par-delà la fenêtre, puis se rassit en soupirant de dépit.

Après quelques pop-up de publicités, la connexion au site WebPokerWin.com fut enfin établie. Louise s'attabla avec les joueurs présents sur le réseau et, tout en rongeant l'ongle de son pouce, considéra ses disponibilités financières. La case

« crédits » lui indiqua 1 476 dollars. Sa main frémissait, en proie au manque, à une impatience incontrôlable.

Je vais vous faire danser, cette fois, les amis, je n'suis pas votre petite pute… même in the dark je vais vous baiser sur toutes les mains au fil des blinds, bande de niaiseux…

À l'instant où elle s'apprêtait à miser cinquante dollars sur la partie qui démarrait, la porte du bureau s'ouvrit. Un gros bonhomme presque chauve apparut. Rougeaud, congestionné, il avait l'air au bord de l'implosion.

Louise se renfrogna en soufflant de désespoir, puis elle s'empressa de basculer en mode économiseur d'écran.

Voilà Monsieur Je-sais-tout… manquait plus que lui ! pensa-t-elle en le gratifiant d'un sourire.

Il lui adressa un signe de tête en guise de salut, se mit à siffloter et pénétra dans la pièce en refermant la porte derrière lui.

Marc Maréchal, le directeur assistant du service, était vêtu d'un jean surdimensionné qui laissait baver un ventre énorme, d'une chemise bleu ciel et d'une veste de tweed à carreaux mal assorties. L'eau de toilette de mauvais goût qu'il portait venait parachever l'image d'un homme bien loin de se soucier des détails de l'esthétique, des codes vestimentaires et autres rituels du métrosexuel séduisant et raffiné du XXIe siècle.

Il s'avança, lança à Louise un sourire narquois puis, un dossier débordant de feuillets multicolores sous le bras, il se saisit du siège libre près de sa subordonnée et se laissa bruyamment choir dessus telle une baleine s'échouant sur une plage.

Amusée, Louise l'observa quelques secondes.

Maréchal retira ses lunettes et se frotta vigoureusement les yeux tout en bâillant. Il étira les bras au-dessus de sa tête et jeta d'une voix déformée par l'effort :

— Câlisse ! Vous dépensez encore la fortune que vous n'avez pas, hein ? Je vous l'ai déjà dit, Louise, vous allez finir ruinée avec ces conneries, toxico, accro à la came et à des tas d'autres saloperies… vous vendrez votre corps à une armée d'hommes de Neandertal pour subvenir à vos besoins, finit-il en riant grassement.

— De quoi vous parlez, là ? Vous devriez plutôt vous préoccuper des Giant Burgers que vous vous enfilez et des hectolitres de Coca que vous sirotez si vous ne voulez pas finir avec un pontage coronarien… Et puis c'est quoi, ce délire vicelard de me comparer à une pute camée, hein ?

Bien qu'ils aient tous deux l'habitude de s'écorner, Maréchal, offusqué, arrêta brusquement de ricaner et émit une sorte de grognement en se raclant la gorge et en soufflant par le nez, semblable à une baleine en phase de remontée qui recrache l'air par son évent.

— Bon, et si… si on passait aux choses sérieuses ? fit-il, visiblement heurté par le manque d'humour de son enquêtrice.

— Passer aux choses sérieuses ? Parce que votre santé, ce n'est pas un sujet sérieux, Marc ?

— Louise…, supplia le flic.

— Quoi ?

— Je voulais parler de ce taré qui torture les animaux et diffuse ses vidéos sur le Net, vous voyez ben ? Le truc sur lequel on est censés bosser, tabarnouche ! En plus, il y a du nouveau, alors décrochez de votre site de poker ! Et connectez-vous un peu sur le serveur de notre réseau intranet !

— Bah, je sais, on est submergés par les plaintes en tous genres, les associations de défense pour la cause animale sont sur les dents… C'est dégueulasse, ce truc avec les chats, c'est sûr, mais combien de femmes battues rien qu'à Montréal ?

Combien d'agressions et de délits ? Ce mangeux d'marde monopolise tout notre temps. Enfin... tsé veux dire, hein ? Ce malade, il capote à faire ça, il se fait de la pub, il veut qu'on le remarque sur la Toile... il s'amuse, quoi !

Maréchal resta interdit quelques secondes. Une vapeur chaude remonta de sous sa chemise.

— Mais... merde ! Louise, pour vous, torturer des animaux, c'est un amusement ?

— C'est pas ce que j'ai dit, Marc, et vous l'savez... Je dis que ce type cherche à attirer l'attention, il veut qu'on parle de lui et que ses vidéos soient vues par des millions d'internautes sur YouTube, voilà tout... On finira bien par le coincer, et nous on va pas se chicaner pour des histoires de minous ! Alors grimpez pas dans les rideaux, Marc..., plaisanta-t-elle.

Son supérieur lui envoya un regard assassin.

— Bon, ça va, chu désolée... je suis un peu à cran en ce moment. C'est vrai qu'on parle souvent de l'arbre qui cache la forêt, ou de la partie immergée de l'iceberg, tsé veux dire ? Ce type est un malade, sa folie pourrait muter, évoluer. Il pourrait s'en prendre à des gosses, ou n'importe qui... c'est vrai.

— Louise, chuis tanné de vous entendre... Occupons-nous de cette noyade suspecte, alors. Trois mecs autour d'une piscine, trois amis, de l'alcool, de la came... Un noyé, ça vous convient, cette affaire, c'est assez important pour vous ?

Maréchal décela une étrange lueur dans les pupilles de Louise. Le petit sourire ironique qu'elle arborait disparut. L'air farouche, elle marmonna puis, d'un geste brusque, balaya du plat de la main tout ce qui se trouvait sur son bureau. Elle ralluma ensuite l'écran de l'ordinateur, mâchoires serrées, et foudroya Maréchal d'un regard noir.

Le visage du flic se décomposa. Il venait de comprendre, mais trop tard. Confus, il observa les longs cheveux roux et soyeux de Louise, ses magnifiques yeux verts qui parcouraient l'écran et ses doigts menus qui cavalaient sur le clavier. En jean stoned et sweat à capuche noir affublé du logo d'un site de poker sous un cuir marron glacé, chaussée de Converse rouges qu'elle portait sans lacets, elle avait tout d'une hipster sûre d'elle. Et pourtant…

Une goutte de sueur perla au front de Maréchal. Il était allé trop loin. L'enfance de Louise et le malheur qui avait brisé sa vie – alors qu'elle n'était encore qu'une toute jeune fille – devaient rester enfouis, rangés quelque part dans les abîmes de sa mémoire. C'est aussi ce qui expliquait le comportement et le caractère borderline de l'inspectrice. À trente-quatre ans, Louise avait déjà suivi deux thérapies avant ses vingt ans, deux protocoles de soutien psychologique qui n'avaient débouché sur aucun résultat. Après deux tentatives de suicide à vingt-deux ans, un internement d'un an dans une clinique spécialisée, un collège de psychiatres avait noté une nette amélioration de son cas puis, enfin, avait conclu à la guérison totale. Mais Louise avait toujours conservé en elle les stigmates de son mal, les traumatismes liés au drame qu'elle avait vécu alors qu'elle avait à peine douze ans.

Elle avait fait son entrée au service de police de la ville de Montréal, le SPVM, après des études brillantes qu'elle avait préféré abandonner. Malgré son désordre intérieur, un ami flic, décédé en service depuis, l'avait encouragée à postuler dans la police. Louise avait de véritables talents, elle possédait les aptitudes d'une enquêtrice de terrain et avait résolu nombre d'affaires tordues. Mais en dépit d'une longue thérapie, de la maturité, d'une certaine sagesse acquise avec le temps, elle gardait un tempérament volcanique et suicidaire qui se traduisait parfois par des prises de risque inconsidérées lors d'interventions musclées. Son addiction au poker, et aux jeux de hasard en tous genres, avait été en quelque sorte sa bouée de sauvetage. Elle avait plongé dans ce vice pour ne pas sombrer dans celui de l'alcool, quitte à sacrifier beaucoup d'argent et d'heures de sommeil.

Rien pourtant n'avait pu remplacer celle qui fut sa moitié.

La disparition de Juliette, sa sœur, avait laissé un vide immense, un trou béant dans son cœur et sa chair…

2

De la chrysalide au papillon

Mai 2012, Alaway Avenue, Juneau (Alaska)
Central du Juneau Police Department

CARRIE CALLAN PIVOTA D'UN QUART DE TOUR. Elle répondit à la question de la jeune psychologue par un sourire pincé, lui tendit un gobelet de café et introduisit d'autres pièces dans la machine. Elle appuya sur « expresso sucré » et se laissa bercer par le bruit mécanique du distributeur.

— Vous ne m'avez pas répondu, inspecteur. Je vous demandais si Samantha avait été examinée par le médecin.

Carrie leva les sourcils, puis répondit en soupirant :

— Pour tout vous dire, pas encore. Écoutez, cette adolescente a été retrouvée aux abords de la forêt de Tongass, et on ignore ce qu'on a pu lui faire subir. Elle tremblait quand elle est arrivée dans les locaux, elle a été frappée, apparemment, et probablement violée. Elle est prostrée depuis le début, alors j'ai pensé qu'un peu de chaleur humaine lui ferait le plus grand bien et que l'examen pouvait attendre.

— Ce n'est pas la procédure légale, vous le savez, lieute…

— Je me fous de la procédure ! Devant ce genre d'atrocité je ne suis plus flic, je suis un être humain. Je connais cette gamine depuis son plus jeune âge, je connais sa famille et je sais ce que son père lui a fait subir… alors je ne pense pas que le légiste me tiendra rigueur de cette petite entorse au règlement.

Sonia Klepton la dévisagea et siffla :

— Dois-je en déduire que vous n'avez pas besoin de moi ?

— Allons ! Ne soyez pas susceptible, Sonia. Si on vous a appelée, ce n'est pas pour vos jolis yeux.

La psychologue eut un petit hoquet, réprima un sourire, puis avala son café d'un trait. Son visage se décrispa alors peu à peu et elle parut plus détendue.

Elle avait beau tenir tête à Carrie Callan, ce qu'elle allait découvrir dans le petit bureau au fond du couloir allait la marquer à jamais.

Alors que les deux femmes s'apprêtaient à rejoindre Samantha Cardwell, un homme s'approcha d'elles, la soixantaine, cheveux gris, grosse moustache fournie et bouc bien taillé. L'air jovial qu'il affichait n'effaçait cependant pas les profondes rides d'inquiétude qui striaient son front. Quelques désagréables rougeurs marquaient la peau de son visage.

Il introduisit à son tour quelques pièces dans le monnayeur de la machine à café, puis il apostropha la jeune enquêtrice en se grattant le sommet du crâne :

— Callan ! La gamine, comment elle va ?

Carrie se retourna et lui répondit par un large sourire, tout en faisant signe à la psy qu'elle pouvait rejoindre l'adolescente en salle de soins.

— J'en sais rien, Jake, le médecin devrait arriver d'une minute à l'autre. Mais je peux vous assurer qu'elle est secouée, apparemment elle a subi des violences physiques et…

— Il y a eu viol ?

— Quoi ? Comment voulez-vous que je le sache ? Elle…

— Elle vous a raconté quelque chose ?

Jake Nelson était le patron de la division criminelle de Juneau. Même si la vie l'avait boxé, lui avait démonté la gueule en long, en large et en travers, il gardait à l'esprit qu'il se devait de rester solide au moins jusqu'à la retraite. Le travail, voilà ce qui lui avait permis de tenir après le drame qui avait bousillé sa vie deux ans auparavant.

La machine à café termina d'exhaler sa longue plainte dans un chuintement pneumatique, puis Nelson récupéra le gobelet fumant. Il s'approcha de Carrie et, posant mollement une main massive sur son épaule, déclara d'une voix plus sereine :

— Vous savez bien pourquoi je suis inquiet pour cette gamine, Carrie… J'espère de tout mon cœur que ça n'a pas recommencé, finit-il tout bas.

— Je l'espère aussi, capitaine.

— Capitaine ? Vous êtes aussi stressée que ça ? Ça fait un moment que vous ne m'avez pas donné du « capitaine », je…

La porte d'entrée du central s'ouvrit brusquement. Un homme d'une cinquantaine d'années entra tout en prenant soin de refermer derrière lui. L'air affairé, consultant sa montre comme le lapin de Lewis Carroll, il arborait une tête de fouine avec un nez allongé, une vague touffe de cheveux gris et blanc au milieu du crâne, de grandes oreilles rougies par le froid et deux petites billes noires en guise de prunelles qui lui donnaient un regard de rongeur. Il ouvrit son grand manteau de tweed, sourit, puis s'approcha en lorgnant une énième fois le cadran de sa montre.

— Bonjour, Nelson, fit-il en reniflant. C'est pour un examen préliminaire, c'est bien ça ?

Le capitaine se retourna et désigna Carrie d'un geste.

— Salut, Paul, vous ne connaissez pas le nouveau chef de groupe de la brigade criminelle, je crois, elle n'est dans ce service que depuis cinq mois. Alors je vous présente le lieutenant Carrie Callan. Elle dirige le département homicides. Elle remplace Stephen qui est parti à Anchorage, vous savez bien ? Carrie, je vous présente le docteur Newman, le médecin légiste qui collabore occasionnellement avec nos services.

Newman tendit la main, presque gêné de voir une femme à la tête d'un tel service. La confusion passée, il balbutia :

— Bonjour, Carrie, je... enchanté de vous rencontrer. Vous pouvez m'appeler Paul.

— Quoi, c'est une blague ?

Le légiste esquissa un étrange sourire avant de répondre

— Non, non, non, ça n'a rien d'une blague, c'est vraiment comme ça que je m'appelle...

— PAUL NEWMAN ? Comme Paul Newman, ce splendide acteur à la gueule de baroudeur ?

— C'est ça, susurra le médecin en souriant toujours.

Carrie se laissa aller à un rire bruyant qui fit sursauter Nelson. Embarrassé, le médecin se racla la gorge et demanda :

— On peut y aller ? Je crois que Klepton est déjà là, non ? Je voudrais examiner la gosse au plus vite et établir mon rapport, j'aime pas ce genre d'affaire, vous l'savez, Jake...

Nelson acquiesça d'un signe de tête et lui indiqua le corridor qui s'enfonçait dans la pénombre. Précédés par Carrie, les deux hommes se mirent en marche.

Le long du couloir, Newman observait les affiches au mur à mesure qu'il avançait, comme chaque fois qu'il venait au central : Juneau l'hiver, l'été, la nuit. Des photos représentaient les forces de police de la ville : Nelson posant aux côtés de ses subordonnés devant la flotte de véhicules flambant neufs – cadeau obtenu sous le gouvernement Bush à l'époque où les caisses n'étaient pas si vides –, Nelson et un homme aux cheveux grisonnants, souriants tous deux, devant une splendide Dodge Viper orange. Détachant son regard de la galerie d'images, le légiste pencha la tête vers le capitaine de police et lui souffla à voix basse :

— La petite, c'est bien Samantha Cardwell ?

Nelson opina. Au même instant, un hurlement déchirant leur parvint depuis la petite salle réservée aux soins d'urgence. Un long cri de terreur qui semblait ne jamais finir.

Pétrifiés, tous trois s'observèrent sans réagir. Puis Carrie s'empara de son arme de service et se précipita, le cœur affolé, terrifiée à l'idée de ce qu'elle allait découvrir au fond du couloir.

Une fois devant la porte, elle inspira profondément, hésita une seconde et posa fébrilement la main sur la poignée.

À l'autre extrémité du corridor, le capitaine Nelson s'élança. Criant à la jeune enquêtrice :

— Non, ne faites pas ça ! Attendez, Callan, n'ouvrez surtout pas !

★

Mai 2012, Montréal

Luka était allongé sur son lit, à demi nu, seulement vêtu d'un caleçon boxer argenté qui lui moulait parfaitement le paquet. Il s'était peint les lèvres d'un rouge carmin des plus lumineux, agrémenté d'un gloss qui donnait à sa bouche la beauté factice des poupées bon marché. Des fractales de lueur bleutée venaient palpiter sur la lactescence de son corps, sur la peau blanche de son visage qui luisait comme de la porcelaine. Des mouvements, des ombres, des effets de lumière crue et, parfois, de longs moments d'obscurité. En fond sonore le player du micro portable diffusait « Paradise Circus » de Massive Attack.

Luka souriait. Le plaisir qu'il prenait était jubilatoire, incommensurable, même. L'être qui l'avait dévoré au fil des ans ne lui avait laissé aucune chance. La bête noire s'était insinuée en lui, l'avait dissous de l'intérieur.

Sa peau reflétait l'horreur qui se déroulait sous ses yeux. La trépidation dense des jeux de lumière se répercutait de l'écran sur son corps, comme une projection diaphane et fantomatique depuis la vidéo que diffusait la bande passante. Les traits de son visage absorbaient les images de sa propre barbarie, son esprit quantifiait les time codes les plus cruels du film dont il était l'auteur. Les séquences de torture lui procuraient la sensation de dominer l'ensemble des espèces vivant à la surface du globe. Il était un prédateur cosmopolite au sommet de la chaîne alimentaire, un fauve urbain qui cherchait constamment à rassasier sa faim de gloire, à étancher sa soif de célébrité dans un monde édifié par les diktats, un monde qui avait décidé de l'ignorer, de faire de lui un individu quelconque, insipide et sans intérêt. Une pièce parmi les pièces du grand système de l'humanité, un rouage de plus limité à sa propre circonvolution.

Couché sur le flanc gauche, son ordinateur portable face à lui, il passait et repassait en boucle le dernier film qu'il avait réalisé voilà quelques jours. Le lit sur lequel il se trouvait serait demain le berceau d'une nouvelle dimension, le réceptacle d'une expérience sans précédent.

Luka activa la fonction pause du lecteur vidéo, puis se connecta sous l'un de ses nombreux pseudonymes. Ce soir-là, il se décida pour Erik Romanov.

Ce nom était déjà logué sur la plateforme YouTube. En quelques frappes rapides sur le clavier, il téléversa le fichier numérique du film sur le serveur. Comme si tout ne dépendait plus que de ça, il observa la barre de progression qui se remplissait à mesure que le serveur avalait les octets par milliers. Encore quelques instants et son œuvre serait en ligne, visible par des millions d'internautes qui seraient heurtés, choqués par la violence des images… ou pas. Certains en tireraient probablement du plaisir.

Pour varier et ne pas sombrer dans un excès de crimes répétitifs, pour ne pas lasser et offrir encore plus d'adrénaline aux voyeurs qui suivaient son parcours, il avait opté cette fois-ci pour quelque chose de plus visuel. La décapitation de chats, la noyade de chatons dans la baignoire, le petit chiot étouffé dans la poubelle, gazé par de l'insecticide, ça n'était plus suffisant. Tout ça était si merdeux, il le savait. Bien que le film qu'il était en train de téléverser sur YouTube soit à vomir, Luka restait conscient que ce n'était pas un boa dévorant un minou qui allait faire bander les milliers de pervers scotchés sur sa chaîne de diffusion.

Il fallait plus. Il fallait faire mieux.

Il fallait dépasser les limites, donner un vrai sens aux mots « violence », « sexe », « terreur », se surpasser, naviguer dans la surenchère morbide pour être certain de captiver réellement son auditoire. Il lui fallait lever tous les tabous…

Des éclats de lumière se mêlaient à présent aux miaulements désespérés de la pauvre petite créature. Le film était enfin en ligne, navrant et pathétique, livrant sur la Toile l'œuvre d'un jeune type en proie aux démons de sa folie.

Luka souriait tout en constatant la solide érection qui tendait son caleçon.

Un sourire. Une érection. Rien d'autre ?

Je veux prendre le plaisir immense de savoir que je possède le pouvoir.

Il renifla, fort, en inspirant profondément, comme pour se gonfler de la fierté qui venait de le saisir à cette pensée.

Ce lit recevra les chairs du sacrifice. Il sera le catafalque sur lequel sera étendue la conséquence de ma mutation... Internet est un dieu païen ! Et je lui dois le sang de l'offrande...

Il filmerait tout. Dans son intégralité.

Cette œuvre jubilatoire, il la diffuserait sur le Tor, cette effroyable partie immergée du Web, cette porte inquiétante derrière laquelle se trouvait l'accès aux enfers.

Oui, il livrerait aux yeux du monde ce qui serait sa métamorphose. Les initiés comprendraient.

Il passerait de l'ombre à la lumière. De la nuit au jour. De la chrysalide au papillon.

Il passerait de l'animal au divin.

Il en sortirait sublimé par une lumière intérieure si intense qu'il en serait lavé, décrassé. Il prendrait la lumière qui le glorifierait, il serait enfin connu et reconnu comme une star au firmament.

Oui, c'était ça, il en sortirait purifié de toutes les saloperies qu'ils avaient endurées depuis son enfance merdique. Lui et sa sœur...

3

River of Tears

Mai 2012, 107 rue Brady, Montréal (Canada)
Domicile de Louise Beaulieu

Louise avait prétexté un mal de crâne monumental pour écourter sa journée de paperasse au bureau.

Le manque. Comme une came. Le feu du jeu qui la cramait de l'intérieur.

En quittant le central, elle avait fait mine de s'intéresser à l'affaire du noyé malgré le dérapage de son supérieur et, rageuse, avait emporté le dossier tout en assurant à Maréchal qu'elle s'y plongerait en début de soirée. En réalité, l'affaire du bourreau d'animaux l'obnubilait bien plus, mais elle avait du mal à se concentrer ces derniers temps, comme chaque fois que la date anniversaire du décès de Juliette approchait. Elle ne s'était jamais posé la question de savoir si un jour elle devrait enterrer tout ça plutôt que de continuer à traîner le fantôme de sa sœur jusqu'à la fin de sa morne existence.

Elle traversa le grand salon dépouillé, flanqué d'un canapé en cuir noir et d'une table basse en teck, ouvrit le vaisselier et en extirpa une bouteille de Talisker. Elle s'empara de deux verres, les emplit à moitié et mit en marche la hi-fi. Elle introduisit délicatement dans le lecteur l'album « Pilgrim », d'Eric Clapton, puis sélectionna le morceau intitulé « River of Tears ».

Louise se rapprocha de la fenêtre et laissa s'effondrer son regard tout au bas de l'immeuble, quelques mètres en dessous, sur le trottoir sombre qui aurait dû accueillir son corps voilà deux ans.

Elle fouilla la poche de son jean, en retira une plaquette de Valium et s'accorda la moitié d'un comprimé, qu'elle avala en deux gorgées du premier verre de Talisker. Puis elle s'empara du second et trinqua à la santé de la gamine qui souriait sur la photo. Une fine pellicule de poussière recouvrait la vitre qui protégeait le cliché. Le cadre, posé sur l'étagère entre les verres et les bouteilles, n'avait pas été déplacé depuis bien longtemps.

Putain de rivière... putain de vie !

Elle but le second whisky en grimaçant, observa la photo un instant avant de refermer le vaisselier, inspira un grand coup et se laissa tomber sur le canapé.

Combien d'années ? Depuis quand je n'ai pas vu maman, déjà ?

Elle se souvenait de la toute dernière fois, aussi loin que sa mémoire le lui permette. Elle avait presque tout oublié de son enfance, quasiment perdu ce pan de sa vie. Seules les deux années après le drame venaient la hanter. Elle repensait à ce jour pluvieux de juin où sa mère était venue la chercher en classe pour lui annoncer que son père avait succombé à une crise cardiaque foudroyante. Probablement l'effet du chagrin, terrassé qu'il était d'avoir dû enterrer une de ses filles. Louise se souvenait d'avoir pensé que les individus de son entourage proche disparaissaient, que par sa faute les gens qu'elle aimait mouraient. À l'inverse de certains qui transformaient en or tout ce qu'ils touchaient.

Après ça, sa mère avait été hospitalisée. Internée depuis plus de seize ans dans un établissement psychiatrique, elle avait peu à peu perdu contact avec les siens, refusant de croire qu'elle puisse encore exister dans le monde des vivants. Louise avait pris ses distances…

Une bouffée de chaleur l'enveloppa et des images vinrent la surprendre, alors qu'elle se laissait aller au sommeil en glissant dans une douce torpeur.

Lorsqu'elle rouvrit péniblement les yeux, le souffle saccadé et le cerveau encore embrumé par la séquence du drame, elle eut la nette sensation que Juliette était présente dans la pièce. Louise avait toujours interprété cela comme une évidence : sa sœur lui rendait visite, la suppliant de la rejoindre.

Je sais que tu es seule, mais un jour je viendrai, je serai avec toi, petite frangine, et il n'y aura plus aucune raison pour que tu aies peur…

Louise se leva, fit quelques pas en vacillant et ouvrit la fenêtre. Elle inspira profondément en observant l'horizon qui s'obscurcissait. Les ombres semblaient enlacer Montréal comme des êtres furtifs et maléfiques, décrivant d'étranges chorégraphies elliptiques qui venaient danser devant ses yeux.

Son cœur se mit à battre très fort.

Son regard plongea vingt mètres plus bas. Le vide, l'appel. Oui, le grand vide !

Le sang affluait à ses tempes, la chaleur l'embrasa et, comme par magie, une incroyable force lui donna des ailes. Les voix, encore… les cris déchirants de sa mère, la sirène des véhicules de secours, son père qui hurle... une longue et stridente sonnerie...

Une sonnerie ?

Le tintement de son téléphone portable sur la table basse la fit redescendre d'un coup de son apocalypse mentale.

Alors, reprenant peu à peu ses esprits, Louise constata qu'elle se trouvait assise sur le rebord de sa fenêtre, surplombant plus de vingt mètres de vide...

★

Mai 2012, Alaway Avenue, Juneau (Alaska)
Central du Juneau Police Department

Samantha Cardwell gisait au sol, un crayon planté dans l'œil gauche. Enfoncé aux trois quarts, l'instrument avait traversé le globe oculaire en cheminant jusqu'au cerveau.

Prostrée près de la fenêtre, les bras protégeant son visage, la psychologue sanglotait, secouée de tremblements.

Carrie pénétra prudemment dans la pièce en évitant de poser le regard sur Samantha. Elle rangea son arme dans son holster de ceinture, avança en examinant les moindres recoins. La semi-pénombre l'empêchait de distinguer les détails. Elle constata que la fenêtre était restée fermée et que le dossier concernant Samantha était toujours sur la table.

D'après ce que Carrie pouvait imaginer, l'adolescente s'était mutilée alors que Sonia Klepton s'apprêtait à l'interroger.

Après avoir sécurisé les lieux et s'être assurée que tout danger était écarté, elle fit signe à Paul Newman et au capitaine Nelson de rester en arrière. Elle s'adressa alors à la psychologue d'une voix aussi ferme que possible :

— Sonia, comment allez-vous ? Que s'est-il passé ? Il y a un médecin avec nous, il va s'occuper de ça...

Klepton ne broncha pas. Elle continuait de pleurer en gémissant, terrifiée.

Carrie tourna la tête et s'approcha de l'adolescente inanimée sur le sol :

— Samantha ! Tu m'entends ? Si tu m'entends, fais-moi un signe, bouge une main, un doigt... Les secours vont arriver, tiens bon !

Aucune réaction. L'enquêtrice fit encore quelques pas en avant, s'accroupit en restant à distance.

— Sam..., reprit-elle d'une voix douce, il faut me dire si tu m'entends... réponds-moi.

Le médecin et Jake Nelson firent signe à Callan et s'éloignèrent dans le couloir avec Sonia Klepton. C'était bien la première fois que pareil événement se produisait dans les locaux de la police. Newman, plus habitué à la vue des cadavres que Nelson, ouvrit son veston, extirpa son téléphone portable et composa le 911 tout en soutenant le vieux flic qui défaillait. Aussi contradictoire que cela puisse paraître, le capitaine Nelson n'avait jamais pu supporter la vision d'un blessé ou d'un macchabée. Newman se précipita ensuite sur Samantha pour lui prodiguer les gestes de premiers secours.

De son côté, Carrie se rapprocha encore de l'adolescente et remarqua que celle-ci remuait péniblement les lèvres. Une ligne de sang brunâtre coulait de son œil et venait mourir dans son cou. Un filet de voix s'échappa alors :

— Je ne... ce n'est pas moi, c'est...

— Parle-moi, continue, ma chérie, c'est bien, que s'est-il passé ? Réponds-moi, je t'en prie...

Samantha se laissa aller à un gémissement terrible qui déchira le cœur de Carrie Callan.

Un bruit furtif. Des voix.

L'enquêtrice se retourna. Pâle comme un linge, Nelson se tenait près de la porte. Deux hommes en uniforme prêts à intervenir l'entouraient. Carrie mit un doigt sur ses lèvres pour leur imposer le silence, puis leur fit signe de reculer.

Se tournant vers la jeune fille, elle lui caressa les cheveux avec une infinie délicatesse et, à voix basse, lui demanda de nouveau :

— Sam, dis-moi ce qui s'est passé dans cette pièce. Tu me raconteras le reste ensuite si tu le veux.

La gamine eut un hoquet et fixa de nouveau Carrie, comme si celle-ci venait de prononcer une phrase terrible.

— Pas moi..., balbutia-t-elle péniblement, je n'ai... c'est les voix, dans la forêt...

— Les voix dans la forêt ? C'est quoi ? Dis-moi, ma chérie.

— Les bruits, tous ces bruits, la forêt...

— Des bruits ?

Les tremblements de Samantha s'intensifièrent, ses yeux se révulsèrent et tout son corps se mit à trépider violemment.

— Merde ! Newman ! Vite ! Elle nous fait un malaise ! hurla Carrie en rejetant en arrière la tête de l'adolescente pour éviter qu'elle n'avale sa langue.

Newman adressa un signe de tête à Carrie pour la rassurer, puis planta la fine aiguille d'une seringue dans le bras de Samantha.

— C'est quoi, ce merdier ? Une crise d'épilepsie ?

Le médecin hocha la tête tout en terminant l'injection.

— Non, je ne crois pas... Je dirais qu'il s'agit plutôt d'un syndrome d'hyperventilation, une dystonie neurovégétative.

— Ça veut dire quoi ?

— Une monstrueuse crise d'angoisse. Lorsque le système nerveux autonome échappe à la volonté, il est aussitôt contrôlé par les émotions… Le stress, l'anxiété, tout cela peut entraîner ce genre de crise après une charge émotionnelle intense…

Les tremblements s'atténuèrent progressivement et le visage de Samantha s'apaisa, ses traits se détendirent.

— Ne vous inquiétez pas, murmura Newman en soupirant. Elle s'endort, mais sa blessure est grave et il faut l'hospitaliser d'urgence. Je procéderai aux constatations légales une fois à l'hôpital.

— D'après vous, pourquoi ce comportement ?

— Je ne sais pas, mais ce dont je suis à peu près sûr, c'est que cette petite a subi des tortures et peut-être même une expérimentation médicale…

— Une expé… de quoi vous parlez ? fit Carrie, interloquée.

Newman posa sa main sur l'épaule de l'inspectrice et, en réponse à sa question restée en suspens, il releva les cheveux de Samantha et pointa l'index vers l'une de ses oreilles. À l'arrière, fixées par une mince lamelle passant sous la peau du crâne, de minuscules électrodes étaient reliées l'une à l'autre par un fin câble électrique.

★

Mai 2012, 107 rue Brady, Montréal (Canada)
Domicile de Louise Beaulieu

Louise observa le téléphone qui sonnait et vibrait sur la table de son salon, tout en remettant en ordre les cases qui s'étaient diluées dans son cerveau. Une à une elle classa les images, balaya sa frayeur et cet appel du vide que lui procurait cette sensation de mort toute proche.

Putain de cinglée que tu es, ma pauvre fille ! Tu peux te foutre en l'air comme ça… Tu perds le nord, tu pètes ta coche… S'écrapoutir sur le bitume ou sur un char en stationnement, c'est sale…

Elle se précipita au centre du salon, s'empara du smartphone et décrocha, la voix fatiguée, presque saccadée :

— Marc ? Qu'est-ce qui vous prend ? Je vous avais dit que je rentrais me reposer, je…

— Vous ramenez votre cul au central, le plus tôt possible, miss ! Notre plein de marde est passé au niveau supérieur, ostie !

— Notre plein de… ? De quoi vous parlez ? Vous me niaisez ou quoi ?

— J'avais raison, je savais que ce salopard ne se contenterait pas de trucider des animaux sans défense, je le savais… Il est passé à l'acte.

— Quoi ? C'est quoi, il est passé à l'acte ?

— Si vous voulez savoir, vous arrêtez de vous pogner l'cul, vous vous ramenez. Je vais tout vous expliquer, et vous montrer ce que cet écœurant a fait…

Des images sanglantes entrèrent en collision dans l'esprit de Louise.

— Où est le corps ? anticipa-t-elle.

— Quel corps ?

— Ce type, là, qui torture les animaux, il a bien tué un gars, c'est ça ?

— Pire que ça…

Louise déglutit et attendit quelques secondes pour laisser Maréchal poursuivre de lui-même. Ce qu'il fit sans se faire prier :

— Vous jugerez sur pièces, je n'ai jamais vu pareille vidéo.

4

Meyers

Mai 2012, Montréal (Canada)

LES VALISES, BORDEL *! Les valises… et mon billet ! Chu un putain d'con quand même !*

Luka venait d'émerger de son profond cauchemar, de cette nuit qui avait paru l'avaler tout entier. Malgré l'imagerie loufoque produite par son inconscient, la réalité lui collait à la peau, ce matin, comme si Morphée, dieu des rêves prophétiques, l'avait accablé jusqu'à ce qu'il accepte de passer à l'acte. Et la réalité avait l'odeur d'un cadavre fraîchement découpé qui reposait sur le matelas dans la chambre voisine.

Il se leva du canapé et une bouteille de vin vide siglée Wish for Love vint percuter le carrelage. Il se précipita sur l'ordinateur et se connecta sous le nom d'Erik Romanov.

Luka se souvenait d'avoir posté la vidéo la veille, en début de soirée. En l'introduisant sur le Tor, il savait que ce genre de film ne resterait pas longtemps verrouillé dans les profondeurs de l'Internet clandestin. Il allait se répandre plus vite qu'un virus, provoquer un tsunami médiatique sans précédent. Et c'est ce qui l'avait convaincu de prendre le large.

Il avait réservé un vol pour Paris au nom de Tyler Tramell. Un autre de ses nombreux pseudos qui apparaissait sur l'un de la demi-douzaine de passeports qu'il possédait. Il vérifia que son billet était bien confirmé et réduisit l'interface du site.

Il se précipita ensuite dans la salle de bains, observa son pâle reflet dans le miroir et se massa le visage. Il passa une main dans ses cheveux en souriant. À ce moment-là, il se trouva beau, presque innocent. En se rapprochant de la baignoire pour se faire couler un bain, il eut un mouvement de recul. Les membres d'Ushi Huang, le jeune étudiant qu'il avait ramené la veille, baignaient dans une espèce de bouillie de chair et de sang malodorante.

Oh putain ! Les valises ! Faut qu'j'aille chercher toute cette merde...

Il galopa jusqu'à la chambre et s'arrêta net sur le seuil. Un sourire se dessina sur ses lèvres encore peintes de rouge et enduites de gloss, mais un frisson l'envahit, un vertige le fit tanguer lorsque ses yeux se posèrent sur la masse ensanglantée.

Il se souvint du couteau, de la chair fendue, la graisse humaine... Il n'avait jamais vu autant de graisse, il ignorait que les fesses en contenaient tant !

Il avait eu des moments d'hésitation après avoir découpé les chairs, les muscles, ces moments presque irréels où il avait été forcé de briser les os... Il revit l'instant précis où il s'était acharné sur son compagnon avec le pic à glace, les innombrables coups qu'il lui avait portés à l'abdomen et à la gorge.

Il avança au centre de la pièce et observa le tronc d'Ushi Huang qui reposait sur le lit. Il allait devoir finir le travail. Juste au-dessus de la tête de lit, l'affiche du film *Casablanca* épinglée au mur avec, pour témoin de la scène d'horreur qui s'était déroulée la veille, Ingrid Bergman sous son chapeau à bord large.

Il ignorait combien de temps allait lui prendre la mise en pièces du corps de sa victime pour qu'il puisse fourrer les restes au fond d'une valise et se débarrasser définitivement de cet amant maudit.

Le matelas gorgé de sang, c'est pas un problème, je le collerai contre le mur de la salle à manger pour le faire sécher, il y a suffisamment de place dans cette pièce... J'irai foutre les morceaux aux ordures. Putain, j'ai débloqué quand même !

Luka retourna dans la salle de bains, ouvrit le robinet et s'aspergea le visage. Surpris, il remarqua que ses mains étaient souillées de sang séché et qu'il éclaboussait le lavabo et le miroir de cette substance rubescente aux odeurs de vieux cuivre.

C'était un peu comme s'il s'éveillait d'un long sommeil, mais il n'était pas mal à l'aise. Il ressentait simplement quelques frissons qu'il ne pouvait expliquer.

Il passa de nouveau par la salle à manger, ouvrit le grand placard, s'empara d'un sac-poubelle et y fourra le marteau, la mini-scie électrique et le pic à glace qui étaient restés sur le petit meuble face au lit. Luka sut dès cet instant qu'une sorte de tourbillon infernal l'avalerait tôt ou tard, et qu'il devrait garder la tête froide. Il lui faudrait vivre avec ça, accepter qu'il n'était plus celui qu'il était avant la mort de Leslie.

Il jeta un dernier coup d'œil dans la baignoire tout en jaugeant la quantité à emballer. Un lot de sac-poubelle ferait l'affaire pour les restes, quant au corps amputé de sa tête et de ses membres, une valise devrait suffire. Il n'avait pas le temps de découper le tronc. Il observa le cadran de sa montre et décida d'aller acheter cette saloperie de valise.

Il se contempla une dernière fois dans le miroir, embrassa son reflet et saisit le tube de rouge à lèvres qui traînait sur la tablette à côté du lavabo.

Il commença alors à écrire sur le miroir, tout en s'appliquant à former des lettres bien lisibles. Il quitta ensuite la salle de bains, fier de son énigmatique inscription :

Si vous n'aimez pas le reflet,
ne regardez pas dans le miroir, je m'en cogne le cul !

★

Mai 2012, forêt nationale de Tongass,
nord de Juneau (Alaska)

Le vieux chalet de trappeur sentait la résine de pin, le feu de bois et l'huile de friture.

Matthew Meyers frissonna. Le fourneau fonctionnait pourtant à plein régime mais, si tôt, la température extérieure restait négative et le gel figeait la nature dans ses cristaux de glace. En temps normal, cette grande baraque en bois faisait office de point de rendez-vous pour le déjeuner lors des parties de chasse de son ami Peter Higgins. Par le passé, elle avait aussi servi à d'étranges et nombreuses réunions et, très certainement, de lieu d'exécution pour certains règlements de compte.

Cerné par les cyprès de Nootka, le chalet se dressait sur le sombre liséré du manteau végétal de la forêt de Tongass, entre obscurité et clarté, à la frontière du mythe et de la réalité. Pendant de nombreuses années, des rumeurs avaient circulé. Des hypothèses selon lesquelles la forêt abriterait des âmes maléfiques, peut-être même celles de victimes ensevelies quelque part dans ses profondeurs.

Meyers se rapprocha de la fenêtre et se frotta les mains pour les réchauffer. Au travers des carreaux givrés, il observa un long moment l'enfilade de conifères. Une végétation dense se perdait au cœur d'un étrange frimas, des nappes de brume qui semblaient s'élever des quelques marécages comme autant de spectres placides.

Ses yeux cherchèrent désespérément une forme de vie quelconque parmi le paysage, une forme mouvante, un caribou, un renard, un grizzly... quelque chose qui lui aurait permis de croire que tout cela n'était pas la trame d'une illusion. Mais la forêt, épaisse et immuable, lui renvoya son silence et son décor uniforme pour unique réponse.

Il attendait désespérément que Peter Higgins daigne l'appeler, qu'il le libère enfin de cet interminable sentiment de culpabilité.

Comment... comment j'ai pu laisser s'échapper ces petites garces ? Ce connard de Rodolphe devait les surveiller et il n'a fait qu'aggraver la situation...

Il pivota sur ses talons et observa son téléphone posé sur la servante près du lit médicalisé, lui-même recouvert de draps sales et des divers instruments qui avaient servi à l'expérience. Des tubes, des cathéters, ainsi que de nombreuses sondes et électrodes pendaient mollement du matelas. À gauche, près de la grande perche métallique sur laquelle était encore fichée la poche de sérum, un terminal flanqué d'un onduleur démesuré était relié à plusieurs ordinateurs portables.

À l'instant où Meyers prit la décision de se rapprocher du fourneau et d'y introduire une bûche, son téléphone vibra sur la table. Il se précipita sur l'appareil.

— Meyers, j'écoute...

Un silence, une voix qui donne un ordre dans le brouhaha et enfin une réponse, hurlée dans le combiné :

— Comment cela a pu se produire, bordel de nom de Dieu !

Meyers sentit sa gorge se nouer.

— Moi-même je ne l'explique pas, Peter, j'ai... je...

— Tu devais mener cette expérience jusqu'au bout ! Comment les gamines ont-elles pu te filer entre les pattes ?

— J'avais de la fièvre hier soir, j'ai pris une saloperie, je... Et ce connard de...

— D'après toi, seraient-elles capables de retrouver le chemin ? Pourraient-elles te reconnaître et tout balancer aux flics ? Sont-elles capables de se souvenir du passé ?

Meyers eut un petit rire, rassuré par le fait que Peter Higgins ne lui en voulût pas plus que ça. Il s'empressa de répondre dans un gloussement :

— Non, non, non... t'inquiète pas, Peter, elles avaient déjà passé la phase de déconnexion, elles ne se souviendront même plus de leur propre mère. Elles vont avoir du mal à refaire surface, si elles refont surface un jour... Mais ce dégénéré de Rodolphe a merdé !

Au bout du fil Higgins s'adressa à un autre type. Meyers perçut le bruit du trafic routier, puis son interlocuteur siffla de nouveau dans l'appareil :

— Tu te démerdes, Matthew. Tu vas me retrouver ces deux pisseuses. Si jamais la mémoire leur revenait, ça pourrait compromettre nos affaires...

Et il raccrocha.

Meyers posa le portable sur la table, se retourna et sursauta à l'instant où son regard croisa celui de son reflet dans le miroir.

D'une main, le psychiatre se massa la mâchoire tout en se rapprochant de la glace. Il détailla ses traits tirés, nota qu'il avait le teint jaunâtre et que ses longs cheveux grisonnants étaient gras. Seuls ses yeux noirs luisaient comme deux billes de verre, lui apportant la preuve qu'il était encore vivant.

Il alla s'échouer dans le fauteuil en velours beige crépi de taches, le même fauteuil dans lequel il s'était salement endormi la veille au soir.

Putain ! Il me prend pour son esclave, ce con… il sait qui je suis, pourtant !

Scientifique, psychiatre, diplômé de Harvard, Meyers s'était spécialisé dans les sciences cognitives. Il avait mené de nombreuses expériences se référant à la thérapie de traumatismes liés à l'affect. Plusieurs cas avaient été étudiés dès 1985, avec la collaboration d'éminents professeurs de différents pays du globe.

Puis il y avait eu ce terrible naufrage survenu dans la baie du Prince William au cours de la nuit du 23 au 24 mars 1989. Les autorités avaient réquisitionné les meilleurs psychothérapeutes des États-Unis afin de constituer une cellule psychologique, un collège de spécialistes à disposition des victimes de la catastrophe. Et Meyers avait été sélectionné…

5
Clara

Mai 2012, 3260 Hospital Drive, Juneau (Alaska)
Bartlett Regional Hospital

SAMANTHA CARDWELL SEMBLAIT APAISÉE. Un mince rayon de lumière se glissait entre le cadre de la fenêtre et le store de PVC déroulé jusqu'en bas, pour venir effleurer délicatement son visage d'ange endormi. L'éclat lumineux caressait d'une lueur dorée le grain de sa peau meurtrie par endroits, mettait en évidence les ecchymoses disséminées sur ses joues et en périphérie de son cou. Son œil était recouvert d'un épais pansement.

Carrie Callan observa le médecin et d'un signe de tête désigna le lit sur lequel reposait l'adolescente.

— Alors, doc, est-ce qu'elle va bien ? Quelles sont les conséquences de sa blessure ? Vous avez pu pratiquer l'examen légal ou pas ?

— C'est fait, mon assistante s'en est chargée, et l'examen a été filmé, comme d'habitude. Quant au crayon, il n'a pas endommagé de zones consacrées à la motricité ou à la compréhension, mais elle n'est pas encore tirée d'affaire... Je peux vous dire que tout cela est étrange, je m'interroge...

— Étrange ? Dans quel sens ? Et pourquoi elle dort encore, là ?

— Elle est sous sédatifs, il vaut mieux. Elle a été éprouvée, et apparemment elle a subi...

— Elle a subi quoi ? l'interrompit Carrie avec inquiétude, en se rapprochant.

— Lieutenant, après examen, tout porte à croire qu'elle a subi des violences physiques et, d'après les marques sur sa peau, peut-être même des tortures. Elle a été frappée, au visage notamment. Les bras comportent quelques ecchymoses aussi, ainsi que les cuisses. Mais le plus bizarre, ce sont ces connexions électriques plantées dans la peau de son cuir chevelu. Vous les avez vues comme moi...

— Mais enfin, vous n'êtes pas capable de nous donner plus d'infos ? On peut pas savoir ce qui est arrivé à cette malheureuse ?

Paul Newman hocha la tête.

— L'idéal serait de pratiquer des prélèvements sanguins afin de procéder à des examens toxicologiques, cela nous permettrait de savoir si elle a été droguée, et si oui, depuis combien de temps. Ceci expliquerait cela... Ses avant-bras présentent des traces de piqûres, on a pu effectivement lui administrer quelques drogues par intraveineuse...

— Vous êtes médecin, alors vous êtes habilité à pratiquer ces prélèvements sanguins. Vous attendez quoi ?

Le médecin acquiesça puis s'éclipsa silencieusement de la chambre.

Carrie laissa son regard se perdre dans le reflet que lui renvoyait le miroir face à elle, s'observant sans le faire vraiment, comme si son esprit tentait de traverser la surface de la glace pour rejoindre son double. Sa conscience scruta son visage potelé, le noir profond de ses cheveux courts et épais, et sa petite ridule au-dessus de la lèvre supérieure. Elle se trouvait trop rondelette, trop petite, fade et sans intérêt. Même les fringues qu'elle portait laissaient penser qu'elle n'avait plus le goût de plaire ; pantalon de treillis et polaire suffisaient à habiller ce corps qu'elle ne supportait plus.

Qu'avait-elle fait de sa vie ? Trente-six ans à voir défiler le train de l'existence en acceptant ses contraintes, ses heurts, ses hauts et ses bas, alors qu'elle se démenait pour survivre, rester à la surface...

Elle repensa à Andrew. Elle se remémora les années à la fac, leurs premières soirées étudiantes, les premiers regards chargés d'alcool et les baisers fiévreux échangés dans les toilettes malodorantes du campus. C'est dans une salle de cours déserte de la University of Alaska Southeast que sa vie lui avait paru prendre du sens...

Ils s'étaient mariés, Andrew avait vingt et un ans. À vingt-huit ans, Carrie était entrée à l'école de police, non par passion, ni pour l'attrait de la carrière, plutôt pour faire honneur à son père qui avait servi toute sa vie dans la police de Juneau, et qui était tombé en 1989, abattu alors qu'il effectuait une patrouille de routine dans un quartier résidentiel. L'assassin n'avait jamais été retrouvé. Carrie se souvenait encore de ce jour-là, encaissant ce choc brutal du haut de ses treize ans, les joues brûlées de larmes et les entrailles dévastées de chagrin.

Elle avait vécu six adorables années avec son beau hockeyeur. Ils avaient eu une magnifique petite fille : Clara.

Cette dernière avait aujourd'hui huit ans, et elle était porteuse d'une affection rare : la progéria. Cette maladie génétique orpheline, aussi appelée syndrome de Hutchinson-Gilford, provoquait une sénescence accélérée. Ceux qui en étaient atteints ne vivaient pas au-delà de quinze ans.

Andrew était parti voilà deux ans. Rompu par ce fardeau émotionnel, et peut-être aussi par égoïsme, il avait préféré s'envoler pour le Canada afin de poursuivre sa carrière de sportif…

Carrie revint à elle. Avec l'impression d'avoir reçu une claque monumentale, comme chaque fois qu'elle se laissait surprendre par le passé. Cela débutait toujours par les bons moments, les souvenirs agréables, puis l'évocation de ces instants finissait par déclencher un sentiment de vide où se mêlaient la déception, la crainte et la douloureuse conviction qu'un jour elle devrait faire ses adieux à la petite Clara.

Son reflet reprit enfin forme dans le miroir et son regard, perdu dans le vague, se posa une fois encore sur Samantha Cardwell qui dormait paisiblement.

Pourquoi avait-elle tenté de mettre fin à ses jours ? Quelle était cette hypothétique expérience qu'évoquait le docteur Newman ?

La tête lui tournait. Elle ouvrit doucement la porte de la chambre et sortit silencieusement.

Tout en marchant dans le couloir du Bartlett Regional Hospital pour rejoindre la sortie, Carrie consulta sa montre. Déjà 10 heures. Elle allait retrouver Clara, elle en avait besoin, passer encore quelques instants de bonheur qu'elle garderait pour elle, uniquement pour elle. Et le jour où elle devrait pleurer, ces épisodes heureux dont elle se souviendrait reviendraient l'apaiser.

★

Mai 2012, rue Saint-Urbain, Montréal (Canada)
Quartier général du SPVM

La séquence du meurtre tournait en boucle depuis le début de la matinée.

Les images étaient effroyables. Chaque geste qu'accomplissait le monstre coupait le souffle, laissant le spectateur glisser toujours plus loin dans l'horreur. L'extrême violence des actes donnait à penser qu'il s'agissait d'un montage vidéo très habile, un snuff movie combiné par un spécialiste des effets spéciaux.

Toute l'équipe de l'unité criminelle du SPVM de Montréal était rassemblée là, devant le moniteur. À la nausée que chacun éprouvait se mêlait un sentiment d'irréalité tant les scènes qui défilaient étaient abjectes, inhumaines. Dans un total décalage, l'horreur, illustrée par le morceau *True Faith*, interprété par New Order, présentait le crime comme une mise en scène cinématographique. Louise se souvenait très bien du film *American Psycho*, et cette bande originale incroyable qui avait fait de ce long-métrage un monument dans son genre.

Devant l'écran, les visages paraissaient se liquéfier. Louise Beaulieu ne soufflait mot. S'évertuant à observer minutieusement ce que pratiquait l'individu coiffé de la capuche de son pull, elle ressentait de la frustration, de la haine et du dégoût.

Marc Maréchal restait interdit devant les images, l'estomac chaviré. Il pianota enfin sur le clavier et l'action se figea. On y voyait le meurtrier lacérer la peau du cadavre démembré qui gisait sur le lit, nu, allongé à plat ventre. Le cadrage renvoyait une image de piètre qualité, sombre et sans définition. Le meurtre avait été tourné en direct, probablement filmé par une webcam à proximité.

Tout le monde s'observa. Le silence plomba la salle quelques secondes, puis Louise déclara :

— Bon, je crois qu'on va s'occuper de ça, Marc et moi... Les autres, c'est bon, retournez à votre boulot, c'est pas non plus un cirque, ce truc ! Chu ben tannée de vous voir pelleter des nuages devant cette horreur.

Maréchal adressa un signe de tête aux hommes de la division, puis se rapprocha de Louise. Il tira une chaise qui se trouvait près de la jeune femme et, mollement, se laissa choir dessus.

— Bon, Beaulieu, vous êtes sûre que vous voulez bosser sur cette affaire ? C'est... c'est un peu hard, non ? Et puis vous êtes un peu fatiguée en ce moment...

La rousse incendiaire le fusilla des yeux.

— Quoi, c'est hard ? Vous pensez que je devrais jouer à la poupée ? Y a pas d'quoi manger ses bas, non plus !

Elle continua :

— On ne devrait pas avoir de mal à localiser ce foutraque, Marc, on doit bien avoir chopé son adresse IP ou un truc dans ce genre. S'il a téléversé le fichier vidéo sur YouTube cette nuit, les traces sont encore fraîches.

Maréchal se racla la gorge, fit mine de lorgner le cadran de sa montre puis rétorqua :

— Si je peux me permettre, Louise, ce petit con n'est pas né de la dernière pluie. Il a lâché sa bombe depuis un cybercafé du centre-ville, puis il a disparu sans laisser de traces.

— Quoi ? On sait bien depuis quel cybercafé, c'est quoi le malaise ? rugit-elle.

— Le problème, c'est que l'identité qu'il a fournie au gérant du cyber' ne mène à rien, ou plutôt si... à ceci..., termina Maréchal en tendant un papier à sa subordonnée.

Louise parcourut rapidement la liste de noms imprimés : « Erik Romanov, Tyler Tramell, Vince Antonelli... »

— C'est quoi, ces noms ?

Maréchal la toisa, persuadé que sa collaboratrice était une petite branleuse finie qui ferait bien de suivre une thérapie pour soigner son addiction au jeu. Mais il la considérait aussi comme son meilleur élément. Il soupira en se levant, se dirigea vers le distributeur d'eau gazeuse et expliqua :

— Vince Antonelli, c'est le nom qu'il a utilisé pour se connecter sur le Net au cybercafé, d'après un compte chez un opérateur auprès duquel il est abonné. C'est un pseudo, évidemment...

Il but une longue gorgée, avant de reprendre :

— J'ai fait quelques recherches et il semblerait que ce type possède des centaines de comptes sous divers pseudos. Comptes Facebook, Google, Twitter, etc., il se sert de ces identités en fonction de ses besoins. Il s'est servi du même pseudo pour alimenter la Toile de ces abominables vidéos dans lesquelles il torture des animaux...

Louise fronça les sourcils, se leva à son tour, puis demanda :

— Mais comment se fait-il qu'on ait déjà toutes ces infos ?

— Premièrement parce que ce malade mental nous a envoyé le lien de sa vidéo par mail, ensuite parce que j'ai bossé un peu. Je vous conseille de vous y mettre aussi, Louise..., répondit Maréchal d'un ton glacial.

Elle voulut rétorquer mais il ne lui en laissa pas le temps. Il broya le gobelet plastique dans sa main, puis jeta sèchement :

— Et vous n'aurez pas d'avance sur votre salaire ce mois-ci, Louise, vous devriez penser un peu à vous et arrêter d'engraisser l'industrie du jeu sur Internet.

6

Railroad Worksong

Mai 2012, Montréal (Canada)
Aéroport international Pierre-Elliott-Trudeau

This new century keeps bringing you down
All the places you have been
Trying to find a love supreme
A love supreme…

La voix de Robbie Williams emplissait son crâne à mesure qu'il sentait la peur s'insinuer dans ses viscères. Il avait l'impression qu'une dose de formol s'employait à figer ses organes pour le préserver de la pourriture qui le gagnait. Cette nécrose le menaçait depuis son départ, depuis l'acte abominable qu'il avait commis quelques heures auparavant.

Luka observa le fleuve Saint-Laurent, tout en bas, qui lui paraissait ridicule. Alors que l'avion prenait de l'altitude, Luka éprouvait un étrange malaise, un sentiment à la fois empreint de regrets et de soulagement, la sensation de ne plus appartenir à personne, de n'être plus rien. Il savait qu'il laissait sa vie sur le sol de Montréal, mais qu'il abandonnait aussi quelque chose de beaucoup plus noir, la sombre part de sa conscience tourmentée.

Il permit à son esprit de filtrer les images qui s'entrechoquaient, se bousculaient au-delà de ses limites physiques, comme si elles exigeaient de refaire surface, de reprendre forme dans la réalité. Alors tout lui parut clair. Le sang. La chair. La fureur et l'envie de détruire, de faire disparaître cette monstrueuse créature qui l'avait possédé la nuit précédente. Qu'était-il devenu ? Était-ce une bête noire qui avait enflé dans son estomac tel l'alien de Ridley Scott, prenant possession de son âme et de son corps, jusqu'à totalement les contrôler ? Était-ce juste la résultante de toutes ces années de crasse qui l'avaient asphyxié, jusqu'au point de le rompre, de le briser et de faire de lui un rebut de l'humanité ?

L'appareil survolait à présent Sherbrooke. Le passage de l'avion déchira une nappe filandreuse de cirrus, dense, et cela rappela à Luka à quel point la peau humaine était solide et épaisse.

Même si tout cela lui semblait irréel, même si cela ressemblait à une mise en scène, rien n'émanait d'un rêve ou d'un cauchemar. C'était vrai. Tout était vrai. Il avait réellement tué Ushi Huang dans son appartement, dans ce meublé qui avait fini par lui sortir des yeux. Il avait dézingué son amant d'un soir à coups de pic à glace, comme ça, avec le tour de main de Tramell dans *Basic Instinct*.

Le mannequinat, les figurations dans ces séries érotiques aux cachets minables, ses pitoyables rôles de fluffer dans les productions porno à deux sous, tout cela avait fini par fendiller sa coquille de jeune conquistador du sexe.

Il avait toujours cherché la célébrité. La reconnaissance, la gloire. Il avait constamment désiré que l'on clame son charme irrésistible. Il avait toujours été différent des autres, à part, en marge de la pâle représentation de l'espèce humaine dont il faisait malheureusement partie.

Oui, le plaisir de crever Ushi Huang au pic à glace avait été intense, jouissif. Le plaisir de le découper aussi, tout comme celui de le goûter et de l'aimer post-mortem...

Les yeux mi-clos, assailli par le sentiment d'avoir franchi une limite sans espoir de retour, Luka frissonna en ajustant les écouteurs sur ses oreilles. Et la mélancolie le submergea.

Il observa les passagers insouciants autour de lui, ces voyageurs ignorant qu'ils se trouvaient tous à côté d'un monstre, un nouveau monstre. Il croisa à cet instant-là le regard d'un jeune Noir qui semblait saisir la douleur qu'il ressentait. Il se leva alors, s'engagea dans l'allée centrale et se dirigea vers l'arrière du couloir. Il déplia enfin un strapontin libre près de la cabine toilettes et s'assit.

L'inquiétude le gagnait peu à peu sans qu'il arrive à définir pourquoi.

Ouais, Luka, c'est bien un meurtre, un putain d'homicide ! Tu as crevé un type... C'était pas un putain d'chat cette fois !

Il repensa à la valise. Celle dans laquelle il avait fourré le tronc d'Ushi Huang. Il repensa aux colis divers, distribués comme des cadeaux de Noël à travers Vancouver et Montréal. L'un offert au parti libéral et l'autre au parti conservateur. Les pieds et les mains d'Ushi, voilà qui allait certainement leur paraître étrange, à tous ces cafards du pouvoir.

Luka eut un hoquet, entre rire et sanglot, puis il ferma les yeux.

Paris allait peut-être lui porter secours.

Paris, cette ville dans laquelle il avait pour la première fois subi l'impact d'un effroyable traumatisme, en 2004, un choc d'une violence froide et sans égal.

Le traumatisme de sa sœur violée sous ses yeux par un type sans pitié…

★

Mai 2012, forêt nationale de Tongass, nord de Juneau (Alaska)

Allait-il falloir qu'il redescende dans le centre-ville de Juneau ? C'était évident, il en allait de sa vie, et il n'osait pas imaginer ce que lui ferait subir Peter Higgins si son projet tombait à l'eau.

Pour l'heure, il devait se cogner le sale boulot, retrouver les deux adolescentes. Il avait passé peu de temps avec elles dans la pénombre glaciale de la cabane et, de toute façon, les filles ne le reconnaîtraient pas. Leur cerveau avait suffisamment absorbé de pression pour ne plus être en mesure d'analyser la situation. Elles ne savaient même plus qui elles étaient ni où elles avaient passé leur enfance. Et c'était tant mieux…

Matthew Meyers grimpa dans son pick-up Chevrolet Silverado et alluma la radio. Le son de la guitare du sublimissime Mark Knopfler s'éleva, aussi léger qu'un souffle d'air. Puis la voix s'insinua sur cette rythmique folk, entre la country et le blues. Et, sur un air de banjo, le groupe Notting Hillbillies glissa avec aisance sur le morceau « Railroad Worksong ».

Matthew Meyers se mit à siffloter, accrocha sa ceinture de sécurité et démarra. Il savait qu'il se rendait au casse-pipe. Il se sentait comme un accro aux sensations fortes, un alpiniste chevronné partant à l'assaut du mont McKinley, mais sans le moindre équipement…

★

Mai 2012, 3260 Hospital Drive, Juneau (Alaska)
Bartlett Regional Hospital, centre Carlson,
unité spécialisée pour le traitement des maladies génétiques

Carrie aimait cet endroit. Le centre Carlson était devenu au fil des mois un prolongement de son propre foyer. Malgré cet univers particulier, aseptisé, froid et presque silencieux, elle s'y sentait chez elle.

Elle connaissait tout le monde. Pour elle, le personnel médical était devenu une seconde famille. Et même si elle savait qu'un jour ou l'autre elle devrait la quitter, elle s'était attachée à cette famille-là qui était aussi devenue, par la force des choses, celle de sa fille Clara.

Clara était suivie depuis déjà deux ans. Le professeur Crown avait fait admettre au centre Carlson, en septembre 2010, la petite fille atteinte de progéria. Bardé de diplômes, récompensé maintes fois pour ses recherches sur les maladies génétiques et encensé par la presse spécialisée, Alexander Crown gardait tout de même les pieds sur terre et tentait tant bien que mal, entre deux colloques ou deux avions, de se rendre disponible pour ses patients et leurs parents. Il avait créé au sein de l'établissement un espace de communication dans lequel patients, familles et médecins pouvaient en toute quiétude dialoguer sur les progrès de chacun. Ce pôle permettait de se délester du stress et d'exprimer ses doutes, ses angoisses, d'exorciser l'idée de la maladie avec des psychologues…

Les portes de l'ascenseur s'ouvrirent soudain et Carrie entendit un petit cri de joie.

La fillette se libéra du professeur qui tenait sa main fluette et fripée, puis s'élança vers sa mère qui venait de s'accroupir. Les bras grands ouverts, Carrie accueillit sa fille tout contre sa poitrine, la serra fort en retenant la vague d'émotion et les papillons qui vrombissaient dans son ventre.

Elle embrassa l'enfant, l'observa ensuite et lui sourit tendrement. Elle enfonça un peu plus sur sa tête la casquette que portait la gamine et demanda d'une voix douce, tout en envoyant un signe de la main au professeur Crown :

— Une casquette Hello Kitty ? Mais je croyais que tu détestais !

— C'est pas pareil, maman, répondit Clara en riant, c'est un cadeau du docteur Crown…

— Merci, professeur…, susurra timidement la jeune femme en s'adressant au médecin.

Celui-ci s'avança en lui tendant la main. Il se retint de rire et précisa :

— C'est pas grand-chose, ça m'a fait plaisir… et comme nous avons discuté de ses cheveux cette semaine…

— Ce truc progresse ? Alors ça y est, professeur, le processus s'intensifie ?

— L'alopécie de Clara s'intensifie, oui, mais cela nous le savions… et puis elle était à un stade déjà bien avancé.

Prenant conscience qu'elle ne devait pas saisir cette conversation, la fillette de huit ans se dirigea vers la grande salle de détente, là où se trouvaient quelques jeux de société et consoles mis à la disposition des enfants. Avant d'y entrer, elle regarda sa mère en souriant de ses toutes petites lèvres. Ses délicats yeux bleus venaient de lui dire : *T'inquiète, maman, tout va bien, j'ai compris ma maladie, mais pour le moment je suis avec toi et c'est le principal.*

— Parlez-moi de ces complications cardiovasculaires, professeur, j'avoue avoir très peur de cela...

— Nous n'en sommes pas là, Carrie, pour le moment tout est stable de ce côté. En revanche, les premiers symptômes de lipodystrophie commencent à apparaître. La dégénérescence des tissus graisseux sous-cutanés m'inquiète plus. Mais rien d'alarmant pour l'instant...

Carrie laissa les larmes la submerger. Elle avait l'habitude, et elle savait maîtriser ce genre de situation. Mais cela lui faisait du bien de pleurer un peu. Juste quelques secondes.

Le médecin posa sa main sur son épaule et déclara d'une voix douce et réconfortante :

— Carrie, il faut que je vous parle de quelque chose. Le syndrome de Hutchinson-Gilford n'est plus aux yeux des hommes de science que nous sommes une maladie si mystérieuse. De nombreuses pistes de recherche se sont ouvertes, et nous avons creusé plusieurs d'entre elles. C'est un peu compliqué comme ça, mais disons qu'un test expérimental combinant des bisphosphonates et une statine est en cours d'élaboration, à New York, et cela semble prometteur. L'assemblage de ces molécules qui vise à diminuer la quantité de progérine produite peut s'avérer payant. La statine fera baisser la cholestérolémie et nous éviterons ainsi des accidents cardiovasculaires précoces. Quant aux bisphosphonates, ils aideront à prévenir les cas d'ostéoporose et de métastases osseuses...

— Je sais, professeur, je connais votre lexique médical par cœur et vous m'avez déjà parlé de ces molécules. Ce que je veux savoir avant tout, c'est comment va ma fille dans sa tête, vous voyez ? Et surtout, comment elle ira à mesure qu'évoluera cette saloperie de maladie...

— En septembre, et si vous acceptez de signer l'autorisation, Clara fera partie d'un groupe d'enfants atteints de progéria venant des quatre coins de la planète. Ils seront très exactement vingt-huit à expérimenter le Lonafarnib, une molécule visant à faire régresser les troubles de la maladie… Aussi, si vous êtes d'accord, je l'inscrirai à ce protocole médical.

— Cela ne me dit toujours pas si ma fille pourra vivre heureuse jusqu'à sa…

Elle ne prononça pas le mot. De nouveau le nez et les yeux brûlants. Une grimace pour réprimer cette vague douloureuse de chagrin puis, très vite, Carrie se reprit.

Crown l'observa avec un regard plein de compassion. Un sourire éclaira son visage.

— Justement, Carrie, pour cela nous avons un autre protocole médical que nous mettrons en place dès la fin de la semaine. Un confrère très expérimenté viendra m'épauler et dirigera ce soutien psychologique.

7
Entre le présent et l'éternité

Mai 2012, rue Saint-Urbain, Montréal (Canada)
Quartier général du SPVM

UNE AIDE PSYCHOLOGIQUE ? Et puis quoi ? Quel con, ce Maréchal...

Louise pensait encore au conseil foireux que lui avait dispensé son supérieur hiérarchique. Aller se faire soigner lorsqu'on était alcoolique, camé, voire toqué, cela, elle le concevait parfaitement, mais pas parce qu'on était soi-disant addict aux jeux d'argent.

Elle haussa les épaules en songeant que, même s'il y avait une infime probabilité pour que les propos de Maréchal tiennent un tant soit peu la route, il aurait pu s'abstenir d'interférer avec sa vie privée.

Louise avait fait l'impasse sur le repas de midi et s'était octroyé une petite partie de poker en ligne qui lui avait déjà permis de rafler deux cents dollars. En avalant son café devant l'écran, seule dans son bureau, elle songea de nouveau à Marc Maréchal. Elle savait que son supérieur n'était pas si mauvais, et qu'il la considérait comme un bon flic.

Crève, mon sale, t'es un mangeux d'marde ! pensa-t-elle en misant cinquante dollars sur la blind sollicitée par le meneur de jeu. Elle cliqua sur la mise tout en observant son avatar sur l'interface du site, puis elle ouvrit Deezer et déclencha la lecture de l'album de Big Fox. Elle sélectionna « Boring Ones », le titre éponyme, puis revint sur le tapis de mise et visa trois cartes sur son jeu.

Un as, un quatre de cœur et un dix de trèfle.

Putain ! Qu'est-ce qui a merdé dans la tête de ce type ? Quel genre d'individu pouvait bien tuer son amant à coups de pic à glace, le débiter lentement, avec plaisir, planter une fourchette dans ses fesses et les découper comme on découpe le steak qui se trouve dans son assiette, accomplir des actes nécrophiles et filmer le tout en écoutant « True Faith »... Le diable, peut-être ? Encore lui ? Était-ce aussi ce bouc cornu et malodorant qui l'avait privée de sa sœur depuis 1990 ? Était-ce le diable qui avait fait en sorte que Juliette glisse sur la berge de la rivière et se fasse emporter par le courant ?

Louise ferma les yeux un instant.

Un bip retentit. Il fallait qu'elle choisisse une autre carte ou qu'elle se couche.

L'équipe des experts en réseaux avait remonté la piste jusqu'au fameux dépeceur. Les flics de la cellule rattachée à l'enquête savaient désormais que ce déséquilibré était le même qui s'amusait à choquer l'opinion publique depuis 2010 avec ses vidéos de tortures sur les animaux.

De nouveau le bip. Louise rouvrit les yeux et constata que son tour était passé. Les cartes restantes se retournèrent sur l'écran et elle découvrit son jeu.

Deux dix. Son jeu complet formait un brelan de dix. Curieusement, additionné au reste des cartes le jeu donnait une somme de trente-cinq. *Câlice ! C'est un vrai cauchemar !* Pile vingt-deux ans après, mois pour mois, Juliette aurait eu trente-cinq ans…

D'un geste rageur elle envoya valser l'écran sur le bureau et se leva. Elle s'approcha de la fenêtre en soupirant et observa le parking devant l'immeuble. Tout en bas, les voitures rangées de façon ordonnée semblaient presque factices, immobiles, formant une armée de modèles réduits métalliques sur lesquels Louise imagina aisément rebondir. L'asphalte de l'aire de stationnement accueillerait son corps flasque, brisé, et la boucle serait bouclée.

Elle ouvrit la fenêtre. Un courant d'air vint fouetter son visage et des odeurs de pneus, de frites grasses et d'hydrocarbures l'agressèrent. Elle entendit également la rumeur de la ville et ses bruits parasites.

Entre vivre et crever, il n'y avait qu'un pas. Entre le présent et l'éternité : la mort.

Une nouvelle fois le vertige la prit. Elle avança près de la baie vitrée le siège qui trônait face à son bureau et, à l'instant où son pied se posa dessus, Marc Maréchal fit irruption dans la pièce en sifflotant une chanson de Bruce Springsteen. Essoufflé, il ôta sa veste et la posa délicatement sur le dossier de son siège. Il desserra un cran à sa ceinture, probablement gêné par des reflux gastriques après s'être empiffré au snack-bar de la rue Saint-Denis, éructa, puis lança d'une voix tonitruante :

— Hey, Louise, vous avez chaud aux foufounes ou bien ?

La rouquine sursauta puis referma lentement la fenêtre. Elle se retourna et gratifia Maréchal d'un sourire mesquin.

— Vous êtes si drôle, Marc… Votre Giant aux oignons frits était bon ? ironisa-t-elle.

— Louise, on a du boulot. Un sacré putain d'boulot, même, de ceux qu'on n'aime pas trop, enfin tsé veux dire, hein...

— Marc, chu tannée de vous entendre me parler comme si j'étais une gamine. Venez-en aux faits !

Le flic hésita. Il scruta le cadran de sa montre, inspira profondément et dit enfin :

— J'ai reçu un coup de fil de l'officier d'astreinte pendant que je déjeunais rue Saint-Denis... Le concierge d'un immeuble situé sur le boulevard Décarie a appelé le SPVM aux alentours de midi. Le gars était intrigué par l'odeur des poubelles derrière le bâtiment, et il s'est dit qu'il y avait un gros animal crevé là-dessous...

Louise observait Maréchal, sourcils froncés et bouche légèrement entrouverte, devinant par avance l'effroyable scénario.

— Il a aussi pensé à un nouveau-né...

— Un nouveau-né ? Merde, Marc, c'est gerbant ! C'est quoi, ce délire ?

— C'est pas un délire. Rappelez-vous la connasse qui avait mis son môme dans une benne à ordures il y a deux ans. Bref, une équipe est déjà sur place, et je veux qu'on s'y rende, j'ai besoin de vous sur ce coup-là...

— Tout ça pour une putain d'odeur ?

— Non, Louise, tout ça pour une putain de valise...

★

Mai 2012, Alaway Avenue, Juneau (Alaska)
Central du Juneau Police Department

Assis derrière son bureau, le capitaine du JPD se massa le visage en soupirant puis, le cœur lourd, il fit tourner autour de son poignet le bracelet de cuir que lui avait offert Emma deux ans plus tôt, quinze jours avant le drame. Il revoyait encore le sourire de sa fille, il revoyait Emma l'embrasser et lui souhaiter un joyeux anniversaire, juste avant qu'elle ne file au lycée.

Elle aurait eu dix-huit ans.

Il s'empara du magazine *Pêche Loisir* qui traînait sur le fatras de son bureau et l'ouvrit au hasard. Il lui fallait oublier l'épisode du bracelet, il fallait qu'il s'occupe l'esprit. Malgré la douleur que lui infligeait ce souvenir, il ne pouvait se séparer de cet ultime cadeau que lui avait offert sa fille.

Il parcourut d'un rapide coup d'œil les photos qui s'étalaient sous ses yeux : la pêche au saumon sauvage sur les bords de la rivière Taku, des pêcheurs vantant les mérites exceptionnels d'un matériel de pêche et de bivouac, la féerie des vastes étendues qui s'étiraient jusqu'au glacier Taku...

Même sa plus grande passion ne suffisait pas à alléger sa conscience, à le distraire, à apaiser ce chagrin immense d'avoir perdu son enfant.

Exaspéré par l'incessant tic-tac de l'horloge murale dans le silence oppressant, il envoya bouler le magazine en jurant. Il songea au docteur Newman, à Carrie, censés tous deux le tenir informé des résultats de l'examen.

Samantha avait-elle été violée ? Que s'était-il exactement passé ? Pourquoi était-elle prisonnière de cet effarant mutisme ?

Toutes ces questions qui cognaient sous son crâne eurent raison de lui. Il ouvrit le tiroir de son bureau et farfouilla jusqu'à mettre la main sur une boîte de comprimés et sur sa crème à la cortisone. Ce fichu mal de tête accompagné de ces crises de psoriasis. Toujours et encore, depuis la mort d'Emma. Depuis le jour où ce chauffard avait pris la vie de sa fille chérie...

Il lui semblait que depuis son départ d'Anchorage, en 1988, pour venir s'installer à Juneau et entrer au JPD sous le grade de lieutenant, le malheur avait suivi sa trace.

D'abord le 24 mars 1989, dans la baie du Prince William, le supertanker *Exxon Valdez* qui s'était échoué, vomissant plus de quarante-deux millions de litres de brut. La plus cauchemardesque des marées noires de l'histoire. Deux cent cinquante mille oiseaux, des milliers de baleines, des loutres et des tonnes de poissons empoisonnés. Deux mille kilomètres de côtes et de fonds marins souillés. Des entreprises familiales en place depuis des décennies anéanties. Tout un système économique foutu en l'air, des milliers de gens sans emploi, perdus. Une catastrophe écologique et psychologique qui avait marqué au fer rouge toute une population... Ensuite ce cambriolage qui avait mal tourné, toujours en 1989. Et enfin la mort d'Emma, en 2010.

L'accident, les sirènes de la police, les pompiers. Et cette saloperie de portable qui avait sonné dans sa poche ce jour-là, ce jour de congé, alors qu'il était en train de sortir de l'eau le plus gros saumon de toute sa misérable vie.

La voix au bout du fil. Trois mots étranglés entre deux sanglots, trois mots que la douleur rendait à peine audibles, mais cela avait suffi... « Jake... Emma est... ».

Le téléphone sonna et Nelson mit quelques secondes à réaliser qu'il s'agissait de celui de son bureau. Le cortège d'images se dissipa tandis qu'il décrochait :

— Ouais, Nelson, j'écoute...

— Jake, c'est Carrie à l'appareil, nous...

Pensant avoir Newman au bout du fil, Nelson serra les mâchoires. Déçu, il interrompit sèchement la jeune flic en maugréant :

— Carrie, j'espère que c'est important, j'attends un appel de...

— C'est important, Jake. J'étais en patrouille avec le sergent Drake et on circulait sur Glacier Highway lorsque le central nous a contactés. Un chasseur avait retrouvé une gamine dans la forêt et l'avait reconduite sur le bord de la route, près du jardin botanique de Glacier Gardens Rainforest Adventure.

— Quoi ? De qui vous…

— Elle marchait de façon erratique, à la lisière de la forêt de Tongass, c'est ce que nous a dit le chasseur lorsqu'on est arrivés sur les lieux.

Le flic se redressa.

— Continuez, fit-il d'une voix étranglée.

— Elle est pétrifiée, le regard perdu dans le vague. Son visage et son cou portent des hématomes, et ses vêtements sont souillés… le cas est semblable à celui de Samantha, Jake !

— Quoi, elle ne parle pas, elle est mutique elle aussi, c'est ça ?

— C'est la petite Noon Agaguk, elle est consciente, enfin… elle est éveillée, mais, oui, elle est incapable de dire un mot et elle tremble de tous ses membres. Nous serons au central dans quinze minutes…

8

Appartement 208

27 mai 2012, Bagnolet, Seine-Saint-Denis (France)
Hôtel La Casbah

IL ALLAIT ÊTRE PUNI POUR SON CRIME lorsqu'il se ferait prendre, alors autant que ce soit spectaculaire, autant que ce soit pour le jackpot. Quelques jours avant de tuer Ushi Huang, Luka s'était introduit sur le Tor et avait retrouvé la trace d'un des amis de Carlos Lorenzo. Lui aussi avait pris une part active dans l'agression de sa sœur. Ce salopard de métèque tatoué de la tête aux pieds avait violé Leslie sous ses yeux, alors qu'il se trouvait à Paris avec ses parents pour une semaine de vacances.

L'ami de Lorenzo, un Algérien de vingt-huit ans, avait monté une petite boutique florissante de tatoos et piercings. Il en faisait la promotion sur Internet et sur le Tor. Lorenzo s'était apparemment associé avec lui. Probablement une couverture de plus, afin d'écouler de la came sans être inquiété. Luka avait reconnu le pierceur, qui apparaissait sur la photo de son site aux côtés d'un de ses clients ; la cicatrice qui lui barrait le visage de l'œil droit jusqu'au bas du menton ne laissait pas de place au doute. Il s'agissait bien d'Hamid Messaoudani.

Leslie avait été agressée à quelques mètres de son frère, tenu en respect par cette crevure d'Hamid qui le maintenait face contre sol. Alors qu'une patrouille de flics était en approche et que le type l'avait relâché, il n'avait fallu à Luka qu'un bref instant pour sortir de sa poche la clé de sa chambre d'hôtel, une seconde pour taillader le visage de son tortionnaire avec et courir rejoindre sa sœur, et une seconde de plus pour se jurer qu'il vengerait lui-même Leslie de ce crime odieux en coupant les couilles à ces deux salopards. Et le temps lui avait donné raison. La police n'avait jamais mené l'enquête à terme. Plus tard, sur la décision du magistrat instructeur, le dossier avait été classé, faute d'éléments sur les agresseurs.

Pour l'heure, la police de Montréal avait retrouvé en partie le corps d'Ushi Huang. Les services d'Interpol seraient sans aucun doute sollicités et un mandat d'arrêt international finirait par être délivré en son nom, en plus du mandat pancanadien. La fameuse notice rouge serait également diffusée aux cent quatre-vingt-dix pays membres. Il n'allait pas faire bon traîner dans les rues de Paris ou sur les zones frontalières, mais s'il voulait retrouver Hamid, il fallait qu'il rejoigne l'Allemagne, où le type avait établi sa petite entreprise en plein cœur de Berlin. Il prendrait le bus, le moyen de transport censé être le moins surveillé.

Luka extirpa de sous l'oreiller son passeport et l'ouvrit. Il caressa sa photo du bout de l'index en souriant. Avant de quitter l'appartement du boulevard Décarie, il s'était coupé les cheveux très court et les avait décolorés jusqu'à pouvoir arborer un blond presque platine. Il portait aussi des lentilles vertes et une paire de lunettes noires qu'il ne quittait plus. À la hâte, il s'était refait la tête de Tyler Tramell, à l'identique de la photo qui se trouvait sur le passeport établi à ce nom-là. Le pseudo qu'il vénérait, celui qu'il utilisait le plus parmi tant d'autres. L'héroïne du film *Basic Instinct*, Catherine Tramell, interprétée par Sharon Stone, avait largement inspiré Luka. La psychologie de cette femme bisexuelle, meurtrière sociopathe qui esthétisait la violence et assassinait ses amants au pic à glace, l'avait complètement hypnotisé.

Oui, Tyler Tramell allait retrouver Hamid et le forcer à parler, jusqu'à ce qu'il lui révèle l'endroit où se trouvait le violeur de sa sœur.

Il allait le retrouver. Le crever à coups de pic à glace, le regarder se vider et lui couper les burnes.

Mais pour cela il fallait qu'il reste vigilant. Il devait reprendre le contrôle, même après cet effrayant dérapage avec Ushi Huang. Les voix avaient pris possession de son esprit, et plus particulièrement celle qui lui avait affirmé que le jeune homme était un agent du gouvernement missionné par Nicolas Harping – le Premier ministre et chef du parti conservateur canadien – pour l'assassiner, lui, un innocent citoyen. Le lendemain, il y avait eu des rires dans sa tête, et il lui avait alors été incapable de ne pas se soumettre à cette énergie bizarre. La voix avait insisté en lui ordonnant : « Découpe-moi ça ! Pique-le ! Pique-le encore ! Il est venu pour te tuer ! » Il se revit mettre la tête d'Ushi Huang dans le réfrigérateur, tout en captant les messages qu'elle tentait de lui faire parvenir. Il songea au lendemain, il se revit péniblement refaire surface, puis aller déposer la tête dans les hautes herbes, près de l'étang, dans le parc Angrignon de Montréal.

Il était devenu urgent pour lui qu'il se souvienne de cette thérapie que lui avait fait suivre sa mère. Cette thérapie qui l'avait aidé trois ans après le sinistre épisode du viol, alors que sa sœur avait mis fin à ses jours en se jetant dans le Saint-Laurent du haut du pont Jacques-Cartier. Il lui fallait retrouver la machinerie de ce phénomène qui consistait à pouvoir remonter d'un état de stress post-traumatique. Retrouver cette mécanique qui lui avait permis de tenir. Ne plus vivre dans la dépression et se reconstruire.

On appelait ça la résilience.

Il se souvint de Meyers. De sa voix et de son humour crasse qui, la plupart du temps, évoquait une approche du sexe toujours très décomplexée. Ce psychiatre ne l'avait-il pas plutôt converti à une sorte de thérapie dont lui seul connaissait les codes ? Ne l'avait-il pas plutôt envoûté pour pouvoir mieux le contrôler ?

★

Mai 2012, 3260 Hospital Drive, Juneau (Alaska)
Bartlett Regional Hospital

Ce qu'il y avait de négatif avec les médias à l'heure des réseaux sociaux, c'est que les truands et autres criminels étaient informés en temps réel de l'évolution d'une enquête ou des indices que possédait la police. Et la dépêche qui avait annoncé le transfert de la jeune victime pour l'hôpital local était tombée tôt, diffusée à la radio entre deux spots de publicité pour des céréales et du beurre de cacahuète.

Meyers se gara sur l'un des nombreux emplacements réservés aux médecins de l'hôpital Bartlett et coupa le moteur. Il observa à travers le pare-brise l'aile droite du bâtiment, où se trouvait le service des soins intensifs.

Alors que tous les accès lui étaient autorisés, et qu'il pouvait circuler où bon lui semblait sur l'ensemble du centre hospitalier, la zone des soins intensifs était interdite au personnel non habilité et son accès restait très réglementé. Pourtant, bien qu'il n'exerçât pas dans ce service, la petite Ellie, au bureau des admissions, le laisserait sans doute déambuler librement, sans trop lui poser de questions. Depuis toujours, elle admirait son génie.

Sa Tag Heuer affichait 17 h 35. Ellie était donc toujours en poste. Il allait pouvoir arpenter les couloirs sans être inquiété.

Pensif, il s'interrogea. Qu'est-ce qui avait foiré ? Pourquoi Samantha avait-elle tenté de mettre fin à ses jours ? Avait-il manqué de rigueur en appliquant l'ancien protocole lié à la sismothérapie ? Il fallait qu'il en ait le cœur net.

Exténué, il se massa le visage en soupirant. Il avait besoin d'un peu de repos. Le stress le rongeait et le sommeil lui manquait.

Ce qu'il allait faire lui répugnait mais il n'avait pas le choix. Higgins ne lui laissait pas le choix…

★

Mai 2012, boulevard Décarie, Montréal (Canada)
Domicile de Luka Ricci

Derrière le sinistre bâtiment, un périmètre de sécurité avait été déployé sur le parking et, déjà, les trois gars de l'équipe scientifique s'affairaient sur le tas de détritus qui s'amoncelaient près des conteneurs à ordures de la copropriété.

À peine descendus de leur vieille Ford Crown Victoria, Marc Maréchal et Louise Beaulieu s'empressèrent de rejoindre le groupe. Près des poubelles, ils aperçurent Luc Saint-Cyr, l'associé du directeur du SPVM, en personne. Il avait daigné enfiler son plus beau costume pour se rendre à l'endroit même où avait été retrouvé un tronc humain délesté de sa tête et de ses membres.

Le chef de groupe de la cellule de l'identité judiciaire s'avança vers le duo qui pénétrait dans la zone confinée. Les mains dans les poches de son blouson siglé aux armes du service, il jeta sur un air de faux cul :

— Salut, les gars, vous venez faire du gratte-papier ou quoi ? Vous dormez sur la switch, on remballe, là, y a rien d'autre, on n'a pas retrouvé de nouveaux morceaux de macchabée… y a plus rien à voir !

Maréchal l'ignora et l'écarta d'une bourrade de l'épaule.

Louise fourra à son tour ses mains dans ses poches, singeant la posture fanfaronne de son interlocuteur, puis lança d'une voix masculine :

— Alors, c'est quoi ce merdier ? Vous avez trouvé quoi, exactement ?

Le flic de l'identification désigna de l'index le tas d'ordures et de sacs-poubelle.

— Tu vois le tas d'merdes, là, et la valise à roulettes tout près du fourgon ? C'est là-dedans qu'on a retrouvé le tronc, sans la tête, ni les jambes, ni les bras. C'est un détraqué, ce type… Ça fait des heures qu'on fouille les poubelles, mais y a rien. Moi, ce que j'en dis, c'est que les gens sont crades, tout de même, ils déversent leur merde à même le trottoir ! Ça sent pas la rose, hein ? On a retrouvé des dépouilles de chats en décomposition, dans des sacs aussi, et… et un putain de boa crevé !

— Quoi, tu veux dire qu'il n'y a rien d'autre ?

— Je n'ai pas dit ça..

— Quoi alors ?

— Tu vois la douzaine de sacs-poubelle sur le trottoir ?

— Ouais…

Il laissa passer deux ou trois secondes et déclara lentement :

— Ils sont remplis des restes de la victime. En tout cas, ce sont des restes humains. Il nous faut maintenant savoir s'ils appartiennent à la même personne. Dans certains sacs on a retrouvé des papiers, des factures au nom de Luka Ricci, et à l'intérieur d'autres emballages se trouvaient un marteau, une mini-scie électrique et un pic à glace.

— Ostie de tabernouche ! C'est vrai que ça sent le crisse…, lâcha Louise, en observant Maréchal qui rassemblait une équipe.

Le technicien renchérit :

— Ouais, ça pue. Quant aux caméras de vidéosurveillance de la résidence, elles ont enregistré les images d'un jeune homme sortant de l'immeuble les sacs-poubelle en main.

— L'équipe a pu l'identifier ? Vous avez fait le nécessaire ?

— C'est lui, c'est Luka Ricci. C'est ce salopard qui s'amuse à torturer et tuer les animaux, le même qui diffuse ces putains de films sur la Toile…

Louise posa une main amicale sur l'épaule du technicien en se forçant à sourire.

Un léger vent venait de se lever. L'odeur se propagea, infectant les fragrances délicates du lilas près de l'entrée.

Alors qu'elle s'éloignait pour rejoindre l'équipe, Louise se retourna pour demander encore :

— Et on a une idée de l'endroit où a bien pu s'envoler notre oiseau de malheur ?

Le technicien contempla les longs cheveux roux de Louise, son visage, sa silhouette. Même les Converse rouges qu'elle portait lui parurent aussi sexy qu'une paire d'escarpins. Il daigna enfin répondre :

— La perquisition est en cours dans son appartement, le 208, et l'un de mes hommes a déjà retrouvé différents passeports sous divers noms d'emprunt. À nous de savoir s'il a pris un avion pour quitter le Canada et sous quelle identité…

— Et c'est forcément ce qu'il a fait…

— Quoi donc ? demanda le flic.

— Mettre les voiles sans demander son reste…

Louise abandonna son collègue et s'empressa de rejoindre son supérieur dans l'appartement de Ricci.

Les pièces grouillaient de flics qui fouillaient partout.

Elle s'avança dans la cuisine et observa les couteaux sur l'évier, salua les gars de l'identification d'un signe de la main, puis ses yeux se posèrent sur la paire de ciseaux près des couteaux. Sans vraiment savoir pourquoi, elle se mit à ouvrir tous les tiroirs et placards de la cuisine. Dans le tiroir à couverts, elle découvrit deux photos, deux photomatons que Ricci avait faits de lui.

9

*L'*Exxon Valdez

29 mai 2012, 1880 Evergreen Avenue, Juneau (Alaska)
Domicile de Peter Higgins

IL S'ÉVEILLA PÉNIBLEMENT avec cette sensation de brûlure intérieure. Un goût amer collé au palais, comme si l'échec s'était insinué dans sa bouche et l'avait infecté.

Peter Higgins consulta le cadran de la montre qui se trouvait sur la petite table de nuit, près de son lit. 8 heures. L'heure à laquelle on lui avait annoncé, trois ans plus tôt, que le troller sur lequel naviguait Jan s'était empêtré dans une effroyable tempête et avait coulé. Depuis 2009, cette heure-là avait pris possession de son esprit et toutes les tocantes du monde semblaient perpétuellement sonner ce même glas. À commencer par cette Breitling que portait encore son fils le matin de sa disparition, avant de sombrer au fond du détroit.

Ce petit objet était resté sacré. Il lui procurait la sensation que la trace physique de son fils était toujours présente.

Ce fils qu'il avait tant chéri et qu'il aimait toujours autant par-delà la mort. Higgins avait plusieurs fois respiré le bracelet qui, malgré les années, avait gardé incrustée au plus profond du cuir l'odeur de la sueur de Jan. Évidemment qu'il trouvait chaque fois ce geste morbide, insensé, et même parfois symptomatique d'une forme de déséquilibre mental, mais c'était pour lui un moyen de se raccrocher au souvenir de son fils. Cette montre lui permettait de garder un lien avec son enfant défunt, bien plus fort que lorsqu'il se recueillait devant la stèle de marbre noir qui émergeait du gazon du cimetière Evergreen. Ne subsistait que l'image de son visage ancrée dans son esprit, le souvenir de sa naissance et le reste… moins reluisant, mais réel, et qu'il allait falloir faire disparaître.

Peter Higgins caressa le bracelet, inspira profondément, puis se redressa. Il s'extirpa du lit et s'empara de son téléphone portable.

Trois sonneries. Une voix :

— Meyers, j'écoute…

— Dis-moi que c'est fini, que l'on ne craint plus rien…, marmonna Higgins en scrutant son visage dans le miroir face à lui.

— C'est fait… c'est allé assez vite. D'après mes sources, ils ont conclu à une arythmie cardiaque…

À cet instant, Higgins se détesta. Il se trouva hideux. Mais il ne pouvait plus reculer, il n'avait plus le choix.

— Et pour la jeune Noon ?

Il y eut un petit flottement, quelques secondes de silence sur la ligne. Higgins haussa le ton :

— Oh, Matthew ! Pour la jeune Noon Agaguk, on en est où ?

— Il y a… on a eu un problème. Elle… les autorités l'ont secourue, je ne sais pas ce qui a bien pu se produire…

— Bordel de merde, Matt ! Tu te fous de ma gueule ? Qu'est-ce qui s'est passé avec Rodolphe ? Il était censé assurer ta protection et surveiller les filles. Il était où ?

Nouveau silence. Meyers inspira longuement, puis se lança :

— Il… il a pété les plombs, il… il les avait battues, il voulait se taper les gamines, putain ! J'ai tenté de t'en parler hier, mais…

— C'est un cauchemar, ce type ! Bon, vous rappliquez tous les deux. On doit discuter, je veux évaluer les dégâts, je veux savoir où on en est.

— À quel endroit tu veux que l'on se rejoigne ? demanda Meyers d'une voix blanche.

— Tu le sais. Au vieux chalet, évidemment. Viens avec ce connard de Rodolphe.

Higgins allait raccrocher en écrasant rageusement le bouton de son téléphone lorsqu'il entendit Meyers ajouter quelque chose.

— Quoi ? Qu'est-ce que tu marmonnes ?

— Rodolphe ne pourra pas être avec moi… c'est impossible, répéta le médecin.

★

29 mai 2012, Alaway Avenue, Juneau (Alaska)
Central du Juneau Police Department

8 h 45. Jake Nelson avait convoqué Carrie Callan dans son bureau. Il voulait son rapport détaillé concernant la fille retrouvée en bord de route, près du jardin botanique de Glacier Gardens. Carrie finissait d'avaler sa tasse de café en scrutant le vaste parking devant le central. Absorbée par le

paysage, elle laissa son regard se perdre dans la lumière matinale qui arrosait les collines environnantes. Elle savait que le soleil allait très bientôt illuminer Juneau presque vingt heures sur vingt-quatre. Des journées infinies, l'illusion d'un monde étincelant en permanence, un piège pour l'étranger qui débarquait en Alaska en cette saison pour la première fois.

Carrie se retourna, observa Jake tout en lui accordant un sourire glacé. Elle allait devoir faire vite. Le temps lui manquait.

Après le décès de la petite Samantha à l'hôpital Bartlett, même si les médecins restaient persuadés qu'il s'agissait d'une arythmie cardiaque, une autopsie allait être pratiquée. Elle y avait été conviée. Il lui fallait aussi se rendre au chevet de la jeune Noon Agaguk, hospitalisée après avoir été retrouvée dans un état similaire à celui de Samantha Cardwell. Ensuite, il y avait ce rendez-vous avec le professeur Alexander Crown au sujet de Clara, afin d'entreprendre les démarches qui allaient permettre la mise en place du protocole médical…

Putain de journée ! pensa-t-elle en posant sa tasse sur le bureau de Jake Nelson. Ce dernier s'éclaircit la voix et demanda :

— Bon, Carrie, expliquez-moi un peu, j'ai pas encore parcouru votre rapport. Quand vous avez trouvé la petite sur le bord de la route, vous a-t-elle donné l'impression qu'elle marchait depuis longtemps ? Avez-vous remarqué un détail particulier ?

— La gamine était épuisée et à mon avis cela faisait plusieurs heures qu'elle dérivait…

— Si vous l'avez retrouvée près de l'endroit où a été secourue Samantha, c'est pas un hasard. Soit les ravisseurs ont une planque dans le périmètre, soit ces petites ressortaient de la forêt...

Jake Nelson observa Carrie, garda le silence quelques secondes en espérant que celle-ci répondrait, puis il poursuivit :

— Est-ce que les antennes-relais des réseaux téléphoniques ont été vérifiées ? Elle aurait pu avoir son portable le jour de son enlèvement et passer un coup de fil, activer une borne ou que sais-je. Il faut vérifier, non ?

— Pertinent, jeta Carrie en hochant la tête. Ça nous permettrait de situer un environnement, de circonscrire une zone, même si je suis persuadée que l'on ne trouvera rien de ce côté-là... Par contre, ça peut paraître insignifiant mais ça peut aussi avoir son importance... pendant que le sergent qui m'accompagnait passait un appel radio aux services de secours, c'est moi qui suis descendue de la bagnole pour secourir Noon Agaguk.

— Abrégez, Carrie, ordonna Nelson.

— Elle était terrorisée, j'ai tout de suite vu qu'elle avait subi une agression ou un truc comme ça. Et quand je lui ai mis ma veste sur les épaules et l'ai fait monter dans la voiture, elle chuchotait ce mot en permanence : « resilio ». Je n'en ai pas tenu compte sur le moment.

— Resilio..., marmonna Nelson, dubitatif. Ça veut rien dire... c'est quoi, ce machin ?

Carrie haussa les épaules, perplexe.

Elle scruta sa montre. Elle détestait avoir rendez-vous avec les morts de l'institut médico-légal de l'hôpital Bartlett. Elle détestait ça, surtout lorsqu'il s'agissait d'enfants...

★

29 mai 2012, rue Saint-Urbain, Montréal (Canada)
Quartier général du SPVM

Les résultats étaient tombés. Le corps démembré et sans tête était bien celui d'un étudiant chinois dénommé Ushi Huang, confirmé comme étant le compagnon éphémère de Luka Ricci.

13 heures. Louise s'activait à naviguer sur le Web depuis son arrivée au bureau. Grâce à l'aide fournie par le technicien de la cellule criminalité informatique et réseaux, elle se baladait sur le Tor depuis déjà plus de deux heures, espérant trouver quelque chose, une faille, un détail qui lui permettrait d'en savoir un peu plus sur le détraqué qui avait dépecé Ushi Huang. Sachant qu'il avait stocké la totalité de ses films sordides sur le Tor, elle voulait vérifier l'ensemble de ses connexions, et dénicher peut-être le petit indice qui indiquerait où se planquait Ricci. Louise savait que cette partie cachée du Web regorgeait de saloperies en tous genres, de photos glauques, de pornographie et de forums tous aussi tordus les uns que les autres. Achats d'armes de guerre, scènes de tortures animales, déviances sexuelles, meurtres en direct…

À force de persévérance, elle entra dans une zone consacrée aux crimes et délits, tous répertoriés par ordre alphabétique et classés par genre. Avec stupeur, elle y découvrit le nom de Luka Ricci. La vidéo du meurtre dans laquelle on le voyait s'acharner sur Ushi Huang avec un pic à glace, le démembrer et lui faire l'amour avait été référencée sous le titre « One Lunatic, One Ice Pick ».

Louise reconnut formellement le visage de Luka sur diverses vidéos de plus ou moins bonne qualité. Ce visage si beau, si froid, presque innocent. Elle consulta quelques pages, se laissa guider par deux ou trois liens hypertextes, puis se retrouva sur un portail Web au nom de Tyler Tramell. Plusieurs images du personnage de Catherine Tramell, tirées du film *Basic Instinct*, illustraient le site. Des photos de Ricci aussi, prises à des époques différentes, en divers lieux. Il apparaissait en blond platine sur certains clichés, les cheveux très courts, et sur d'autres il portait les cheveux mi-longs, noir corbeau. Il posait avec de nombreux individus, femmes et hommes, tous différents sur chaque photo. Le décor évoquait des clubs de nuit, discothèques et autres refuges pour noctambules aguerris. Luka s'était créé son univers, il pensait appartenir à une élite, au cercle très fermé d'une caste de personnalités du show-business. L'on pouvait juger de son appétence pour la pornographie et la dépravation sexuelle en quelques clichés, au fil des albums qu'effeuillait Louise, perplexe…

Marc Maréchal entra alors dans la pièce confinée, posa son imposant fessier de directeur assistant sur le bureau, puis bâilla longuement avant de déclarer :

— Beaulieu, nous sommes confrontés à un putain de dégénéré, un fou braque, un détraqué en liberté. Vous en pensez quoi, vous ? Hein ?

La jeune femme lui fit un signe sans décrocher son regard de l'écran. Elle était plongée dans le foutoir qui s'étalait sous ses yeux, le foutoir qu'était la vie de Luka Ricci. Elle cliqua sur l'onglet « bio ».

Maréchal insista, irrité par le silence de sa subordonnée :

— Hey ! J'vous parle, Beaulieu… ça presse, c'est pas le temps de tataouiner !

Louise se retourna en faisant pivoter son siège, rageuse, et lâcha :

— Et moi je vous demande de me laisser cinq minutes. Vous croyez quoi ? Je tataouine pas. Je suis en train de bosser, j'ai…

— Je vous demande pas ce que vous êtes en train de foutre, Beaulieu, je vous demande ce que vous pensez de ce fêlé !

La sirène d'une patrouille de police leur parvint depuis la rue. Louise se leva et ferma la fenêtre. Elle se rapprocha du directeur assistant qui empestait le tabac, le crucifia du regard puis répondit avec aplomb :

— Vous voulez savoir ce que je pense de ce cave qui trucide les animaux et vient de commettre son premier meurtre ? Hein, c'est ça ? Et bien, si vous n'étiez pas venu m'interrompre, je m'apprêtais à lire quelque chose de très intéressant sur notre oiseau. Je suis rentrée sur le Tor et…

— Le quoi ? Chu ben perdu, là !

— C'est la partie cachée du Web, un réseau informatique mondial et superposé à celui qu'on connaît. Ça permet de rendre anonymes tous les échanges Internet fondés sur le protocole de communication TCP. Luka Ricci aime s'y promener, il y possède de nombreuses pages de stockage de données, des sites. Par exemple, la page que je m'apprêtais à parcourir parle de lui, c'est un peu son blog personnel, un carnet intime en quelque sorte… Il est au nom de Tyler Tramell. Qui donc s'est occupé des passeports retrouvés dans son appartement ?

Maréchal pointa l'index sur son propre torse.

— Pourquoi, ça vous parle ?

— Disons que je suis persuadée que dans le lot de passeports laissés par ce malade, on n'en trouvera pas un établi au nom de Tramell. Il serait bon de vérifier les embarquements correspondants à ce nom-là, au lendemain du meurtre…

Le directeur plissa les yeux, scrutant Louise comme une bête étrange.

— Pas idiot, Beaulieu… Les documents sont aux scellés, avec le reste des pièces à conviction. Je m'en occupe…

Louise se replongea aussitôt dans la bio de Luka Ricci. Quelque chose s'éclaira quelque part au creux de son esprit, un vague signal de compassion qui lui rappela ses propres blessures. Effarée, elle parcourut le texte :

... j'étais pas prêt pour ça. D'ailleurs, qui est préparé pour ça ? J'ai vu les images du viol, pendant des nuits ça tournait en boucle dans ma tronche. J'entendais le rire de ce fils de pute et de ce bâtard de Carlos Lorenzo qui violait Leslie sous mes yeux, les hurlements de cet enculé d'Hamid qui me tordait le bras dans le dos... j'ai vu couler les larmes sur les joues de ma sœur. J'ai mis très longtemps à accepter que ces images elles disparaîtraient jamais.

Et un jour ma conne de mère a voulu que je suive une thérapie, et elle a trouvé ce connard qui était en conférence à Montréal, un psychanalyste je-sais-pas-quoi, spécialisé en sciences cognitives, ou un truc comme ça. Il fourguait une nouvelle thérapie, un truc de ouf, une manière qui permettait d'effacer les troubles et les traumatismes lourds liés à un choc émotionnel, un truc qui permettait de soigner les dingues, quoi. Je ne sais pas si ça m'a fait du bien, mais je crois que le fantôme de Leslie ne vient plus me voir depuis. Ce sont juste des voix qui me demandent de punir les salauds...

★

My fondest memories, mai 2012, Alaska

La brume s'était matérialisée, épaisse et mouvante. Elle s'enroulait autour des troncs noueux et démesurés des cyprès de Nootka comme autant de spectres égarés, telle une colonie de fantômes cherchant à réintégrer leurs corps délaissés le temps d'une errance nostalgique.

Au loin, le vieux chalet se découpait dans un ciel anthracite, cerné par un décor végétal lui-même étranglé par les langues de brouillard et la fumée que dégageait la cheminée.

Comparable à nombre de lieux mythiques, la forêt de Tongass avait tissé sa légende autour de rumeurs, de racontars rapportés par quelques chasseurs ivrognes paumés au fin fond d'un bar, par des gamins surpris dans la forêt lors d'un orage, ou encore par des randonneurs d'infortune perdus dans l'inextricable jungle alaskienne.

Je me souviens...

À l'époque, de nombreux adolescents qui avaient pour habitude de se retrouver dans les bois rapportaient que des hurlements avaient été entendus au loin, des cris de détresse le plus souvent féminins, des chuchotements et parfois même des voix. Cette année-là, une équipe de policiers avait été désignée afin de mener une enquête de voisinage auprès des propriétaires résidant aux abords de la forêt. Personne n'avait jamais vu quoi que ce soit d'étrange qui aurait mérité d'être signalé aux autorités.

Jusqu'à ce que Gil Gramms s'en mêle. Tout comme Peter Higgins, il était l'un des seuls propriétaires à posséder une maison à l'orée de la forêt. Chasseur émérite, Gramms avait toujours disposé d'une horde de chiens qui circulaient librement dans la propriété.

Une nuit de juin 1989, aux alentours de trois heures du matin, il s'était levé, furieux, le fusil en bandoulière. Ses chiens, qui aboyaient constamment la journée, coursaient les randonneurs et mordaient de temps à autre les joggeurs, n'aboyaient jamais la nuit. Lorsqu'il s'était retrouvé sur le seuil de sa maison, les yeux encore piquants de sommeil, il avait eu le temps de distinguer un véhicule sombre qui dévalait la piste forestière en direction de Juneau. Il avait tourné la tête et observé le chemin qui s'enfonçait là-haut dans la forêt, tout là-haut, bien après l'immense propriété de Peter Higgins. Il était ensuite retourné se coucher.

Le lendemain soir, noyé dans ses pintes de bière et accroché au comptoir d'un bar, Gramms avait déballé au patron l'épisode du véhicule dans la nuit.

Et puis les jours avaient passé, les mois, les années...

10

Confidences

29 mai 2012, Messedamm, Berlin (Allemagne)
Gare routière

Luka se sentait en perdition, victime d'un naufrage dans lequel sa vie lui semblait suspendue à un fil. Il se balançait au-dessus du vide et à tout moment le lien pouvait rompre.

Berlin. C'est dans cette ville qu'il devait boucler la boucle. Trouver Hamid, le faire souffrir, le tuer, puis fuir de nouveau et retrouver Lorenzo. Ou pas. Peut-être se rendrait-il aux autorités…

La surprise allait être totale pour cette enflure de Lorenzo. Mais il lui fallait d'abord retrouver Hamid, lui seul savait où le Latino pouvait bien crécher. Il prendrait alors rendez-vous par le Net, il se ferait passer pour un client désireux de se faire piercer et tatouer. Une fois dans sa boutique, si le type ne consentait pas à lui fournir les informations qu'il désirait, il le tuerait et lui arracherait la langue, les couilles et les yeux.

Tout en remontant l'avenue jusqu'à la station de taxis, Luka aperçut son image placardée sur les portes vitrées du distributeur de journaux. « Le dépeceur de Montréal » titrait le *Berliner Zeitung*, avec son visage qui occupait les deux tiers de la une. Mais il s'agissait de l'autre visage, celui d'Erik Romanov, son avatar. D'un nouveau coup d'œil il vérifia le reste de la presse : pour tous les journaux, le « tueur au pic à glace » était un brun ténébreux aux cheveux mi-longs.

Luka repensa à Leslie, à la complicité qui les liait, à leur enfance à jamais perdue. Il repensa au supplice qu'elle avait enduré le jour du drame, à la souffrance qu'elle avait dû supporter jusqu'au jour de son suicide. Il se remémora la tragédie familiale, la longue et lente dérive de sa mère dévastée par le chagrin. Il se souvint aussi de son drame personnel. De son propre naufrage. De la haine, insidieuse, tapie dans sa chair. Le soutien de cet homme, la thérapie qui s'était à l'époque avérée longue et inutile. Ce médecin, ce destin croisé, ce concours de circonstances qui avait fait qu'il en était là. Oui, Meyers lui avait appris à vivre avec sa douleur, à résister au mal qui rongeait tout individu frappé par la perte d'un être cher. Mais en lui inoculant un autre mal…

Luka avait tenu. De toutes ses forces. Jusqu'à aujourd'hui. À présent il ne pouvait plus contenir le poison qui lui infectait le sang, ce venin qui incendiait et ravageait ses chairs, ses entrailles. Il lui fallait s'ouvrir en deux et se dégorger de ce pus immonde qui coulait en lui, vomir ce trop-plein de rage et de honte qu'il aurait tant aimé cracher à la gueule du monde avant de sombrer.

★

29 mai 2012, forêt nationale de Tongass,
nord de Juneau (Alaska)

Accroupi, Peter Higgins observait le corps depuis déjà un long moment. Rodolphe reposait sur une bâche plastique, à l'intérieur de la remise attenante à la cabane.

Higgins se releva en soupirant et plongea les yeux dans ceux de Meyers. Il y décela une étrange lueur et une certaine morgue dans sa façon de soutenir son regard. Un frisson lui parcourut l'échine, un vertige le prit, un étourdissement qui le fit tanguer quelques secondes.

Le psychiatre passa une main nerveuse dans ses longs cheveux gras, puis déclara en désignant le corps de Rodolphe :

— À un moment cette crapule a voulu abuser des gamines, il les a cognées pour leur faire peur et les faire taire… On s'est un peu engueulés tous les deux, puis il a pris la bagnole et m'a dit qu'il avait des courses à faire en ville. Il s'est tiré, et moi aussi. Et quand je suis revenu je l'ai trouvé là, dans une…

— Bordel, Matthew ! Tu ne vois pas que ça commence à sentir la merde ? Les gamines qui se sont enfuies, et maintenant Rodolphe qui se fait descendre…

— Je sais. Je fais de mon mieux pour te venir en aide, Peter, Je suis désolé.

Higgins botta le mur d'un coup de pied rageur, sans épargner la motoneige à demi bâchée.

— Ça n'explique pas comment les deux petites ont pu se libérer de leurs liens aussi facilement.

— Rodolphe les avait détachées… Je te l'ai dit, ce salopard avait dans l'idée de s'amuser avec elles.

Rouge de rage, Higgins empoigna violemment le bras de Meyers et approcha son visage du sien.

— Laisse-moi te dire une bonne chose, rugit-il, si la deuxième gamine n'est pas retrouvée, c'est toi qui le paieras, t'as compris ?

Meyers hocha la tête en cherchant son souffle. Higgins desserra son étreinte, la respiration saccadée. Il poursuivit :

— Il faut que tu comprennes, Matthew, j'ai trop souffert, je ne veux plus de tout ça... Je suis fatigué !

Puis, désignant le cadavre de la pointe de sa chaussure :

— Et pour lui, eh ben... on s'en chargera demain, la forêt est assez vaste. Pour l'instant on le garde au chaud sous la bâche. Quelqu'un nous observe, quelqu'un veut nous faire peur, et je te jure que je trouverai qui !

— J'en doute pas, Peter, mais après cela, tu devras disparaître et finir tes jours loin de tout ça, te faire oublier.

Higgins se rapprocha du psychiatre.

— Ma thérapie a fonctionné, Matthew. Grâce à toi j'ai réussi à mieux accepter l'absence de Jan, j'ai réussi à admettre ce qui s'était passé... Maintenant, il faut que je réussisse à garder le contrôle sur ce qui est en train de se produire ici, à Juneau...

— Tu as réussi à accepter la mort de Jan, Peter, mais pas le reste, pas ce que nous savons. Ce que je veux dire, c'est que nous ne sommes jamais sûrs de quoi que ce soit... Rien n'empêche que tu pètes les plombs à tout moment. Tu sais, la science engendre parfois des monstres dont le contrôle peut nous échapper...

★

29 mai 2012, 3260 Hospital Drive, Juneau (Alaska)
Bartlett Regional Hospital

Malgré son courage, son habitude du sang et des cadavres, Carrie ne se sentait pas bien. Être douchée en permanence par les éclairages artificiels d'une morgue d'hôpital, deux niveaux sous la surface, avait tendance à la stresser. Sans oublier la vision du cadavre de l'adolescente, de ce corps nu recouvert d'ecchymoses qui n'avait pu délivrer le moindre éclaircissement concernant sa folie soudaine.

— Pourquoi vous êtes là, Carrie ? demanda brusquement Newman.

L'enquêtrice tourna lentement la tête et dévisagea le médecin.

— Quoi ? Vous vous foutez de moi, Newman ?

— Je ne sais pas, vous arrivez à la toute fin de la procédure légale de l'examen, vous êtes pressée de repartir, vous êtes là sans l'être… Je m'interroge.

— Vous savez bien pourquoi je suis ici, je veux des infos sur Samantha Cardwell, savoir si elle est effectivement décédée d'un arrêt cardiaque provoqué par une arythmie. C'est le cas ?

— Quoi qu'il en soit, c'est un arrêt cardiaque dû à une arythmie, la blessure du lobe temporal causée par le crayon était plus grave que l'on pensait…

— Rien d'autre ?

— Les nombreux hématomes, l'écorchure relativement profonde à la main gauche, les capsules électromagnétiques fichées derrière les oreilles… Carrie, cette fille a été torturée.

Ils s'arrêtèrent devant les portes de l'ascenseur. Leurs silhouettes se reflétèrent de façon diffuse sur la surface en aluminium brossé des deux pans mécaniques. Newman tapota nerveusement le bouton d'appel.

— Quel aurait été le mobile ? Pourquoi elle ? interrogea l'enquêtrice.

— Si je le savais, on ne serait pas là à discuter de probabilités.

Les portes de l'ascenseur s'ouvrirent. Avant de s'introduire dans la cabine, Carrie s'adressa au médecin :

— Je veux voir Noon Agaguk, dans quelle chambre estelle ? Je voudrais lui parler, lui demander si…

Newman l'interrompit brusquement :

— Noon n'a pas subi d'agression sexuelle, si c'est ce que vous voulez savoir, en tout cas pas récemment.

— Qu'est-ce que ça veut dire, pas récemment ?

— Eh bien, nous n'avons trouvé aucune trace de lésions récentes qui auraient pu indiquer un passage forcé.

— Donc ?

— Noon a été agressée sexuellement, mais c'était en 2007, et je croyais que vous le saviez !

11

Les symphonies du vide

29 mai 2012, rue Saint-Urbain, Montréal (Canada)
Quartier général du SPVM

Louise avait terminé d'éplucher les sites obscurs sur lesquels le « dépeceur de Montréal » avait pour habitude de faire frissonner les accros au sang et au sensationnel. Rien n'avait pu lui indiquer où exactement l'oiseau s'était envolé.

Le seul pseudonyme qui apparaissait de façon récurrente sur tous les sites et forums du Tor et qui n'avait pas été retrouvé parmi les quatre passeports récupérés au domicile du suspect était Tyler Tramell. C'est donc ce nom-là qui avait été vérifié auprès du service des embarquements de l'aéroport international Pierre-Elliott-Trudeau.

Et le nom avait matché. Un vol direct pour Paris.

Désormais, ils attendaient tous qu'Interpol daigne bien leur donner quelques nouvelles puisque ses agents connaissaient l'identité sous laquelle voyageait Luka Ricci. La notice rouge avait été diffusée, et une collaboration avec les services de police français était évidente. Louise sentait que l'affaire ne lui appartenait déjà plus, du moins pour l'instant.

Mais un détail la préoccupait : cette fameuse thérapie que Luka Ricci avait suivie et qu'il avait nombre de fois relatée sur ses sites. Elle avait compris l'importance qu'elle avait eue pour lui, bien qu'elle se soit révélée être un échec total.

Louise avait déjà entendu parler de ce soutien psychologique sans pour autant s'y intéresser de près. Ce phénomène thérapeutique consisterait pour un individu affecté d'un traumatisme lourd à prendre acte du choc psychique, puis à s'en servir comme d'un levier et non pas comme d'un poids. Selon les praticiens, cette méthode était censée aider les patients à se reconstruire et à ne plus vivre dans la dépression.

Louise nota le nom du psychothérapeute qui, à en croire les nombreux sites de presse en ligne sur son compte, avait été mandaté à Juneau lors de la catastrophe de l'*Exxon Valdez* en 1989. C'est en Alaska que se trouvait ce médecin reconverti dans le secteur des sciences cognitives, et c'est là-bas que Louise comptait se rendre. Elle nota également qu'un certain Daniel Singleton, incarcéré à Anchorage, avait bénéficié de la fameuse thérapie dans un cadre expérimental. Dans *Resilio*, l'ouvrage consacré à sa thérapie révolutionnaire, Meyers décrivait les crimes de Singleton comme ceux d'un homme rompu par sa propre personnalité, avec une très faible estime de lui-même, rejeté par les femmes en général. Il avait été établi bien plus tard qu'après chaque agression sexuelle il gardait une mèche de cheveux qu'il enveloppait dans du papier de soie. Il notait le prénom de sa victime dessus, introduisait le petit sachet dans un préservatif qu'il nouait, et cachait ensuite son joyau dans le réservoir de la chasse d'eau de ses toilettes. Un autre détail qui caractérisait Singleton était son bégaiement par substitution, une sorte de confusion grammaticale lorsqu'il s'exprimait et qui trahissait une sous-estime de soi. L'essai scientifique de Meyers abordait les différentes étapes de la thérapie expérimentée sur le dangereux criminel. Il concluait en affirmant qu'à l'issue du traitement Singleton ne bégayait plus. Il décrivait un homme qui s'était servi de ses frustrations et traumatismes liés à l'enfance comme d'une force, plutôt que de les vivre comme un fardeau.

Singleton, violeur récidiviste, avait à l'époque été soupçonné de la disparition de trois enfants. Mais c'est surtout pour le meurtre de sa femme, assassinée de trente-sept coups de couteau, qu'il avait été condamné à la perpétuité. Le corps de son épouse avait été retrouvé au fond d'un lac après le dégel. L'autopsie avait révélé une grossesse de trois mois. Des jumeaux.

La justice avait tenté de lui mettre sur le dos une série de meurtres jamais élucidés. Les odieux crimes auraient été commis dès les années 1970 et ce jusqu'en 1983, où l'on avait déploré une dernière disparition, celle d'une étudiante de vingt et un ans. Faute de preuves, les crimes étaient restés impunis.

Ce qui avait mis les enquêteurs sur la piste de Singleton, c'étaient plusieurs témoignages troublants, dont un en particulier. En 1982, une jeune strip-teaseuse avait échappé de justesse à une agression. Elle avait signalé aux policiers qu'un homme l'avait forcée à monter dans un véhicule, sous la menace de son arme à feu. L'individu, qui était masqué, lui avait parlé avec difficulté, avec un vocabulaire confus et un bégaiement des plus perturbants. La strip-teaseuse affirmait avoir reconnu la voix et le crucifix en or que portait l'homme autour du cou. Selon elle, il s'agissait d'un client du club, un habitué. Correspondant au signalement, Singleton avait été convoqué par la police. Mais après avoir longuement hésité, la jeune femme ne le reconnut pas derrière le miroir sans tain.

Louise voulait rencontrer le numéro d'écrou 278900JS.A, Daniel Singleton. Ensuite, elle se rendrait à Juneau, afin de faire la connaissance de Meyers, cet étonnant praticien à cheval entre la médecine et les neurosciences...

Ses pensées se diluèrent à l'instant où Marc Maréchal pénétra dans le bureau. Il posa quelques feuillets devant elle et déclara fébrilement :

— Ils... ils ont retrouvé sa trace à Paris. Il aurait passé une nuit dans un petit hôtel de banlieue. Mais selon le gérant, il serait parti tôt le lendemain matin...

— Marc ? l'interrompit Louise, c'est officiel ou quoi ?

— Il y a plus grave... le parti démocrate ainsi que le parti républicain ont reçu un colis chacun. Deux pieds humains pour l'un, deux mains pour l'autre. Il n'y a aucun doute, il s'agit des restes du pauvre Ushi Huang. Ce fou braque de Luka Ricci nous niaise !

Louise se leva et s'empara des documents déposés par Maréchal.

— C'est quoi, cette mascarade ? Ricci aurait... il aurait envoyé des morceaux de cadavre aux partis politiques québécois ? Et puis c'est quoi, ces papiers ? fit-elle en agitant les feuillets devant son nez.

— Il y a un feuillet pour une avance sur salaire. L'autre est une feuille de route pour Paris. Le grand patron veut que tu creuses la piste Luka Ricci...

— Quoi ? Luc Saint-Cyr daigne me faire une avance sur salaire et m'octroie des vacances ? Il va pleuvoir d'la marde ! Si je n'avais pas besoin de ce fric, je me serais bien torché les foufounes avec ses formulaires… Bon, de toute façon je comptais bouger.

— Bouger ?

— Je vais mettre mon cul au frais, oui. J'ai tendance à croire que le fait de me rapprocher du cercle polaire aura des effets bénéfiques sur moi, lança-t-elle en attrapant son sac qui pendait sur le dossier de son siège.

— Le cercle polaire ?

— Bah ouais… Dites à Saint-Cyr qu'il fasse modifier ma feuille de route, je pars pour l'Alaska.

★

29 mai 2012, 3260 Hospital Drive, Juneau (Alaska)
Bartlett Regional Hospital

L'étrange sensation de flotter, d'être là sans vraiment l'être… Une série d'images confuses, des bribes de scènes incohérentes et des sons, des voix, des chuchotements. Tout était déformé, exagéré. Son visage, par flashes, les traits plus fins, les cheveux longs, noués en queue-de-cheval. Des éclairs, de la lumière, les étendues sauvages et silencieuses de la forêt. Et du sang, du sang dans la neige immaculée. L'espèce de réduit qui sentait le bois. Et cette étrange odeur, forte et pénétrante. Elle courait sans se retourner, les arbres défilaient. Les chiens aboyaient derrière elle. Les cris. La douleur insoutenable dans le creux des reins et dans le bas-ventre, et puis rien… absolument plus rien.

Le noir, le crépuscule, et son réveil chez elle. Et cette musique que sa mère écoutait à longueur de journée à cette époque, la voix d'Alicia Keys qui psalmodiait « No One » et qui provenait de la cuisine, au rez-de-chaussée. Auparavant, jamais ce titre ne lui avait paru aussi noir, aussi violent et contradictoire dans ses mots. Elle se souvenait d'avoir eu la nausée, d'avoir eu le fort désir d'extraire de sa tête le poison de cette sombre symphonie, cette mélodie qui se répandait dans le vide de son cœur.

Elle frissonna en se rappelant que le tube de la chanteuse new-yorkaise était sorti en septembre 2007…

★

29 mai 2012, 1880 Evergreen Avenue, Juneau (Alaska)
Domicile de Peter Higgins

À 10 h 50, Higgins s'affala sur le grand canapé en buffle, envoyant valser sur la table basse l'exemplaire du *Juneau Empire* laissé par Meyers.

Il ferma les yeux. La bonne odeur du pain d'épice lui revint, celle de la châtaigne grillée et celle de la dinde qui finissait de rôtir au four. Le souvenir de ce soir-là surgit alors… La voix de Frank Sinatra qui swingue sur « Let It Snow ». Il est entouré des siens, au cours de cet étrange réveillon de Noël 2007, autour de la gigantesque table familiale dressée pour la sainte nuit. Entre les lueurs des nombreuses bougies, il entrevoit le sombre visage de Jan. Son fils le fixe d'un regard à la fois triste et désespéré. Il veut que son père mesure toute la douleur qui le ronge, tout le poids du remords qui l'écrase. À la fin du repas, Higgins invite Jan à le rejoindre dans son bureau. Troublé, le chef de famille sert deux grands verres de Chivas vingt-cinq ans d'âge puis avale une longue gorgée en silence. Il observe ensuite son fils avec attention puis déclare :

— Je sais que tu aimerais bien une augmentation de salaire, Jan, mais j'ai soixante-deux ans aujourd'hui, et l'entreprise te reviendra bientôt. Tout te reviendra, mon fils…

Ne sois pas amer avec moi, je dois encore garder quelques employés pour faire tourner la boîte, et cela passe par un équilibre des salaires, tu le sais. Je suis conscient que tu travailles dur, mais bientôt la conserverie sera à toi, ainsi que l'intégralité de la flotte de nos navires de pêche.

— Papa… il ne s'agit pas de cela. Je me fous de mon salaire, même si nous nous sommes disputés pour ça. Je… j'ai un truc important à te dire. J'ai… j'ai fait une connerie, une putain de saloperie de connerie !

— Quoi ? C'est grave ? Qu'est-ce qu'il y a ? De quel genre de connerie tu veux parler ?

Higgins voit son fils fondre en larmes, se mettre à genoux, la tête entre les mains.

— J'ai merdé, papa… J'ai commis quelque chose d'horrible, je ne pourrai jamais m'en sortir, jamais je n'oublierai… c'est affreux !

Higgins caresse les cheveux de Jan et lui tend son verre de whisky.

— Bois. Bois une gorgée, respire, souffle… et raconte-moi. Je suis prêt à tout entendre, je suis ton père…

— Ma vie est foutue, papa, morte, grillée… Ma vie est finie, je n'ai pas de solution…

— À vingt-trois ans, la vie ne fait que commencer, Jan. Même le pire des hommes qui a commis le pire des crimes peut avoir droit à une seconde chance. Alors parle-moi.

— Les images sont en moi, je… C'est comme une petite musique, cette voix lointaine, cette voix qui me dit que j'ai grave merdé, que je suis un putain de monstre. Je suis foutu. Ce n'était pas un accident, je suis foutu parce que j'ai aimé ce que j'ai fait, et j'ai peur de recommencer…

12
Le cybercafé

29 mai 2012, 3260 Hospital Drive, Juneau (Alalska)
Bartlett Regional Hospital, centre Carlson,
unité spécialisée pour le traitement des maladies génétiques

CARRIE OBSERVA LES MURS DE LA SALLE DE DÉTENTE et les compara à autant de remparts hostiles, aux parapets d'une prison dorée de laquelle on ne s'échappait qu'en offrant un sacrifice…

Le professeur Crown s'éloigna et disparut dans les bureaux. Il avait remis le dossier complet à Carrie en prenant le temps de tout lui expliquer, dans les moindres détails. Ce protocole médical était, peut-être, la lumière au bout du tunnel, mais rien ne garantissait qu'il était aussi fiable que les médecins voulaient bien le laisser croire. Si Carrie acceptait d'inscrire sa fille au programme de l'expérimentation, Clara serait prise en charge, tout comme les vingt-sept autres enfants atteints de progéria, choisis par Crown et deux de ses collaborateurs. Elle suivrait une thérapie médicamenteuse visant à faire reculer l'évolution des symptômes liés à la maladie. Mais ce traitement n'était pas sans risque, il pouvait même s'avérer fatal dans certains cas…

Songeuse, le regard perdu dans le vague et le stylo entre les dents, Carrie émergea de sa réflexion à l'instant où elle entendit la petite voix de Clara tout au bout du couloir. L'enfant se mit à cavaler en direction de sa mère en criant des « Maman » pleins de joie.

Comme toujours, Carrie mit un genou à terre et ouvrit grand les bras pour réceptionner sa fille. Elle l'embrassa très fort et la dévisagea quelques secondes, un sourire jusqu'aux oreilles. Puis elle reprit place sur le siège, Clara sur ses genoux.

— Ça va, mon cœur ? Tout se passe bien ?

— Ouais… tu sais, maman, Cassandra, l'infirmière qui s'occupe de moi, elle m'a dit que j'ai des mèches de cheveux qui tomberont bientôt… Mais bon, on s'en fiche, j'ai la casquette Kitty !

Émue par la spontanéité de sa fille et ce détachement qui caractérisait tant les enfants, Carrie observa ce visage qu'elle trouvait si beau, si doux malgré les traces déjà évidentes d'une sénescence avancée. Ce visage de l'enfance que la maladie lui volait. C'était un peu comme si une partie d'elle-même était vouée à disparaître le jour où sa fille s'en irait.

— Clara, tu sais que le docteur Crown aimerait que tu participes à un essai médical pour soigner ta maladie, et je voudrais savoir ce que tu en penses, toi. Est-ce que tu veux vraiment partir jusqu'à New York, c'est un long voyage, fatigant, et…

— Ouais, je veux, maman. Je suis sûre qu'après les essais t'auras plus besoin de toujours venir ici, à l'hôpital… Mais tu sais, je voudrais bien revoir papa, il me manque. J'aimerais bien qu'il habite plus près pour qu'il vienne me voir. Comme ça tu auras aussi du temps pour ton travail...

Bouleversée, Carrie enchaîna en souriant :

— Tu sais, mon ange, le temps que je passe ici n'est rien à côté de celui que je voudrais vraiment passer auprès de toi. Ça ne me dérange pas du tout de venir ici régulièrement. Je t'aime, mon bébé, et je t'aimerai toujours.

— Je sais, maman, et tu sais, moi aussi je t'aime... Mais toi, tu dois arrêter les méchants, c'est plus grave, papa il joue au hockey... Alors, même si t'es pas tout le temps là, je pense à toi et je t'aime très fort.

Carrie observa les lèvres de Clara qui venaient de former ces mots. Ces mots si grands et si beaux dans une si petite bouche. Sa fille la scruta à son tour, de ses yeux immenses qui étaient aussi l'une des caractéristiques de la progéria, tout comme la petite taille du crâne ou celle du corps.

Carrie serra sa fille dans ses bras et l'embrassa en ne pouvant réprimer son émotion. Elle jeta ensuite un œil sur le cadran de sa montre. 10 h 55.

— Tu sais qu'il ne va plus tarder ? Tu l'as déjà rencontré ?

— Tu parles de Matt, maman ? Le docteur ? fit l'enfant avec un sourire malicieux aux lèvres.

— Oui, le docteur qui est censé t'apprendre comment combattre cette maladie avec... ta tête.

La gamine enfila sa casquette et pouffa de rire.

— Pourquoi tu ris, Clara ?

La fillette se rapprocha de sa mère et chuchota :

— Ouais, je l'ai vu, il est venu me voir hier soir. Il m'a dit son nom et qu'on se verrait aujourd'hui tous les trois...

— Et qu'est-ce qui te fait rire, petite chipie ?

— Il… il est vieux et ses cheveux sont tout gras, il a deux petits yeux noirs qu'on dirait des yeux de rat, fit-elle en gloussant, et puis il sent le bois brûlé.

— C'est pas très gentil de se moquer des gens, Clara, tu le sais ?

La gamine acquiesça d'un signe de tête timide, tandis qu'un homme s'avançait vers elles.

— Bonjour, Clara, en forme aujourd'hui ? lança-t-il.

— Ouais, ça va, Matt, tu vois, c'est ma maman, répondit l'enfant.

Le médecin embrassa le front de la fillette, se retourna et salua la mère d'une vigoureuse poignée de main.

— Bonjour… Carrie Callan, je présume ? Enchanté, je suis le médecin qui prend en charge Clara pour la toute nouvelle thérapie associée au programme de soins, le professeur Crown a très certainement dû vous parler de moi, je suis Matthew Meyers.

★

30 mai 2012, Berlin (Allemagne)
Der Kosmische Computer, cybercafé du centre-ville

Et si mon poste était espionné ? s'inquiéta Luka.

Il lorgna en direction de la caisse, où se tenait le gérant du cybercafé, parcourut du regard tous les angles du plafond et repéra au moins trois caméras. Il se concentra enfin de nouveau sur l'écran de l'ordinateur, à peine rassuré. Il ouvrit plusieurs pages et se connecta sur les réseaux sociaux. Il consulta tous ses comptes, sous ses divers pseudonymes.

Il se demandait bien ce que le monde, et surtout la blogosphère, pensait de l'acte qu'il avait commis et partagé. Avide de savoir si son miroir numérique lui renverrait l'image suffisamment flatteuse qu'il attendait, s'il suscitait toujours ce désir fou chez l'ensemble de ses fans. Ressentaient-ils de la fascination à la seule vue de son visage, au seul son de sa voix ou en découvrant la nature de ses actes ?

Il se connecta sur son compte YouTube et chercha l'ensemble de ses vidéos, dans une fenêtre qu'il réduisit au maximum. Rien !

Ces sales enfoirés de merde ont bloqué l'accès aux vidéos !

Sur l'un de ses comptes Twitter et Facebook, il lut rapidement les diverses réponses postées suite au dernier statut qu'il avait actualisé quarante-huit heures auparavant : « Je ne suis pas le petit ami de Carlita Petrovka, c'est une rumeur propagée dans le but de me nuire. » Luka sourit en lisant son propre statut. Lui qui avait tout fait pour justement laisser croire qu'il était proche de la compagne du célèbre tueur en série Paolo Alexandro, lui qui avait répandu de façon anonyme cette rumeur afin de suggérer l'idée que sa folie était bien plus effrayante que celle imaginée par l'opinion publique.

Il continua de parcourir ses différentes boîtes mail, ses nombreux comptes sur les réseaux sociaux, ainsi que les sites de presse et d'information en ligne.

Le monde entier parlait du meurtre d'Ushi Huang. La planète prenait conscience que Luka Ricci n'était pas comme les autres. Il était un tueur qu'il allait falloir comprendre.

Le « dépeceur de Montréal ». Quel surnom ridicule ! Rien ne lui ressemblait dans ce surnom. Il n'avait pas dépecé Huang, il lui avait juste permis de mourir assassiné comme une star de cinéma, par une future star de cinéma. Par Tyler Tramell ! Le pic à glace était entré et sorti comme dans du beurre. Il n'avait pas dû sentir grand-chose, finalement, les trois ou quatre premiers coups, et encore... Lui, en revanche, avait ressenti un plaisir intense, tout le temps, même lors de l'acte sexuel avec le corps démembré.

Luka se pencha en arrière pour observer en direction de l'entrée. Il manqua tomber de son siège puis se concentra de nouveau sur son écran, le cœur tapant. Le gérant du cybercafé était au téléphone et jetait de temps à autre un coup d'œil dans sa direction.

Luka eut un frisson. Et s'il avait été repéré ? On voyait partout, sur le Web et dans les journaux, sa belle petite gueule d'ange surmontée de son nom et d'un titre en gras peu engageant. Mais il voyageait sous l'identité de Tyler Tramell, et même si les autorités diffusaient les photos de ses divers avatars récupérées sur les passeports laissés à l'appartement du boulevard Décarie, ils n'avaient pas la photo de Tyler...

Du moins, c'est ce qu'il pensait. Les deux photomatons qu'il avait laissés dans le tiroir de sa cuisine avaient été l'erreur.

L'image avait été diffusée en interne. Interpol. Police locale. Services de gendarmerie.

L'une des nombreuses caméras de la rue principale, en amont de celle où se situait le cybercafé, avait capté l'image d'un jeune homme qui correspondait en tous points à la personne recherchée. La cellule de surveillance avait suivi pas à pas son itinéraire. Puis, lorsqu'il s'était engouffré dans l'établissement, les services de police avaient contacté le gérant du cyber, qui avait confirmé la présence du suspect...

18 h 12. Après dix minutes passées à poster quelques commentaires sur les réseaux, Luka ouvrit l'une de ses nombreuses messageries. Un mail en particulier le fit sursauter. Le pseudonyme de l'expéditeur lui rappela vaguement un individu avec lequel il avait entretenu une relation. Lorsqu'il ouvrit le message, il sentit son cœur exploser. Désormais, il

savait où se trouvait le salopard qui avait « tué » sa sœur. Une joie immense l'envahit.

Une horde de policiers en tenue, arme au poing, pénétra alors calmement dans l'établissement. Deux d'entre eux s'approchèrent de Luka et lui demandèrent de présenter une pièce d'identité. Le jeune homme leur répondit qu'il n'en possédait pas. Les flics le sommèrent de lever les mains très lentement. Il s'exécuta et lâcha en souriant :

— OK... ça va, vous m'avez eu, c'est moi !

Sa dernière pensée, avant que l'un des flics ne lui passe les bracelets, fut pour le bourreau de Leslie : Carlos Lorenzo. À la seule idée qu'il ne pourrait pas lui percer les couilles à coups de pic à glace, la nausée le submergea...

13
À l'ancienne

30 mai 2012, Anchorage (Alaska)
Ted Stevens Anchorage International Airport

LOUISE DÉBARQUA AU CŒUR DU NÉANT. Au beau milieu d'un paysage éteint, dénudé, avec pour seul rempart un relief aux sommets enneigés qui se déployait au nord, près de la côte. Plus à l'est, le Lake Hood Seaplane s'imprima sur sa rétine, ainsi que les rangées multicolores d'hydravions immobiles. Ces petits appareils, ridicules en comparaison des avions de ligne qui atterrissaient à quelques encablures, desservaient les localités retirées de la zone d'Anchorage et les espaces sauvages dont raffolaient les touristes.

Perplexe, Louise observa le ballet incessant des taxis aériens qui s'arrachaient au bitume ou se posaient en bourdonnant. Le pied sur le tarmac, elle frissonna, frotta ses yeux larmoyants de froid et remonta la fermeture éclair de son gilet polaire sans manches qu'elle avait enfilé par-dessus son blouson de cuir. Elle pénétra ensuite dans le terminal et le traversa à grandes foulées. Elle croisa quelques regards ternes, des visages fades et creusés par la fatigue, par le stress et le manque de sommeil pour certains. Ses yeux se posèrent très rapidement sur le cadran digital de l'horloge, au-dessus de la sortie principale. Premier objectif : louer une voiture.

Lorsqu'elle sortit enfin de l'aéroport, la fraîcheur la cueillit aussitôt, s'insinuant au creux de ses narines. Elle pesta à voix basse puis jeta un bref coup d'œil au gigantesque panneau à diodes qui trônait de l'autre côté de la rue. Y valsaient des publicités pour diverses compagnies qui proposaient des rotations en hydravion, un survol du glacier à prix discount. Une page de pub pour un soda, un magasin d'outillage, puis l'heure qui s'afficha sur toute la surface du panneau. 8 h 20 – 10° Celsius.

Vingt minutes pour rejoindre le centre pénitentiaire, c'est bon. Entrevue parloir privé à 9 heures, je dégage à 9 h 30...

Louise scruta l'enseigne Rent a Car, puis elle se pressa de rejoindre l'agence. Un petit vent froid vint effleurer son visage et faire voler quelques mèches rousses dans la lumière du matin. Cette lumière qui semblait ne jamais vouloir s'éteindre près du cercle polaire, cette lueur permanente, comme un étonnant mouvement stellaire perpétuel qui étreignait l'Alaska en cette période, comme un jour sans fin, sans horizon, sans but. Un éternel recommencement.

Juste avant de pousser la porte de l'agence, Louise se figea un instant et, tout en observant, les yeux plissés par le froid et la fatigue, les gros porteurs qui s'envolaient au loin, de l'autre côté de l'aéroport, elle se représenta l'image de Singleton, celui que l'on surnommait le « monstre d'Anchorage ».

★

30 mai 2012, Alaway Avenue, Juneau (Alaska)
Central du Juneau Police Department

Carrie Callan portait le masque des mauvais jours. Jake Nelson l'avait remarqué dès qu'elle était entrée dans la salle de débriefing en traînant les pieds.

Il savait ce que vivait Carrie avec sa fille, il connaissait les malheurs qu'elle avait toujours su affronter avec fermeté. Et il gardait en mémoire ce jour où elle avait envoyé valser les valises d'Andrew Parker, son ex-compagnon et papa de Clara, entre les poubelles du trottoir devant chez eux. Jake avait adoré voir ce petit bout de femme botter le cul du grand et musculeux hockeyeur de vingt-sept ans.

8 h 45. Paul Newman pénétra à son tour dans la grande salle avec un dossier sous le bras, un mug d'earl grey à la main. Il leva ses yeux de fouine, lança un regard aux deux flics qui l'attendaient, puis prit place.

Jake Nelson se frictionna nerveusement le sommet du crâne. Le contour de son cuir chevelu s'était empourpré et la peau de son visage s'était couverte de milliers de points rouges.

Tout en essayant de faire abstraction des horribles démangeaisons qui lui parcouraient le torse et la tête, il s'adressa au médecin :

— On va faire le point, Paul. Je veux tout savoir concernant la petite Noon…

Le légiste opina lentement en buvant une gorgée de thé.

— Parlez-nous de ces microconnexions implantées sous sa peau derrière ses oreilles. C'était quoi ?

— Je n'en sais pas plus pour le moment, Jake, j'ai refilé les éléments au labo. Ils sont en train de bosser dessus…

— Dites-moi que la gamine va bien, Paul, grogna Nelson, qu'elle va pouvoir parler et nous expliquer ce qui s'est passé, bordel ! On a le décès de la petite Cardwell sur les bras. La presse ne va pas tarder à se manifester, et vous savez que le maire déteste ce genre de pub.

Le bleu glacial des iris du flic hypnotisa Newman.

— Jake, je ne peux rien promettre. Noon est dans le coma depuis quelques heures. Nous ne savons pas ce qui se passe. Après examen des résultats de l'IRM, toutes les radios, les scanners... le bilan général révèle des détails troublants...

— Je vous écoute.

— Nous avons décelé de nombreux microtraumatismes le long de la colonne vertébrale, comme des fêlures au niveau des vertèbres. Concernant les hématomes sur le corps, deux coups portés dans la zone de l'humérus et de l'avant-bras ont pu être assenés à l'aide d'un objet lourd. Le reste, ce sont des égratignures superficielles ou des ecchymoses sans importance, à part peut-être les poignets et les chevilles, qui présentent de profondes lésions...

— Putain, docteur ! s'impatienta Carrie. Soyez plus clair et dites-nous ce que cette pauvre fille a enduré !

Jake Nelson intervint, embarrassé.

— Carrie, Paul va nous...

— Non, je sais... je sais qu'il va finir par tout expliquer, mais ce que je veux dire c'est qu'il peut nous épargner sa science et parler sans détour, coupa-t-elle en se radoucissant.

— Message reçu, Carrie, s'excusa le praticien. Pour les poignets et les chevilles, vous vous doutez bien qu'il s'agit de marques laissées par des liens. Noon devait être séquestrée, ligotée par des entraves assez importantes si l'on en juge la largeur des marques sur la peau. Pour les microfractures vertébrales, il y a deux hypothèses : soit l'adolescente a reçu des coups très violents, ce qui est quasiment impossible puisque aucune trace traumatique n'a été relevée sur cette zone, pas de contusions, rien, soit elle a été victime de convulsions extrêmes, de contractions musculaires intenses, par exemple... Et vu la confusion mentale des sujets, j'en déduirais qu'il pourrait bien s'agir de la résultante d'une sismothérapie à l'ancienne.

Jake Nelson et Carrie s'observèrent en silence, déconcertés, presque agacés par cette réponse.

— Une sismothérapie à l'ancienne ? Traduisez-nous ça, demanda Carrie.

— Je pense tout simplement à une séance d'électrochocs sans anesthésie, répondit calmement le médecin.

14

Anchorage Correctional Complex

My fondest memories, mai 2012, Alaska

... JE LES REVOIS, *toutes ces pauvres petites bêtes apeurées, anxieuses et essoufflées. Ces petites proies fragiles, vouées à une fin inexorable, cruelle. Elles courent entre les arbres, pieds nus, l'esprit gauchi par la dose de sédatif, essayant tant bien que mal d'échapper au chasseur que je suis. Me suis-je senti Dieu tout-puissant lors de ces moments ? Probablement. Sentir que la vie d'un être humain vous appartient, qu'elle ne dépend plus que d'une pression sur la détente d'un fusil ou de la décision que vous prendrez dans les secondes qui suivent, oui, cela procure cette sensation de toute-puissance et d'immortalité.*

La forêt a toujours été ce terrain familier sur lequel je me suis senti vivant, sustenté, telle une plante qui puise ses sels minéraux dans son terreau. Comme si une partie de mon corps communiait avec la nature en s'enfonçant dans le sol pour mieux se délecter des substances nutritives que j'y avais moi-même introduites. Les corps retournent à la terre et leur âme à Dieu.

Les corps redeviennent poussière et nourrissent à leur tour la terre qui les a nourris.

Je les vois, elles sont terrorisées.

Les cris, les hurlements, rien n'y fait. Mon redoutable fusil à lunette de calibre .223 finit toujours par les faire taire, par permettre au silence apaisant de la forêt de reprendre ses droits.

Je ne prends pas toujours le temps de les ensevelir correctement. Parfois, une couche de feuilles mortes suffit à recouvrir le corps, je ne peux pas faire mieux. Comment creuser le sol en plein hiver ? Je n'ai jamais été inquiet à ce sujet. Mes lieux de chasse ne sont quasiment jamais foulés par personne, et puis il y a tant de bêtes sauvages qui peuvent se charger de leur disparition. Une fois de plus, il est dans l'ordre des choses de nourrir la terre ou les êtres vivants qui la peuplent.

Dans le courant de l'été 1989, j'ai pris du plaisir à ensevelir les bijoux du gibier que je chassais, à enterrer les jeunes femmes que j'avais traquées et tuées.

Le souvenir pénétrant de cette dernière proie me procure encore aujourd'hui un frisson délectable. Cette petite salope avait bien cru pouvoir me gruger et s'en tirer. Je renifle encore l'odeur qui se dégageait d'elle cette nuit-là, cette odeur de sueur et de parfums mêlés. La peau et les cheveux encore imprégnés de la semence de ses partenaires, des baisers humides et des caresses violentes prodigués par les clients crasseux de ces lieux de stupre clandestins et glauques.

Alors qu'elle sombrait dans une sorte de léthargie profonde, après l'avoir sortie du bordel dans lequel elle vendait son sexe, une fois dans la rue, j'ai feint de raccompagner ma petite amie ivre. Ensuite, je l'ai longuement embrassée dans la voiture, j'ai baissé son pantalon, je l'ai pénétrée et je me suis senti coupable. Plus tard, après avoir roulé quelques kilomètres vers le nord, une fois avalé le long chemin qui s'enfonçait dans l'obscurité, elle s'est réveillée et a hurlé derrière son bâillon trop serré.

J'ai souri. J'ai ouvert la portière et je l'ai laissée s'enfuir…

Elle court, longtemps. Elle se perd dans la nuit, terrorisée au milieu de l'épaisse forêt, avec pour seuls repères les conifères à perte de vue et cette inquiétante lueur qui remonte depuis le détroit, cette lumière du jour en suspension qui finit toujours, tôt ou tard, dans le ventre de la nuit, absorbée par ses ténèbres.

Elle court les mains liées dans le dos, croyant échapper à son terrible destin, hurlant derrière sa muselière, galopant comme un gibier pitoyable cherchant l'issue ou l'abri qui le protégera. Elle est ma proie, je suis son prédateur.

Je ne suis pas pressé. Je sais qu'elle finira par trébucher, percuter l'énorme tronc d'un cyprès de Nootka ou se prendre dans ses basses branches.

Et dix minutes après le début de sa folle cavalcade, elle percute le tronc d'un épais résineux. Je la laisse se relever et repartir. Je la maintiens dans mon viseur sur plusieurs mètres, et je presse mollement la détente.

La détonation, la puissance du .223 me procurent à cet instant-là cette intense jouissance dont je me délecte chaque fois.

J'ai déplié ma mini-pelle et je creuse deux trous. Je récupère les bijoux de mon gibier et je les enterre au pied d'un cyprès. Je dépose le corps dans le second trou peu profond. Je recouvre le tout de feuilles séchées et de branchages, puis je commence à redescendre la piste forestière pour regagner mon véhicule. Je revois alors les trois autres proies, comme si leurs fantômes étaient assis sur leur tombe, qui m'observent au pied de l'arbre où elles ont été ensevelies…

★

30 mai 2012, Anchorage (Alaska)
Anchorage Correctional Complex

Louise traversa un long couloir à demi éclairé, emprunta un autre corridor sur sa droite et se trouva face à une guérite où un mastodonte en uniforme et au crâne rasé lisait un magazine consacré aux bolides italiens.

Il flottait une odeur étrange, un mélange de produits détergents et de sueur, comme si le premier relent était là pour masquer le second.

Le grand Noir costaud leva le nez, puis chaussa une paire de lunettes en se rapprochant de l'hygiaphone :

— Oui ? Madame ? demanda-t-il avec un sourire affable.

— Louise Beaulieu, police de Montréal. Dans le cadre d'une investigation en cours j'ai obtenu une autorisation de parloir avec le détenu Daniel Singleton, et j'ai…

L'agent d'accueil désigna du doigt un couloir derrière Louise :

— Vous prenez ce couloir, inspecteur, ensuite la deuxième porte à droite et là, on vous orientera et on vous donnera les consignes à suivre. Vous aurez une demi-heure.

En entrant dans la grande salle, elle découvrit une pièce douchée d'une lumière crue. Sur la gauche, un bureau derrière lequel se tenait un homme assez âgé, assis devant un ordinateur. Près de lui, un autre type, plus jeune, s'avança en souriant dans la direction de l'inspectrice, lui tendit la main et se présenta d'une voix fluette :

— Bonjour, inspecteur Beaulieu, je suis Morgan Finley, le responsable de ce service. Ici on s'occupe de vérifier l'identité des visiteurs, les accréditations, enfin toutes les autorisations concernant les visites aux détenus considérés comme potentiellement dangereux. Vous avez beaucoup de chance…

— De la chance ? Comment ça ? s'étonna Louise.

— Ben je croyais que vous l'saviez... Singleton va être transféré dans l'Oregon la semaine prochaine. On lui offre un voyage de quatre mille deux cents kilomètres en avion sécurisé pour rejoindre Sheridan, dans le comté de Yamhill. Il sera incarcéré dans une prison fédérale pour purger sa perpétuité. Avant cela, il fera escale à Juneau. Il sera écroué un mois sur place, au centre de détention de Lemon Creek, afin de finaliser son dossier de transfert et aussi pour rencontrer une dernière fois son avocat.

— Câlisse ! jura Louise. Je ne savais pas.

— L'État de l'Alaska est le seul qui ne dispose pas de la perpétuité réelle..., finit-il avec un sourire glaçant. Vous introduirez cela dans le lecteur une fois arrivée devant le sas, reprit Finley en lui tendant une carte magnétique, puis vous faites quelques mètres, la cellule est à gauche. C'est une paroi de plexiglas de trente-cinq millimètres, il n'y a aucun risque. Vous pourrez communiquer par l'intermédiaire de l'hygiaphone... Si vous vous sentez menacée, ou même tout simplement oppressée, vous n'aurez qu'à déclencher l'alarme prévue à cet effet en tirant sur le levier qui se trouve sur le mur. Voilà, vous pouvez y aller, inspecteur Beaulieu.

Louise remercia le jeune homme.

En avançant jusqu'au sas, elle repensa à cette ville : Juneau. Elle savait désormais ce que ce nom lui avait rappelé : elle avait lu quelque part que Matthew Meyers avait conduit dans cette localité une opération de soutien psychologique, lors de la catastrophe de l'*Exxon Valdez* en 1989.

15

L'enfance est une plaie

30 mai 2012, 1880 Evergreen Avenue, Juneau (Alaska)
Domicile de Peter Higgins

HIGGINS POSSÉDAIT CETTE BOÎTE DEPUIS 1989. Elle lui avait été offerte dans la journée qui avait précédé le drame du naufrage de l'*Exxon Valdez*. Un riche propriétaire d'une chaîne de supermarchés située dans l'Oregon, enchanté d'avoir signé un contrat juteux avec la conserverie Higgins & Son Fish, avait fait ce cadeau au patron de la petite entreprise de pêche.

Totalmente hecho a mano – « entièrement fait à la main » –, pouvait-on lire sur la boîte de Montecristo. Mais tout ce qui restait à l'intérieur se résumait à quelques souvenirs et une feuille de papier pliée en deux, un texte rédigé à l'encre bleue. La lettre sentait le tabac froid.

Après toutes ces années, Peter Higgins ne l'avait jamais entreposée ailleurs que dans cette fameuse boîte à cigares. C'est là qu'il l'avait trouvée, après la mort de son fils Jan.

La lettre, probablement écrite peu avant sa disparition, en 2009, ressemblait à un cri de détresse, un SOS. Jan avait lancé une fusée éclairante mais son père n'en avait pas vu la lumière.

Jan ne s'était pas suicidé, cependant les mots étaient là...

Higgins chaussa ses lunettes et, les mains tremblantes, commença à lire ce texte qu'il avait tant et tant parcouru :

Papa,

Quand tu liras ceci, les choses auront très probablement changé.

Ce réveillon de Noël, il y a deux ans, a été pour moi un véritable calvaire. Tu n'imagines pas à quel point j'ai pu ressentir de l'humiliation, du dégoût aussi, je me suis senti sale et merdeux.

J'ai fait quelque chose de monstrueux, et tu as tout compris... Je sais que tu tiens à moi, que tu veux absolument que je réussisse ma vie. Tu m'imagines déjà à la tête de la conserverie, et dans d'autres circonstances il est certain que j'y serais arrivé. J'aurais vraiment voulu que tu sois fier de moi. J'aime ce boulot, c'est mon métier, comme c'était celui de grand-père et de mon arrière-grand-père, mais il va falloir que je pense à moi, à toi, à toute la famille. Ce que tu as fait pour moi, je ne l'oublierai jamais, je t'en suis infiniment reconnaissant, papa, mais je commence à douter que cela puisse rester enfoui très longtemps.

Je suis terrorisé.

Que se passerait-il si tout cela venait à remonter à la surface ? Serions-nous capables d'affronter cette épreuve, de subir cette honte ? Tout ce que tu as construit, tout ce que la famille Higgins a érigé depuis des décennies viendrait à disparaître par ma seule faute. J'ai déconné, voilà. Je ne vais pas me foutre en l'air, mais je t'écris cette lettre au cas où il m'arriverait quelque chose. Juste au cas où. Je sais que cette boîte à cigares est pour toi un coffre à trésors, qu'il y a une mèche de mes cheveux lorsque j'avais cinq ans, la bague de maman qui est morte quelques mois après ce putain de réveillon de Noël, le prototype de la première boîte de pâté de saumon sortie de l'usine. Bref, je sais que tu liras un jour cette lettre, quoi qu'il arrive...

Encore une fois, je sais tout ce que tu as fait pour moi. Et tout ce que tu aurais aimé faire. Peut-être un jour avouerai-je ce qui s'est passé ? Peut-être... mais quand tu ne seras plus là. Je ne peux me résoudre à te salir de ton vivant, c'est impossible.

Je vais me faire discret. Et si tu lis cette lettre alors que Dieu me permet d'être encore parmi les vivants, je ne veux pas que nous en parlions, je ne veux pas être jugé, ni même évoquer ce drame.

Essayons de vivre sans penser à toute cette merde.

Ton fils qui t'aime,
Jan

Higgins serra les dents et détourna la tête, pris de dégoût.

Dans sa main gauche, tremblotante, la lettre. Dans sa main droite, la montre au cadran imposant que portait Jan autrefois.

Il approcha de son nez la Breitling et respira le bracelet de cuir. Il replongea trois ans auparavant. À cet instant où sa secrétaire lui avait tendu le téléphone, le regard horrifié.

Au bout du fil, l'officier de permanence du JPD qui l'informait qu'un incident avait eu lieu en mer, et que l'un des bateaux de sa flotte était impliqué.

★

30 mai 2012, Anchorage (Alaska)
Anchorage Correctional Complex

Louise effectua un quart de tour sur elle-même et se positionna devant le prisonnier, l'observa un instant avant de prendre enfin place sur le siège installé face à la paroi de plexiglas. Elle avait peine à croire que cet homme chétif ait pu commettre les atrocités pour lesquelles il avait été condamné.

Néanmoins, devant cet homme pénétrant, elle se sentait toute petite, vulnérable.

Il se tenait droit, debout, les bras le long du corps, avec un sourire en coin. Il arborait un uniforme orange vif et semblait propre sur lui. Ses cheveux courts et grisonnants avaient été méticuleusement coiffés.

— Monsieur Singleton, je suis Louise Beaulieu, de la police de Montréal. Êtes-vous toujours disposé à m'accorder quelques minutes ?

— Avec une femme aussi séduisante que vous et qui s'exprime avec un accent si craquant, je veux bien discuter toute ma putain de perpétuité.

Singleton prit place sur un siège plastique qui se trouvait près de lui. Il enchaîna :

— Qui vous envoie ? Pourquoi vous intéressez-vous à ce merdeux de Ricci ? C'est une enquête fédérale ?

— Oh non, non, non ! Il s'agit d'une enquête concernant nos services, afin de recouper des éléments pour…

— Je sais qui vous êtes et ce que vous cherchez, Louise, on m'a informé… Enfin, disons que j'utilise intelligemment l'heure hebdomadaire d'Internet que l'on m'accorde. Luka Ricci, ce bambin maléfique à la gueule d'ange, n'est pas ma tasse de thé, vous comprenez ?

Un brin déstabilisée, Louise acquiesça d'un mouvement de tête.

Singleton s'approcha au plus près de la paroi sans jamais quitter des yeux l'inspectrice. Il resta un long moment en apnée visuelle, perdu dans le regard de sa visiteuse, puis soupira en esquissant un sourire. Il ressentait un sourd désir de l'étreindre, la lécher, la sentir, la posséder, lui faire du mal. Mais la quantité d'euphorisants qui lui était administrée chaque jour annihilait les pulsions sauvages du prédateur qu'il était, faisant de lui un innocent chaton en phase de sevrage.

Singleton respira le parfum de la jeune femme par les orifices de ventilation, puis posa enfin les yeux sur elle en marmonnant quelques mots inaudibles. Souriant, il retourna s'asseoir calmement et claironna alors en joignant les mains :

— Louise, vous êtes venue jusqu'à moi afin que je vous parle du docteur Matthew Meyers. Le psychiatre a suivi Luka Ricci médicalement, après le viol de sa sœur. Et vous savez qu'il a utilisé sur moi une thérapie qui se réfère au principe de la résilience. C'est juste ?

— Luka Ricci ne m'intéresse plus, à vrai dire, répondit la Canadienne. Son arrestation est en cours, et je n'ai aucune intention de piquer une jasette là-dessus avec vous. Je voudrais juste connaître le procédé de cette thérapie, savoir si c'est authentique. Ça m'énerve le poil des jambes de savoir si tout cela est vrai, s'il existe un véritable moyen de tuer ses fantômes en se servant d'eux comme d'un appui… Et puis, ce que j'ai d'besoin, c'est de trouver ce Matthew Meyers.

— Que j'aime cette façon de parler qui vous est propre, à vous, les Québécois. Elle sent la terre humide et le siècle dernier. Plus sérieusement, vous y croyez, vous, à toutes ces sornettes de psy ?

Louise nota qu'à aucun moment, depuis le début de leur entretien, Singleton n'avait laissé poindre un seul bégaiement.

— Ce que je crois, c'est qu'il a réussi à soigner un trouble qui vous caractérisait…

— Je ne bégaie plus car je suis enfermé et que je ne fréquente plus personne, et aussi parce que j'utilise une méthode efficace que j'ai dénichée sur Internet. Ce connard s'est vanté d'avoir soigné ce truc, mais il n'a rien fait du tout. Il lui fallait bien justifier les heures payées par les services administratifs pour le traitement psychiatrique imposé par le jugement. Non, croyez-moi sur parole, ce n'est qu'une légende. Par contre, à l'époque ce type entretenait de drôles de relations, avec des gens bizarres…

— C'est-à-dire ?

Singleton ricana doucement en croisant les bras.

— Et si on faisait un jeu, Louise, hein ? Qu'en pensez-vous ?

— Un jeu ? Singleton, j'ai pas envie de jouer à un putain de jeu avec vous, criss de tabernouche ! Il me reste quinze minutes de parloir, alors parlez-moi plutôt de…

— Je vous parle un peu de ce qui m'a conduit à me retrouver ici jusqu'à la fin de mes jours, vous m'écoutez, et ensuite vous me posez les questions qui vous démangent. Cela vous convient-il ? Si c'est OK, allons-y, sinon vous pouvez repartir.

Elle hocha la tête, en braquant sur lui un regard assassin.

— C'était son anniversaire, commença-t-il d'une voix très calme, et c'est à moi que la salope a fait un cadeau une semaine auparavant. Elle ne se doutait pas de celui que j'allais lui offrir pour fêter ses trente-sept ans…

— Un cadeau ?

— Elle m'avait annoncé qu'elle était enceinte… et de jumeaux, en plus ! Elle m'avait fait ce truc dans mon dos. Elle savait que j'avais horreur des marmots… ces farfadets baveux !

Louise se raidit sur son siège. Le salaud l'embarquait sur son propre terrain.

— Pour ses trente-sept ans, je lui ai offert trente-sept coups de lame dans le bide, continua-t-il avec un sourire effrayant. Et vous vous dites : *Il a donc tué trois êtres pour le prix d'un*… et je vous réponds oui.

Louise absorba l'information et son sang se figea dans ses veines. Elle visualisa la scène d'horreur. La pauvre victime et ses jumeaux dans le ventre. Massacrés par un monstre froid qui ricanait en évoquant cette horreur, sachant pertinemment que sa petite entrée en matière avait fait mouche. Louise s'efforça néanmoins de ne rien laisser paraître, elle ne lui ferait pas ce plaisir.

— Vous parliez de Meyers, vous me disiez qu'à l'époque ce type entretenait de drôles de relations, avec des gens bizarres, ça veut dire quoi ?

Singleton leva la tête et observa le plafond. Il inspira profondément, croisa les jambes et planta de nouveau son regard dans celui de la délicieuse rouquine.

— Ce n'est pas le hasard qui vous a conduite ici, n'est-ce pas, Louise ? Vous avez des démons à tuer, quelque chose vous perturbe, vous vous sentez coupable, et vous croyez que ce psy pourra vous guérir, tuer vos fantômes grâce à la résilience, j'me trompe ?

— Répondez à ma question, putain ! Je ne joue plus, Singleton ! Parlez-moi du psychiatre !

— Je sais qu'au fond de vous, vous pleurez un être cher…

Un flash traversa Louise. Celui de Juliette emportée par le courant. Sa sœur qui s'enfonçait dans les eaux sombres du canal Lachine.

— Parlez-moi de Meyers ! explosa-t-elle. C'étaient qui, ces gens avec lesquels il entretenait des relations bizarres ?

Le détenu acquiesça en levant la main devant lui puis déclara :

— J'évoquais une époque reculée... cette époque à laquelle s'est déroulée la tragédie de l'*Exxon Valdez*. On avait fait appel à Meyers pour diriger la cellule psychologique mise en place par le gouvernement. Le président George Bush avait déployé les grands moyens. Moi-même, à ce moment-là, je faisais partie des bénévoles. Je m'étais enrôlé dans une équipe pour le nettoyage des plages et l'évacuation des cadavres d'animaux. Meyers a ensuite rencontré un type dont la flotte de bateaux de pêche avait été réquisitionnée pour le sauvetage et le nettoyage, un gars qui possédait une conserverie à Juneau. Le psy voyait des tas de gens, ça allait du gamin dont le père s'était suicidé parce qu'il avait tout perdu au riche artisan ou industriel qui avait vu sombrer son entreprise. Meyers et ce type ne se lâchaient plus...

— Où est-ce que vous m'embarquez, Singleton ? Nous n'avons plus beaucoup de temps, c'est du criss de taponage vot'truc, là, chu pressée...

— J'ai appris par le Net que le gars en question, là, ce patron de la conserverie, avait perdu son fils voilà trois ans, continua Singleton sans se laisser démonter. Disparu en mer alors qu'il partait au saumon. Meyers l'a certainement aidé avec sa thérapie de pacotille. Mais je suis certain qu'il y avait quelque chose de plus sombre qui liait ces deux-là...

— Expliquez-vous ! lança Louise, rageuse, tout en regardant nerveusement le cadran de sa montre.

— C'est à mon tour..., gloussa Singleton en agitant ses doigts boudinés devant le mur de plexiglas.

— Quoi ?

— Après avoir tué Shelby, j'ai fait des kilomètres pour amener son corps sur la berge d'un petit lac isolé dans la zone de Basher. J'ai roulé sur Basher Drive jusqu'à ce que j'aperçoive le plan d'eau. Je me suis garé, j'ai pris les outils, j'ai hissé le cadavre sur mon dos et j'ai traversé la zone boisée. Arrivé sur le bord du lac, j'ai brisé la glace à coups de massue et de hache, et je me suis ensuite débrouillé pour faire glisser le corps par l'orifice. Et plouf ! Elle a disparu... elle et les deux farfadets qu'elle avait dans le tiroir !

Il eut un sourire diabolique, puis il redevint silencieux et immobile.

Louise avança prudemment dans le piège que le démoniaque Singleton lui tendait :

— Parlez-moi de ces flos, ces petits portés disparus... Vous avez été accusé d'avoir enlevé trois enfants de sept, neuf et douze ans...

Singleton se dandina sur son siège de plastique délabré. Il se toucha furtivement le sexe et croisa les bras.

— Alors ? Qu'avez-vous fait des petits ? insista Louise.

— Revenons à nos moutons, chère Louise. Lorsque je suis retourné à Anchorage, après ma mission de nettoyage des côtes près de Juneau, j'ai rencontré une femme qui avait été bénévole sur le site de la catastrophe et qui prétendait avoir bien connu Meyers. Elle affirmait détenir un secret qui liait le psy, le propriétaire de la conserverie ainsi que le fils de ce dernier.

— Et c'est quoi, le nom de cette femme ?

— Elle disait s'appeler Aldine Lentignos. Une espèce de babouin femelle qui n'avait pas été gâtée par la nature, une Vénézuélienne très laide avec des grosses mamelles.

Elle louait un container à une boîte privée, dans la zone artisanale près des entrepôts FedEx, le long du West Northern Lights Boulevard. Selon elle, elle y avait stocké pas mal d'objets ayant appartenu à ce type…

— Il y a plus de vingt ans ! grinça Louise.

— L'entreprise qui loue les containers existe toujours, belle enfant. C'est tout ce que je sais, essayez quand même. Vous reviendrez me voir, j'en suis persuadé.

— C'est quoi, le nom du patron de cette conserverie, à Juneau ?

Singleton garda le silence un court instant puis, hésitant, il souffla à voix basse, à la façon d'un conspirateur :

— Il s'appelle Higgins, Peter Higgins. Mais essayez de fureter un peu dans ce fameux container, vous y découvrirez peut-être quelque chose, une des réponses aux questions que vous vous posez… Quant au babouin femelle, je ne sais pas ce qu'elle est devenue. La forêt est si vaste en Alaska, vous savez…

Des portes claquèrent dans le couloir, des pas résonnèrent. Puis le sas au bout du corridor s'ouvrit et Morgan Finley apparut :

— Parloir terminé, inspecteur Beaulieu, je vous attends.

— Qu'avez-vous fait des enfants, Singleton ? Dites-le-moi, confiez-vous ! Libérez l'âme de ces petits !

Il soutint son regard, se leva en soupirant, puis il regagna sa couche sur laquelle il s'allongea. Les mains sous la nuque, il murmurant alors :

— L'enfance est une plaie… C'est le miroir de notre passé derrière lequel il faudrait rester caché, Louise, c'est une blessure qui se referme et s'infecte à mesure que l'on devient adulte.

16

Le container bleu

30 mai 2012, forêt nationale de Tongass, nord de Juneau (Alaska)

QUELLE CURIEUSE COÏNCIDENCE ! Ce feu, ces cendres, ce bois calciné. Toute cette fumée. Le décor désolé qui s'étendait sur quelques mètres carrés évoquait à Carrie les bourrasques qu'elle avait essuyées avec Andrew. Son histoire, leur histoire, l'amour partagé, l'enfant qu'ils avaient eu ensemble, cette merveilleuse fillette au grand cœur qui s'appelait Clara. Puis cette chanson à la radio, Sophie Zelmani qui chantait « Until Dawn » de sa voix précieuse et obsédante.

Carrie se projeta en 2010. Elle se souvint de cette chanson qui s'échappait par la porte entrouverte de la maison, alors qu'Andrew montait sur sa moto et qu'elle achevait d'envoyer valser ses valises sur le trottoir. Andrew avait fini par tout lâcher pour sa passion, jusqu'à renier sa propre fille.

Quand Carrie gara son véhicule, à quelques dizaines de mètres de la zone protégée par les flics déjà présents, la belle chanteuse suédoise déclamait le dernier couplet :

And I don't know just what to do
It's like I could get crazy about you
My fire burns until dawn...

Quelle ironie !

Elle fut arrachée à ses pensées à l'instant où Jake Nelson cogna à la portière de la Ford Crown Victoria. Elle coupa la radio et baissa la vitre.

— Ça va, Carrie ? Les chiens de la propriété de Gramms à l'entrée de la piste forestière n'ont pas couru derrière votre bagnole ? Ici, d'après les premiers éléments, c'est criminel, quelqu'un a mis le feu volontairement. Il y avait des jerricans d'essence plein la remise qui ont explosé, une motoneige... Bizarre, tout ça, mais ce n'est pas ce qui importe. Mettez un blouson, ça caille ce soir, et venez nous rejoindre.

— Quoi ? C'est quoi qui importe ? demanda Carrie en enfilant une doudoune doublée, tout en s'extirpant du véhicule.

Le capitaine Nelson s'arrêta brusquement, se retourna et scruta le ciel. Il faisait encore jour en plein milieu de cette nuit alaskienne. Un jour charbonneux qui s'épuisait jusqu'aux rives glacées de la baie de Fritz Cove, un jour qui s'éteignait lentement, au loin, sur la côte nord de Douglas Island. Encore une heure et la lumière perdrait juste une pointe d'intensité. La nuit ne tombait presque plus et les esprits s'échauffaient toujours un peu à cette période de l'année. C'était la règle.

— Je ne sais pas ce qui se passe en ce moment, putain ! Carrie, qu'est-ce qui nous arrive ? Les gamines... et là ce... ce fichu cadavre carbonisé.

— Ce fichu quoi ? Il y a une victime ?

Nelson resta silencieux et continua d'avancer jusque sur la zone encore fumante. Tout au bout du périmètre délimité, Carrie repéra l'équipe scientifique qui s'affairait sur ce qui restait d'un corps calciné. Elle scruta les alentours en s'attardant sur la dense et froide végétation qui cernait les ruines du chalet, sur la forêt de Tongass qui s'étendait sur des millions d'hectares, déployant ses grands conifères au cœur de glaciers millénaires, de rochers et de broussailles inextricables. Elle fut comme hypnotisée par cette magnificence, par la somptueuse légion de cyprès de Nootka qui posait le décor d'une scène de crime particulièrement étrange.

Au sol, une bouillie de terre, de cendres et de papier, due à la quantité d'eau qu'avaient déversée les pompiers, venait se coller à la semelle des chaussures comme un chewing-gum tenace.

— Dites-moi, Jake, cria Carrie en regardant où elle mettait les pieds, cette grande bicoque perdue en plein milieu de cette fichue forêt, on sait qui est le proprio ?

Sans se retourner, le vieux capitaine lança :

— C'est celle d'Higgins. Peter Higgins. La pointure de l'industrie agroalimentaire, le bienfaiteur de notre commune…

Ils arrivèrent enfin auprès du corps fuligineux qu'entourait un linceul de charbon et donnèrent quelques poignées de main. Carrie s'accroupit près du cadavre qui dégageait une écœurante odeur de chair grillée.

— Peter Higgins ? Le millionnaire de Juneau ?

— Lui-même, Carrie, et je mettrais ma tête à couper que ce meurtre, s'il s'agit d'un meurtre, est étroitement lié à notre affaire concernant les gamines pétrifiées, précisa Nelson.

Paul Newman les salua rapidement en retirant son masque médical.

— Bonsoir, Jake. J'ai comme l'impression qu'on va bien s'amuser, avec ce client, fit-il en désignant l'abdomen du macchabée. Il nous sera impossible de relever les empreintes, les mains sont calcinées… et puis regardez dans quel état se trouve la mâchoire, elle est fracassée ! Le tueur a bien pris soin de nous compliquer la tâche pour l'identification.

— Pourquoi avez-vous désigné son abdomen ? demanda Carrie.

— Si vous observez bien les détails, lieutenant Callan, vous apercevrez une blessure importante au niveau de l'estomac. Cela ressemble à une perforation causée par la lame d'un couteau, ou quelque chose d'approchant.

— C'est ce qui l'a tué ? Ou bien il est mort asphyxié par…

— Un examen approfondi à l'IML nous le dira, lieutenant. Il a pu décéder d'une hémorragie si le foie a été touché… Mais pour l'autopsie, il nous faut d'abord le feu vert du district attorney.

Carrie soupira d'exaspération, consciente que ce fichu système administratif allait encore ralentir l'investigation.

Elle se redressa, la main devant le nez et la bouche, au bord de l'écœurement. En se retournant, elle inspira profondément, tout en observant les troncs des conifères qui se succédaient en enfilade et disparaissaient dans la pénombre, au creux de la forêt, comme autant de clones végétaux témoins du drame.

Nelson eut un frisson lorsque ses yeux se posèrent sur la piste forestière qui serpentait jusqu'à la lisière de Juneau. Le sommet de son crâne se mit à le démanger et il se frictionna également le torse. Des plaques rouges recouvrirent alors instantanément son visage. Quelque chose d'effroyable était en train d'arriver…

Et si tout ça avait un sens ?

Cette question se figea quelque part à l'orée de sa conscience.

Et cette forêt ? Et si les rumeurs disaient vrai ?

Il s'écarta du groupe, terrassé par les démangeaisons. Les érythèmes sur sa peau avaient pris des proportions impressionnantes. Tout en grimaçant, il ne cessait de répéter : *Et si tout cela avait un sens ? Et si les morts voulaient enfin que l'on sache ce qui s'était produit ?*

Soudain il sentit une main se poser sur son épaule et ce contact l'apaisa. La douce voix de Carrie le ramena à la réalité :

— Jake, ça n'a pas l'air d'aller fort… Qu'est-ce qui se passe ? Vous avez plein de… vous êtes couvert de plaques rouges !

— C'est rien, Carrie, un vieux psoriasis qui ressurgit… Il va falloir convoquer beaucoup de monde, nous allons privilégier une enquête de proximité, de voisinage. Tout ce qui se passe aujourd'hui peut être lié à ce qui s'est produit il y a quelques années…

— Expliquez-vous, Jake.

— Samantha Cardwell, Noon Agaguk et même…

Le flic se frotta nerveusement la joue et les tempes qui étaient à vif, ravala sa salive et déclara enfin d'une voix déformée par le chagrin :

— … même Emma, toutes venaient par ici pour jouer ou flirter avec les garçons. Des plaintes étaient souvent déposées par le concierge chargé de la surveillance du chalet d'Higgins.

★

30 mai 2012, West Northern Lights Boulevard,
Anchorage (Alaska)
Zone artisanale

Un peu après 20 heures, Louise emprunta la longue allée, passa par un gigantesque portail métallique resté ouvert, puis se retrouva sur une zone envahie de containers de toutes sortes et de différentes couleurs. Elle reconnut, au loin, la colossale et légendaire enseigne de FedEx qui paradait au fronton d'un interminable entrepôt.

Elle scruta le ciel, les yeux plissés. *Putain, cette nuit qui ne tombe jamais, c'est à devenir dingue...*

Enfin, elle gara son véhicule de location et coupa le moteur. Elle s'empara de son petit sac à dos, repéra le grand mobil-home vert amande qui se trouvait à l'entrée du parc de stockage, puis sortit de la voiture.

Un chien aboyait dans le lointain. Ses jappements résonnaient dans l'imposant silence qui enveloppait les lieux, venant rappeler que les parages n'étaient pas si déserts que ça.

Sur le chemin boueux, elle accéléra le pas et, à mesure qu'elle se rapprochait du mobil-home du gardien, elle distinguait la lueur chétive d'une lampe d'appoint à l'intérieur.

Le responsable était là.

Louise percevait les aboiements du chien plus nettement, comme si l'animal se trouvait enchaîné derrière la gigantesque caravane.

Elle fit encore quelques pas, en tentant d'éviter les nombreuses ornières du sentier, quand la porte du mobil-home s'ouvrit brusquement. Un type l'observait depuis le seuil, hagard. D'une main il retenait par le collier son chien qui grondait de rage, babines écumantes. L'homme envoya soudain un violent coup de pied dans les côtes du malinois, qui couina avant de disparaître à l'intérieur de la caravane.

Le type descendit les deux marches, vacilla un instant en manquant trébucher, puis fit un pas en avant.

Louise s'approcha un peu plus près et une forte odeur d'alcool parvint à ses narines.

— Vous êtes qui, vous ? Qu'est-ce que vous faites là à cette heure ? balbutia péniblement le loueur de boxes.

— J'aimerais visiter un container ayant appartenu à un de vos clients.

Le poivrot éclata de rire, ce qui eut pour effet de lui déclencher une quinte de toux grasse. Il renifla bruyamment et cracha à ses pieds une glaire épaisse.

— Et pourquoi je ferais ça, ma belle dame, hein ? En quel honneur ?

— Je travaille avec Interpol. Je viens de Montréal et j'instruis le dossier d'investigation d'un présumé meurtrier. Le box que je veux visiter appartient à quelqu'un qui peut ou aurait pu détenir des informations concernant cet individu.

Paupières lourdes, bouche ouverte, le gars sembla s'endormir. Il réfléchissait, essayait de faire galoper ses neurones asphyxiés entre deux vagues d'alcool et son récent shoot de black tar.

— C'est qui ce client que vous cherchez ? C'est quel box ?

— Il s'agit plutôt d'une cliente, une certaine Aldine Lentignos. Mais elle aurait loué ce container il y a longtemps, et je suppose qu'un autre client a dû…

— Bah ouais… Il existe toujours. Mais… il est sur le sec… le secteur des boxes défoncés, au bout de l'allée centrale, la première à… à gauche. C'est là qu'on fout les containers foireux qui sont plus étanches.

— Vous gardez les effets personnels des clients qui laissent leur box à l'abandon ?

— Non, non... On les renvoie s'il n'y en a pas trop et si on a une adresse, sinon, au bout d'un an ils sont pour notre pomme...

— D'après mes sources, Aldine Lentignos vous aurait loué ce container il y a vingt ans. Vous avez fait quoi de ses effets personnels ?

— Bah, ils sont toujours dedans !

— Je ne comprends pas, vous disiez...

— Aldine Lentignos a toujours payé cette loc', et elle... elle la paye encore. Elle a voulu garder ce box, malgré qu'on l'ait mis à la casse, finit-il en éructant sans retenue.

Louise soupira, puis demanda sur un ton lapidaire :

— Et où elle crèche, cette fine madame ?

— Ah ça, chais pas, ma belle, la location peut se faire de façon anonyme sur Internet. Je cherche pas à savoir, moi, ce qu'on peut foutre avec ces tas de ferraille.

— Bon, donnez-moi la clé ! Le numéro du box, c'est quoi ?

L'autre se dandina lentement, puis lâcha en marmonnant :

— J'vous préviens, dans un quart d'heure la lumière va encore un peu diminuer. Vous avez une lampe torche ?

Louise lui désigna son sac à dos.

— C'est le 28, le bleu clair, celui qui a le flanc rouillé. J'vous file mon passe.

En pénétrant dans le container, Louise songea qu'elle aurait dû changer les piles de cette fichue lampe torche. Prudemment, elle s'avança de quelques pas sur le sol poussiéreux et, d'une main tremblante, elle fit courir le faisceau lumineux dans tous les recoins. Partout des meubles, des objets divers et poussiéreux, une vieille moto Suzuki couverte elle aussi d'une fine couche de poussière, et des papiers sur le sol. Une odeur de moisi, de renfermé et de ferraille imprégnait l'espace confiné du box. Contre la paroi, à peu de distance devant elle, se trouvait un bureau en bois sombre. Sur le plateau, un fatras de papiers de toutes sortes, ainsi que plusieurs ustensiles de bureautique et divers objets. Louise tourna la tête sur la droite et aperçut une cafetière posée sur une table minuscule, ainsi que des gobelets plastique usagés tout autour. Elle orienta sa lampe sur le bureau et commença à parcourir en diagonale les documents qui jonchaient le plateau. Des factures, des notes, un agenda avec une date entourée, celle du 25 décembre 2007. Puis elle découvrit un cahier, et son cœur loupa un battement lorsqu'elle l'ouvrit. Écrit à la main, au feutre rouge, un long texte. Dès les premiers mots, elle comprit.

Singleton y expliquait dans les moindres détails le meurtre de sa femme, mais pas seulement. Il parlait également des trois enfants disparus dont on n'avait jamais retrouvé la trace Il y détaillait avec une verve construite et une effrayante précision comment il avait enlevé les gamins et comment il les avait tués. À cet instant, Louise sentit un frisson la traverser : elle venait de comprendre qu'Aldine Lentignos n'était autre que Daniel Singleton. Les reçus de location du box au nom de l'avatar vénézuélien en attestaient.

Un peu plus loin, au fil des pages, elle découvrit des photos avec des noms annotés au dos ; ceux de Matthew Meyers et de Peter Higgins. Un homme qu'elle ne pouvait identifier apparaissait aussi sur un polaroïd aux couleurs passées, posant devant un pétrolier baptisé *Bâton Rouge*. Derrière les clichés étaient griffonnés des noms, des dates. Il y avait aussi de très vieux polaroïds de jeunes femmes posant dans un environnement forestier. Des points d'interrogation rouges barraient le visage des filles. Près des photos se trouvait une carte d'Anchorage et de ses environs, avec une vingtaine de croix également tracées au feutre rouge, disséminées partout sur le document.

Sur d'autres clichés délavés s'étalait l'horreur sous les yeux de l'enquêtrice. Elle y distingua des corps frêles, nus, de très jeunes garçons exposés indécemment, le haut du visage masqué par un foulard.

Louise crut percevoir des chuchotements. Elle savait que son esprit lui jouait des tours depuis des années, mais là, c'était comme si des petites voix l'appelaient…

Elle pivota sur elle-même en balayant tout l'espace du rayon lumineux. Au fond du box, une grande armoire à glace lui renvoya son reflet.

Et tout s'imbriqua alors parfaitement.

Elle se remémora la réflexion de Singleton, à l'issue de son entretien : « L'enfance est une plaie. C'est le *miroir* de notre passé derrière lequel il faudrait rester caché, Louise, c'est une blessure qui se referme et s'infecte à mesure que l'on devient adulte. »

La peur au ventre, pas à pas, elle s'empara de nouveau du cahier et relut : « Pour les corps des petits farfadets, le container 28, si un jour il est visité, lèvera le voile sur leur disparition. Et sous leurs paupières brillera le reflet de leurs tourments. » Alors, elle s'avança lentement vers la colossale armoire à glace. Le cœur au bord des lèvres, d'une main tremblante, Louise ouvrit les deux grandes portes du bahut, et elle les vit…

Trois petits corps momifiés, suspendus par des espèces de cintres en bois tels de vulgaires pantins, des marionnettes que le temps avait figées à jamais dans leur propre cuir.

II

LES GOUFFRES DE L'ÂME

17

One Lunatic, one Ice Pick

1er juin 2012, Montréal (Canada)
Centre pénitentiaire Rivière-des-Prairies, cellule 30

TOUTE CETTE FOLIE, cette obstination absolue à faire de lui une bête noire avait décuplé dans son esprit la sensation de ne plus appartenir au monde dans lequel il vivait.

Oui, il avait tué son amant, oui, il avait démembré Ushi Huang et l'avait découpé en morceaux. Il s'était délecté de quelques pièces encore chaudes, avait fait l'amour avec son corps – tout du moins ce qu'il en restait après le carnage –, oui, tout cela était vrai. Mais était-ce suffisant pour qu'on lui attribue l'image d'un monstre ?

Il savait que son acte n'était pas le fait du hasard ni celui de la folie. Il avait juste gravi un échelon, franchi une étape, il avait mué de la chrysalide au papillon. La complexité de la naissance et la beauté de l'éphémère… Il avait eu cette sorte de fulgurance au cours de sa première rencontre avec son avocat : *S'il y a vraiment une lumière qui nous apparaît au bout d'un tunnel lorsque nous mourons, c'est qu'il s'agit probablement de la lumière qui pénètre le vagin de notre mère, celle qui nous met au monde dans notre vie suivante...*

L'éphémère... Tout ce qui pouvait être bref était beau. Sa relation avec Ushi Huang avait été brève. Et elle n'aurait pu se terminer autrement.

Allongé sur son lit tout au fond de sa cellule, Luka Ricci sentit un frisson le parcourir. Tout était silencieux. C'est la nuit que venaient les cris, les gémissements, les pleurs. C'est la nuit que les ombres avançaient et que les idées devenaient noires.

Vingt-cinq ans, au mieux, confiné dans une cellule. Toute la vie, au pire. Toute la vie à errer dans son propre crâne. Était-ce cela la détention ? L'univers carcéral allait-il lui permettre de mieux comprendre qui il était et ce qu'il avait commis ?

Retour à la case départ.

Il se revit à l'époque de ces lamentables castings pour quelques productions pornographiques, ces minables tentatives pour décrocher ne serait-ce qu'un petit rôle.

Luka gardait tout de même de bons souvenirs de l'année 2003. Actif à cette période, tour à tour strip-teaseur, escort boy et mannequin, il s'était fait du fric. Mais il avait enduré des saloperies.

Il avait souffert, surtout des railleries de certaines figures du milieu.

En 2007 tout aurait pu changer si la production de cette chaîne de télévision gay lui avait donné sa chance, si on avait retenu sa candidature pour cette émission de téléréalité destinée à découvrir de nouveaux mannequins masculins.

Tous ces petits jobs pour lesquels il lui avait fallu donner son corps, sa bouche, son cul, cette petite carrière ratée dans le milieu du cinéma pornographique dont il prétendait être une vedette, ces frêles figurations dans de trop rares pornos gay, toute cette merde qu'il avait drainée et traînée au cours de cette jeunesse salie était-elle responsable de ce qu'il subissait ?

La frustration de la défaite l'envahit, la sensation d'avoir raté sa vie, d'être passé à côté de la gloire, la rage, la jalousie, le constat de l'échec... Un arrière-goût de venin amer vint se poser sur sa langue. Il se retourna sur son lit pour se positionner sur le ventre. Il lui sembla qu'une lointaine érection pointait. À quoi cela pouvait-il bien correspondre ?

Lui qui avait rêvé d'être un grand acteur du cinéma porno, il n'avait été qu'un banal fluffer, un affligeant dérameur, un branleur d'acteur, un suceur, afin de permettre à la star du film de ne pas débander entre deux prises. Il se souvint avoir eu quelquefois du mal à maintenir de longues et belles érections et souvent, lors de rapports sexuels, il avait dû recourir à des cockrings et autres anneaux pelviens.

Cette humiliation était désormais lavée, purifiée.

Avec Ushi Huang et la vidéo de l'acte, il avait atteint les sommets de la célébrité et peu lui importait le prix à payer.

Il possédait dorénavant un redoutable palmarès, cinq chefs d'accusation dont il n'était pas peu fier : « Meurtre au premier degré, outrage à cadavre, publication de choses obscènes, envoi par la poste de choses obscènes et harcèlement criminel à l'encontre du Premier ministre canadien et d'autres personnalités politiques. »

C'est en tentant de faire corps avec l'inconfortable matelas que Luka sentit sa verge durcir, il la sentait grossir à mesure que les images du meurtre de Huang affluaient dans son crâne :

... Je ne sais plus si j'ai joui avec ma queue ou dans ma tête ce soir-là. Ça m'fait marrer ! C'était bon, même si mes gestes étaient hésitants. Ça m'faisait du bien quand j'étais sur lui, à califourchon. Le voir saucissonné comme ça, ça m'donnait une trique de folie, ce foulard aussi, ce visage masqué... comme si j'allais baiser un inconnu. Je le revois remuer sur le pieu, le salaud... il pensait que j'allais le prendre dans ma bouche. Qu'est-ce que j'ai fait ensuite ? Ah, oui... il s'est endormi. La saloperie que je lui avais fait boire... Bref, après je l'ai lardé avec le pic à glace, et c'est là que je me suis senti presque femme, presque Catherine Tramell... Je me souviens de l'érection, presque douloureuse, sans cockring. Je me rappelle que je ressentais du plaisir, que je pensais à ce salaud de Carlos Lorenzo et à Hamid quand le pic s'est décalé de la zone de son bide pour aller se planter dans ses couilles... je n'arrivais plus à m'arrêter... waouh ! Les coups que j'avais mis dans la gorge avaient déjà bien entamé le travail... c'était très ouvert, je m'en souviens bien, ouais... Après j'ai attaqué la découpe par la cuisse droite, plusieurs passages avec la lame hyper affûtée, ça glissait tout seul. Ensuite le bras droit... y'avait plein de graisse... Ensuite la cuisse gauche, la tête, les bras, je l'ai retourné, mis à plat ventre et j'ai attaqué le dos. Qu'est-ce que j'ai fait après ? Ah si, ça me revient. J'ai pris du plaisir avec son bras, c'était rigolo de voir sa main me toucher alors qu'elle était si loin de son corps. J'ai terminé avec les fesses... c'est super gras les fesses ! Que du gras ! C'est d'la merde !

Il faut que j'arrête de cogiter à tout ça, maintenant... j'aurai au moins vingt-cinq ans pour y penser. Est-ce que je me servirai de ces images pour tenir le coup ? Comme m'a dit de faire cette espèce de gros con après le suicide de Leslie ? J'ai même lu le bouquin de ce taré... de la merde, ça aussi ! Qu'est-ce qu'il voulait ? Que j'oublie comment ma sœur s'était fait violer devant moi ? Que je me délecte de ça pour oublier ? Non… Moi, j'ai baisé Ushi Huang, et si je ne m'étais pas fait prendre, j'aurais recommencé jusqu'à ce que cette saloperie de douleur s'en aille. Mon seul regret, c'est de ne pas avoir pu me filmer, moi, en entier. Je suis sûr que je devais être super beau.

Putain, j'espère qu'ils choisiront un beau gosse pour interpréter mon rôle quand ils adapteront tout ça…

★

1er juin 2012, 939 West 5th Avenue, Anchorage (Alaska) Hôtel Captain Cook

— Oui, allô… allô ? fit Louise, agacée.

Marc Maréchal ne répondait pas. Il avait pourtant assurément le combiné à l'oreille, mais il terminait la conversation qu'il avait engagée avec sa femme sur la ligne de son portable. Elle l'entendit abréger et promettre à sa blonde de ne pas rentrer tard. Puis il consentit à lui répondre enfin :

— Alors, pour cette histoire, racontez-moi. Pourquoi avez-vous rendu visite à Singleton ? Comment avez-vous su pour les enfants ?

Louise hésita. Elle savait que son supérieur tenait à elle, même si elle ne pouvait pas vraiment l'encadrer. Elle n'aimait pas son paternalisme dégoulinant ni ses ronds de jambe auprès de Luc Saint-Cyr, l'associé du directeur du SPVM. Mais elle se devait de le tenir informé.

Elle misa cinquante dollars de plus pour suivre la partie de poker qu'elle avait commencée sur Internet. Elle découvrit trois cartes : deux dix et une dame. Les joueurs suivants se couchèrent. Une relance de cent et elle ajouta cent cinquante.

— J'ai suivi la piste Luka Ricci au départ, je ne pensais pas qu'il allait être arrêté alors que je prenais l'avion. Et puis…

Un bip. Le joueur restant s'était couché. Louise scruta le résultat, puis son brelan s'afficha au centre de l'écran pour venir enfin créditer son compte de huit cents dollars.

Elle esquissa un sourire en refermant le capot de l'ordinateur portable et reprit :

— … j'ai fait modifier ma feuille de route l'autre jour parce que ce type qui se trouve ici, en Alaska, c'est un psychiatre qui à une époque avait fait suivre à Luka Ricci une thérapie bizarre. Un certain Meyers… le gars, c'est pas un sans-génie, il a écrit un bouquin intitulé *Resilio*. Je l'ai lu. Il explique comment chaque individu pourrait se sortir du gouffre de ses traumatismes. Comment, par le seul fait de se servir de son mal…

— Allez à l'essentiel, Louise ! Ici il est 20 heures et ma blonde m'attend, jeta froidement Maréchal.

L'inspectrice eut un hoquet et, de rage, serra violemment les poings.

— Ostie ! Vous croyez que je vous raconte tout ça pour quoi ? Ma vie n'est pas essentielle, elle ? Ma putain de vie ne vous intéresse pas ?

— Louise…

— J'avais besoin de voir ce bonhomme, de… Avant de partir, j'avais découvert que Meyers avait soigné Luka Ricci pour son traumatisme après le viol et le suicide de sa sœur Leslie, mais qu'il avait aussi étudié le cas Singleton, à Anchorage, cet affreux type qui…

— Oui, je sais, qui a tué sa femme enceinte de trente-sept coups de couteau. Mais où cela mène-t-il ? Louise, j'ai l'impression que vous tataouinez. Vous avez trouvé les dépouilles des enfants, c'est fini ! Ici, l'affaire Luka Ricci est terminée, on a tourné la page. J'en ai mon câlisse de voyage d'être constamment derrière vous ! Revenez, prenez du temps. Je connais un thérapeute qui pourrait vous convenir…

Louise s'empara de la commande du téléviseur qui traînait sur le lit et appuya machinalement sur un bouton.

L'écran s'alluma sur une chaîne musicale dédiée aux années 1980. Le visage de Jim Kerr apparut et Louise reconnut aussitôt la mélodie de « Don't You » des Simple Minds.

— Marc… Maudit ! Arrêtez ce niaisage… Singleton faisait partie des bénévoles qui aidaient au ramassage des cadavres d'animaux et du mazout sur les plages, pendant les opérations de nettoyage dans la baie du Prince William. La ville de Juneau servait de base de ravitaillement et les autorités allaient y chercher les volontaires, par avion ou bateau. C'est là-bas qu'il a connu Meyers, et aussi Higgins, un propriétaire dont la flotte de navires de pêche avait été réquisitionnée. Puis il m'a aussi parlé de cette femme, une bénévole, une Vénézuélienne répondant au nom d'Aldine Lentignos. Quelle cave j'ai pu être, tabernouche !

— Quoi ? À cause ?

— Parce que j'ai fait ma senteuse, et j'ai compris… Ce salopard de Singleton a pris un malin plaisir à jouer avec moi. Il voulait que je découvre les corps des trois flos dans ce putain de container. Il veut m'utiliser, il joue avec moi. Il veut me mettre sur une piste, et plus précisément sur celle de Juneau.

— Cette Aldine Lentignos, vous l'avez retrouvée ?

— Une connerie, maudite marde ! J'ai été piégée comme une nounoune par une anagramme : Aldine Lentignos… Daniel Singleton ! grinça Louise en se postant devant la fenêtre de sa chambre.

Maréchal soupira puis demanda d'un ton las :

— Vous avez une idée de ce que serait cette piste, à Juneau ?

Louise écarta le rideau et laissa son regard se perdre au loin, jusqu'aux rivages encore gelés de la Knik Arm. Elle aperçut une partie d'Elderberry Park, désert, désolé et presque sinistre sous son manteau d'herbe jaunie par le dégel.

— Excusez-moi, je vous rappelle plus tard, je suis tannée, fit-elle en prenant une longue inspiration.

Elle coupa la conversation et fourra son portable dans la poche arrière de son jean. Les yeux dans le vague, elle plongea dans le souvenir de sa macabre découverte, deux jours plus tôt.

Selon Singleton, l'enfance se résumait à la phrase qui avait été tracée à la craie à l'intérieur de l'armoire : *Ne jamais naître, demeurer dans l'utérus, rester derrière le miroir…*

Elle avait pris sa décision. Elle ne rentrerait pas. Elle se rendrait à Juneau dès le lendemain. Il lui fallait revoir ce monstre de Singleton. Profiter de son escale, avant qu'il ne soit déféré dans l'Oregon.

18

Sinistrose

1er juin 2012, 3260 Hospital Drive, Juneau (Alaska)
Bartlett Regional Hospital

NOON AGAGUK ENTROUVRIT LES YEUX.

Des lueurs, des simulacres de silhouettes dansaient sur la surface lisse et nue du plafond. Elle tourna le visage et distingua la fenêtre, sur la droite. À l'extérieur, les branches des arbres se tordaient au rythme du vent, déployant sur les rideaux de tulle d'étranges jeux d'ombres.

Ses pupilles étaient dilatées. Sa fréquence cardiaque s'accéléra soudain et affola le monitoring près de son lit. Le peu de lumière qui dansait dans la pièce lui perforait la rétine, s'incrustait au plus profond de son crâne. Un souffle s'introduisit en elle, une caresse absolument unique et merveilleuse. Le souffle de la vie… Elle était revenue parmi les vivants.

Prise de panique, elle se redressa, arracha les divers cathéters plantés dans ses avant-bras et ôta de sa bouche les tubes du respirateur. L'alarme se déclencha aussitôt et retentit dans le grand hall de l'hôpital.

Il ne fallut qu'une poignée de secondes pour qu'une horde d'infirmiers pénètre dans la pièce au pas de course.

Paul Newman fit à son tour irruption dans la salle des soins intensifs. Il s'approcha du lit, observa Noon entre deux infirmiers, distingua son regard vide et l'effroi encore sculpté sur son doux visage d'adolescente.

Noon était parcourue d'infimes tremblements, des spasmes à peine perceptibles. Ses lèvres frémissaient, comme si elle cherchait à exprimer des mots dont elle avait oublié le sens. Des images défilèrent. Des sons. Elle tourna la tête et riva son regard troublé par les larmes à celui de Paul Newman. À ce moment précis, elle aurait tant désiré dire ce qui s'était produit, raconter, se libérer, mais les mots ne parvenaient pas à franchir la barrière de ses lèvres.

D'un mouvement de tête, Newman ordonna à l'équipe médicale de se retirer. Il termina lui-même l'injection de tranquillisant que l'infirmier administrait à Noon.

Une fois que la petite équipe de blouses blanches eut quitté la pièce, Noon se rasséréna et fixa un point invisible à l'extrémité de la chambre. Newman lui prit la main délicatement, s'installa au bord du lit, tout près d'elle, puis il se présenta :

— Bonjour, Noon, je suis le docteur Paul Newman. Je suis le médecin officiellement affecté à l'enquête te concernant. Je travaille avec le Juneau Police Department… Je voudrais savoir comment tu te sens, tu es capable de me parler ?

Le regard fixe de l'adolescente lâcha son point fictif et vint se planter dans celui du médecin.

Les flashes affluèrent. Elle se vit poursuivie par ce qui lui semblait être une meute de chiens. Des chiens qu'elle ne voyait pas mais entendait.

Elle entrevit un paysage oppressant, sombre, des arbres, partout des arbres. Du sang, aussi, qui maculait une zone encore enneigée, là où le soleil ne perçait jamais, dans les profondeurs de la forêt…

Newman s'inquiéta :

— Noon ? Tout va bien ? Peux-tu me dire ce que tu ressens, là, maintenant ?

Elle hocha la tête.

— Tu te sens capable de me parler ? répéta-t-il. Est-ce que tu comprends ce que je te dis ? Si tu veux, tu peux me répondre simplement par des signes de tête.

Après de nombreux efforts pour chasser la chevauchée d'images qui la terrorisait, Noon réussit enfin à prononcer à trois reprises, non sans peine, un mot, un seul mot :

— Resi… lio. Resilio… Resilio…

★

My fondest memories, juin 2012, Alaska

Il y a eu cette folie, cet insatiable désir de les photographier juste avant leur mort, devant « leur » arbre. Juste avant qu'elles ne se précipitent, pleines d'espoir au cœur de la forêt pour tenter de m'échapper.

J'ai réalisé tout une série de polaroïds des quatre proies que j'ai pu chasser sur ce territoire, le temps de cet exil forcé. Et les points d'interrogation sur chaque cliché, tracés en rouge sur le visage de mes trophées, indiquent qu'un corps repose au pied de chaque cyprès de Nootka dont le tronc est gravé du même point d'interrogation.

Aujourd'hui, je suppose que les dépouilles de mes proies se trouvent toujours là où elle doivent se trouver, même si elles n'alimentent plus les racines de ces colossaux résineux.

Pourrai-je jamais les revoir, au moins une fois ? Récupérer les douilles des cartouches de .223 que j'ai enfouies avec chaque cadavre ? Pourrai-je jamais déterrer les reliques que j'ai ensevelies à côté de chaque corps ? Un bracelet, en particulier, celui de la dernière proie. Ce bijou en cuivre que j'ai retrouvé sur le chemin, alors que je redescendais la piste pour rejoindre ma voiture. J'ai dû me résigner à le garder, je me suis forcé pour l'enterrer dans la cache où se trouvaient tous les autres bijoux des victimes.

Pourrai-je jamais déterrer ces putains de reliques ?

Je le ferai. Si la vie me laisse assez de temps, et si le temps ne s'enfuit pas trop vite…

★

1er juin 2012, Alaway Avenue, Juneau (Alaska)
Central du Juneau Police Department

À son retour de l'hôpital, Newman se rendit au JPD passa par la salle de repos pour se préparer un mug de thé et alla frapper au bureau de Nelson.

Le capitaine était plongé dans un magazine de pêche à la mouche. Lunettes au bout du nez, il leva lentement les yeux sur son visiteur.

— Alors ? Je peux la voir quand ? fit-il sans préambule. La mémoire lui revient ou pas ? Elle se souvient de quelque chose ?

— Jake, il faut se faire à l'idée que cette petite a probablement subi une séance d'électrochocs sans anesthésie, sans curarisation. Tout comme Samantha Cardwell, Noon avait encore deux microélectrodes fichées sous la peau du crâne. Pour l'heure, la petite n'a pas recouvré l'usage de la parole, à son réveil elle paraissait terrorisée, absente.

Nelson se leva, ôta ses lunettes, puis vint s'asseoir sur le siège près de Newman.

— C'est dingue, ça ! Noon aurait subi le même genre de torture que Samantha ?

— L'individu qui a commis ces actes barbares cherche à faire disparaître des preuves, ou plutôt à les effacer...

— Des preuves ? Effacer quoi ?

— Des séances d'électrochocs puissantes peuvent altérer des zones précises du cortex, par exemple désorganiser le fonctionnement de l'hippocampe, perturber le stockage des souvenirs. Dans certains cas, la mémoire à long terme peut avoir entièrement disparu. C'est ce que l'on appelle vulgairement un lavage de cerveau.

Nelson observait le légiste avec stupéfaction.

— Nom de Dieu, Paul...

— Elles ont peut-être même été témoins de quelque chose de grave, et quelqu'un a intérêt à ce que Noon Agaguk garde le silence. Sinon, pourquoi vouloir effacer les souvenirs de ces deux jeunes filles ?

Newman soupira, avala une nouvelle gorgée de thé, puis continua :

— Le seul mot que Noon ait pu prononcer, c'est « resilio ».

— Merde ! Mais elle répète ça depuis le début...

— De quoi vous parlez ? l'interrogea le légiste en posant sa tasse.

— Lorsque Carrie a trouvé Noon Agaguk qui errait près du jardin botanique de Glacier Gardens, elle répétait sans cesse ce mot... Ça veut dire quoi, d'après vous ?

— C'est du latin, ça signifie sauter en arrière, rebondir, rejaillir, enfin vous voyez... On retrouve dans ce terme le mot *salio* ou *saltum* qui a donné naissance au verbe « sauter ». Cela peut se traduire par « résilience ». Ce mot a plusieurs sens. Dans le domaine scientifique, il évoque la résistance d'un matériau exposé aux chocs. Dans le domaine psychiatrique, cela se traduit plutôt par l'aptitude d'un individu à ne pas se décourager, à ne pas se laisser abattre.

— J'y comprends rien... Qu'est-ce qui relie ces filles retrouvées dans un état lamentable à ce mystérieux « resilio » ? J'ai jamais entendu parler de ce truc... en psychiatrie, vous disiez ? C'est un programme thérapeutique ?

À cet instant, Newman fixa le capitaine de police d'un œil rond, puis déclara :

— C'est ça, c'est un concept médical, une psychothérapie, si vous préférez. Mais ça me fait penser à quelque chose, Jake...

— J'vous écoute...

— J'ai entendu parler d'un programme psychothérapeutique mis en place à l'hôpital Bartlett depuis peu. Il me semble qu'il est question de cette fameuse résilience...

Abasourdi, Nelson dévisagea Newman, la bouche ouverte.

Il précisa alors :

— Carrie a demandé de pouvoir finir son service plus tôt, elle avait rendez-vous avec le psy qui va prendre en charge sa fille Clara, à l'hôpital Bartlett.

★

1er juin 2012, 3260 Hospital Drive, Juneau (Alaska)
Bartlett Regional Hospital, centre Carlson,
unité spécialisée pour le traitement des maladies génétiques

Carrie scruta le plafond, prise d'une sensation de malaise obscure. La pièce semblait plongée dans une ambiance surnaturelle, comme si le temps y était suspendu, en attente de quelque chose. Elle imagina les murs se fendiller, s'ouvrir pour laisser se déverser des millions de mètres cubes d'eau glaciale, où elle serait engloutie pour les siècles des siècles.

Carrie se demanda ce que pouvaient bien ressentir les condamnés à mort à l'aube de leur dernier jour. À l'instant où ils entendent claquer les verrous et s'ouvrir les portes qu'ils ne reverront jamais plus se refermer. À cet instant où, avec un air à la fois triste et empli de déférence, le gardien annonce au détenu qu'il est temps d'y aller...

Le médecin qui se trouvait devant elle allait décider du destin de Clara. Il était celui qui allait accompagner cette enfant sur un chemin plus rassurant, lui permettre de mieux comprendre sa maladie et de l'accepter plus profondément. Il était censé la soutenir afin qu'elle puisse avancer sereinement jusqu'au bout de cette route si chaotique. Mais à brève échéance...

— Madame Callan ?

La voix avait résonné. Carrie leva lentement la tête et sourit.

— Oui, excusez-moi, docteur Meyers, je... je songeais à Clara, mais...

— N'ayez aucune inquiétude. Clara est une petite fille très intelligente, et du haut de ses huit ans elle a déjà parfaitement bien assimilé le fond de la chose. Elle vit sa maladie, elle l'a acceptée. Moi, je serai son guide. Je vais lui apprendre à être plus forte, à se servir de ce qui peut être négatif ou néfaste pour elle comme d'un bouclier, une béquille, un levier.

— Je sais, docteur, je sais tout ça. Ce qui me chagrine c'est...

Elle posa le dos de sa main sur ses lèvres, fronça les sourcils tout en essayant de réprimer un sanglot.

Elle continua péniblement en balbutiant, d'une voix qu'elle-même ne reconnaissait pas :

— C'est... Ce qui me bouleverse, c'est que cette thérapie n'aura qu'un seul but, celui de... d'accompagner ma fille sur le chemin qui la mènera vers la fin.

Matthew Meyers s'assit près d'elle.

— Je peux comprendre ce que vous ressentez en tant que mère, Carrie. Mais je suis un scientifique et quelqu'un de rationnel, un peu trop peut-être, on me l'a souvent reproché. Ne nous voilons pas la face, soyons honnêtes avec nous-mêmes. Nous savons, vous comme moi, quelle sera l'issue de cette maladie pour Clara. Cependant, aussi terrible que cela puisse paraître, un nombre impressionnant d'enfants, entre cinq et neuf ans, se donnent volontairement la mort pour diverses raisons. Bien évidemment, le risque est multiplié par deux lorsque l'enfant est confronté à une importante perturbation le concernant, lorsqu'il prend conscience que sa vie est remise en question du fait d'une maladie, ou simplement parce qu'il se rend compte de la tristesse que cela engendre dans son entourage. Cette thérapie basée sur la résilience apportera à Clara un soutien très fort, elle renforcera sa confiance, elle en oubliera presque les conséquences inéluctables de sa pathologie.

Carrie écrasa une larme du revers de sa manche, renifla bruyamment, puis lança avec de l'arrogance dans la voix :

— Jusqu'à présent, c'est moi qui ai servi de béquille à Clara, c'est moi qui l'ai élevée. C'est moi seule qui avance avec ma fille depuis sa naissance, qui me charge du fardeau de sa maladie depuis que son père a mis les voiles en 2010. Je lui ai appris à accepter cette maladie, à vivre avec...

— Mais vous ne lui avez pas appris comment l'apprivoiser, Carrie. Et c'est ce que je vais faire avec Clara. J'ai enseigné à beaucoup d'individus de la région comment canaliser leurs émotions, comment expurger l'esprit des sentiments lourds, du chagrin qui le nécrosent, comment faire de leurs traumatismes un outil pour respirer de nouveau. Lors de la catastrophe de l'*Exxon Valdez*, je dirigeais la cellule de soutien psychologique ordonnée par le gouvernement. J'y ai vu des horreurs, des familles détruites, des hommes déchus, des individus anéantis par l'impact de la marée noire sur leur quotidien. Plus de vingt ans après cette tragédie, l'Alaska soigne encore ses blessures. Il y a toujours du pétrole incrusté dans les rochers sur les plages, des espèces animales ont été décimées, des villes et des villages de pêcheurs enregistrent encore aujourd'hui de nombreux cas de violences domestiques, des taux de suicides et d'agressions inquiétants, beaucoup sombrent dans l'alcoolisme ou la délinquance.

— Docteur, je ne vois pas le rapport avec..

Le regard noir et les traits crispés, Meyers poursuivit l'évocation de la catastrophe :

— À l'époque, ce que diffusaient les chaînes de télévision à l'heure des infos, c'étaient surtout les images du pétrole qui flottait sur l'eau et venait souiller la côte, c'étaient les images des animaux morts échoués sur les plages. Mais ce que l'on ignorait, c'étaient les conséquences sociales dramatiques qui se tramaient, le bouleversement psychologique dévastateur qui se mettait lentement en place au cœur des populations locales. Ce que j'ai découvert, c'est que cinq ou six ans après le drame, les gens sont devenus très déprimés et isolés. On a relevé énormément de cas de syndrome de stress post-traumatique et de dépressions nerveuses. Nombre d'entre eux ont été internés en unité psychiatrique...

— Je sais tout cela, je connais cette histoire, docteur, c'est aussi pour cette raison que ma mère a vendu la maison familiale à l'époque.

Meyers soupira.

— J'ai soigné un grand nombre de patients, Carrie. Aujourd'hui, beaucoup sont morts des suites de maladies incurables induites par la pollution, d'autres ont échappé au fléau et ont survécu. Ils ont admis de vivre avec leur douleur, leur blessure. Grâce à la résilience, ils ont pu refaire surface, ils ont accepté, ils ont continué à vivre, simplement. Alors, je crois sincèrement que cette thérapie apaisera Clara, lui permettra de marcher paisiblement… jusqu'au bout. Et vous aussi.

Carrie acquiesça d'un signe de tête, émue.

Meyers ajouta alors :

— Et je pense sincèrement que cette petite qui a été retrouvée sur la route et qui a perdu la mémoire, qui se trouve actuellement en soins intensifs dans cet hôpital, aurait besoin d'un soutien psychologique. Songez-y. J'ai cru comprendre que vous étiez chargée de l'enquête…

— Effectivement, il s'agit d'une étrange affaire.

— Je suis prêt à collaborer avec la police. Peut-être pourrai-je entrer en communication avec cette jeune fille, qu'en pensez-vous ? Parlez-en à vos supérieurs. Si on accède au dialogue, on accède à sa mémoire…

19

Briser la glace

1er juin 2012, Elderberry Park, Anchorage (Alaska)
Rivage du Knik Arm

Assise sur le rivage de l'estuaire Knik, à même le pergélisol qui mollissait, Louise contemplait l'horizon et les alentours désagrégés par une lueur diffuse, un éclairage de fin de journée qui incendiait la glace et la forêt.

The last frontier, the land of the midnight sun...

Les écouteurs de son smartphone dans les oreilles, les mains bien au fond de ses poches, Louise se passait la bande originale du film *The Assassination of Jesse James*. Elle ferma les yeux, se laissa emporter par la magie troublante de « Song for Bob », composé par Warren Ellis et Nick Cave. Elle pensa à Jesse James en se demandant si, à l'instar du célèbre criminel, elle ne préparait pas sa propre mort. Était-elle, elle aussi, en fin de carrière ? Trouver ce psychiatre, tenter de raccommoder le passé et le présent, de rapiécer des séquences de sa vie, tout cela lui semblait dérisoire, peut-être même inutile. Les cadavres des gamins qu'elle avait retrouvés dans la planque de Singleton restaient sa seule bouée, l'unique raison pour ne pas décrocher et tout plaquer.

Le monstre d'Anchorage l'avait choisie, elle, afin qu'elle redonne corps à sa terrifiante légende. Mais devait-elle réellement aller au bout des choses ? Ne serait-il pas plus simple de couper la lumière, de tirer sa révérence ?

Louise était fatiguée. Rompue par le fardeau qu'elle traînait depuis toutes ces années, elle n'arrivait plus vraiment à différencier ce qui pouvait lui être bénéfique de ce qui pourrait bien provoquer sa chute. Le spleen au quotidien, toute cette mélancolie, cette paranoïa incessante, cette instabilité dans ses relations sentimentales, ses liens sociaux, tout lui devenait excessivement pesant et de plus en plus difficile à supporter. Louise comparait l'âme à une fosse abyssale dans laquelle se perdraient les résidus de nos échecs, les ordures de notre existence.

Quand elle rouvrit les paupières, rien de ce qui lui apparut ne l'émut. Elle ne voyait plus en ce monde les beautés dissimulées de la nature. Elle sut à cet instant qu'elle lâchait prise. Cet isolement, cette confusion avec elle-même, Louise les avait admis. Elle avait accepté de se porter responsable de la mort de sa sœur depuis maintenant vingt-deux années.

Elle avait accepté la mort de son père qui était parti un jour pluvieux de juin.

Elle avait accepté l'internement de sa mère en hôpital psychiatrique en 1996, cette mère qui l'avait rejetée et qu'elle n'avait pas revue depuis seize ans.

Toute cette mélancolie, toute cette tristesse… Je ne peux plus te porter, Juliette, je ne peux plus te guider…

Louise se leva alors et traversa la piste cyclable en direction de l'imposante rivière. Elle augmenta le volume des écouteurs et ferma de nouveau les yeux. Elle marcha, pas à pas, un long moment. La musique vint alors se superposer à sa pensée :

Après tout, les corps ont été retrouvés, c'est l'essentiel. Les flics vont se débrouiller, maintenant. Singleton finira bien par se faire tuer en taule par un de ses codétenus. Les âmes de ces petits vont pouvoir aller en paix à présent...

Elle avança encore un peu et la musique diffusée par les écouteurs cessa soudain pour laisser place à la sonnerie de son téléphone.

Elle ouvrit alors les yeux et eut un choc. À quelques mètres seulement devant elle, illuminées par ce soleil de nuit rasant, elle aperçut par transparence les eaux sombres qui clapotaient sous la glace et, plus loin, l'immensité de la rivière Knik qui frémissait en vaguelettes irrégulières. À tout moment la croûte glacée aurait pu céder sous ses pas.

La sonnerie insistait. Elle appuya sur le commutateur situé sur le fil de ses oreillettes.

— Louise, c'est Maréchal... c'est urgent. Je ne vous dérange pas, au moins ?

— Marc ? Non, vous ne me dérangez pas, je prenais le frais. Que se passe-t-il ? Vous avez vu l'heure ? Il est au moins deux heures du matin à Montréal.

— Je sais, mais j'ai une information de la plus haute importance à vous communiquer. C'est au sujet de Luka Ricci...

— Je vous écoute, Marc... ne me dites pas qu'il a dépecé d'autres victimes, l'interrompit-elle en terminant par un petit rire nerveux.

— Non, par contre j'ai approfondi vos recherches et j'ai fouillé sa vie. J'ai pu recouper de nombreux éléments, dont un qui m'a mis la puce à l'oreille. Celui du viol de sa sœur Leslie par un certain Lorenzo en 2004, à Paris. Ledit Lorenzo aurait possédé une boutique dans laquelle il aurait officié en tant que pierceur et tatoueur, et il aurait été associé à un dénommé Hamid… Ricci aurait cherché à buter ce Lorenzo…

— Marc, en quoi cela justifie que vous m'appeliez à cette heure ? Je ne comprends pas. Et surtout, quel est le rapport avec moi ? Vous savez, ici on dort pas, on subit cet ostie de criss de soleil qui ne se couche jamais, je suis fatiguée, je suis au coton et…

— Apparemment, la coupa Maréchal, Lorenzo aurait quitté Paris en janvier 2007, trois ans après le viol de Leslie. Il aurait suivi jusqu'en Alaska une ancienne prostituée devenue sa petite amie, et plus précisément à Juneau. Le type aurait trouvé là l'occasion de se mettre au vert, de disparaître…

Tout en écoutant le récit du directeur assistant, Louise traversa la piste cyclable et regagna la route principale qui menait à l'hôtel Captain Cook. Elle rêvait d'un bain, juste avant de se glisser sous les draps pour tenter de fermer l'œil, sombrer dans le sommeil et oublier que la nuit ne tombait plus.

★

2 juin 2012, Montréal (Canada)
Centre pénitentiaire Rivière-des-Prairies, cellule 30

Peut-être qu'il faudra que je réfléchisse à ma défense… après tout, je suis dingue, non ? Il faut qu'ils pensent tous ça de moi…

Luka Ricci connaissait le sort que l'on réservait parfois aux homosexuels incarcérés. Il savait parfaitement comment étaient perçus les pervers et les auteurs de crimes sexuels. En prison, il subirait l'humiliation, la honte, le déshonneur et la douleur dont on ne se relève pas.

Il repensa à Meyers, à sa thérapie.

Ce vieux vicelard avait peut-être raison, au fond, c'est peut-être lui qui détenait la clé… C'est bien ce que je fais aujourd'hui : je me sers de mes traumatismes pour que d'autres blessures disparaissent…

Ce pouvoir qui lui échappait autrefois, ce manque d'assurance qui l'avait tant et tant réduit à la soumission, tout cela n'était plus qu'un vague souvenir.

On va de nouveau beaucoup entendre parler de moi, c'est sûr… on n'a pas encore retrouvé la tête d'Ushi Huang, et ça, ça risque de les laisser sur le cul ! Des millions d'individus ressentiront de la crainte en pensant à moi, ils m'accorderont du respect. Parce que je tiens tout le monde par les couilles, les cafards du pouvoir tout comme leurs fan-clubs de sanguinaires hystériques, ces barbares incultes, ces nécrosés du monde ultraconnecté. Le temps où je me défonçais au crystal est fini ! Ce temps où je baisais pour quelques dollars, où je donnais mon cul pour rien, ça aussi, c'est fini. Tout comme cette époque où je clamais haut et fort devant tous ces abrutis de journalistes : « J'aime le sexe, les voyages et les nouvelles rencontres. Ma vie est formidable ! »

20

Mettre un visage sur la mort

2 juin 2012, Alaway Avenue, Juneau (Alaska)
Central du Juneau Police Department

> Convocation n° 000324 du 02/06/12, 9 h 25. Audition de Mme Agaguk Anouk filmée sur support numérique, enregistrée dans le cadre d'un procès-verbal concernant l'affaire des « jeunes filles pétrifiées ». Entretien dirigé par le lieutenant Carrie Callan.

— Ça va ? Vous n'avez aucune inquiétude à avoir, tout va bien se dérouler, vous verrez. Votre fille est entre les mains des meilleurs, je vous le garantis. Je suis persuadée que vous pourrez bientôt lui parler.

— Ma petite, ma toute petite, j'ai cru ne jamais la revoir…

La mère de Noon semblait tout droit sortie d'un documentaire sur les ethnies inuits qui peuplaient l'Alaska. Ses lointaines origines russes et très probablement nipponnes lui conféraient ce visage rond aux yeux bridés. Elle avait des joues de feu, de longs cheveux noirs qu'une interminable tresse sublimait, et une manière toute particulière de démontrer son humilité. Son regard paraissait chercher des réponses dans celui de Carrie Callan.

— Que s'est-il passé avant que vous vous rendiez compte que quelque chose clochait ?

— Rien ! Absolument rien. La veille elle m'avait informée qu'elle se rendrait chez Samantha le lendemain, qu'elles prévoyaient de faire les boutiques ensemble dans le centre de Juneau.

— Il n'y a eu aucun coup de téléphone suspect à votre domicile, la veille ou le jour de sa disparition ? Le relevé de sa ligne n'a rien révélé, tout comme l'examen de ses boîtes mail et de ses comptes Facebook, Twitter et autres. Alors je me disais que vous auriez pu trouver suspect un détail qui...

— Non, aucun coup de fil, rien. Ces derniers temps elle avait l'air d'aller bien, de ne plus penser à ce qui s'était produit en 2007...

Anouk Agaguk se mordit la lèvre inférieure tout en restant silencieuse, le regard rivé sur ses chaussures bon marché.

Carrie acquiesça d'un mouvement de la tête, suggérant à la mère désespérée qu'elle saisissait le message. Néanmoins, elle ne pouvait laisser passer l'occasion d'évoquer cette année-là :

— Justement, je voulais revenir sur l'année 2007. Votre fille avait, quoi... douze ans ?

— C'est ça.

— Que pouvez-vous me dire de ce vieux chalet qui appartenait à Peter Higgins et qui était le lieu de rendez-vous de beaucoup de gosses de Juneau ? Vous savez, Noon et d'autres se rendaient là-bas pour flirter, boire, fumer, que sais-je... Nous avons retrouvé les nombreuses plaintes déposées par un ancien garde-chasse qui entretenait le chalet, un type employé par Peter Higgins. Il déplorait le fait que les gamins squattaient le terrain de la propriété et semaient partout des mégots de cigarettes, des canettes de bière vides et des emballages plastique. Vous vous souvenez de ça ?

Anouk laissa se dessiner un large sourire sur ses lèvres, comme si cet épisode la ramenait à de bien heureux événements.

— Grand Dieu, oui. Je suis venue plusieurs fois au central, car chaque fois on me convoquait pour ces pleurnicheries ridicules...

— N'y aurait-il pas quelque chose qui vous aurait semblé étrange à l'époque, comme le comportement de certains de vos voisins, des menaces, ce genre de choses ?

Anouk Agaguk baissa la tête. Après avoir longuement trituré son annulaire et fait tourner son alliance, elle prit une grande inspiration et déclara :

— Lieutenant, la seule chose dont je me souviens, c'est l'infamie que nous avons vécue, la honte qui s'est abattue sur nous, la haine des autres, le dégoût..

— Je peux comprendre tout ça.

— Mon mari a été accusé du viol de sa propre fille ! Vous êtes en train de me dire que vous pouvez le comprendre ? Non, je ne crois pas, lieutenant Callan. Nous-mêmes avons actuellement du mal à comprendre ce qui s'est passé. Mon pauvre mari se trouve encore aujourd'hui en unité psychiatrique, il a perdu la raison lorsque son innocence a enfin pu être démontrée grâce à ces providentielles traces ADN...

Le film cauchemardesque des flics qui débarquaient au domicile familial surgit alors des limbes de sa mémoire, saccadé et confus, ainsi que le moment où son époux partait avec eux, menottes aux poignets. Elle ressentait encore cette émotion étrange, cette répulsion et cette effrayante panique qui l'avait gagnée lorsque, bien plus tard, elle avait appris qu'il avait fait subir à sa propre fille des violences sexuelles après l'avoir droguée à son insu, alors qu'elle se trouvait au bord du coma...

Carrie se leva, perplexe, et alla se poster un instant à la fenêtre. Le parking du central était quasiment désert en ce début de matinée, délaissé des patrouilles parties en service dans la ville et sa périphérie. Elle se retourna, bras croisés, tout en observant Anouk droit dans les yeux.

— Madame Agaguk, j'essaie de comprendre ce qui se passe, je vous l'assure. Nous allons retrouver ceux qui ont agressé votre fille...

— Ceux ? Ils sont plusieurs ? l'interrompit la mère au bord des larmes.

— Rien ne le prouve pour l'instant, mais il y a de fortes chances pour que ce soit le cas, oui.

À l'air abattu de Carrie et à ses yeux cernés, Anouk devina tout le poids des contrariétés qui pesait sur elle.

— Vous savez, Juneau est une petite localité, tout le monde connaît la vie de tout le monde...

— Pourquoi dites-vous ça ? s'étonna Carrie.

— Je suis consciente que de nombreux drames ont eu lieu à Juneau. Je sais aussi pour votre papa, en 1989, et je sais ce que vous endurez avec votre fille, et je vous félicite. Vous avez beaucoup de courage pour élever toute seule cette petite...

Carrie observa la femme, gorge serrée, les yeux et le nez brûlants. Elle retint ses larmes et bredouilla un remerciement à peine perceptible.

— Le centre Carlson est un bon établissement, reprit Anouk. Et si je peux me permettre, lieutenant, le docteur Meyers est un homme fabuleux. Vous devriez le rencontrer et lui parler de votre fille.

Carrie sursauta :

— Que… Comment connaissez-vous le docteur Meyers ?

— Oh… il a fait suivre un programme à Noon pendant plusieurs mois après son agression sexuelle. Ça lui a été bénéfique, je crois. Du jour où mon mari a été disculpé, avec preuves à l'appui, nous ne désirions plus qu'une chose : connaître l'identité du violeur. Et le docteur Meyers s'est chargé de dispenser à ma fille un traitement qui aurait pu lui permettre de peut-être réactiver sa mémoire, et de mettre enfin un visage sur son agresseur.

★

2 juin 2012, Alaway Avenue, Juneau (Alaska)
Central du Juneau Police Department

> Convocation n° 000325 du 02/06/12, 9 h 30. Audition de M. Higgins Peter filmée sur support numérique, enregistrée dans le cadre d'un procès-verbal concernant l'affaire des « jeunes filles pétrifiées ». Entretien dirigé par le capitaine Jake Nelson.

— Vous voulez mettre un visage sur ce macchabée, Jake ? Vous voulez mettre un visage sur la mort ? Eh bien bonne chance ! Il peut s'agir de n'importe qui, un cambrioleur, un rôdeur, un marginal, un SDF… Il a pu s'introduire dans ma bicoque et s'endormir avec la cigarette au bec, cette masure n'était faite que de vieux bois. Cela dit, elle va me manquer, même si ça fait bien longtemps que j'ai arrêté la chasse.

Les deux hommes, assis face à face dans le bureau du capitaine, semblaient se trouver là pour évoquer les souvenirs du bon vieux temps.

Jake Nelson secoua la tête et laissa échapper un petit rire ridicule. Il joignit les mains, paume contre paume, puis marmonna :

— Non, non, non, non... vous n'avez pas compris, Peter. Ce n'est pas un accident. L'origine de l'incendie est criminelle, la réserve de carburant entreposée dans la remise pour la motoneige a servi d'accélérateur. Ce macchabée se trouvait sur votre propriété, et cet homme a été assassiné... Alors, Peter, si vous avez quelque chose à me confier, c'est maintenant.

Higgins s'esclaffa d'un rire inquiétant.

— Quoi, Jake ? C'est une façon de me dire que je suis soupçonné ? C'est ça ?

— Je ne vous ai pas inculpé, Peter.

— Parce que si c'est le cas, je préviens immédiatement maître Reddington, mon avocat...

— Peter, je ne vous accuse de rien, je cherche à comprendre. Nous sommes un peu... débordés ces temps-ci. Quand êtes-vous retourné au chalet pour la dernière fois ?

— Je ne sais plus, peut-être l'été dernier, mais je ne chassais déjà plus. Pourquoi ?

— Vous étiez au courant des plaintes que déposait votre gardien, au sujet des adolescents qui squattaient les abords de la propriété ?

— Quand ? Quelles plaintes ?

— Ça remonte à 2006, 2007...

— Il m'avait plusieurs fois informé que des gosses mettaient un peu le bazar autour du chalet, oui, mais je ne savais pas que ce connard déposait des plaintes. Je l'employais pour un service d'entretien, pas pour faire le flic.

— Ma fille Emma se rendait très souvent sur votre terrain, avec des jeunes de son âge...

Ému, le capitaine Nelson garda le silence quelques secondes.

Higgins le dévisagea. Il savait ce que ressentait à cet instant le flic. Il savait ce qu'était la douleur provoquée par l'absence d'un être cher, l'absence de son enfant. Respectueux, il resta silencieux.

— Votre guignol de gardien, là, vous savez ce qu'il est devenu ? reprit Nelson d'une voix encore mal assurée.

Higgins entrevit à cet instant une chance qu'il ne devait pas laisser passer.

— Je crois qu'il s'est installé sur Douglas Island, mais je n'en suis pas certain. Il avait beaucoup de soucis avec l'alcool, et quand je l'ai licencié, je le voyais régulièrement vagabonder du côté de Mendenhall Valley. Je crois qu'il faisait une consommation excessive de traînées, à l'époque où elles étaient installées en troupeau là-bas... Vous vous souvenez, juste avant que ne soit démantelé ce réseau de prostitution ? C'était horrible, toutes ces jeunes filles, des ados, pour certaines.

— Évidemment que je m'en souviens. C'est grâce à la lettre anonyme qu'on a pu interrompre ce trafic. Personne n'a jamais pu savoir qui était derrière tout ça... Et maintenant, Peter, je veux le pedigree de votre ancien gardien, son adresse, son numéro d'assuré social et tout ce qui pourrait nous permettre de savoir à qui on a affaire.

21
Rodolphe Cisco

2 juin 2012, 1873 Shell Simmons Drive, Juneau (Alaska)
Juneau International Airport

LOUISE LONGEA JORDAN CREEK puis passa devant l'Aspen Suites Hotel, où elle avait réservé sa chambre via le site Internet. Elle s'engagea ensuite sur Egan Drive afin de gagner le centre de Juneau.

Elle avait contacté le central de police pour les aviser de sa venue. Un homme lui avait répondu qu'ils attendaient effectivement un flic venant du Canada, mais qu'il était surpris de savoir qu'il s'agissait d'une femme.

Le manque de sommeil et cette lumière omniprésente depuis qu'elle avait débarqué en Alaska la perturbaient. C'était comme si son organisme avait muté, à la fois incapable de trouver le repos et pris malgré tout d'une vaste léthargie, une espèce de torpeur qui cherchait sournoisement à ralentir chacun de ses gestes.

Elle tentait de remettre de l'ordre dans ses pensées, de trier le lot d'événements survenus ces derniers jours : le « dépeceur de Montréal » et son arrestation, la visite rendue à Daniel Singleton, la découverte des cadavres momifiés des trois gamins disparus, Meyers…

Et toujours ce soleil épuisant qui ne se couchait jamais. Ces interminables rubans de brume qui s'accrochaient aux flancs de la montagne comme des nuages échoués. Ce paysage, beau à s'en damner, hypnotique. L'Alaska, cette Amérique russe, cette dernière frontière, la terre du soleil de minuit, cette intrigante et gigantesque étendue qui l'engloutissait, l'avalait, la dépossédait de ce qu'elle n'avait déjà presque plus.

Bercée par la chaleur du chauffage, l'autoradio qui diffusait « The Fable » d'Audra Mae, et le ronronnement itératif du moteur, elle s'abandonna à une irrésistible mollesse et ferma les paupières. C'est alors qu'une petite voix – Juliette ? – lui intima : « Maintenant ouvre les yeux, Louise ! » et qu'elle eut le réflexe de braquer le volant, défiant les lois de la physique face à un camion poubelle lancé à plus de cent vingt kilomètres-heure…

★

2 juin 2012, Alaway Avenue, Juneau (Alaska)
Central du Juneau Police Department

— Il faut qu'on accorde nos pianos, Jake ! Il se passe quelque chose de pas très net entre…

— On ne dit pas plutôt « accorder nos violons » ? lança Nelson pour détendre l'atmosphère.

Renfrognée, Carrie déposa un gobelet de café sur le sous-main de son supérieur et avala nerveusement le sien en trois petites gorgées.

— Meyers..., reprit-elle, le docteur Matthew Meyers a suivi Noon Agaguk juste après son agression sexuelle, c'est pas dingue, ce truc ?

— Ouais, et où voulez-vous en venir, Carrie ?

— Où je veux en venir ? s'énerva-t-elle. Mais voyons, Jake, il connaît très bien cette petite ! Il aurait au moins pu coopérer sur cette affaire, il aurait pu peut-être nous aider... Moi-même je ne savais pas qu'elle avait été agressée et que son père avait été inculpé à tort à l'époque...

— Concernant l'inculpation du père de Noon, ce fait divers avait été étouffé par les autorités locales. Le maire de Juneau avait demandé que tout cela disparaisse aux archives, il était même allé jusqu'à interdire au *Juneau Empire* de publier quoi que ce soit sur l'affaire... On approchait de la saison touristique au moment des faits. Juneau est une petite ville, et certains secrets doivent rester des secrets. Quant à Meyers, vous savez que rien n'oblige un médecin à dévoiler aux flics la vie privée de l'un de ses patients, Carrie, vous le savez, ça ? Il peut, dans le contexte d'un homicide ou d'une agression sexuelle, venir témoigner ou coopérer avec la justice, mais uniquement si un juge en fait la demande circonstanciée, ou s'il le fait de son plein gré.

— Jake, avec tout le respect que je vous dois, laissez-moi vous dire que vous vous trompez...

— Pourquoi, grand Dieu ?

— Parce que quand nous nous sommes vus, hier, au centre Carlson, il m'a refait tout l'historique de cette putain de marée noire causée par Exxon, de l'impact psychologique sur la population, de toute cette misère sociale qu'avait engendrée cette catastrophe écologique. Tout ça pour mieux me servir le fait qu'il avait dirigé la cellule de soutien psychologique et me vanter les mérites de sa thérapie soi-disant révolutionnaire basée sur le concept de la résilience.

— Carrie…

— Laissez-moi finir, Jake ! Il m'a ensuite proposé son aide pour Noon Agaguk. Il m'a expliqué qu'il pouvait peut-être accéder à certaines zones de sa mémoire… Bref, je lui ai dit que ce n'était pas si simple, que Noon était le témoin principal dans une affaire relative à un probable homicide.

— Et alors ? Vous lui reprochiez de ne pas coopérer…

— Il ne m'a pas parlé de la thérapie qu'il avait dispensée à Noon, à aucun moment il ne m'a avoué l'avoir suivie médicalement. Voilà ce que je lui reproche ! Sinon, pour ce qui est de la mère, elle a effectivement confirmé que les jeunes se retrouvaient sur la propriété d'Higgins… Et vous ? Comment se traduit votre audition avec monsieur-le-notable-de-Juneau ?

— Higgins semble un peu perdu, tout ça le dépasse, le fait qu'il soit entendu dans une affaire d'homicide et qu'il soit convoqué au central. Par contre, un cadavre sur sa propriété, ça ne le choque pas plus que ça. Il reste pragmatique et suppose que la victime est un rôdeur, un SDF qui aurait déclenché l'incendie par maladresse. Curieusement, lorsque je lui ai dit que c'était d'origine criminelle, il a voulu se protéger en souhaitant la présence de son avocat, même si j'ai bien senti qu'il y avait beaucoup d'ironie dans ses propos…

Là-dessus Nelson se leva et enfila sa veste.

— Vous prenez votre journée, Jake ? demanda la jeune inspectrice en jetant un coup d'œil au cadran de sa montre.

— Oui, je file voir mon dermato. Mon psoriasis semble avoir gagné du terrain…

Dans le corridor, ils marchèrent côte à côte, entourés par les nombreux cadres photo qui paradaient sur les murs. Chaque cliché racontait un petit bout d'histoire de la police locale, et Jake Nelson avait toujours insisté pour qu'aucun ne soit jamais retiré. Le mur d'images était là depuis des décennies. Le capitaine interrompit sa marche, s'approcha du mur et s'attarda sur deux photos en particulier : la première, sur laquelle il apparaissait avec Higgins devant la Dodge Viper de celui-ci, bras dessus, bras dessous. C'était le lendemain du gala de la police auquel avait assisté le millionnaire, et lors duquel il avait signé un très gros chèque pour résoudre les soucis logistiques du JPD. Sur la seconde, ils posaient encore tous les deux, devant le 4 × 4 d'Higgins, un saumon de neuf kilos entre les mains.

— Et pour les jeunes, vous lui en avez parlé ? relança Carrie

— Les jeunes ? C'est-à-dire ? bredouilla Nelson sans lâcher du regard le 4 × 4 sur la photo.

— À l'époque, quand ils traînaient sur…

— Oui, absolument. Nous avons parlé des nombreuses plaintes qui avaient été déposées. Il m'a affirmé ne jamais avoir été au courant du comportement du gardien de la propriété. Il m'a assuré que lui-même n'aurait jamais porté plainte pour de telles futilités. Il a licencié son employé fin 2007, si je me souviens bien. Depuis, Higgins l'aurait parfois aperçu traîner ses guêtres du côté de Mendenhall Valley…

Carrie s'immobilisa en retenant son supérieur par le bras.

— Une minute… c'est bien là-bas que se situait le noyau dur du réseau de prostitution qui a été démantelé ?

— Tout à fait, Carrie. Vous pensez à quoi ?

— À rien… enfin, si, juste au fait qu'on n'a jamais su qui dirigeait tout ce trafic. Le truc, c'est que des adolescentes un peu paumées de Juneau avaient plongé dans ce merdier…

Carrie accompagna Nelson jusque sur le parking devant le central. l'observa déverrouiller son véhicule et s'installer au volant. Il descendit ensuite la vitre tout en scrutant la Ford Focus qui venait de se garer à quelques mètres.

— Dès demain matin, je filerai à la mairie, au service de l'état civil. J'ai besoin de vérifier si l'ancien gardien d'Higgins a laissé quelques traces, fit-il à l'adresse de son lieutenant.

— Vous pensez que…

— Je ne pense rien, Carrie, je veux juste savoir qui était ce type. Higgins est persuadé qu'il s'est installé sur Douglas Island, et s'il n'a pas quitté notre région, ça ne sera pas très compliqué de le retrouver.

Plus loin, sur le parking, la jeune femme qui descendit de la Ford Focus referma violemment la portière, enfila un blouson de cuir marron, puis chaussa une paire de lunettes de soleil.

Cheveux roux noués en une queue-de-cheval hirsute, Converse rouges aux pieds et jean déchiré aux genoux qu'elle portait comme une ado attardée, la belle inconnue ne passait pas inaperçue.

En remarquant l'air ahuri du capitaine, Carrie sourit, amusée, avant de lui demander :

— Vous avez le nom de ce type ?

— Heu, Rodolphe… Rodolphe Cisco, c'est tout ce que je sais.

Nelson s'éloigna et Carrie interpella la rouquine qui approchait :

— Oui, c'est pourquoi ? Un dépôt de plainte ?

— Non, c'est pas une criss de plainte… quoique, j'aurais à dire des chauffards pleins de marde qui circulent sur vos routes, mais j'vais pas chialer, fit la visiteuse, ironique. Mon nom est Louise Beaulieu, je suis le flic de Montréal.

22

Mount Roberts Tramway

2 juin 2012, Montréal (Canada)
Centre pénitentiaire Rivière-des-Prairies, cellule 30

NICOLAS HARPING, voilà le véritable salaud responsable de sa chute.

Pourquoi avait-il voulu l'assassiner ? Parce qu'il n'était pas un garçon comme les autres ? parce qu'il était insoumis ? qu'il circulait tel un électron libre, à contre-courant ?

Luka préparait intérieurement les arguments qu'il allait devoir servir à son avocat, celui qui allait défendre sa maudite cause lors de son procès. Assis sur le siège scarifié de sa cellule, il tentait de coucher sur le papier ce qui composerait l'essentiel de sa défense. Et le Premier ministre canadien y était cité car les événements s'étaient enchaînés par sa faute.

Il avait voulu faire parvenir à Harping le torse démembré d'Ushi Huang, emballé et pesé par les services postaux. Mais il avait pris conscience du volume que cela représenterait et avait abandonné le projet. Alors, méticuleusement, il consignait dans son petit calepin tout ce qui lui revenait, tout ce qui avait précédé la nuit du meurtre et tout ce qui avait suivi. Il nota aussi cette phrase qu'il entoura et relia d'un trait à un point d'interrogation :

J'ai voulu faire peur aux voix,
et aussi faire peur au gouvernement
pour qu'ils quittent ma vie...

Je n'ai rien demandé à personne, moi..., songea-t-il en se levant pour rejoindre son lit. Il s'allongea et ferma les yeux. Repensa à sa première rencontre avec son avocat, en début d'après-midi.

« Je cherchais juste un partenaire pour une séance de sadomasochisme. Ushi a vu mon annonce sur le site Friendlist et on s'est rencontrés le lendemain, c'est tout...

— C'est tout ? Monsieur Ricci, j'ai besoin de savoir comment et pourquoi nous en sommes là, aujourd'hui.

— On s'est retrouvés au McDonald's, on a discuté un peu et après on est allés chez moi, dans mon appart. Là, Ushi et moi on a continué notre conversation en buvant un très bon vin français, et après on a commencé à baiser comme des ouf !... Ça vous intéresse, ça, maître ? Ou alors vous préférez que je vous explique comment j'ai pompé mon psy de l'époque ? Ça vous excite un peu ou quoi ?

— Pas du tout, monsieur Ricci, mais continuez...

— Je me suis laissé attacher au lit le premier, j'en avais envie, mais Ushi me faisait mal, il allait trop vite, ce petit salaud. Après, il m'a libéré et j'ai avalé un anxio, un cacheton pour me calmer. Ushi en a gobé un lui aussi. Juste après, j'ai eu un vertige et je suis sorti sur le balcon pour prendre le frais, en croyant que cela me remettrait les idées au clair. Là, j'ai vu une grosse berline noire aux vitres teintées qui se garait au bas de mon immeuble. J'ai alors direct pensé à l'implication d'Ushi dans un complot. Mon assassinat programmé par le gouvernement, un truc dans l'genre, quoi. C'est là que les voix m'ont ordonné, pour me protéger, de ligoter Ushi et de le crever…

— Monsieur Ricci, je vais consigner tout cela, mais nous nous reverrons. Aussi je vous demanderais de prendre plus de temps pour réfléchir à toutes ces déclarations, pour éventuellement revenir sur certains points.

— Il n'y a rien à modifier, maître, c'est comme ça que ça s'est passé, point barre ! Ushi, c'est pas ma faute, c'est celle de Nicolas Harping ! Vous ne vous étonnez pas de savoir pourquoi Harping peut être responsable de tout ça ?

— Je pense que le Premier ministre est occupé à d'autres affaires, monsieur Ricci, ironisa l'avocat.

— Ouais, laissez tomber, hein… De toute façon, vous comme moi, on sait bien que je vais prendre cher au procès…

— Il faut penser à votre défense, monsieur… C'est pourquoi nous plaiderons non coupable, pour cause de troubles mentaux. Pour ça, j'ai ce qu'il faut, détendez-vous. Je vais vous faire une confidence… »

La rage au ventre, Luka se redressa sur son lit. Son destin était scellé, il le savait. Il l'acceptait. C'était la rançon de la gloire.

Pour l'heure, rien ne pouvait changer son sort.

Il devait admettre les faits et se laisser sombrer.

Se faire engloutir, être docile.

Soumis.

Perdu.

Vide.

Nu.

★

2 juin 2012, Franklin Street, Juneau (Alaska)
Restaurant Red Dog Saloon

Fascinée par le téléphérique qui grimpait et amenait son lot de touristes sur les contreforts du mont Roberts, Louise se leva et s'appuya sur la balustrade de la terrasse, la tête rejetée en arrière et les mains en visière devant ses yeux.

— Vous venez souvent ici pour dîner ? demanda-t-elle.

— Dîner ?

— Pardon, j'avais oublié, mais chez nous, à Montréal, le repas de midi, c'est le *dîner*...

— Pour répondre à votre question, je viens ici quelquefois, avec des amis lorsqu'ils me rendent visite depuis Anchorage. Ou avec quelqu'un qui arrive pour la première fois à Juneau afin de l'impressionner, s'amusa Carrie.

— C'est beau. Vous avez une belle région. Mis à part ce galarneau qui m'épuise et qui se couche presque pas, pour le profane c'est...

— Déroutant ?

— Je dirais usant...

— À cette période, le soleil passe derrière l'horizon aux alentours de 23 heures, mais par ciel dégagé on peut avoir cette lueur permanente jusqu'à une heure ou deux du matin.

Louise abandonna du regard l'imposante cabine rouge qui s'attaquait à l'ascension du mont Roberts et alla rejoindre Carrie à table.

— Bon, comme je vous le disais, suite à l'arrestation de Luka Ricci en Allemagne, je suis venue vous trouver pour vous fournir des informations qui pourraient être liées à certains de vos dossiers…

— Le « dépeceur de Montréal » ? J'en ai vaguement entendu parler ces derniers jours, mais il faut dire que nous avons été très occupés par ici… Alors, quelle est cette fameuse affaire censée être liée à nos archives ?

Louise s'enfonça un peu plus dans son siège, puis avança :

— Selon les informations que je détiens, entre 2007 et 2009, six tentatives d'enlèvement et trente-deux agressions sexuelles ont été recensées dans votre localité, dont dix-huit sur mineurs en 2007. Ces sources proviennent du service de police de la ville de Montréal. Mon supérieur direct m'en a fait part très récemment.

— C'est à peu près cela, oui, confirma Carrie. Certaines des agressions sexuelles avaient été attribuées aux pères des victimes. Mais pour l'une d'entre elles, il s'est avéré que le paternel n'y était pour rien.

Une serveuse s'avança jusqu'à leur table avec un sourire trop commercial pour être honnête, posa une assiette devant chacune, puis s'en retourna en traînant les pieds.

Louise se pencha sur son plat, dubitative, et marmonna en ricanant :

— J'espère que ce saumon n'aura pas trop le goût du pétrole, chu pas ben fan des menus hydrocarburés…

— Très drôle, grinça Carrie, mais continuez sur votre lancée, lieutenant Beaulieu, vous me semblez très informée de ce qui se passe chez nous.

Confuse, Louise bredouilla :

— Pardon… désolée, chu complètement fockée, je ne voulais pas me moquer…

— C'est rien, c'est bon…

— Alors, dites-moi, c'est exact ou non qu'un réseau de prostitution qui exploitait des jeunes filles mineures a été démantelé, ici, à Juneau ?

Carrie se figea et fronça les sourcils. La fourchette plantée dans son saumon en croûte d'amandes, elle grogna, agacée :

— Putain, mais vous êtes au courant de tout, ma parole ! Vous êtes au courant pour le réseau de Mendenhall Valley ?

Louise termina de mastiquer une généreuse bouchée de saumon avant de répondre :

— Ouais, c'est Marc Maréchal, mon supérieur au SPVM, c'est lui qui a découvert tout un tas d'infos sur Ricci. Il a appris que sa sœur aurait été violée en 2004 par un certain Lorenzo. Ce fou braque de Ricci voulait faire justice lui-même en assassinant le bourreau de sa *sister*, sauf qu'il n'en a pas eu le temps, il s'est fait coincer à Berlin…

Carrie esquissa un sourire. L'accent de sa collègue québécoise avait quelque chose de sympathique, de fraternel.

— D'après ce qu'a pu farfouiller Maréchal, Carlos Lorenzo aurait quitté Paris en janvier 2007, trois ans après l'épisode du viol, enchaîna Louise. Il aurait mis les voiles avec une ancienne prostituée devenue sa petite amie. Ils se seraient d'abord établis à Anchorage, puis auraient transité jusqu'ici, à Juneau. Lorenzo aurait trouvé là l'occasion de disparaître.

— Si ce fameux Lorenzo a bien vécu ici, on devrait pouvoir retrouver des traces. J'ai comme l'impression que les viols qui ont été commis à Juneau entre 2007 et 2009 pourraient être rattachés à certains éléments de notre enquête… Curieusement, c'est à peu près à cette époque qu'a débarqué Lorenzo.

Louise se rapprocha de Carrie et chuchota en prenant garde qu'aucun client ne puisse l'entendre :

— Quoi ? Vous pensez à quoi, vous ? Lorenzo pourrait avoir...

— Louise, il va falloir que vous mesuriez l'ampleur de ce qui se passe chez nous en ce moment. Deux adolescentes ont été agressées en quarante-huit heures, et c'est comme si on avait cherché à faire disparaître leur mémoire, effacer leurs souvenirs... Malheureusement, l'une d'entre elles est morte. On a aussi découvert un cadavre dans les décombres d'un chalet incendié, un relais de chasse qui appartenait à un notable de Juneau.

Carrie dévisagea Louise, pensive. Puis les deux enquêtrices quittèrent ensuite la terrasse du restaurant pour rejoindre sur le parking la Ford Crown Victoria siglée aux armes de la police de Juneau. Tandis qu'elle déverrouillait le véhicule, Carrie lança soudain à son homologue :

— Mais dites-moi, Louise, vous n'êtes pas venue spécialement ici pour nous balancer ces infos ? Il y a autre chose, j'me trompe ?

Louise prit le temps de s'installer à côté de la conductrice avant de répondre :

— Écoutez, je... La vérité, c'est que j'avais besoin de rendre visite à Singleton, à Anchorage.

— Quoi ? Daniel Singleton ? Cet immonde salaud qui a assassiné sa compagne enceinte et violé plusieurs jeunes femmes ?

— Ce Singleton-là, oui.

— Merde, j'y crois pas ! s'exclama Carrie, abasourdie. Mais alors, ces derniers jours, pour les enfants qui avaient disparu... ils ont annoncé la découverte des corps à la radio...

— C'est moi qui les ai trouvés. Cette ordure a monnayé les informations que je voulais lui soutirer en m'impliquant dans un jeu pervers, et par le biais d'une espèce d'énigme foireuse il m'a orientée sur la planque où j'ai découvert les corps. C'est à croire qu'il m'attendait, çui'là… Criss de tabarnak !

La radio crépita et l'opératrice du central sollicita une voiture de patrouille disponible sur le port de plaisance, pour un conflit entre deux propriétaires de bateaux. Carrie ignora l'appel et continua sur Egan Drive. Elle dévisagea de nouveau sa collègue, l'air à la fois perplexe et désapprobateur.

— Ouais, je sais, vous vous demandez pourquoi je suis allée voir ce fêlé, soupira Louise. J'avais besoin qu'il me cause d'une thérapie expérimentale qu'il avait dû suivre après son procès… Et qu'il me lâche des informations à propos du psychiatre qui avait travaillé sur son cas.

— Un psychiatre ?

— Oui, Carrie, je suis venue ici pour trouver un criss de psychiatre…

23

Similitudes

3 juin 2012, 155 South Seward Street, Juneau (Alaska)
Mairie de Juneau, service de l'état civil et des logements sociaux

— IL N'A PAS DISPARU COMME PAR MAGIE, tout de même ! s'impatienta Jake Nelson.

De l'autre côté du bureau, la bonne femme paraissait usée par les années, lasse d'avoir passé tant de jours à brasser de la paperasse et à se faire blâmer par des administrés oublieux du code de la courtoisie et du civisme.

— Capitaine Nelson, ça fait trois fois que j'vous le dis : je n'ai aucun formulaire au nom de ce type sur un titre de propriété, de location ou que sais-je encore… pas de renouvellement de documents officiels, pas de déclaration de perte de papiers, rien ! Absolument rien !

— Martha, cet homme a bossé pour Peter Higgins pendant quelques années, il a vécu ici, à Juneau, il a forcément laissé des traces. Higgins prétend qu'après son licenciement, Rodolphe Cisco aurait migré sur Douglas Island.

Or, nous savons que sur l'île il y a surtout des propriétés individuelles, et que les seuls logements sociaux pourraient être ces deux ou trois immeubles qui se composent d'une quinzaine d'appartements…

— Oui, et alors ? bougonna l'antique archiviste.

Exaspéré, Nelson soupira longuement, laissant malgré tout se dessiner sur ses lèvres un sourire pincé. Il joignit les mains, prit une expression des plus ridicules et mima un pauvre pèlerin priant pour qu'un miracle s'accomplisse.

— Je vous en supplie, Martha, vérifiez, examinez la liste des locataires qui occupent les immeubles Douglas Paradise. Trouvez-moi ce fichu nom !

La vieille femme farfouilla longuement dans un placard, en ressortit enfin un grand classeur et releva un code. Elle vint ensuite s'asseoir face à un ordinateur préhistorique et pianota sur le clavier

— Alors ? Quelque chose ? demanda Nelson le plus aimablement possible.

Martha fit défiler toute une liste de noms liés chacun au numéro d'un appartement.

— J'ai comme l'impression qu'on ne dispose pas du nom de notre loustic, susurra-t-elle, concentrée, je ne vois pas votre machin chose, là…

Alors, comme si elle doutait de sa capacité à lire correctement toute cette fichue liste d'un seul coup d'œil, elle revint au début du fichier et, du bout des lèvres, énuméra les noms du répertoire à voix basse :

— Paul Nexton, Alix Ortega, Sakari Kuujjuaq, Norman Cole, Lydia Johnson, Carlos Lorenzo…

24
Tattoo

3 juin 2012, 3260 Hospital Drive, Juneau (Alaska)
Bartlett Regional Hospital, centre Carlson,
unité spécialisée pour le traitement des maladies génétiques

CARRIE OBSERVA LE CADRAN DE L'HORLOGE MURALE qui indiquait 13 h 55, puis scruta le bout du couloir. Elle distingua un homme qui avançait dans sa direction, en blouse blanche, un dossier sous le bras. Elle reconnut le cheveu grisonnant et le visage apaisant du professeur Crown.

Le centre Carlson la rassurait. Elle ne savait pas si c'était dû au fait que Clara y résidait six jours sur sept, ou si cela venait du fait qu'il y régnait une ambiance flegmatique et que de nombreux thérapeutes savaient transformer les conversations tragiques en échanges positifs et souvent fascinants. Il sembla à Carrie que presque tous les médecins possédaient cette voix étrangement hypnotique, ce timbre qui vous tranquillisait et vous faisait oublier vos angoisses. Mais, cette fois, les mots du professeur Crown ne la rassurèrent pas. Loin s'en faut.

— Bonjour, Carrie. Allons dans mon bureau si vous le voulez bien.

— Bonjour, professeur, je... Vous n'êtes pas... Clara n'est pas avec vous ?

Le médecin resta silencieux en marchant dans le long corridor, suivi par Carrie.

— Je vous en prie, après vous, fit-il en ouvrant grand la porte de son cabinet.

Carrie sentit un nœud enfler dans sa gorge, une drôle de sensation prendre naissance au creux de son estomac, son pouls s'emballer.

Alexander avait sa tête des mauvais jours. Il prit place dans son fauteuil, derrière son bureau encombré de paperasses et divers dossiers, laissa la jeune femme s'installer face à lui, puis :

— Carrie... comment dire... Allons droit au but, je...

— Quoi ? Il s'est passé quelque chose avec Clara ? l'interrompit-elle en bondissant de son siège.

Crown s'empara du dossier cartonné qu'il avait déposé devant lui, l'ouvrit en soupirant et en retira un feuillet bleu.

— Rassurez-vous, Carrie, elle va bien. Elle dort, elle est juste un peu fatiguée en ce moment. Ce que je voudrais aborder avec vous concerne cette fameuse dégénérescence des tissus graisseux sous-cutanés. Il y a quelques jours, je vous avais parlé de cela en vous rassurant, en vous expliquant qu'il n'y avait rien d'alarmant, mais...

— Quoi ?

— Depuis hier, les examens tendent à démontrer que sa lipodystrophie gagne du terrain. Elle va encore perdre un peu de masse, quelques kilos.

— Mais elle est si petite… elle est si maigre, déjà… Comment est-ce possible ? bredouilla Carrie.

— Je sais, Carrie, mais nous travaillons surtout sur la prévention de risques liés à une attaque cardiovasculaire. Nous avons un peu augmenté la dose de statines, et c'est pour cela qu'elle est fatiguée. La cholestérolémie est en nette diminution, elle se trouve dans un état d'hypocholestérolémie qui progresse et peut s'avérer dangereux. C'est pourquoi, et si vous l'autorisez, nous enverrons Clara à New York, au centre Richard Nixon, dans les plus brefs délais…

La jeune mère sentit une longue dague s'enfoncer dans son cœur. Elle ne put retenir un sanglot.

— Nous n'attendrons pas le protocole médical prévu pour septembre, continua Crown. J'ai la possibilité de faire partir Clara avant ses vingt-sept autres camarades qui doivent participer à cette expérimentation pharmaceutique. Le Lonafarnib, cette fameuse molécule qui tend à faire reculer les symptômes de la progéria, peut lui être administré dans les quinze prochains jours. Qu'en pensez-vous ? Il nous faut juste votre accord…

Elle se frotta les yeux. Mise devant le fait accompli, et même si cette décision lui coûtait plus que tout, elle n'avait pas d'autre choix que d'accepter la proposition du spécialiste. Cela étant, expérimenter un traitement inconnu restait extrêmement risqué pour Clara.

La gorge nouée, l'esprit en déroute, Carrie demeura silencieuse un long moment. Le médecin, de sa voix douce, tenta d'apaiser la mère de sa jeune patiente :

— Matthew Meyers va prendre en charge Clara jusqu'à son départ pour New York. Il la verra tous les jours jusqu'à…

Carrie revint à elle, du ressentiment dans la voix :

— Meyers ? Justement, je voudrais le voir très rapidement, je dois lui parler… Et je ne crois pas que ce soit le bon thérapeute pour ma fille, je pense qu'il effraie Clara, mentit-elle en baissant les yeux.

— Vous en êtes certaine ? Clara vous en a parlé ? Cela me semble curieux, j'ai plutôt eu le sentiment que le contact avait été bon lorsqu'ils se sont rencontrés pour la première fois. Votre fille n'est pas si impressionnable que ça, du haut de ses huit ans, je trouve qu'elle a beaucoup de repartie et beaucoup d'humour, surtout vis-à-vis de sa maladie qu'elle évoque avec beaucoup de dérision. Mais si je vous ai proposé ce suivi psychologique pour Clara, c'est qu'il est important pour elle de savoir où se trouvent ses repères, de pouvoir se situer, s'appuyer sur des bases solides. Vous savez, votre enfant a bien accepté sa maladie, elle est consciente de ce qui lui arrive et de ce qui malheureusement lui arrivera. Cela peut paraître paradoxal, mais elle ne souffre pas de la progéria, elle souffre de l'absence de son père, du levier que représente le soutien paternel et tout l'aspect protecteur qu'il peut évoquer. Et des psychiatres tels que Meyers sont là pour « fracturer » la porte qui se trouve entre le sujet et ces fameuses fondations rassurantes. Ils sont là pour déclencher ce processus de résilience, cette capacité à surmonter les traumatismes vécus, quels qu'ils soient. Et il est important que le sujet sache, en particulier un enfant, que ses parents l'aiment, qu'il évolue dans une atmosphère positive, et que tous ces soutiens vont le porter dans sa quête pour dépasser ses chocs traumatiques…

— Mais ma fille sait très bien que je suis là pour elle.

— Je n'en doute pas. Ce qu'elle ne sait pas, c'est pourquoi son père n'est pas là pour la soutenir…

Carrie se leva, renifla bruyamment, posa les deux mains bien à plat sur le bureau du médecin puis déclara d'une voix ferme :

— Je vais signer l'autorisation de transfert et de prise en charge pour New York. Par contre, je m'oppose à ce que le docteur Meyers suive Clara, est-ce bien clair ?

Stupéfié par autant de conviction, Crown opina du chef silencieusement.

— Et je veux le voir ! Vous avez une idée d'où il se trouve ?

— Non, il est absent aujourd'hui, mais il sera là demain...

— Alors dites-lui qu'il prenne contact avec moi dès son retour. Et ce n'est pas la maman de Clara qui veut le voir, c'est la police...

★

3 juin 2012, 3260 Hospital Drive, Juneau (Alaska)
Bartlett Regional Hospital

À 14 heures, Paul Newman retira ses gants en latex, se lava les mains puis, d'un signe de tête, congédia son adjoint qui venait d'assister à sa première autopsie. Et pas des moindres ! Un cadavre entièrement calciné qui dégageait encore de fortes odeurs de barbecue, ça, c'était un véritable baptême du feu.

Newman s'empara d'une tablette sur laquelle étaient fixés des feuillets, cocha des cases et consigna quelques lignes en regard de la silhouette humaine vulgairement esquissée sur le rapport. Puis il éteignit consciencieusement toutes les lampes scialytiques et le plafonnier, prêt à sortir de la salle d'examen. À l'instant où il ouvrit la porte, il sursauta en se trouvant nez à nez avec Jake Nelson.

— Paul... vous avez terminé ? fit le vieux flic, tout aussi surpris.

— Oui, c'est fini. Allons prendre une boisson à la machine.

— Bon, alors, demanda Nelson, impatient, c'est quoi, le verdict ?

— D'après vous, Jake ? Vous croyez qu'il s'est pendu ? ironisa le légiste en rejoignant le hall principal de la morgue.

Nelson ricana nerveusement, puis revint à la charge :

— La cause exacte de la mort, c'est quoi ?

— La victime n'a pas péri dans l'incendie, ni même par asphyxie. En fait ce type était déjà mort avant même que tout ce bordel prenne feu, répondit Newman en s'arrêtant devant le distributeur de boissons chaudes. C'est un meurtre par arme blanche. La victime est décédée des suites de sa blessure. Le coup porté dans le bas-ventre a causé de graves lésions, et plus particulièrement au niveau du foie. La plaie perforante est très profonde.

— Donc ?

— Jake, c'est vous le flic ! Je ne suis que médecin…

— Je le sais, Paul, je vous demande seulement votre point de vue.

Le légiste soupira.

— Vous autres flics, vous échafaudez des hypothèses rocambolesques… nous, médecins, nous sommes beaucoup plus rationnels. On ne déroge pas à la règle. Si vous voulez mon avis, je pense que l'assassin a éliminé les moyens d'identification du cadavre pour faire croire qu'il cherchait à brouiller les pistes. L'incendie, lui, a servi à faire disparaître des traces plus importantes. Mais le tueur n'a pas dissimulé le corps, vraisemblablement pour donner un avertissement…

— Putain ! Mais un avertissement destiné à qui ? À Higgins ?

— Allez donc savoir, c'est à vous de le découvrir ! Mais il y a des chances que oui, c'était sa propriété après tout…

— Vous n'avez rien qui nous permettrait d'identifier ce macchabée ?

— Pas grand-chose…

— Quoi ? Pas grand-chose, c'est déjà quelque chose. De quoi s'agit-il ?

Newman avala son thé jusqu'à la dernière goutte en jetant la tête en arrière, avant de répondre posément :

— J'ai relevé deux petits indices, presque invisibles. Deux éléments qui nous permettent de classer le corps…

— Bon Dieu, Paul ! Lâchez le morceau ! grogna Nelson.

Pas mécontent de son petit effet théâtral, Newman dit alors :

— Premièrement, la victime présente une aphalangie à la main gauche.

— Paul, ne commencez pas avec votre jargon d'instruit !

— C'est une malformation congénitale, une absence de phalange, de doigt ou d'orteil. Notre cadavre ne possédait que la première phalange au pouce de la main gauche. C'est un signe distinctif. Ensuite, malgré l'état très détérioré du cadavre, j'ai pu observer une partie du corps qui a été légèrement épargnée par les flammes : son dos. Il m'a semblé reconnaître une zone de peau plus colorée qu'ailleurs…

— C'est quoi ?

— Il pourrait s'agir de l'œuvre d'un artiste assez doué, à mon avis. La victime avait un tatouage de taille imposante entre les omoplates, on ne le distingue presque plus, mais il s'agissait probablement d'un tatouage en couleur.

25
Wapiti

My fondest memories, juin 2012, Alaska

LA LAME DE MON COUTEAU DE CHASSE n'a jamais rien taillé d'autre que de la chair de wapiti, d'élan ou d'autres bêtes moins imposantes. Jamais je n'avais laissé glisser l'acier froid de la lame sur la peau et les chairs humaines, avant cela. Après une traque, une fois ma proie abattue, je me sers de mon couteau pour trancher ses liens, mais son rôle s'arrête là. Après mon accident, j'ai toujours été prudent en manipulant cet outil de malheur. Ce jour-là m'a définitivement vacciné contre les lames tranchantes. Perturbé par l'échec de la veille, j'ai bien failli me trancher le doigt, os compris, en dépeçant un monumental wapiti que j'avais traqué une journée durant. Tout ça à cause d'une petite salope qui m'avait échappé. Cela n'était jamais arrivé auparavant, mais par chance j'avais gardé mes lunettes et ma capuche quand je l'avais kidnappée, à la sortie du bordel. Cette petite conne n'avait pas pu m'identifier…

… Elle hurle, elle gueule comme une bête sauvage blessée en se réveillant au beau milieu de la forêt. Je suis en train de lui lier les poignets et je suis surpris. Poussée par l'instinct de survie, guidée par son cerveau reptilien, la petite garce ramasse une bûche sur le sol et me cogne le visage avec. Je vois des étoiles et je reste sonné un petit moment. Je tente de la rattraper en la cherchant à travers la forêt, je scrute le moindre fourré, j'écoute le moindre bruissement, mais l'obscurité naissante et la densité de la végétation fournissent à cette garce un avantage considérable. Je dois parfois accepter de perdre : cette proie-là s'est bel et bien envolée !

C'est plus tard que les ennuis ont commencé, lorsque la forêt a été envahie par des fouilles-merde en uniforme. La petite avait dû parler, expliquer comment elle avait réussi à s'extraire in extremis des griffes d'un monstre sanguinaire.

Mais je n'ai rien d'un monstre. Je suis là uniquement pour apporter un peu de lumière au cœur des ténèbres, pour empêcher que l'enfance ne devienne une plaie et qu'elle n'infecte l'existence de ceux qui n'en veulent pas.

Moi, Daniel Singleton, je suis là pour nourrir l'esprit de la forêt, pour lui offrir la chair et la nécrose des corps, lui offrir l'enfance, l'adolescence, la jeunesse. Cette jeunesse brisée qui, par une forêt obscure et dans un dernier élan sacrificiel, pénétrera l'âme de la nature en retournant à la terre et à la poussière…

★

3 juin 2012, 3260 Hospital Drive, Juneau (Alaska)
Bartlett Regional Hospital

Noon Agaguk observa les branches des nombreux conifères qui se tordaient sous le vent, là-haut, sur les pentes escarpées qui menaient aux bois, juste en lisière de l'hôpital.

La forêt de Tongass dansait sous la contrainte des éléments, comme une invitation à venir se perdre en elle et disparaître…

De sa chambre au rez-de-chaussée, elle apercevait également le ballet des ambulances et des véhicules sur le parking de l'établissement.

Encore groggy et stupéfaite de se trouver sur un lit médicalisé, Noon se découvrit branchée à divers appareils qui l'inquiétèrent plutôt. Une vague d'angoisse et d'émotions étranges la déstabilisa, la força à chercher son souffle. Elle plissa les yeux tant la luminosité qui inondait la pièce était intense. La source de lumière irradiait d'un éclat blanc, aveuglant, et Noon avait du mal à garder les paupières ouvertes.

Que s'était-il passé ?

Elle se rappelait avoir traversé de vastes étendues boisées, des plaines recouvertes d'un reste de manteau neigeux, poursuivie par une meute de chiens hurlants, tous crocs dehors. Elle se souvenait également d'une énorme araignée, un écœurant arachnide aux longues pattes.

Quelques bribes de mémoire revenaient s'imbriquer dans sa conscience, à mesure que celle-ci reprenait le contrôle de son corps. Elle frissonna à l'idée d'avoir réellement traversé ces zones boisées avec un troupeau de monstres à ses trousses.

Puis une image revint, plus précise que les autres. Du sang. Une large tache de sang sur la neige étincelante.

Puis un autre flash, celui de l'araignée grimpant sur son dos. Et aussi des voix qu'elle n'identifiait pas. Des paroles hachées qu'elle ne comprenait pas, des cris, des plaintes. Et soudain une lueur, un éclat éblouissant à l'intérieur de son crâne, des lumières, des étoiles. À cet instant, une vive douleur l'électrisa, tout le long de sa colonne vertébrale jusqu'au cerveau, comme si une décharge tentait de déconnecter ses fonctions motrices.

Elle se laissa tomber en arrière, priant intérieurement pour que s'arrête cette insupportable souffrance, les mâchoires serrées, le souffle court.

Noon tenta de rassembler les images qui se frayaient un chemin depuis les méandres de son esprit confus. Le gouffre abyssal de sa mémoire lui refusait tout accès aux informations qu'il détenait et veillait férocement à ce qu'aucune porte ne s'ouvre. Mais elle demeurait consciente que son drame était désormais inscrit dans ses chairs, son sang. Tout son corps se souvenait, savait ce qu'il s'était réellement passé...

Deux hommes entrèrent dans la salle de réveil. Noon tourna mollement la tête et reconnut le docteur Newman, suivi par le capitaine Jake Nelson. Le médecin procéda immédiatement aux premiers soins tout en auscultant silencieusement la patiente. Nelson baissa le store électrique pour atténuer la clarté de la pièce, puis se rapprocha du chevet de Noon. Il allait devoir questionner l'adolescente, malgré sa toute récente sortie du coma. Il fallait qu'il sache si le nom de Carlos Lorenzo lui évoquait un vague souvenir, si elle avait déjà entendu parler de ce type. Il fallait qu'elle lui parle... de tout, avant que tout cela n'explose. Peut-être se souvenait-elle de quelque chose, cela le soulagerait, ce serait une délivrance, pour lui, pour Emma...

— Vous me rappelez quelqu'un, fit Noon d'une petite voix enrouée tout en scrutant le flic.

Nelson s'avança plus près.

— Ce n'est peut-être pas le moment, Paul, qu'en penses-tu ? Elle a besoin de repos, là, non ? fit-il sur un ton qui trahit son hypocrisie.

— Si, justement, rétorqua Newman, c'est maintenant que les images affluent, que ses souvenirs tentent d'émerger. Parfois, ils peuvent disparaître à tout jamais quelques heures après un retour de coma…

— Bonjour, Noon, je suis le capitaine Nelson, de la police de Juneau, tu ne me reconnais pas ? Le papa d'Emma, tu te souviens d'Emma, ton amie ? Et là, c'est le docteur Paul Newman, il s'est occupé de toi pendant ton coma. As-tu une idée de ce qui a bien pu t'arriver, Noon ? Te souviens-tu de quelque chose ? Des visages, des noms, des voix, des odeurs, un lieu ?

La jeune fille fit oui de la tête en réprimant un sanglot.

— Si cela t'est possible, j'aimerais que tu m'en parles. Tu peux prendre ton temps, je…

Noon observa la perfusion que venait d'installer Newman et l'aiguille plantée dans son avant-bras.

— Je ne me souviens de rien…, murmura-t-elle d'une voix chevrotante. C'est un vrai cauchemar ! J'ai mal dans le dos et j'ai des fourmis dans les jambes. Mais à certains moments, j'ai des flashs qui me renvoient des images un peu floues…

— Quel genre d'images, Noon ?

— Je sais pas… Je vois de la neige… J'entends des chiens qui aboient et je les vois qui me poursuivent.

— Des chiens ? Tu vois des chiens ?

— Oui, des chiens qui aboient sans cesse… qui me poursuivent. Je vois une tache de sang dans la neige… et aussi…

Elle marqua une pause, remonta un peu plus haut le drap qui la couvrait, et reprit, l'air terrorisée :

— Et puis je vois une araignée énorme… Je ne sais pas pourquoi mais elle me fiche la trouille, moi qui ne les crains pas…

— Une araignée ? Mais comment ça, sur toi ? Sur le sol ?

— Je la vois, c'est tout… et j'ai la sensation qu'elle me grimpe dessus, qu'elle tente d'avoir une emprise totale sur mon esprit…

D'un signe de tête discret, Newman fit comprendre à Nelson de s'écarter un instant de la jeune fille pour le rejoindre. À voix basse, il confia alors au flic :

— Dans la symbolique des rêves, l'araignée est souvent liée à l'acte sexuel, Jake, à l'anxiété ou encore à la culpabilité. Le rêveur craint que sa force et son énergie soient absorbées, et pas seulement pendant les rapports physiques.

— Putain, Paul ! Qu'est-ce que vous voulez que je foute de ça ? J'vous croyais rationnel ! Vous êtes psy, vous, maintenant ?

— Cela relève du psychisme, Jake, de la psyché… C'est une allégorie qui pourrait bien traduire le fait que Noon ait été victime d'une tentative de viol lors de sa captivité.

Perplexe, le flic s'approcha de nouveau de l'adolescente.

— D'autres choses te reviennent-elles, Noon ?

Elle secoua la tête, écrasa une larme, puis dit enfin :

— Je me souviens d'elle, monsieur Nelson.

— De qui te souviens-tu, ma belle ?

— De votre fille, Emma, elle était mon amie..

★

4 juin 2012, 1880, Evergreen Avenue, Juneau (Alaska)
Domicile de Peter Higgins

Meyers et Higgins se faisaient face, assis sur les sièges en teck du salon extérieur. Sur la table basse, un copieux petit déjeuner composé d'omelettes à la viande de renne, de saucisses de caribou, d'œufs sur le plat et de crêpes chaudes. Entre les bouteilles de jus de fruits, un petit transistor branché sur la station KJNO diffusait les informations locales.

Pour éviter le regard pesant de son hôte, Matthew Meyers observa d'un œil fatigué l'immense piscine encore bâchée qui, jadis, résonnait des cris et des rires lors des barbecues qu'organisaient Higgins et son fils.

L'époque avait changé. Les rires s'étaient tus.

— Je crois que je perds un peu la boule... En ce moment j'ai tendance à ne plus rien contrôler. Je ne sais pas qui est celui qui cherche à m'effrayer, mais il s'agit très certainement de quelqu'un qui sait beaucoup de choses. Le meurtre de Rodolphe et l'incendie du chalet étaient un putain d'avertissement...

— Écoute, Peter, je vais me rendre à l'hôpital aujourd'hui et j'essaierai de prendre des nouvelles de Noon Agaguk. J'ai reçu un SMS du professeur Crown tôt ce matin. Il prétend que la jeune flic qui bosse sur l'enquête veut me voir, elle a peut-être mordu à l'hameçon et compte bien me laisser approcher Noon pour tenter de la faire parler lorsqu'elle sortira de son coma...

Higgins fronça les sourcils et se mordit la lèvre.

— Cette fliquette, là, c'est Carrie Callan, c'est ça ?

— Oui, c'est elle.

— Je me souviens d'elle, de son père, surtout. Il était capitaine au JPD. Le pauvre homme a été abattu en service, en 1989, près de son véhicule de patrouille. L'assassin d'Harry Callan n'a jamais été retrouvé... Tu penses que cette Carrie peut être gênante ?

Le psychiatre haussa les épaules et répondit laconiquement :

— Je n'en sais rien... À vrai dire, je devrais travailler avec sa fille sur...

Higgins opina pour faire comprendre à Meyers qu'il avait saisi, puis il se leva et grogna sur un ton menaçant :

— Si cette poufiasse nous emmerde, tu as carte blanche.

À ce moment précis le flash d'informations de la radio locale les fit chanceler tous les deux. Selon la journaliste de KJNO, la jeune Noon Agaguk était sortie du coma depuis la veille.

26

Douglas Paradise

4 juin 2012, Alaway Avenue, Juneau (Alaska)
Central du Juneau Police Department

— VOUS AVEZ BIEN DORMI ? Je présume que oui, l'Aspen Suites Hotel offre de belles prestations, j'me trompe ?

— Vous voulez rire ? s'exclama Louise. Qui peut dormir, ici, hein ? Avec cette câlisse de lueur en permanence, j'vous jure qu'on ne dort pas, Carrie, chu dans l'coton, j'passe des nuits sur la corde à linge... Et puis je lève le pied sur les anxiolytiques, faut que je décroche de cette came.

— Je sais ce que c'est. Quand le père de ma fille a taillé la route, j'ai dû suivre un traitement qui aurait pu coucher un éléphant. Le médecin m'avait conseillé d'arrêter le travail quelque temps, mais j'avais refusé, et il fallait bien que je dorme un peu... Mais vous, qu'est-ce qui vous a forcée à prendre ce genre de trucs ?

Louise éluda d'un geste de la main, puis elle s'approcha du tableau technique sur lequel Carrie avait fixé tous les éléments relatifs à son enquête. Des photos, des noms, des cartes, des notes passées au feutre fluo se chevauchaient. Au centre de l'organigramme et parmi de nombreux portraits, deux visages. Louise les fixa intensément.

— Carrie, ce gugusse, c'est… c'est Matthew Meyers ? fit-elle en désignant le portrait d'un type du bout de l'index.

— Oui, c'est lui. Ce praticien aurait dû être le psychiatre de ma fille… Ce qui est troublant, c'est que l'une des victimes, Noon Agaguk, était l'une de ses patientes. Et il n'en a pas informé nos services. C'est la mère de la jeune fille qui nous l'a appris voilà deux jours, lors d'un interrogatoire… Meyers est un psychiatre très réputé, il a marché sur les traces d'un psychanalyste français qui aurait vulgarisé un concept thérapeutique : la résilience. Il s'est servi de ce principe pour accompagner de nombreuses victimes de la catastrophe de l'*Exxon Valdez* en 1989. Et il a effectivement permis à certaines personnes de s'en sortir. Mais il y a quelque chose qui me chiffonne avec Meyers…

— Quoi, par exemple ?

— Bah, qu'il m'ait proposé ses services pour tenter de faire parler la jeune Noon, de l'aider à retrouver la mémoire afin qu'elle se souvienne de son agresseur, et tout ça sans m'informer qu'il la connaissait déjà parfaitement, comme je vous l'ai dit. Et puis le fait qu'il soit très lié à Peter Higgins ne vient pas arranger l'histoire.

— Higgins ? C'est le type sur la photo, à côté de celle de Meyers ?

— Oui, c'est lui… Un ponte, une fortune estimée à cent quarante millions de dollars. Mais son argent n'a pu éviter le drame qui s'est produit ni même faire revenir son fils Jan. Ce petit gars était passionné par la mer et la pêche. À cette époque, il était responsable d'un des nombreux trollers de la flotte appartenant à l'entreprise familiale. Un matin, après être sorti seul en mer, Jan n'est jamais revenu. L'embarcation a été prise par une mer exécrable, au milieu d'un orage. Les experts des assurances ont conclu qu'une puissante déferlante s'était abattue sur le navire et l'avait fait chavirer, projetant très probablement Jan par-dessus bord. Son corps n'a jamais été retrouvé. Cette histoire a ému toute la communauté. Higgins a sombré dans une profonde dépression, il a laissé l'entreprise se déliter lentement, à la lisière de la faillite. Puis il a vendu son affaire en 2010, la fameuse conserverie Higgins & Son Fish. Il a engrangé un sacré pactole versé par un puissant groupe agroalimentaire suédois, la KumQuat Company, je crois... Malgré la crise économique locale, il a pu vendre à bon prix. Toute la communauté s'est demandé comment il avait pu réaliser un tel exploit, alors que nombre d'entreprises de pêche mettaient la clé sous la porte.

Louise tira un siège près du bureau de Carrie et s'affala dessus en soupirant.

— Un instant... qu'est-ce qui vous amène à soupçonner Higgins ou Meyers de quoi que ce soit ?

— Higgins n'est pas un homme qui a les mains bien propres, Louise. Même si mon supérieur, Jake Nelson, pense que ce type est méritant, je suis loin d'être d'accord. Ici, nous sommes dans une petite ville. Rien ne transparaît, à Juneau, les secrets les plus obscurs peuvent rester des années engloutis, prisonniers sous la glace...

— Je ne vous suis pas, Carrie, chu ben dans les choux, là !

— Beaucoup, à Juneau, savent très bien ce qu'a fait Higgins en 1989, lors des opérations de secours et de nettoyage des côtes, de Cordova à Sand Point en passant par l'île de Kodiak. Au départ, de nombreuses personnes voyaient en lui un homme généreux, altruiste, puis au fil des années les habitants de Juneau ont compris que cet homme ne roulait que pour lui.

— C'est-à-dire ?

— Higgins louait très cher sa flotte de navires de pêche au groupe Exxon pour le transport des bénévoles, ainsi que pour le transport du matériel de nettoyage. Il ne s'est jamais vraiment senti concerné par ce drame, il en a tiré profit, il s'est accouplé avec l'ennemi, un peu comme un collabo.

En formulant cette dernière phrase, Carrie s'était approchée de la photo et avait écrasé rageusement son index sur le front d'Higgins. Elle soupira, jeta un bref coup d'œil au cadran de sa montre et scruta une fois encore les photos sur le tableau.

Louise risqua une dernière question :

— Quel est le rapport avec Meyers ? En dépit du fait qu'Higgins reste une belle enflure qui a tiré profit d'un drame.

— Le rapport ? Ils se connaissent depuis 1989 et Meyers, qui dirigeait la cellule de soutien psychologique, faisait soi-disant bénéficier Higgins de sa fameuse thérapie réparatrice. Je doute que ça soit vrai, je pense qu'ils magouillaient ensemble. Higgins n'a jamais été affecté par cette tragédie. On m'a donné la responsabilité de ce service voilà quelques mois seulement, avant je m'occupais des petites affaires de routine, des enquêtes de voisinage, des violences conjugales, vous voyez ? Et j'étais donc au contact de la population, on se confiait beaucoup à moi, j'ai appris des choses, touché du doigt des secrets... Et puis très récemment, le chalet de Peter Higgins a été incendié, et on a retrouvé dans les décombres un cadavre, qui est toujours en cours d'identification.

— Donc, d'après vous, ces deux types seraient impliqués dans l'agression des adolescentes. Vous pensez à quoi, au juste ?

— J'en sais trop rien. Le chalet d'Higgins était auparavant le point de chute de nombreux ados... j'ai la sensation que les rabatteurs du réseau de prostitution de Mendenhall Valley y trouvaient leur compte, et peut-être même le gardien du chalet !

— Vous pensez qu'il aurait pu voir quelque chose à cette époque, être témoin d'un enlèvement, d'un viol ou de quelque chose de beaucoup plus grave ?

— Oui. Tout du moins, cet homme doit forcément être au courant d'un grand nombre de choses, mais comme je le disais, ici les secrets demeurent des secrets...

— Vous savez où se trouve ce type ?

— Jake Nelson travaille là-dessus. Lors de son interrogatoire, Peter Higgins a déclaré l'avoir licencié fin 2007 à cause de son penchant pour la bouteille. Il présume que l'intéressé se serait exilé sur Douglas Island. Mais on n'en sait pas plus.

Carrie se tut un instant. Puis, se tournant vers sa collègue :

— Louise, écoutez, j'ai convoqué Meyers ce matin, il ne devrait d'ailleurs plus tarder...

La porte du bureau s'ouvrit alors brusquement, puis un homme d'âge mûr pénétra dans la pièce. Louise reconnut aussitôt l'individu qu'elle avait croisé sur le parking du central lorsqu'elle avait débarqué. Les yeux du capitaine de police étaient saisissants, impossible de les éviter. Louise ne voyait plus que le bleu glacial de ses iris et ce regard si triste.

— Carrie, il va falloir faire quelques vérifications, lança Nelson sans prêter attention à Louise. J'étais à la mairie et j'ai demandé la liste des locataires qui occupent les logements sociaux sur Douglas Island. Je me suis dit que Rodolphe Cisco aurait pu emménager là-bas, mais on n'a rien. J'aimerais que vous épluchiez la liste et que vous voyiez avec les locataires du Douglas Paradise s'ils ne logent pas ou n'auraient pas logé Cisco.

Il tendit un document à sa subordonnée, puis observa la Canadienne en souriant.

— Oh, désolé, capitaine, s'empressa Carrie. Voici Louise Beaulieu, inspecteur au SPVM de Montréal. C'est Louise qui a retrouvé les corps des gamins que Singleton a assassinés… Vous voyez ? Ces gosses qui avaient disparu voilà quelques années, à Anchorage… C'est aussi son équipe qui s'est occupée de l'affaire Luka Ricci. Et c'est également grâce au SPVM que l'on a eu ces dernières informations concernant le réseau de prostitution de Mendenhall Valley. Il faudrait pouvoir mettre la main sur ce Carlos Lorenzo, je parierais fort qu'il est lié à nombre d'enlèvements et de viols de l'époque…

À cet instant, Jake Nelson sembla se liquéfier. D'un geste, il ordonna à Carrie de lui rendre le document qu'il venait de lui remettre.

Et il lut :

« Paul Nexton, Alix Ortega, Sakari Kuujjuaq, Norman Cole, Lydia Johnson, Carlos Lorenzo… »

27
Syrius

4 juin 2012, 3400 Boulevard Trinitarian, Montréal (Canada)
Parc public Angrignon

MARC MARÉCHAL AVANÇAIT D'UN PAS PRESSÉ, loin devant. Le groupe le suivait avec le matériel, le chien pisteur et son maître. Un soleil blanc arrosait généreusement les zones de gazon entretenues, la température était assez douce. Les joggers galopaient, caleçon moulant et casque audio sur les oreilles. Les promeneurs, eux, commençaient déjà à envahir les lieux. Certains déambulaient dans les allées, d'autres s'attardaient près des points d'eau en jetant du pain rassis à une horde de canards colverts affamés. Malgré cette toute relative quiétude, l'équipe ne s'était pas déplacée pour une partie de plaisir. Maréchal savait que cette petite balade de santé au cœur du parc Angrignon finirait par ternir sa journée.

Depuis qu'il avait pris la tête de la cellule judiciaire, jamais il n'avait été confronté à pareille investigation. Même s'il avait été le plus souvent en charge d'enquêtes criminelles extrêmement tordues, l'idée du puzzle humain l'écœurait profondément.

Maître Ralph M. Bergstein, l'avocat de Ricci, avait contacté le SPVM très tôt dans la matinée, depuis Toronto. Le fax détaillait l'emplacement où se trouvait dissimulée la tête de Ushi Huang. Maréchal avait intercepté la télécopie à 10 heures et avait aussitôt réuni une cellule de crise. Il avait ensuite rassemblé son équipe pour partir à la recherche des restes de la victime, et avait également sollicité un groupe média réputé sérieux. Comme chaque fois qu'une affaire criminelle s'annonçait alambiquée, Maréchal ambitionnait de bénéficier des faveurs de la presse pour mettre en lumière l'efficacité de ses services. Cette fois-ci, il s'était même payé le luxe de ne pas divulguer le nom de celui qui leur avait permis de retrouver ce qui restait de Huang. Plein de morgue et d'égoïsme, il avait décidé de se pavaner devant les caméras de CBC Television et d'ICI Radio-Canada.

Interpol avait mis la main sur Ricci, c'était au SPVM qu'appartenait le droit de revendiquer la découverte de la tête.

Luka Ricci s'était livré, il s'était confié à son avocat comme s'il cherchait à se purifier, à se dédouaner de son crime en aidant la police à élucider le sinistre puzzle. Ricci avait désigné le lieu précis où il s'était délesté de la tête. Son désir d'aider la police n'était pas anodin, loin s'en faut. D'après le juge instructeur, il cherchait à s'attirer une éventuelle sympathie des magistrats, une certaine clémence qui pourrait jouer en sa faveur lors de son procès.

Maréchal pensait tout le contraire. Selon lui, Ricci espérait surtout que l'on prendrait conscience de sa folie, cela afin d'être déclaré irresponsable au moment du meurtre…

★

4 juin 2012, Montréal (Canada)
Centre pénitentiaire Rivière-des-Prairies, cellule 30

Le fax qu'a reçu Maréchal, même un môme de dix ans aurait compris...

> Vous devriez découvrir ce que vous cherchez en suivant ces instructions : sortez au métro Angrignon du côté du stationnement, traversez le grand parking en direction d'un étang, passez à travers un groupe d'arbres, tenez votre gauche.
> Quand vous arriverez au bas de l'étang, juste avant que ça commence à tourner vers la droite, arrêtez et regardez vers la droite dans les herbes hautes, à peu près à deux pieds de l'étang.
> Vous devriez trouver ce que vous cherchez.

Luka ferma les yeux...

C'est bon, d'avoir vu ces guignols à la télé... ils ont fini par la trouver, cette putain de tête !

Ils ont traversé un bosquet, comme je leur avais indiqué, ils ont continué sur la gauche jusqu'à ce qu'ils se retrouvent au bord de l'étang. Ensuite, ils ont été alertés par le chien pisteur qui s'excitait, et le petit groupe a stoppé près du plus grand des trois plans d'eau du parc Angrignon. Le maître-chien a lâché le cabot qui s'est tout de suite précipité dans les hautes herbes, sur les rives humides du bassin...

Luka se délecta de cet instant. Il s'humecta les lèvres puis replongea...

Près d'une épaisse touffe de joncs, le chien, qu'ils appelaient Syrius, s'est mis à aboyer comme un dingue, en tournant sur lui-même et en faisant des cercles dans un sens puis dans l'autre. Et puis le clébard il s'est mis à creuser en grognant, en chialant pour que son maître vienne le rejoindre. Ce connard de Maréchal s'est approché des hautes herbes avec prudence. Ces putains de mouches qui bourdonnaient pas loin du rivage, l'odeur de pourriture et de merde qui planait, lui ont déclenché une nausée. Putain, comme il a dû flipper ! Syrius venait de retrouver la tête de mon beau Ushi Huang.

★

4 juin 2012, Alaway Avenue, Juneau (Alaska)
Central du Juneau Police Department

— Crown m'a fait part de votre besoin urgent de me voir, alors me voilà. J'espère qu'il ne s'agit pas de votre fille, car si c'est le cas, je trouve l'endroit très inapproprié, ironisa Meyers en s'enfonçant dans son siège avec un petit rire ridicule.

Louise le dévisageait comme s'il s'agissait d'un extraterrestre. Il était là, lui, le fameux Meyers.

Assise tout près du psychiatre, elle observait ses mains, épaisses et ridées, sèches, loin d'arborer une manucure soignée comme celles de la plupart des praticiens. Elle laissa courir son regard sur sa chevelure grasse et grisonnante, mal peignée, puis se fixa sur son visage. Le teint blafard du spécialiste, presque jaune, lui laissa supposer qu'il traînait des problèmes de foie très probablement liés à l'alcool ou une alimentation déplorable, une anémie, une hépatite ou même un cancer.

— Ce n'est pas pour votre fille, lieutenant ? insista Meyers d'une voix froide.

Carrie répondit calmement, bien que la remarque du psychiatre ait éveillé le volcan au fond de son estomac :

— Non… non, rassurez-vous, docteur, je vais alléger votre emploi du temps puisque j'ai décidé de ne pas vous confier la tâche de suivre ma fille.

— Selon le professeur Crown, vous aviez l'air un peu remontée en évoquant mon nom. Vous refusez la prise en charge psychologique pour Clara... quelque chose ne va pas ?

— Quelque chose ne va pas ? C'est bien la question que vous venez de me poser ? railla Carrie en lâchant un rire forcé.

Elle laissa glisser sur Louise un regard complice. L'ébauche d'un sourire se forma sur ses lèvres, puis elle scruta le tableau de liège sur lequel elle avait punaisé la carte du réseau routier de Juneau afin de dissimuler le schéma qui se trouvait dessous. Les connexions qu'il établissait devaient absolument demeurer confidentielles.

— Vous m'aviez proposé votre collaboration, docteur, en prétendant tenter d'obtenir des informations de la part de la jeune Noon Agaguk. Vous disiez pouvoir, peut-être, accéder à sa mémoire afin de retrouver l'identité de son agresseur..

— C'est exact. Quel est le problème ?

— Dans ce cas, pourquoi ne pas m'avoir confié le fait que Noon avait été l'une de vos patientes après son agression sexuelle ?

— Parce que je ne suis pas forcé de vous...

— Lorsque l'on a retrouvé la jeune fille, celle-ci répétait sans cesse le même mot : « resilio ». C'est bien le titre de votre bouquin, ça, non ?

Meyers soupira en lançant à Louise un regard las.

— Qu'est-ce que vous avez avec moi, hein ? Soyez plus concrète, lieutenant Callan ! Oui, *Resilio* est le titre de mon ouvrage qui traite de la possibilité d'une thérapie par la résilience. Et après ? Qu'est-ce que vous voulez que je vous dise ? Noon Agaguk l'a peut-être lu, ou bien alors, face à une situation de désordre psychologique, elle s'est souvenue inconsciemment de sa propre thérapie...

— Lu ? Une gamine de cet âge lirait un essai scientifique qui traite de psychanalyse et de résilience ? Certains éléments ne me paraissent pas clairs… D'abord parce que vous m'avez caché le fait d'avoir été le thérapeute de la petite, ensuite parce que vous êtes très lié à Peter Higgins, et ce depuis 1989, depuis l'époque de cette marée noire.

— Et alors ? Vous allez me reprocher de connaître des notables qui font de Juneau une ville prospère ?

— Arrêtez, j'vous en prie, pas de ces salades avec moi ! Notables ou pas, beaucoup d'éléments convergent étrangement vers vous, docteur. Vous et Higgins… Nous n'accusons personne, mais il faut avouer que cela est troublant, tout de même, non ?

Le médecin parut surpris. Il fronça les sourcils, joignit les mains devant les lèvres comme s'il s'apprêtait à diagnostiquer la démence qui rongeait son patient, puis il demanda :

— Dois-je prévenir un avocat, lieutenant ?

— Cela dépendra…

— Cela dépendra ? Qu'est-ce qui cloche chez vous ? C'est quoi, ces éléments ? Car concrètement, si je ne m'abuse, vous venez de me spécifier que je suis mêlé à plusieurs affaires criminelles, et par ricochet, donc, on me suspecterait. C'est pourquoi je vous pose la question une nouvelle fois : dois-je appeler un avocat ?

Pas mécontent de son petit effet, Meyers se fendit d'un large sourire en observant Louise qui se tenait tout près. Celle-ci sentit le malaise et devança Carrie :

— Il me semble que le lieutenant Callan ne vous a accusé de rien, docteur. Elle vous a juste exposé les faits…

Meyers se tortilla sur son siège, puis rétorqua :

— Mais vous êtes qui, vous, au juste ? Une stagiaire qui prépare son entrée à l'école de police ? Vous me faites le coup du flic gentil et Callan joue le rôle du méchant ? Comme dans les séries télé ?

Avant que Louise ne réplique, Carrie vint se positionner devant Meyers, les traits durcis.

— On ne joue pas, docteur ! On a tout de même retrouvé un cadavre dans le chalet incendié de Peter Higgins. Une ado est morte, aussi… Alors on aimerait comprendre.

Meyers laissa défiler les images… Il avait tout fait disparaître. Il n'avait laissé aucune trace. Le matériel, les photos, les dossiers médicaux des ados, le corps de Rodolphe, tout. Absolument tout. Il avait terminé de vider les deux jerricans d'essence qu'il était allé chercher dans la remise, près des accessoires de la motoneige Yamaha. Après en avoir arrosé toutes les pièces, tous les meubles, les cartons emplis de dossiers, les murs, le plancher, il avait également aspergé le cadavre, persuadé que le feu effacerait tout…

— Je ne vois pas en quoi je pourrais vous être utile…

— Je vais vous rafraîchir la mémoire, docteur, le coupa-t-elle en haussant le ton. D'abord il y a eu les filles, Samantha Cardwell et Noon Agaguk, séquestrées, retrouvées en état de choc, incapables de parler. Bizarrement, la petite Cardwell décède de ses blessures à l'hôpital. Pour Noon Agaguk, même schéma au départ, sauf qu'elle sombre dans le coma. J'apprends par sa mère que vous la connaissiez. Vous omettez de nous en parler. L'inspecteur Beaulieu, ici présente, travaillait à Montréal sur l'affaire Ricci. Vous avez suivi Ricci, il a été votre patient, tout comme l'a été Daniel Singleton, lorsque vous officiiez à Anchorage. Et vous savez ce qui est étrange ? C'est que tout est lié. Singleton a confié à Beaulieu vous avoir fréquenté bien avant qu'il ne soit jugé et condamné pour ses crimes. Il était engagé dans les équipes de bénévoles qui exécutaient les missions de nettoyage sur les plages polluées…

— Qu'est-ce que vous sous-entendez ?

— Il dit vous avoir connu lorsque vous étiez le psychiatre qui œuvrait pour la cellule de soutien psychologique, et que parfois vous le voyiez dans ce cadre...

Louise examinait consciencieusement chaque ridule qui creusait le front de Meyers. À sa façon de répondre, de se tortiller sur sa chaise, elle supposa qu'il se trouvait en position d'inconfort, peut-être même dans la peau d'un coupable.

— Pour en revenir à Singleton, à l'endroit même où reposaient les corps des trois petits garçons, Louise a retrouvé des photos de jeunes filles, d'adolescents nus, des listes de noms, un polaroïd de Peter Higgins photographié dans sa conserverie, des photos de vous-même, et quelques objets qui semblent avoir appartenu pour la plupart à Higgins... Curieux, non ?

Le médecin grimaça. Carrie persista :

— Encore une fois, ce qui est curieux, c'est qu'un type dénommé Lorenzo, et qui est censé être l'agresseur de la sœur de Ricci, serait impliqué dans le réseau de prostitution que la police a démantelé en 2008, à Juneau, dans le quartier de Mendenhall Valley. Pour finir, il y a ce corps calciné qui est retrouvé dans les décombres de l'incendie du chalet. Le gardien qu'employait Higgins à l'époque, un dénommé Rodolphe Cisco, aurait migré sur Douglas Island après avoir été licencié par son employeur pour cause d'alcoolisme. Toujours selon Higgins, Cisco fréquentait les tapins de Mendenhall Valley, les fameuses « filles de Juneau »...

Meyers renifla bruyamment.

— Connais pas ce Rodolphe Cisco... Son gardien, vous dites ?

— Exact, son gardien, son domestique, son homme de main, appelez cela comme vous voulez. Le plus troublant, c'est que cet homme déposait des plaintes pour tapage, violation de propriété, et je ne sais quoi encore. Higgins prétend ne pas avoir été informé de ce manège et des plaintes que déposait Cisco. Moi, je dis qu'il était parfaitement au courant…

— Et vous pensez à quoi ? fit Meyers avec une lueur de mépris dans le regard.

Carrie contourna son bureau et se rapprocha du psychiatre.

— Je pense que le réseau de prostitution de Mendenhall Valley se fournissait en filles du côté de la propriété. Certaines disparitions, viols, agressions ou tentatives d'enlèvement de l'époque sont probablement liés. Et la raison de votre présence ici, c'est que nombre de personnes impliquées dans cette affaire vous sont proches…

28

Pour le bien de la communauté

4 juin 2012, Montréal (Canada)
Centre pénitentiaire Rivière-des-Prairies, cellule 30

C'ÉTAIT COMME UN CHANT SACRÉ. Une litanie, une prière tibétaine qui sinuait au fond de lui, le purifiait, lui donnait toute l'absolution qu'il avait toujours recherchée. Selon lui, le pardon lui avait été accordé, il était à présent en paix avec lui-même.

En quelques jours, il était devenu célèbre et, à son sens, sa quête avait abouti. La satisfaction qui venait gonfler son ego n'avait rien de comparable avec ce qu'il avait pu connaître jusqu'alors. Rien ni personne ne lui avait procuré autant de plaisir, pas même la queue de Peter Norman sur le tournage de *Mobile Dick*.

Luka savait pertinemment que le fait d'avoir livré la tête de Huang aux autorités ne changerait rien à l'image qu'on se faisait de lui, cela ne retirerait pas l'étiquette de monstre qu'on lui avait collée. Et il s'en moquait. Le juge instructeur, le procureur, tous ces cancrelats du pouvoir et de la justice n'avaient qu'à brûler en enfer, et Nicolas Harping le premier ! Ce gangster en col blanc était à l'origine de la haine qu'il vouait aux autorités. Toute cette fratrie corrompue de politiciens véreux était seule responsable du déclin, de la marginalisation de la société.

Ces voix dans sa tête avaient-elles vraiment existé ? Lui avaient-elles vraiment ordonné de tuer et de découper Huang ? Luka ne savait plus trop. En revanche, il était conscient que tout cela avait commencé après le viol et le décès de Leslie.

Il pensa au docteur Meyers, à ce type qu'il avait toujours considéré comme étrange. Il se souvint que celui-ci lui avait apporté ce qu'il avait présenté comme du soutien, même s'il lui avait fallu payer de sa personne…

Luka repensa aux caresses qu'il lui avait prodiguées. De longues caresses, chaque fois qu'il rencontrait le docteur Meyers.

Y'a pas un peu d'espoir ? Je dois comprendre que ma vie a été un immense échec ? Tout cela a donc servi à rien… Non, j'crois pas. J'crois pas m'être cogné cette quête pour rien, ou avoir été aux prises avec une force maléfique. Leslie est morte, elle a bien sauté du pont Jacques-Cartier et elle s'est bel et bien noyée dans le Saint-Laurent. Et ça, c'est la réalité… comme cette putain d'expérience avec le docteur Meyers. Pourquoi ? Ce psy, c'était une sorte de sale pervers qui profitait de jeunes patients pour calmer ses envies de vicelard. J'en suis sûr ! Moi aussi, j'ai longtemps couru derrière le plaisir du sexe, je me suis laissé aller à la perversion, l'humiliation, à l'abandon de mon corps… je me suis laissé recouvrir de merde et de honte. Tous ces médias penseront-ils un jour que je suis moi aussi victime d'une société de merde ? Ce choix m'appartient.. Il faut que je me fasse déclarer faible d'esprit, irresponsable de mes actes.

Je serai le pion perdu de la folie qui me ronge depuis le drame de Leslie. Cette enflure d'avocat fera le nécessaire, il sait qu'il a tout à gagner avec mon procès s'il plaide mon irresponsabilité au moment des faits. De toute façon, je serai condamné... Meyers viendra témoigner lors de l'audience. Il répondra favorablement à la demande de mon avocat, il confirmera ma fragilité psychologique. Je pense pas qu'il veuille jouer au con. S'il veut pas, je lui ferai savoir que je prendrai du plaisir, cette fois, non pas avec sa queue dans ma main ou dans ma bouche, mais à tout déballer dans les moindres détails. Je réserverai même une interview exclusive à ICI Radio-Canada. Ce vieux pervers n'envisage certainement pas de finir sous le feu des projecteurs de cette façon, comme un porc à l'abattoir, un vieux salaud qui se fait sucer par ses jeunes patients. Putain, l'enculé ! Pour la plupart, il s'agissait de mineurs de moins de quinze ans. Il témoignera en ma faveur. Il le faut. Je serai pris en charge par un institut de soins psychiatriques, et je ressortirai lavé, libre. Je pourrai continuer ce que j'ai commencé depuis déjà quelques années... je les baiserai tous ! Scorsese, Coppola, Eastwood et même Tarantino se boufferont le cul pour porter ma vie à l'écran !

Des hurlements.

De lourdes portes claquèrent et un craquement fit sursauter Luka depuis le fond de son lit.

La lucarne de la porte de sa cellule coulissa alors et une voix rauque s'éleva :

— Ricci ! Parloir número 17. Te pogne pas l'cul ! Fais vite, c'est ton baveux.

L'avocat avait saisi l'importance de l'éventuel témoignage forcé de Meyers. Même s'il s'exposait à être radié du barreau, il avait pesé les risques et les avantages. S'il obtenait gain de cause sur une affaire telle que celle-ci, sa carrière pouvait bien prendre une tout autre tournure.

Selon lui, Ricci allait passer du statut de monstre sanguinaire à celui d'un pauvre jeune homme victime de sa folie…

★

4 juin 2012, 1880 Evergreen Avenue, Juneau (Alaska)
Domicile de Peter Higgins

19 h 50. Peter Higgins s'éveilla après un long sommeil. Lourd et opaque. Il avait dormi tout l'après-midi, assommé par les anxiolytiques.

Qui était ce mystérieux Lorenzo dont lui avait parlé Meyers ? En quoi était-il mêlé aux récents événements ? Qui était ce type qui intéressait tant l'équipe de Jake Nelson ?

Quels étaient ces points communs qui les liaient tous, lui, Meyers et ces deux criminels : Luka Ricci et Daniel Singleton ? Higgins savait que Meyers avait été en contact avec eux à différentes époques pour tester sa fameuse thérapie, mais quels avaient été ses véritables liens avec les deux monstres ?

Le richissime rentier sentait le vent tourner. Pour cet ancien magnat des affaires, rien n'était plus humiliant que de se laisser dépasser par les événements, de se laisser envahir par le doute.

Il ne fallait pas céder à la panique. Et s'il devait se débarrasser du petit caillou dans la chaussure qui le gênait tant, alors il le ferait. Tout en pensant à Meyers, il se rappela le conseil d'un ami qui avait longtemps trempé dans des affaires pas très propres : « Tout comme les morts de Louisiane ne reviennent pas des profondeurs du Mississippi, chez nous, personne n'est jamais revenu des profondeurs du détroit de Gastineau. »

Mais connaissait-il vraiment Matthew Meyers ? Ce type qui, au fil des années, était devenu un ami sans l'être vraiment, un compagnon de route tout du moins. Il restait celui qui lui avait appris à gagner avec ce que l'on possédait, peu importe les armes que l'on détenait. Meyers restait aussi celui qui l'avait aidé à traverser l'épreuve de la mort de Jan, mais aussi toute cette folie qui avait précédé le décès de son fils.

Qui était réellement Meyers ?

Higgins repoussa la couverture sous laquelle il s'était endormi, puis se redressa sur son canapé. Il tourna légèrement la tête et happa son reflet dans le colossal miroir, près de l'horloge victorienne en palissandre.

Toujours cette même gueule.

Il ferma les paupières et se frotta le visage en soupirant, comme si, lorsqu'il rouvrirait les yeux, tous les soucis liés à ces dernières semaines s'envoleraient définitivement. Il scruta ensuite minutieusement son reflet. Oui, ses traits étaient tirés, oui, il avait vieilli, oui, quelques poils et cheveux ne se contentaient plus de seulement blanchir, ils tombaient, aussi. Ces derniers temps, il sentait peser sur ses épaules tout le poids de ses soixante-sept ans.

Pourrait-il vivre en paix lorsque tout remonterait à la surface ? Il se questionna longuement.

Il avait peur. Peur de la honte, peur de l'inconnu, peur du vide, peur de ne plus être personne.

Meyers… Rodolphe… Lorenzo… Ricci… Singleton… Callan…

Quel était le maillon qui les liait tous ?

Higgins se leva en grimaçant, s'approcha du bar qui se trouvait à l'extrémité du salon et ouvrit la petite porte du milieu. Il saisit une bouteille de Chivas, celle qu'il avait entamée avec son fils lors de ce sinistre réveillon de Noël

2007 et n'avait jamais retouchée depuis. Il s'empara d'un verre dans lequel il versa un peu de whisky.

Des images revinrent percuter son esprit. Celles de son fils complètement désemparé, le regard triste et presque éteint, son fils Jan, un jeune homme plein d'ambition... Des odeurs, aussi, celles de la dinde et des marrons grillés, du pain d'épice et du vin chaud à la cannelle. Des sons, le rire de sa femme, sa regrettée Gwyneth, et la voix de Sinatra qui n'en finissait plus de clamer son ode à la neige.

Il avala une longue gorgée qui lui incendia le palais, puis il fouilla sa poche. Il en extirpa la vieille Breitling de Jan. Les larmes aux yeux, il contempla le cadran comme s'il s'agissait d'une bouleversante œuvre d'art. Il approcha alors la montre de ses narines et respira très fort l'odeur du bracelet de cuir.

Ce terrible jour... Depuis, il comprenait ce qu'avait enduré son fils, tourmenté par les remords, cisaillé par la culpabilité. Mais Higgins ne regrettait rien, il assumait ses actes, et ce qu'il avait accompli, il l'avait fait pour le bien de tous. Celui des siens, et celui de la communauté...

29

La veuve noire

4 juin 2012, 3260 Hospital Drive, Juneau (Alaska)
Bartlett Regional Hospital

UN CIEL ÉTRANGEMENT BEAU S'ÉTIRAIT, entre le jour et la nuit, juste à ce moment de la journée où la lumière se meurt, à cet instant où certaines étoiles semblent naître et d'autres s'éteindre dans une brève palpitation, pour disparaître enfin dans le manteau céleste.

22 h 30. Noon avait exigé que le store de sa fenêtre reste ouvert. Sa plus grande phobie avait toujours été celle de dormir dans une pièce totalement plongée dans le noir, et ce depuis son plus jeune âge. Voilà comment son agresseur avait pu se glisser dans sa chambre, quelques années auparavant… Même en se sachant protégée, en étant convaincue que les deux policiers gardaient bien sa porte, elle frissonna à la seule idée qu'elle ait pu être séquestrée, faire l'objet d'une expérience et que les auteurs de son agression puissent revenir terminer ce qu'ils avaient commencé.

Ce qui l'avait tirée de son sommeil n'était pas anodin. Elle ne se souvenait plus du visage de ses bourreaux, mais l'image de celle qui avait été sa meilleure amie lui était revenue, clairement, en pleine nuit. C'était comme si le fantôme d'Emma Nelson l'avait visitée, avait éclairé son esprit sur quelques fragments de leur passé commun.

Dans ce songe, des séquences de sa vie dissimulées au creux de son subconscient étaient remontées à la surface. Elle avait revu les moments furtifs de ce qui aurait pu s'apparenter à une sorte de bonheur. Elle avait revu les premiers moments d'émoi, ses premiers baisers avec Ethan et sa « première fois ».

Elle se souvint également de Samantha Cardwell qui lui avait confié avoir été agressée la veille, abordée par un homme, alors qu'elle effectuait son jogging sur Gold Creek. Celui-ci roulait au pas avec son énorme pick-up Dodge, près d'elle, et lui avait parlé derrière sa vitre à demi descendue. Samantha n'avait reconnu ni la voix du type ni même son visage. Elle avait couru comme une folle jusqu'à l'entrée de Juneau et s'était réfugiée dans un bar encore ouvert…

Curieusement, la mémoire de Noon s'était focalisée sur cette période. Il s'agissait des années 2007, 2008, avant son agression qui avait conduit son père à la folie et plongé sa famille dans la honte. Puis son rêve s'était mué en un enchaînement d'images confuses, un défilé chaotique de séquences malsaines et d'événements liés à l'année 2010. Des faciès inconnus, effrayants, étaient venus s'imprimer dans son cerveau. Elle avait également vu de nouveau Emma, le visage en sang, qui la suppliait de lui porter secours. Dans un dernier souffle, Emma prétendait avoir reconnu l'homme qui l'avait tuée, elle savait qui il était…

Noon s'était alors retrouvée à l'endroit même où le corps de son amie avait été découvert le lendemain par le capitaine

Nelson. Elle s'était vue voler comme un oiseau, de branche en branche, d'arbre en arbre. Emma redescendait le chemin forestier de Gold Creek ce maudit jour. La musique s'échappait des ses écouteurs et la voix de Katy Perry s'époumonait sur « Teenage Dream ». Au loin, le pick-up Dodge dévalait la pente. Noon voyait courir la fille du capitaine de police, insouciante, les écouteurs au creux des oreilles, la musique s'évanouissant à mesure que le véhicule se rapprochait d'elle... Elle la voyait qui se rapprochait de Basin Road, à quelques centaines de mètres de l'entrée de Juneau. Puis le choc... le monstre métallique qui percutait son amie et la propulsait dans les airs. Son corps qui retombait de l'autre côté de la glissière de sécurité, qui dévalait la ravine plusieurs dizaines de mètres plus bas, arrêté enfin par le tronc d'un imposant cyprès...

« Noon... sauve-moi, viens me chercher ! Je meurs, mais je sais qui m'a tuée, je sais qui c'est... Par pitié, sauve-moi, Noon ! Sauve-moi, je ne veux pas rester où je suis... Il faut que tu parles de cette histoire, de tout ce que l'on sait sur ces salauds ! »

La voix d'Emma avait dansé dans sa tête, comme prisonnière de son cortex. Son écho s'était propagé dans tout son corps, puis d'autres images étaient venues chasser la voix obsédante de son amie décédée. Sa conscience l'avait alors peu à peu remontée des enfers, l'avait tirée du cauchemar à l'instant même où une abominable et gigantesque araignée l'enveloppait dans un linceul de fil de soie, juste après avoir emballé le corps d'Emma dans un cocon identique.

Elle s'était réveillée, le cœur tapant, la gorge sèche et nouée.

Noon avait compris toute l'importance du message que lui avait envoyé son amie depuis l'au-delà, elle avait saisi toutes les métaphores de ce songe. Et malgré la densité de l'imagerie qui avait défilé dans son esprit, elle ne retenait qu'un seul détail, celui qui l'avait frappée, celui qui revenait comme éclairé d'un halo de lumière éblouissant : le pick-up Dodge Ram Laramie noir qui avait tué la jeune joggeuse. Ce véhicule si souvent garé aux abords du chalet d'Higgins. Cette voiture dans laquelle, après s'y être glissée discrètement avec Ethan, elle avait découvert pour la première fois les plaisirs de l'amour. En frémissant, Noon avait soudainement pris conscience qu'elle serait à jamais liée au fantôme de son amie, chaque fois qu'elle repenserait à la volupté de ses premiers ébats.

★

4 juin 2012, 536 Park Street, Juneau (Alaska)
Domicile du capitaine Jake Nelson

22 h 35. Nelson sursauta lorsque la sonnette le tira de la torpeur dans laquelle il glissait. Il s'était lamentablement effondré sur le canapé de son salon, devant *News at 9*, sur la chaîne d'info en continu KTBY Fox 4. Cette affaire l'épuisait. Il ne savait plus trop que penser et ne voulait surtout pas commettre d'erreur. Il soupira de lassitude, fourbu d'avance à l'idée de se traîner jusqu'à l'entrée. En penchant la tête, il observa son reflet dans le grand miroir. La peau de son visage lui brûlait, ainsi que son cuir chevelu. Puis son torse se mit à le démanger, le forçant à se frotter vigoureusement. Nelson évitait tant qu'il le pouvait de gratter les zones attaquées par le psoriasis, pour ne pas aggraver les lésions déjà très étendues sur sa peau.

Il se leva à la seconde sonnerie, enfila ses chaussons, referma son peignoir et se déplaça jusqu'au vestibule. Collé à l'œilleton, il aperçut une silhouette mal définie. Intrigué, il demanda d'une voix enrouée :

— Qui est-ce ?

— C'est moi, Paul... Ouvrez-moi, c'est très important.

— Newman ?

Nelson s'empressa de faire jouer les verrous et ouvrit grand la porte d'entrée en éclairant le perron.

Paul Newman se tenait là, engoncé dans son éternel manteau de tweed gris passé par-dessus une chemise blanche froissée. Il avait la mine d'un type qui n'avait pas dormi depuis des jours et semblait nerveux.

Le flic remarqua l'enveloppe kraft grand format roulée en tube que le médecin tenait dans sa main gauche.

— Je peux entrer ? fit le légiste d'une voix qui inquiéta le capitaine de police.

— Putain, Paul, qu'est-ce qui se passe ? Il est tard... Vous avez la même tête que vos macchabées, il s'est passé quelque chose ?

Newman demeura silencieux en pénétrant dans le vestibule qui conduisait au séjour. Connaissant la maison pour y avoir été convié à plusieurs reprises, le médecin se dirigea vers le salon, jeta un coup d'œil à l'écran de télévision. Il coupa le son, puis s'installa enfin dans le fauteuil, face au canapé sur lequel venait de s'effondrer Jake Nelson.

— Alors, quoi ? Quel est le problème, Paul ?

— J'étais avec Samuel Crawford, un spécialiste qui s'est déplacé d'Anchorage, un expert en micropigmentation et en science picturale...

— De la science picturale ? C'est quoi encore, ce merdier ?

— J'avais ma petite idée concernant l'ébauche de ce que je croyais être un tatouage, vous vous souvenez ? J'y voyais les restes d'un dessin en couleurs sur ce qui subsistait de la peau du cadavre, mais encore fallait-il savoir ce qu'il représentait. L'expert, après avoir découpé la zone de peau qui comportait le dessin, a pu déceler tous les points d'injection du tatouage et obtenir un négatif de l'image…

— Un négatif ? Comme pour une photo ?

— C'est à peu près ça. Il a reconstitué le graphisme en localisant son empreinte sous le derme, qui était beaucoup moins brûlé qu'en surface, évidemment.

— Attendez, Paul, vous êtes en train de me dire que votre spécialiste, là, a pu reconstituer le tatouage que portait le type ? Et cela rien qu'en examinant un morceau de peau cramée ?

— En examinant sous sa peau, oui, Jake.

Le flic s'excusa un instant, se leva puis disparut dans la cuisine tout en criant :

— Bon, alors, ne me faites pas languir plus longtemps, de quoi s'agit-il ?

Newman, qui tentait de redonner sa forme initiale à l'enveloppe qu'il avait triturée, distingua le bruit des glaçons que Nelson versait dans de grands verres. Vodka. Comme chaque fois qu'il venait se perdre tard le soir dans le quartier de Park Street et qu'il échouait chez le flic solitaire. Nelson avait un penchant pour la vodka.

Le capitaine de police réapparut, un verre dans chaque main.

— Alors, Paul ? C'est quoi, ce foutu truc ? Il représente quoi, ce tattoo ?

Newman avait à présent les yeux rivés à la télé, captivé par un reportage sur l'édition de l'Iditarod Trail Sled Dog Race qui avait eu lieu en mars ; il s'agissait de la mythique course de chiens de traîneau qui prenait chaque année son départ à Anchorage, pour se terminer mille sept cent cinquante kilomètres plus loin, à Nome.

— Oh ! Paul ! Vous déballez ou quoi ? insista Nelson en lui tendant son verre de vodka.

— Vous vous souvenez des descriptions que nous a faites Noon Agaguk de son coma, des images résiduelles qui lui étaient revenues à son réveil ?

— Oui, je crois. Du sang, la forêt, de la neige, des chiens qui aboyaient…

— Quoi d'autre ?

— Et… et le fait qu'elle se souvienne de ma fille, susurra Nelson en laissant doucement mourir sa voix.

— Et l'araignée, Jake ! Cette gigantesque araignée qui lui avait semblé la dévorer et avoir une emprise sur elle.

Nelson but une longue gorgée en fermant les yeux. Il opina du chef et attendit la suite.

Newman déroula alors l'enveloppe kraft qu'il avait apportée, l'ouvrit et en sortit une photo imprimée au format A4.

Nelson s'empara de la photo, tourna et retourna le cliché, une expression de surprise figée sur le visage.

— Nom de Dieu ! C'est…

— *Latrodectus mactans*. Une veuve noire, Jake… Ce type avait une énorme araignée tatouée dans le dos qui s'étendait d'une omoplate à l'autre jusqu'au bas des reins.

Le légiste but à son tour une gorgée de vodka, pas mécontent de l'effet qu'avait produit *Latrodectus* sur Nelson.

— Bordel, mais alors… il se peut que Noon ait vu cette affreuse bestiole dans son coma parce que…

— Parce que ce type tatoué était peut-être celui qui l'avait agressée, elle, ainsi que la jeune Cardwell.

— Et l'on peut aussi supposer que les filles étaient séquestrées dans le chalet d'Higgins. Ce qui expliquerait éventuellement l'incendie pour faire disparaître toutes traces ADN ou matérielles…

Des souvenirs submergèrent le flic de Juneau et, parmi eux, il distingua le visage fermé d'Higgins, les yeux masqués par une paire de lunettes de soleil, le jour de l'enterrement d'Emma.

Lui, il savait ce qu'était de perdre son enfant. Lui aussi avait perdu son fils, l'année qui avait précédé le drame d'Emma.

Se peut-il qu'un homme tel qu'Higgins, même s'il n'a pas toujours été honnête, même s'il a été mêlé à des transactions financières véreuses, soit de près ou de loin concerné par cette putain d'affaire ? Et si c'est le cas, quel est le but ?

— Je vous apporterai dès demain matin mon rapport détaillé, je passerai au central. Je vais tenter de dormir un peu, j'ai quelques heures de sommeil à rattraper, grogna le médecin légiste en se levant.

Il passa tout près du flic, le dévisagea puis lui confia :

— Il faut que je vous prescrive quelque chose, Jake, la peau de votre visage est atrocement irritée… on dirait que votre psoriasis s'aggrave.

Nelson fit mine de ne pas entendre.

— Cette piste du tatouage, c'est bien, ça permet de nous orienter, mais on ne possède toujours pas l'identité de ce cadavre…

— Non, en effet, toutefois on sait maintenant qu'il avait le tatouage d'une veuve noire dans le dos et que le pouce de sa main gauche ne possède qu'une phalange. C'est tout de même mieux qu'un tas de viande grillée, non ?

30

L'homme en noir

My fondest memories, juin 2012, Alaska

*C*OMMENT S'APPELAIENT-ELLES, *déjà, ces jeunes filles qui exhalaient le sexe et la peur ?*

Aujourd'hui, je me rappelle à peine leur visage, mais le souvenir de leur odeur me revient. L'odeur de ce bordel, cette maison de passe dans laquelle se perdaient ces pauvres innocentes, remonte à la surface, même après vingt-trois ans.

La plus jeune se nommait Katia, il me semble. Son corps doit toujours reposer au pied de cet imposant cyprès, à environ un kilomètre après la dernière maison, juste au bord du sentier.

Elle n'a pas couru longtemps. Elle était tellement terrorisée et shootée par les neuroleptiques qu'elle tenait à peine debout. Contrairement à la précédente qui avait failli me fendre le crâne en deux à coups de bûche, celle-ci était quasiment morte avant même de commencer à détaler au cœur de cette forêt obscure. Je l'ai d'ailleurs enterrée à deux pas de la précédente salope. Quand j'y pense, qu'est-ce que j'étais vexé ! Tout ça pour ça…

courir derrière une proie sur deux cents mètres et l'abattre au bout de dix minutes.

Mais je me rappelle surtout la toute dernière proie, celle qui espérait trouver en moi un peu de magnanimité pour sauver sa vie et qui n'a pas hésité à monnayer des infos afin d'être épargnée. J'ai d'abord rigolé. Puis je l'ai laissée me supplier…

La petite prétendait être employée de ménage chez un notable du coin, en plus de ses heures de tapin. Elle m'a assuré qu'un coffre empli de bijoux et d'argent liquide demeurait ouvert en permanence dans le bureau de son employeur. Elle a bien voulu me donner le nom du propriétaire et m'indiquer où se trouvait la fameuse maison, à la seule condition que je lui promette de lui laisser la vie sauve.

Je n'ai pas juré, à aucun moment je n'ai évoqué le nom de Dieu dans ma promesse, et encore aujourd'hui je n'ai pas l'impression d'avoir blasphémé.

Terrorisée, elle s'est empressée de tout déballer en se dandinant, en se tordant les doigts comme si cela allait lui donner le courage qu'elle n'avait déjà plus. Après quoi je lui ai dit de s'enfuir.

Elle a galopé à travers bois. J'entendais sa respiration saccadée qui se mêlait aux craquements des feuilles et des branches sous ses pas. Je savais qu'elle aurait un moment d'hésitation lorsqu'elle arriverait à la patte-d'oie, qu'elle se sentirait paniquée, ne sachant quel chemin prendre… À ce moment-là j'ai posé un genou à terre et je l'ai alignée dans mon viseur. Je l'ai regardée, j'ai observé sa terreur. Et j'ai pressé la détente en retenant ma respiration.

Je me souviens de son petit cri de bête, comme un hoquet, et de son corps qui s'effondrait comme un sac trop lourd.

Je l'ai délestée de ses bijoux : une très belle chaîne en or avec un crucifix. J'aime les crucifix. Quelques bagues, des boucles d'oreilles.

Je n'ai pas prié pour elle. Je l'ai enterrée sans oraison, sans regret, sans aucune émotion.

Je ne savais pas encore à cet instant-là que cette partie de chasse était celle qui allait précipiter mon départ.

★

4 juin 2012, 3405 Foster Avenue, Douglas Island (Alaska)
Logements sociaux de Juneau, immeuble Douglas Paradise

Carrie et Louise roulèrent au pas sur un parking encombré par une enfilade de véhicules en fin de parcours. Sur leur droite, des carcasses de voitures dévastées par la rouille, sur cales, le capot ouvert.

Le jour déclinait, l'intensité lumineuse était plus faible et l'ombre plus dense en périphérie des immeubles sociaux.

Elles sortirent enfin du véhicule de patrouille. Carrie verrouilla les portières, puis elle s'adressa à Louise en scrutant au loin le rivage du détroit de Gastineau :

— Au fait, on pourrait pas se tutoyer ? Ça devient gênant, à force…

Louise laissa échapper un petit rire puis enfila son blouson de cuir en marmonnant :

— J'allais te le proposer, chu trop tannée de te vouvoyer.

— T'es armée ? demanda aussitôt Carrie en vérifiant le chargeur de son Glock.

— Câlisse, non ! Je ne comptais pas détourner le vol sur lequel j'ai voyagé. À cause ?

— Très drôle… mais tu vois, ici, tu te trouves dans ce que l'on pourrait appeler le bout du bout, la frontière entre la civilisation et la vie sauvage.

— Développe un peu, lança Louise en croisant les bras.

— Une minute, tu ne peux pas rester sans flingue…

Carrie déverrouilla la Crown Victoria, ouvrit la boîte à gants et en retira une arme semi-automatique encore dans son étui.

— Tiens, attrape ça, fit-elle en la confiant à Louise, et fais gaffe, il y a une munition engagée dans la chambre.

Louise se saisit du Glock, qu'elle examina attentivement avant de fixer l'étui à sa ceinture.

— Je vois que la police de l'État de l'Alaska est fournie en Glock 19, les mêmes qu'à New York… C'est moyen. Chez nous on tourne au Glock 23, plaisanta-t-elle.

Carrie haussa les épaules. Louise continua :

— Bon, alors, le bout du bout, c'est la zone, c'est ça ? C'est votre Bronx à vous, l'endroit où il faut sacrer le camp à la nuit tombée, hein ?

— C'est ça, ici t'es dans un réservoir à problèmes, ma belle. Dans ce quartier social de Douglas Island, on rencontre une population très hétéroclite. Chômeurs, alcooliques, drogués, dealers de came, trafiquants d'armes, prostituées, et même des soi-disant chercheurs d'or…

— Tu te fous de moi, Carrie ? Des chercheurs d'or ? Je croyais que…

— Oui, évidemment, les mines sont fermées depuis la fin de la Seconde Guerre mondiale, mais certains prétendent y trouver encore quelques grains. Les touristes se font duper par des vendeurs à la sauvette qui proposent des petites pépites à des prix dérisoires. Il s'agit en fait d'éclats de tombac, un alliage de cuivre et de zinc, c'est à s'y méprendre. Des gens sont morts pour ce trafic qui rapporte uniquement de quoi se payer un shoot. L'office du tourisme a même fait imprimer sur ses prospectus une mise en garde à l'attention des touristes…

La conversation des deux femmes fut interrompue. Un trio de jeunes, qui semblaient ivres, se tenait à l'entrée d'un des immeubles rattachés aux logements sociaux, plus loin, à l'autre bout de l'aire de stationnement.

— Bon, voilà une fine équipe que je connais un peu, souffla Carrie, ils sont pas vraiment méchants, juste un peu grandes gueules. Sois sur tes gardes tout de même, tu me laisses parler, ne cherche pas à t'imposer. Et si tu flippes, eh bien... essaie de sourire !

Louise resta silencieuse un court instant, puis elle interpella Carrie qui traversait déjà le parking pour rejoindre le petit groupe :

— Attends, c'est quoi, le plan ?

— T'inquiète pas, fit l'autre sans se retourner, on pose deux ou trois questions, on se renseigne et c'est tout. Je les connais, il n'y aura pas de malaise.

— Pourquoi ce quartier est devenu la poubelle de Juneau, Carrie ?

L'enquêtrice s'immobilisa, se retourna, et attendit que Louise la rejoigne :

— Parce que les autorités ont voulu parquer la misère sociale, elles ont voulu dissimuler tous les migrants venus d'Anchorage, de Cordova et d'ailleurs, quelques années après le déversement de l'*Exxon*. Certains pensaient trouver à Juneau une nouvelle vie, la possibilité de créer une petite entreprise de pêche. Mais la gangrène s'était déjà étendue un peu partout, le fléau avait traversé les frontières de notre État. Alors la misère s'est transformée, elle a mué, ici. Les services sociaux de la municipalité ont fait construire des logements à l'écart du centre-ville pour ne pas voir la misère se répandre dans ses rues, pour pouvoir mieux la contrôler...

Elles firent encore quelques pas et se retrouvèrent face aux trois individus assis sur les marches de l'escalier menant au hall de l'immeuble. Ils observèrent d'un œil de poisson mort les deux jeunes femmes qui se plantèrent devant eux. À droite de l'entrée, sur le mur de béton, était vissée une plaque de laiton sur laquelle on pouvait lire en lettres capitales : DOUGLAS PARADISE.

L'un des types, le plus grand, avait un œil crevé et le crâne rasé. Il portait un tatouage dans le cou. Il était habillé d'un pantalon de treillis camouflage et d'une veste militaire de l'armée russe. Le deuxième, à sa gauche, arborait une longue chevelure et une barbe de quelques jours. Il paraissait effacé, presque endormi, quasiment inconscient du fait que deux flics lui faisaient face. Le troisième gars, un peu plus haut sur les marches, se dandinait, nerveux, tentant désespérément de dissimuler le joint qu'il serrait entre ses doigts et le téléphone portable qu'il tenait dans l'autre main.

Un petit sourire vissé sur les lèvres, Carrie s'avança encore plus près.

— Ça va, les gars ? Ronny, tu peux fumer ton pétard tranquille, t'inquiète, ma collègue et moi on vient juste pour avoir quelques renseignements, pas de panique...

Le type répondit par une grimace et se détendit peu à peu. Le tatoué au crâne rasé se leva, s'approcha de Carrie, scruta Louise de son œil unique et demanda :

— C'est quoi que vous voulez savoir, lieutenant Callan ? Et votre copine, là, c'est qui ?

— Salut, Goodman, elle, c'est Louise Beaulieu, elle vient de Montréal, au Canada. Elle aussi est flic. C'est elle qui...

— Du Canada ? À Montréal ? Là où l'autre bâtard il a découpé le type ?

— Ouais, c'est là-bas... Nous, on voudrait juste avoir des infos sur un gars qui aurait vécu dans le coin, peut-être même qu'il s'y trouve encore. Soit il aurait loué un appart dans le quartier, soit quelqu'un l'aurait hébergé.

Goodman cracha aux pieds de Carrie.

— Et pourquoi qu'on se mettrait à table avec les flics, nous, hein, lieutenant Callan ?

— Parce que je ne vous cause jamais d'ennuis, parce que je détourne les rondes de certaines patrouilles qui devraient en théorie tourner plus souvent par ici, surtout le soir. Je fais ce que je peux. Je sais que vous n'êtes pas si mauvais que ça, même si vous trafiquez un peu d'herbe et un peu le tombac...

— Non ! On a arrêté le tombac, trop la merde, ce truc, s'insurgea le borgne.

— Entre personnes de bon sens, on appelle cela un échange de bons procédés, Goodman, tu comprends ?

Étant donné l'indulgence affirmée du lieutenant de police, Ronny tendit à Goodman le joint d'herbe qui s'était éteint. Ce dernier porta la cigarette à ses lèvres, l'alluma, puis s'adressa à Carrie en marmonnant :

— En gros, vous voulez qu'on fasse les putes pour vous ? Vous voulez qu'on balance, quoi ?

— Ce n'est pas comme si c'était de la délation, Goodman, disons que je vous demande d'apporter votre contribution, toi et tes potes, pour retrouver le ou les agresseurs de Noon Agaguk...

— Ouais, j'ai entendu parler de ce truc. Vous croyez qu'il y a un pointeur qui traîne dans les rues de Juneau ? Si c'est pour ça, on va vous donner des infos, mais ça dépend quoi, on verra... En échange, ça vous dirait pas de monter avec nous dans not'squat, là-haut ? finit le borgne en éclatant d'un rire gras, mimé par ses potes.

Exaspérée par l'irrévérence de Goodman, Louise s'approcha, se planta devant lui puis colla presque son front contre le sien. Elle le dépassait d'une bonne tête. Elle retira alors le joint d'entre ses lèvres, le jeta à ses pieds puis, avec aplomb, elle s'adressa à lui en scrutant son œil unique :

— Goodman, tu vas m'écouter comme un bon gars. Ce que je vais te dire, ça va pas te rendre joyeux. J'ai pas très envie de t'ostiner, mais il faut que tu saches des trucs. Comment dire… D'où je viens, on ne négocie pas avec les petites racailles et les mangeux d'marde de ton genre, nous, les flics, tsé veux dire ?

L'autre eut un mouvement de recul. Louise se rapprocha.

— Ici, vous êtes comme des coqs en pâte, vous avez la chance d'avoir le lieutenant Callan, elle vous aime bien parce que vous êtes des flos paumés du coin. Moi, je suis ici de passage. Alors vos comportements de bouffons pleins de testostérone, j'm'en câlisse ! Tu vas pas me faire grimper aux rideaux, mon sale ! Les morons de ton calibre j'les bouffe au p'tit déj… alors farme un peu ta yeule !

Carrie s'interposa :

— Louise, je pense que Goodman va…

— Alors voilà le deal, continua Louise sans se soucier de sa collègue, vous nous causez d'un certain Carlos Lorenzo si vous en connaissez un, vous nous dites où il crèche, s'il est toujours par ici, et ce que vous savez de lui. Sinon, je forcerai le lieutenant Callan à vous embarquer pour détention illégale de stupéfiants. Je ne pense pas qu'elle voudrait que j'établisse un rapport la concernant pour manquement à son devoir. Par contre, si vous êtes raisonnables comme des bons chums, tout le monde pourra rentrer tranquille chez soi, comme ça, c'est fun…

En un éclair, Goodman extirpa de sa poche un rasoir de barbier au manche de nacre et le posa sur la gorge de Louise.

— Alors, connasse de peigne-cul tu brilles plus, là, hein ? Tu te crois dans tes tours de verre et d'ivoire de Montréal, là ? Et pis, quand tu causes j'pige pas tout, tu vois ? Alors tu vas prendre Callan avec toi et vous allez vous tirer toutes les deux en vitesse… Ici, c'est nous qu'on décide ce qu'on doit faire, OK ?

Ronny et le jeune barbu, surpris et hagards sous l'effet euphorisant de l'herbe, se mirent à rire. Puis, comme si ce qui se déroulait n'était que la routine, Ronny s'écarta du groupe et pianota un SMS sur son smartphone en ricanant tel un dément.

— Alors, salope, j'te saigne ou pas ?

— Si j'étais toi, je ne ferais pas ça, pauvre épais…

— Goodman, lâche cette lame ! Ne m'oblige pas à faire feu, s'étrangla Carrie en tenant son arme à deux mains.

Le borgne l'observa, il s'écoula trois secondes de silence total, puis il se concentra de nouveau sur Louise :

— Ouais, ma belle, sauf que t'es pas moi… Callan peut bien me buter juste après, c'est pas le pire. Ça mettra un terme à ce putain de sida que je nourris depuis des années… Pourquoi j'te saignerais pas, après tout, hein ? siffla-t-il.

Carrie s'avança d'un pas de plus et Goodman appuya davantage la lame du rasoir sur la gorge de Louise. Un mince filet de sang s'échappa de l'entaille qu'il s'empressa d'étaler du bout de son index.

— Tu devrais arrêter ça, Goodman, je ne vais pas le répéter une autre fois, lâche ce rasoir doucement. On passera l'éponge sur cet incident… OK ? déclara Carrie d'une voix très calme.

Goodman scruta la policière avec un regard de chien enragé, il observa ses mains qui tremblaient légèrement alors qu'elle braquait sur lui son arme de service.

— Va falloir être plus convaincante, ma poufiasse. Hein, t'en penses quoi, toi, la Canadienne ? Pourquoi j'te saignerais pas comme une truie ? Pourquoi on t'embarquerait pas dans notre squat pour te baiser comme une chienne ?

— Parce que tu as le canon d'un calibre pointé sur tes couilles, mon sale. Alors retire tes pattes et respire, souffla Louise, rageuse, en appuyant le canon du Glock sur les testicules du délinquant.

À l'instant où Goodman écarta sa lame, un type apparut sur les marches du hall numéro 4, à l'extrémité du bâtiment. Entièrement vêtu de noir, une cagoule de motard sur la tête, il observa le petit attroupement. Il hésita un instant puis descendit lentement les marches.

Goodman bredouilla alors :

— Putain, c'est qui, cet enfoiré ? Hey, ça, ça vous concerne, les filles ! Il sort de chez votre Lorenzo, c'est l'entrée directe de son appart...

Louise braqua son arme sur le type qui se tenait à une trentaine de mètres. Elle hurla alors comme une enragée :

— Police ! Arrêtez-vous ! Restez où vous êtes ! Arrêtez !

L'homme en noir se mit à cavaler, empruntant l'étroite artère qui séparait les deux parties de l'immeuble. Louise s'élança à ses trousses et, sans se retourner :

— Carrie, demande du renfort, faut pas le laisser filer !

Elle traversa le mince passage à l'arrière, puis elle déboucha sur un trottoir bordé par un grillage rouillé. L'homme en noir galopait au milieu du second parking en contrebas. Il descendit un large escalier qui menait à un ensemble de maisons individuelles et disparut au cœur du lotissement. Les constructions en bois étaient très proches les unes des autres et offraient de nombreuses cachettes. Louise fonça, enjamba une barrière, se retrouva devant la volée d'escaliers et descendit les marches quatre à quatre. Une fois au beau milieu des habitations, elle retint sa respiration pour écouter. Le souffle court, elle avança lentement, le canon du Glock pointé devant. Elle percevait le son des téléviseurs, les éclats de voix d'un groupe d'amis, les aboiements d'un chien…

Elle tendit davantage l'oreille, avançant toujours. Elle scruta les environs et les moindres recoins, appliquant ainsi les exercices de terrain élémentaires qu'elle avait pratiqués à l'école de police.

En se faufilant entre deux bâtisses, elle identifia le passage qu'avait emprunté le fuyard un peu plus tôt. Le couloir s'étendait sur cinq ou six mètres, débouchant sur la façade d'une autre habitation, juste en face. Le cœur battant la chamade, l'inspectrice se risqua en silence sur quelques mètres. Elle observa la fenêtre du premier étage, sur sa droite, puis vérifia que la porte d'entrée de l'immeuble n'était pas entrouverte.

Tout était silencieux. Mais à l'école de police on lui avait enseigné que le silence n'était jamais bon lors d'une poursuite. Il était synonyme de guet-apens, indiquant le plus souvent que le suspect en fuite n'était jamais loin.

Soudain, un bruit de pas, un craquement, juste au-dessus de sa tête ! Elle se décala mais n'eut le temps ni de réagir ni de hurler. Un flash aveuglant la terrassa et une douleur intense se répandit dans son crâne. Son nez explosa et ses jambes s'enfoncèrent dans du coton. Des arabesques colorées dansèrent derrière ses paupières, puis elle chavira…

Elle avait négligé la coursive au-dessus de sa tête, celle qui desservait les portes d'entrée des appartements du premier étage.

Elle eut à peine le temps de percevoir une voix, lointaine et déformée, juste avant de sombrer :

— La prochaine fois, vous finirez au fond du détroit, chère Louise… Ici, les secrets doivent demeurer des secrets !

★

Carrie contempla le vaste parking à travers le rideau de tulle. Elle pensa à Louise en frissonnant. La Canadienne avait bien failli repartir au pays les pieds devant. Les secours avaient été rapides et l'avaient emmenée à l'hôpital Bartlett pour une radio du crâne et quelques points de suture.

Elle se retourna, jeta un œil circulaire et eut un haut-le-cœur avant de quitter les lieux. L'appartement du mystérieux homme en noir empestait. Des odeurs de graillon et de chaussures mélangées. Un bazar innommable s'étendait partout dans le deux-pièces, des papiers gras, des emballages, des cartons encore fermés.

Carrie avait retourné l'appartement dans tous les sens, jusqu'à découvrir ce qu'elle comptait trouver. Elle en était restée stupéfaite. Une enveloppe pleine de polaroïds, un lot de photos terrifiantes. Des gamins nus, effrayés, l'expression angoissée de leur visage imprimée sur la surface glacée des clichés.

Elle avait également trouvé un document officiel, un double de contrat qui venait confirmer des rumeurs à propos d'Higgins, et dont elle avait déjà connaissance. Un contrat qui scellait sa collaboration avec le groupe pétrolier lors de la catastrophe de 1989.

Jake Nelson avait immédiatement été informé de la situation, et une équipe s'était mise en route pour une perquisition dans les règles.

L'homme en noir était-il Carlos Lorenzo ? Se savait-il recherché ? Était-il venu pour récupérer ces photos et ce fameux contrat ? Ou bien alors s'agissait-il d'un tueur venu exécuter Lorenzo… ?

31

Sous les cendres

5 juin 2012, 1930 Lemon Creek Road, Juneau (Alaska)
Lemon Creek Correction Center

DANIEL SINGLETON. Numéro d'écrou 278900JS.A.

Le détenu avait voyagé dans l'inconfort, entravé de chaînes et de menottes à bord d'un jet sécurisé, affrété tout spécialement par l'administration pénitentiaire de l'Oregon.

Les quatre mille deux cents kilomètres qui séparaient Anchorage de Sheridan, dans le comté de Yamhill, n'avaient pas été imposés d'une seule traite au meurtrier. L'escale à Juneau allait permettre à son avocat de le voir une dernière fois afin de finaliser avec lui sa défense, une stratégie suffisamment mûre pour son second procès. Une fois dans l'Oregon, le monstre serait rejugé et devrait comparaître devant un tribunal pour le meurtre des trois gamins retrouvés par Louise Beaulieu…

9 h 25. Le temps tournait à l'orage. Des gouttes de pluie assez fines commençaient à s'écraser sur le pare-brise lorsque Louise gara son véhicule de location sur le vaste parking du centre pénitentiaire. Enrubanné comme un œuf de Pâques, son crâne la faisait horriblement souffrir. Elle avait cette pénible sensation que les Tambours du Bronx s'étaient invités à l'intérieur de sa tête. La veille au soir, une demi-heure après son agression, le docteur Newman lui avait recousu la plaie par quatre points de suture et lui avait administré un puissant sédatif. Elle avait tout de même pu récupérer quelques heures de repos.

Pourquoi le suspect lui avait-il laissé la vie sauve, alors qu'elle était à sa merci ?

Louise pénétra dans le hall d'accueil du centre pénitentiaire et s'avança vers le gardien. Elle emprunta ensuite le long couloir où s'alignaient des portes métalliques blanches. Sur chacune, un numéro peint au pochoir à la peinture rouge.

Louise ressentait toujours ce profond dégoût pour la prison. Son odeur, ses couleurs, sa pénombre et les cris des détenus qui brisaient parfois le silence.

Une porte s'ouvrit sur sa droite et la fit sursauter. Une femme très maigre, en larmes, quitta la cabine avec un petit garçon d'une dizaine d'années. Parfois, certains détenus annonçaient à leur famille qu'ils allaient être transférés à plus de cinq mille kilomètres, d'autres, moins endurcis, confiaient qu'ils mettraient probablement fin à leurs jours s'ils restaient pourrir dans cet enfer. L'épouse éplorée quitta le parloir en geignant, réconfortée par la main fragile de son fils de dix ans qui caressait son bras, ému lui-même de voir sa mère pleurer.

Louise fit mine de ne pas leur prêter attention. Elle ne pouvait pas se permettre de laisser une brèche s'ouvrir dans son cœur, pas d'émotions, pas dans cet endroit, pas aujourd'hui...

Elle avança encore de quelques pas et s'arrêta enfin devant la porte marquée « Parloir n° 32 ». Celui de Singleton.

L'enquêtrice jeta un œil aux quatre coins du couloir et repéra les caméras de surveillance. Sa gorge se noua à l'instant où sa main se posa sur la poignée. Pensive, elle attendit l'ouverture de la gâche électrique.

Le bourdonnement de l'ouverture retentit alors et Louise revit l'image des trois petits cadavres figés dans leur propre cuir...

★

5 juin 2012, 260 Ash Street, Juneau (Alaska)
Domicile de Matthew Meyers

Des enfants. Ils n'étaient encore que des enfants. De jeunes adolescents à mi-chemin entre l'enfance et le monde des adultes... Il y en avait eu tant. Pourquoi cela s'était-il produit ?

Meyers s'affairait à l'arrière de sa propriété, devant le grand barbecue de briques. Il finissait de brûler les vêtements portés la veille au soir, même s'il restait persuadé que rien ne lui avait échappé et que tout était sous contrôle. Il enfonça un peu plus profondément dans les flammes le bas de jogging et le pull à capuche noirs, ainsi que la cagoule encore humide de sa propre sueur.

Le petit camé du quartier Douglas lui avait été d'une aide précieuse. Alors qu'il fouillait l'appartement de Lorenzo, le jeune Ronny lui avait fait parvenir un SMS pour lui signaler que les flics se trouvaient devant l'immeuble.

Quelle n'avait pas été sa surprise de découvrir qui était réellement ce Carlos Lorenzo. Juste après que Callan l'eut cuisiné au central, il avait voulu en avoir le cœur net sur ce type. Une fois à Douglas Island, il avait demandé à parler à Ronny. Meyers avait eu besoin des services du jeune homme à plusieurs reprises, le plus souvent lorsqu'il s'agissait de lui fournir quelques produits stupéfiants. Alors, lorsque le psychiatre s'était pointé dans le quartier de Douglas Paradise avec une photo de Lorenzo, il avait demandé à Ronny si un certain Rodolphe Cisco traînait dans les environs. Le jeune délinquant avait reconnu l'homme sur la photo, mais il avait été formel : le nom sur la boîte aux lettres était celui de Carlos Lorenzo.

Le choc.

Les deux hommes n'étaient qu'une seule et même personne.

Pourquoi Higgins ne m'a pas écouté ? Lorsqu'il l'avait viré, à l'époque, il aurait dû tirer un trait sur ce connard. Je savais que cette ordure nous causerait du tort !

Meyers avait laissé son regard se perdre au cœur du brasier. Il revint à lui, lentement. Il enfonça les derniers lambeaux de tissu dans le feu à l'aide du tisonnier.

Si les flics faisaient le lien entre Cisco et Lorenzo, alors le rideau serait levé. Toutes les affaires le concernant émergeraient, se dégageant de cette fange que les années avaient déposée dessus. Quant à Higgins, son secret serait mis au jour et plus rien ni personne ne pourrait empêcher tout ce foutoir d'exploser.

Meyers se remémora les événements de la veille au soir. Il n'avait pas tué la rousse, mais il aurait peut-être dû. Après tout, c'est cette emmerdeuse qui était venue rapporter les infos sur Lorenzo depuis son Canada. Elle était apparue tel un oiseau de mauvais augure, pour raviver un vieux souvenir brûlant : celui du jeune Luka Ricci...

Il n'avait rien trouvé dans l'appartement de Lorenzo. Les flics ne lui en avaient pas laissé le temps. Pourtant, il restait persuadé que l'ancien concierge d'Higgins détenait des preuves suffisantes pour le faire chanter. Lorenzo, alias Rodolphe, avait souvent fait quelques allusions aux écarts de conduite du médecin, cherchant à l'intimider en faisant des blagues douteuses sur la pédophilie, ainsi qu'en évoquant l'appétence des pharaons de l'Égypte ancienne pour les jeunes garçons.

Les pharaons ! Tu parles d'un connard !

Meyers lâcha le tisonnier et s'accroupit, le souffle court. Il observa les nappes de fumée noire qui s'élevaient dans le ciel charbonneux, gagnant une voûte céleste chargée de nuages gonflés d'eau. Le gazon était mouillé. Le petit orage qui avait craqué quelques instants plus tôt avait permis de laver le sol de ses poussières, et il respirait cette fragrance agréable de fourrage détrempé juste après l'averse. Cette odeur le transporta au cœur de son enfance, loin du monde et des villes bruyantes, loin des cités intoxiquées, quelque part dans une ferme du fin fond de la Colombie-Britannique dans laquelle, toute la journée durant, ses parents s'éreintaient afin de subvenir aux besoins de la famille.

Les larmes lui vinrent. Il sanglota et il se laissa aller, allongé sur le dos.

Des enfants... c'étaient des enfants, des ados, pourquoi j'ai fait ça ? Parce que j'aimais ça, putain, oui... j'aimais ça, parce que... parce que je les aimais, eux ! Il y en a eu tant. Pourquoi cela s'est-il produit ?

Les images défilèrent, aussi limpides qu'un cristal de glace, aussi tranchantes et froides.

Comment est-ce qu'ils en étaient arrivés là, lui et Higgins ?

Parce qu'ils étaient devenus amis ? Parce qu'Higgins avait su l'écouter ? Il avait lentement pris conscience que le fardeau qu'il portait était trop lourd pour lui seul. Il s'était alors beaucoup confié à Higgins, lui, le psychiatre, il s'était livré à cet homme qui l'apaisait. Et lorsque ce dernier avait découvert, l'année suivante, son attirance pour les jeunes garçons, il lui avait confié ne pas lui en vouloir et lui avait simplement conseillé de se soigner.

Et puis il y avait eu ce jour où lui, Meyers, avait apporté l'enveloppe à son cabinet. Cette enveloppe pleine de souvenirs sordides, terrifiants, cette enveloppe qui contenait les racines de son mal. Les adolescents qu'il avait aimés, les photos de la plupart d'entre eux exposés comme des objets sexuels. Ces photos dont il n'avait jamais pu se séparer, ces images qui le tourmentaient mais qui l'empêchaient de recommencer. Higgins les avait vues. Les polaroïds avaient défilé sous ses yeux comme une lente procession de chenilles hideuses, urticantes, qui lui avaient soulevé le cœur.

Se sachant incapable de le faire lui-même, malgré toute la volonté qu'il avait mobilisée afin de guérir de son mal, Meyers avait confié l'enveloppe à Higgins pour que tout soit détruit par le feu.

« Et tu n'as pas peur que je te fasse chanter avec tout ça ? lui avait demandé son ami.

— Tu ne le feras pas, cher Peter...

— Tu en es bien certain ?

— J'ai pu m'arranger avec des personnes très influentes pour obtenir un certain document et, comme tu le sais, je fréquente beaucoup de monde, ici. Je sais ce que tu fricotes avec les responsables de la division nettoyage et approvisionnement du groupe pétrolier. J'ai un double du contrat qui te lie à eux. Mais tu as raison, tu es un homme d'affaires, Peter, c'est ton job, je ne peux pas t'en vouloir. Imagine juste ce qui pourrait arriver si cela tombait entre les mains des responsables de la ligue de défense de l'environnement, ou bien dans celles de divers patrons d'entreprises de pêche, hein ? Tu imagines, ces gens enragés qui ont perdu toute leur vie ? »

Meyers se leva et contempla le feu mourir sous les cendres.

Il aurait tant aimé que ces cendres soient celles des horreurs qu'il avait confiées au riche rentier vingt-deux ans plus tôt. Celles des photos que ce dernier n'avait pas brûlées. Et qui avaient été subtilisées lors du cambriolage de sa propriété…

32

Chère Louise

5 juin 2012, 1930 Lemon Creek Road, Juneau (Alaska)
Lemon Creek Correction Center

ILS S'OBSERVÈRENT UN LONG MOMENT. Singleton arborait le même sourire glaçant que la semaine précédente, lorsque Louise lui avait rendu visite à Anchorage.

L'odeur de la cabine était presque insupportable.

Daniel Singleton tenait d'une main le combiné tout contre son oreille et de l'autre cachait un peu ses lèvres, toujours honteux d'arborer sa denture abîmée.

Il attendait. Froid et immobile, tel un serpent dans un terrarium trop étroit.

Le flash des trois petits corps desséchés dans l'armoire perturba Louise. Son regard se détourna du monstre et vint se fixer à la base de la solide paroi de plexiglas.

Un souffle, puis enfin sa voix au timbre feutré, diaboliquement mélodieuse :

— J'aime assez le bandage que vous portez autour du crâne, cela vous donne cette fragilité nécessaire qui évoque la créature empreinte de candeur que vous êtes, ironisa-t-il. Et vous devriez me remercier, Louise, même si aujourd'hui je sais que vous êtes mal à l'aise. Grâce à moi, vous aurez la reconnaissance de vos supérieurs, celle des autorités de l'État de l'Alaska, et aussi la gratitude de ces pauvres petites familles brisées.

— Arrêtez, Singleton ! Vous êtes hideux, vous êtes un animal à sang froid ! Ce que vous avez fait est dégueulasse...

Singleton ricana en hochant la tête.

— Non, non, non, chère Louise. Je n'ai pas d'écailles sur la peau, je n'ai pas de griffes ni de crocs, je ne suis pas le diable. Lui-même n'aurait pas eu autant de magnanimité à l'égard de ces trois farfadets. Moi, je leur ai permis de reposer enfin en paix, je vous ai donné la clé de l'énigme pour mettre fin à leur calvaire, car vous êtes venue à moi. C'était un signe. Alors, je vous ai envoyée dans le container 28. Sinon, les trois lutins seraient encore en train de se balancer lamentablement au bout de leurs cintres... et très sincèrement, je connais certaines personnes qui ont fait du mal à beaucoup d'enfants, ainsi qu'à leurs familles, sans pour autant les tuer.

Louise grimaça, comme si elle venait de ressentir une intense douleur. Singleton continua, jouissant de la situation : une femme l'écoutait, sur laquelle il pouvait déverser tout le venin qui le brûlait de l'intérieur.

— Ne m'en voulez pas, chère Louise...

— Arrêtez avec ce « chère Louise » ! Je suis inspecteur ! Inspecteur Beaulieu ! rugit l'enquêtrice en bondissant de son siège.

Le détenu ne broncha pas. Son visage semblait figé, coulé dans de la cire avec cet énigmatique sourire vissé aux lèvres.

— Écoutez-moi bien, inspecteur Beau-lieu, dit-il en appuyant sur les deux syllabes de son nom, je ne crois pas au hasard ni même au destin, je crois à ce que nous décidons de faire, je crois aux actions que nous menons aujourd'hui et qui feront ce qui nous arrivera demain. Si vous êtes ici, maintenant, inspecteur, c'est parce que vous l'avez décidé. Vous êtes venue jusqu'à moi, à Anchorage, et je vous ai envoyée retrouver les trois farfadets. Vous me semblez être quelqu'un de combatif, d'intelligent, qui aime affronter le danger mais pas la mort. Et c'est cette ambiguïté qui vous caractérise qui me plaît tant. À présent, je vais une fois de plus vous aider à résoudre l'énigme sur laquelle vous butez.

— Laissez tomber, Singleton, je veux juste que vous me parliez du docteur Meyers, j'ai besoin d'en savoir un peu plus sur ce type.

— C'est exactement de cela que je vous parlais…, souffla le monstre en esquissant un rictus.

— Quoi ?

— Je savais que vous reviendriez me voir ici, à Juneau, pour que je vous parle de Meyers. C'est l'ordre logique des choses…

— Expliquez-vous, câlisse !

— Vous allez tout savoir, chère Louise, mais ce sera un échange de bons procédés. Je n'ai plus grand-chose à espérer à ce jour, si ce n'est négocier quelques petits caprices afin que j'accomplisse ma perpétuité dans les meilleures conditions.

— Quoi ? C'est quoi, cette connerie ?

Singleton marqua une pause en inspirant profondément, puis il ferma les yeux quelques secondes.

— Oh boy ! J'ai pas toute la journée, alors parlez-moi de Meyers ! lâcha Louise en faisant claquer la paume de sa main contre le plexiglas.

Singleton rouvrit les yeux. Son sourire avait disparu et les traits de son visage s'étaient durcis, laissant place à une expression des plus inquiétantes.

— Moi, j'ai toute la vie, chère Louise, articula-t-il clairement. Alors écoutez-moi bien... Lorsque je serai dans l'Oregon, j'exige que mes deux repas journaliers soient des vrais repas, pas cette merde infâme qu'on a l'habitude de nous servir en taule. Je veux mon magazine hebdomadaire, *Big Hunting*, chaque semaine et pas une semaine sur deux, et une connexion Internet d'au moins deux heures par jour pour communiquer avec mes fans.

— Vos fans ?

— De nombreuses femmes m'envoient des lettres enflammées pour me déclarer la fascination qu'elles éprouvent à mon égard...

Il scruta Louise. Celle-ci resta silencieuse, écœurée.

— Vous voyez, ce n'est pas la mer à boire, je ne suis pas gourmand. Obtenez-moi tout cela, et je vous ouvre la porte des secrets si bien gardés de Juneau...

— C'est bon, vous avez ma parole.

Singleton éclata de rire.

— Et vous pensez très sincèrement que je vais vous croire ? Vous n'êtes rien, vous, ici, vous ne représentez qu'une feuille d'érable sur un drapeau. Non, vraiment, il va falloir être plus convaincante que ça, inspecteur. Je veux un formulaire officiel, signé de la main de Marshall, le directeur du centre de détention de Sheridan. Ensuite, nous rediscuterons de tout ça.

— Allons, Singleton, vous savez bien que c'est impossible. Cela va prendre des semaines, et vous serez transféré très prochainement.

— Je crois aux miracles, moi, chère Louise. L'être humain a conquis la planète, répandu des virus, traversé les océans et marché sur la Lune, il peut tout aussi bien signer un putain d'papier, non ?

Louise se laissa choir sur son siège en soupirant, puis secoua lentement la tête.

— Allez, c'est bon, on va laisser tomber toute cette connerie d'marde, OK ? Rien à foutre, j'm'en câlisse, d'abord... Vous avez raison, je ne suis qu'une marde niaiseuse, je ne suis qu'une feuille d'érable sur un drapeau. Je vais laisser les enquêteurs du JPD se débrouiller...

— C'est vraiment ce que vous désirez ? Non, je n'en suis pas certain, chère Louise. Et je sais qu'au fond de vous, vous cherchez à chasser un fantôme, ce fantôme qui pèse sur votre poitrine la nuit. Je suis au courant de beaucoup de choses, car même derrière les barreaux d'une prison on peut voir très loin, et parfois bien au-delà de ce qui nous est donné de voir lorsque nous sommes libres. Alors, Louise, vous voulez vraiment abandonner ?

La belle Canadienne hésita. Singleton ne lui laissa pas le temps nécessaire à la réflexion :

— Je ne vous livrerai pas uniquement des infos concernant Meyers et sa façon d'aborder un encadrement psychologique, je vous ai dit que je vous ouvrirais les portes qui conduisent aux secrets de cette ville, et c'est ce que je ferai...

— C'est-à-dire ?

— Au préalable, vous m'apportez l'accord signé par Marshall, et vous pourrez ensuite lire en moi comme dans un livre ouvert.

— C'est drôle, mais j'ai comme l'impression que je vais me faire baiser comme une épaisse sur ce coup-là, répondit Louise en le fixant d'un regard noir.

Il gloussa, passa la langue sur ses lèvres, se délectant d'une phrase si ambiguë proférée par une femme aussi séduisante.

— Surprenant… votre réaction, vraiment, très chère. J'aurais aimé…

Louise se leva de nouveau, le combiné toujours collé à l'oreille. Elle scruta longuement les profondes pupilles du détenu, puis lança d'un ton rageur :

— Ouvrez-moi d'abord la première porte qui conduit aux fameux secrets de Juneau !

— Impossible, rétorqua le monstre sur un ton lapidaire.

— Alors au revoir, tourlou ! Cher Singleton, je me passerai de toute votre merde, je ne suis pas là pour jouer le remake du *Silence des agneaux*.

Louise laissa tomber le combiné, puis elle écrasa rageusement le bouton d'appel fiché près de la porte d'entrée. Nerveuse, elle attendait l'ouverture, le regard dans celui de son interlocuteur, furieuse de perdre à son propre jeu. Le dangereux manipulateur qu'était Singleton ne céderait pas.

Le bourdonnement électrique résonna soudain dans le petit espace de la cabine.

Singleton leva les yeux. L'ampoule verte venait de s'éclairer, signifiant le déblocage des verrous. Dès que Louise eut poussé la porte sans se retourner, elle entendit cogner contre le plexiglas.

Elle pivota sur elle-même. Singleton agitait le combiné, lui faisait signe de se rasseoir et de se saisir à nouveau du téléphone.

Il attendit patiemment puis, réaffichant son sourire glaçant :

— OK, asseyez-vous, inspecteur Beaulieu. Ce que je vais vous dire sera la principale détonation qui retentira à Juneau, la première bombe d'une longue série qui finira par exploser entièrement…

— Écoutez, je…

— Non, vous, écoutez-moi. Vous savez, c'est bientôt l'heure de mes pilules, en général on m'apporte mon témazépam vers 10 heures, afin que je puisse bien l'assimiler au repas de midi et sombrer une partie de la journée. Ce qui nous laisse encore une bonne trentaine de minutes. C'est cette même substance que je refilais aux filles que je lâchais dans la forêt car, voyez-vous, elles représentaient un véritable gibier pour moi, une proie derrière laquelle je pouvais courir. Il fallait qu'elles éprouvent d'authentiques sensations de terreur et de confusion mentale, comme si elles étaient dotées de la cervelle d'un animal. Le témazépam permettait de leur déclencher des vertiges, des difficultés de mémorisation, de la fatigue, une motricité musculaire réduite. L'hiver, je lâchais mes proies au beau milieu de la forêt, et sans boussole, ricana-t-il, et je les traquais ensuite avec mon fusil après leur avoir laissé une demi-heure d'avance, parfois pas. Généralement, la terreur, la panique avaient raison d'elles. Je tuais pour nourrir la forêt, et j'enterrais mes proies au pied de ces majestueux cyprès de Nootka pour les alimenter. J'ai fait cela plusieurs fois, et j'ai aimé le faire. Ce que je veux vous dire, chère Louise, c'est que j'avoue aujourd'hui ces crimes, je suis honnête jusqu'au bout avec vous.

— Vous avez réellement fait ça ? Vous avez traqué des jeunes femmes comme des animaux pour les abattre ensuite et les enterrer au pied des arbres ? fit Louise, glacée d'effroi.

— Oui… chère Louise. Je vous avoue aujourd'hui ces crimes, à vous, et je suis prêt à coopérer avec la justice. Je suis prêt à identifier les emplacements où se trouvent les corps de mes dix-sept victimes, à Anchorage…

— Oh, putain ! Quoi ? Dix-sept ?

— Regardez-moi, j'ai soixante-trois ans, j'ai commencé dans les années 1970, et je me suis amusé jusqu'en 1983, l'année où j'ai rencontré ma femme. C'est là que m'est venue la haine des farfadets...

— Vous êtes prêt à signer une déposition, à faire de vrais aveux devant un juge ?

— Je le ferai.

Abasourdie, Louise fronça les sourcils, puis elle enchaîna, de crainte que le monstre ne se referme sur lui-même :

— OK pour tout ça, Singleton, mais quel est le rapport avec notre affaire ? Meyers, Juneau, tout le tralala...

— Et Higgins... Vous oubliez Higgins. Cet homme est lié à tout ça.

— Lié à quoi ? le pressa Louise.

— À cette histoire de gamines qui ont été torturées et qui ont perdu la mémoire, ces petites qu'on a retrouvées. Lorsque j'ai entendu ça à la radio, à Anchorage, je me suis dit que les vieilles blessures du passé s'étaient rouvertes et que j'y étais vraisemblablement pour quelque chose. D'ailleurs, très chère Louise, où se trouvent les éléments que vous avez découverts dans le container 28 ?

— Comment voulez-vous que je le sache, la police d'Anchorage doit les avoir stockés aux scellés. Pourquoi ?

— Parce qu'il y avait des photos, tout un tas de photos...

— Exact, des images sordides, même.

— Des jeunes farfadets nus ? Parfois photographiés dans des poses dégradantes ? insista le monstre. N'y avait-il pas également des photos de Meyers, d'Higgins, d'adolescentes ?

— Si. Pour les photos des garçons nus, je suppose qu'il s'agissait des petits que j'ai retrouvés dans le box.

— Non, non, non, fit-il sur le ton narquois d'un enfant tout en secouant la tête, vous n'y êtes pas, chère Louise, vous refroidissez... C'est beaucoup plus chaud du côté de Meyers... Réfléchissez... Mais je vous en dirai plus lors de notre prochaine rencontre.

Le cœur de Louise cogna très fort dans sa poitrine. Comment pouvait-elle se trouver face à lui ? L'individu était abject, et par ses actes accomplis et par ses mots, ainsi que par son détachement devant le flot d'horreurs qu'il avouait. Si le diable existait, Singleton en serait la parfaite incarnation. La froideur, l'esprit machiavélique, la tentation… tout y était. La voix de Singleton sifflait comme Nahash, le serpent biblique du jardin d'Éden, corrupteur du genre humain.

Singleton posa alors le combiné tout en soutenant le regard de Louise. Il lui offrit un large sourire qui dévoila la pourriture de sa denture, puis il se leva et appuya sur le bouton d'appel de la cabine.

Louise se rua sur la paroi de plexiglas.

— Singleton ! Crisse de viarge ! Vous n'avez pas le droit ! Attendez, continuez, parlez-moi, dites-moi comment ces photos ont pu se retrouver entre vos mains ! Je vous obtiendrai trois heures de connexion par jour avec les femmes qui vous admirent, hurla-t-elle en frappant de sa paume la séparation translucide.

Singleton se ravisa, revint sur ses pas et porta une dernière fois le combiné à son oreille :

— Trois heures ? Vous promettez ?

Louise confirma d'un signe de tête.

Singleton se fendit d'un étrange sourire. Il ferma les yeux, puis lâcha ces mots :

— Chère Louise, je viens de vous ouvrir la première porte des secrets de Juneau en vous révélant celui des photos. La prochaine que je vous ouvrirai vous permettra de comprendre pourquoi et comment j'ai tué le capitaine Harry Callan, en 1989…

III

L'IMAGO FINAL

33

Renaître au grand jour

7 juin 2012, Alaway Avenue, Juneau (Alaska)
Central du Juneau Police Department

CARRIE CALLAN AVAIT L'ALLURE D'UN CADAVRE que l'on venait d'exhumer.

Le docteur Paul Newman, son éternel mug à la main, dégustait son Darjeeling en observant le parking au travers des rideaux de tulle. L'aire de stationnement lui semblait démesurée, différente des autres jours. Avec l'aide de Louise, il avait dû calmer Carrie. Elle était entrée dans une rage folle lorsque l'inspectrice canadienne lui avait fait part des confidences de Singleton à son retour de Lemon Creek. Newman lui avait aussitôt administré une dose de sédatif puis l'avait conduite à l'hôpital Bartlett pour la placer quelques heures en observation. La jeune femme savait enfin qui était l'assassin de son père, vingt-trois ans plus tard…

Louise avait évoqué les crimes abominables qu'avait commis Singleton, entre les années 1970 et 1980, ainsi que l'incroyable révélation concernant Meyers et son appétence pour les jeunes garçons. Tout cela sentait l'invasion imminente de Juneau par les fédéraux. Le FBI allait inévitablement prendre en charge l'affaire et reléguer les flics du JPD au rayon gratte-papier.

Avachi dans son fauteuil de cuir à roulettes, Nelson brisa le silence tout en se massant les tempes :

— Bon, on fait le point. Je crois qu'on a mis le doigt sur une affaire hors norme, et à mon avis nous n'en sommes qu'au début. Des nouvelles de Meyers ? demanda-t-il à Carrie.

— Introuvable depuis hier, fit-elle sur un ton lapidaire, encore sous le coup de l'émotion.

Newman se retourna pour prendre la parole lorsqu'un sergent fit irruption. Il revenait de son entrevue avec le juge Oleson. Pensant que l'oiseau finirait par s'envoler, le capitaine Nelson avait fait la demande expresse d'un mandat d'amener au nom de Peter Higgins, ainsi que d'un mandat de perquisition pour sa propriété d'Evergreen Avenue. Des mandats identiques concernant Matthew Meyers avaient été sollicités auprès du district attorney.

Le jeune officier prit un air désolé et secoua la tête. Les injonctions avaient été refusées par le juge, et cette décision était motivée par le fait que ce dernier attendait l'arrivée des fédéraux et qu'il ne désirait prendre aucune initiative avant leur premier rapport.

Furieux, Jake Nelson se leva d'un bond et décrocha son téléphone. Newman l'interrompit :

— Hey, Jake ! Posez ce téléphone un instant. Pour le macchabée du chalet, ça colle… J'ai des choses à vous annoncer…

— Paul, il faut que nous puissions mettre Meyers et Higgins en état d'arrestation au plus vite. Ils sont sans doute liés aux agressions des gamines, coupables ou tout du moins complices du meurtre de Carlos Lorenzo, et peut-être qu'ils ont activement collaboré avec les responsables du réseau de prostitution de Mendenhall Valley...

— Vous pensez qu'ils pourraient être liés à ces viols sordides et ces enlèvements de l'époque ?

Louise se rapprocha du duo.

— Et moi ? Je fais quoi avec le « monstre d'Anchorage » ? On se tourne les pouces en attendant que les fédéraux viennent patauger dans la soupe ? dit-elle en plongeant son regard dans celui du capitaine.

— Inspecteur Beaulieu, vous nous avez été d'une aide formidable et nous vous en sommes reconnaissants. D'ailleurs, le maire enverra probablement un courrier officiel à votre service pour exprimer toute la gratitude que nous éprouvons à votre égard, ainsi que des remerciements pour nous avoir transmis toutes ces informations. Cependant, je pense que notre collaboration doit prendre fin, là, maintenant...

Outrée, Louise ne sut d'abord que répondre.

— Oh Boy ! Vous vous foutez de ma gueule, capitaine ? finit-elle par lâcher sur un ton cassant.

— Je vous donne l'impression d'un type qui déconne, là, inspecteur Beaulieu ?

— Je vais vous dire une chose... Si c'est vraiment ce que vous voulez, je file à l'hôtel, je prépare mes bagages et je prends le premier vol pour Montréal, pour sûr que j'm'en câlisse ! Je reprends mon manège, je tourne de nouveau dessus en me bourrant de cachetons, en mangeant mes bas et mes économies au poker et en retrouvant mon train-train au SPVM. Seulement voilà, Singleton vous filera entre les doigts, et avec lui tout ce qu'il sait. Il m'en a dit assez, et je suis sûre qu'il est pas loin de tout déballer au grand jour. Ce fou braque m'a avoué avoir tué dix-sept jeunes femmes. Il était lié à Meyers, à Higgins et il a tué le père de…

Louise s'interrompit en regardant furtivement Carrie. Elle enchaîna :

— … de plus, j'avais retrouvé une carte du nord d'Anchorage parmi le fatras de ce criss de container. Je mettrais ma main à couper que les croix sur la carte marquent l'emplacement des corps…

Nelson inspira fort, pivota sur lui-même et retourna derrière son bureau. Il chaussa ses lunettes et s'empara du document que lui avait remis Louise. Il parcourut la liste des femmes disparues à Anchorage entre 1970 et 1983 et dont on n'avait jamais retrouvé la trace. Avec le concours des services de police d'Anchorage et de la division de l'Alaska State Troopers, Louise avait pris le temps d'établir cette liste afin de vérifier les aveux de Singleton. Et cela correspondait. À cette liste était jointe celle des desiderata du prisonnier.

— De toute façon, nous sommes coincés, bredouilla nerveusement Nelson.

— J'comprends pas, pourquoi ça ?

— Le directeur de la prison de Sheridan n'acceptera jamais de fournir de tels privilèges. C'est un type connu pour ne jamais négocier avec les détenus, il n'accorde jamais rien. Alors, autant dire que votre Singleton n'ira pas plus loin. Il a avoué le meurtre de… d'Harry Callan, mais reste encore à prouver que c'est vrai. Ces individus ont souvent tendance à fantasmer sur des meurtres qu'ils n'ont pas commis, je ne vous apprends rien…

— Je ne vous suis pas sur ce coup-là, capitaine ! Il m'a indiqué l'emplacement des corps des trois jeunes garçons, il l'a fait de lui-même, et ça, c'était pas du fantasme, tabarnouche ! Il m'a indiqué la vraie nature de Meyers, et j'ai vu les photos, ce sont les mêmes qui ont été retrouvées dans l'appartement de Lorenzo. Je ne crois pas que Singleton fantasme, je crois plutôt qu'il cherche à nous mettre sur une piste… Et il ne veut communiquer qu'avec moi !

Carrie fit face à sa collègue.

— Qu'est-ce qui te fait croire ça, Louise ?

— Singleton cherche à avoir le contrôle sur tout. Savoir que nous sommes des pions qu'il déplace à sa guise, en fonction des indications qu'il nous file au compte-gouttes, ça l'excite ! Pour les petits, chu ben sûre qu'il m'a indiqué l'emplacement des corps parce que ça lui a permis de revivre ce triple meurtre, de jouir une nouvelle fois de cette atrocité. Il savait qu'il allait être transféré et qu'il allait être en transit, ici, à Juneau. Comme les médias ont relayé l'info concernant l'affaire de Samantha Cardwell et Noon Agaguk, des souvenirs lui sont revenus. Ma visite a été une ben belle aubaine pour lui, il s'est dit que c'était peut-être le moment d'expurger sa conscience. Pourquoi ? J'en sais foutre rien. Mais ce que je sais, c'est qu'il ne ment pas, ce chien sale, oh non ! Si vous saviez avec quel plaisir il m'a détaillé le meurtre de sa femme enceinte…

— Si tout cela tient la route, intervint Nelson en se grattant nerveusement le crâne, pourquoi croyez-vous que ce grand malade nous aiderait à résoudre notre affaire ?

— Un besoin de reconnaissance, ou peut-être simplement une vengeance…, suggéra Newman.

— Et pour se venger de qui ?

— Meyers, Higgins, que sais-je…

— Et pour le tatouage, vous avez des nouvelles ? demanda Carrie. Votre adjoint m'a appris tout à l'heure qu'il pourrait s'agir du corps de Carlos Lorenzo, alias

Rodolphe Cisco, qui a été retrouvé dans le chalet incendié. C'est confirmé ?

— J'allais y venir tout à l'heure si nous n'avions pas été interrompus, jeta froidement Newman. J'ai des nouvelles concernant notre macchabée, oui...

— On vous écoute, fit Nelson, en intimant à Louise de patienter quelques secondes.

— Lorenzo avait un dossier médical à l'hôpital Bartlett. Bien évidemment, il était établi au nom de Rodolphe Cisco. Le type était venu pour une infection cutanée avec complications. Cela remonte à 2009. Et vous savez à quoi était due son infection, cher Jake ?

Le flic secoua la tête pour avouer son ignorance.

— Au pigment rouge du tatouage démesuré qu'il portait dans le dos, la fameuse veuve noire. J'ai appris par mon collègue, l'expert spécialisé en micropigmentation, que certaines encres utilisées pour les tatouages en couleurs peuvent s'avérer nocives. Elles contiennent des métaux toxiques et des traces d'hydrocarbures, dont certains peuvent être cancérigènes...

— Et Lorenzo aurait développé une allergie ?

— Exact. L'encre rouge vif utilisée pour dessiner le sablier sur l'abdomen de l'animal est ce qui a provoqué l'allergie. Le service de dermatologie avait pris en charge Lorenzo, avait photographié la zone infectée sur la peau et traité le patient...

— C'est donc confirmé, souffla Nelson. Nous pouvons considérer que le cadavre de l'incendie du chalet est formellement identifié. Un lien existe bel et bien entre Lorenzo et Higgins...

— C'est évident, termina Carrie.

Louise s'avança et insista :

— Et pour Singleton, alors, on fait quoi ?

Nelson prit un air absent, s'empara de nouveau de la liste des probables victimes du « monstre d'Anchorage », puis grogna doucement :

— Je n'en sais trop rien, inspecteur Beaulieu, tout ça...

— Singleton est la clé. Et il est prêt à nous ouvrir la porte des enfers.

— Je vous l'ai dit, nous n'obtiendrons jamais les privilèges qu'il réclame, soyons réalistes, Beaulieu !

— Alors baisons-le, tabarnak !

Le capitaine leva la tête et dévisagea Louise, interloqué.

— Qui nous oblige à lui présenter un document authentique ? reprit la Canadienne.

— Développez...

— Fabriquons un faux, le directeur de Lemon Creek peut très bien nous fournir un formulaire avec l'en-tête du centre pénitentiaire de Sheridan. Ils ont forcément reçu des courriers officiels à Lemon Creek concernant le transfert de Singleton, ils ont certainement entretenu une correspondance. Chu ben sûre qu'il suffira ensuite de simuler la réception du document par mail et de l'imprimer...

Nelson observa Carrie, comme s'il attendait d'elle son aval pour se lancer dans cette folle supercherie.

Elle baissa les yeux et examina le cadran de sa montre. Elle allait devoir faire vite. Dans quelques heures, Clara partait pour New York avec le professeur Crown et l'un de ses assistants. Son bébé s'en allait... La douleur était intense, malgré le désir fort de croire en ce remède, ce traitement qui ferait reculer les symptômes de la maladie et stopperait la dangereuse évolution de la lipodystrophie.

Nelson croisa les bras, puis déclara enfin :

— On ne peut pas faire ça, Beaulieu, c'est trop risqué, votre truc. En produisant des faux, on enfreindrait la loi. De plus, si Singleton découvre qu'il a été mystifié, il se refermera comme une huître et abandonnera l'idée de désigner les emplacements où reposent les corps de ses victimes. Laissez tomber !

— Câlisse ! J'vous dis que les croix sur la carte nous mèneront aux…

— Laissez tomber, Beaulieu ! tonna Nelson, le visage empourpré.

Il y eut quelques secondes de vide, un curieux silence, puis la voix de Carrie résonna, pleine de tristesse et de rage :

— Jake ! Écoutez-moi… J'ai suffisamment pris de claques, j'ai appris à vivre avec le chagrin, et je sais que vous savez ce que c'est. J'ai appris à être tour à tour la mère de Clara, son père, sa petite copine d'école qu'elle n'a pas, bref, à être constamment à ses côtés sans jamais faillir à mon rôle de parent. Et j'ai aussi manqué d'un père. Mais si manquer d'un père, c'est déroutant pour un enfant, penser qu'il a été assassiné, c'est terrifiant. Aujourd'hui, vingt-trois ans après les faits, quelqu'un m'offre la possibilité de découvrir enfin ce qui s'est déroulé cette maudite nuit du 10 octobre 1989, alors je ne vais pas laisser passer cette occasion ! Louise a raison, je pense que Singleton nous livrera les secrets de Juneau. À présent, arrêtons de vivre dans la pénombre, dans le déni, la suspicion, arrêtons de nous faire les gardiens du temple censés protéger tous ces putains de secrets. Il est temps de renaître au grand jour…

34

Fragments

7 juin 2012, 11 h 25, quelque part avant l'imago final, Juneau (Alaska)

MEYERS LA REGARDAIT DORMIR PAISIBLEMENT, comme si elle avait été son enfant, comme un père bienveillant l'aurait fait.

Il aurait aimé la blottir contre lui, la respirer, la caresser... mais la peau douce et chaude des jeunes garçons était irremplaçable.

Rien à présent ne pouvait venir le sauver du naufrage. La déferlante allait s'abattre sur lui et le noyer, le briser, telle la vieille souche creuse et sèche qu'il était devenu au fil des années. Pas même Higgins, cet ami factice qu'il s'était imposé pour ne pas péter les plombs, ce type avec lequel il avait partagé les secrets les plus inavouables.

Mais il n'était pas encore l'heure de tirer sa révérence malgré les apparences.

L'avocat de Luka Ricci lui avait fait parvenir un mail presque attendrissant. Meyers avait souri lorsqu'il avait lu le courrier envoyé depuis une messagerie anonyme. Celui-ci l'invitait à venir témoigner en faveur de Ricci. L'avocat lui recommandait d'affirmer que le jeune homme souffrait de troubles comportementaux et d'un dérèglement psychique majeurs, cela afin de pouvoir préparer une plaidoirie démontrant que le « dépeceur de Montréal » était irresponsable au moment du meurtre.

Pauvre enculé d'avocat de mes deux !

Il se doutait bien que le jeune meurtrier désirait le faire chanter. Meyers avait lu la suite du courriel en souriant, tout en songeant que ce divin connard arrivait trop tard dans l'équation :

Message date : 06/06/12 / 15 :48
From : "BLACKBIRD739" <blackbird-ghost@aol.com>
To : <doctormeyers-resilio@aol.com>
Send to : None
Subject : None

... ainsi je vous saurais gré de bien vouloir venir nous rejoindre ici, à Montréal, pour discuter de cette affaire délicate. Mon client désire effacer l'ardoise, oublier cette période douloureuse qui doit également vous peser. L'instruction de l'affaire vient à peine de s'ouvrir, mais les éléments que possède le procureur sont déjà très néfastes à mon client. Et je n'ai pas encore accès à tous les rapports de police. C'est pourquoi je vous demande de bien vouloir prendre le premier vol et de venir me rencontrer à mon cabinet. D'autres instructions suivront et vous seront transmises depuis une autre messagerie.
Bien à vous,

Blackbird 739

Il entendit alors le bourdonnement caractéristique d'un rotor d'hélicoptère. Il se leva, renoua son foulard autour du cou, puis s'approcha de la petite fenêtre. Il jeta un œil à l'extérieur, scruta le ciel et, rassuré, il revint prendre place sur le canapé au tissu délavé.

Il contempla la fillette endormie, observa sa petite poitrine qui se soulevait et s'abaissait au rythme de son souffle. Une sorte de désir soudain émergea, sans qu'il sût vraiment quoi. Une réflexion qu'avait lancée Daniel Singleton lui revint en tête, à l'époque des opérations de nettoyage pour lesquelles il avait été bénévole : « L'enfance est une plaie, docteur, c'est un sac vide dans lequel on jette toutes nos émotions, nos joies, mais aussi nos chagrins, nos traumatismes. On remplit ce sac de toutes les merdes qui traversent notre vie de gosse. Non, vraiment, les gamins m'exaspèrent... Tu parles de petits anges ! Savoir qu'ils grandiront et porteront à tout jamais les blessures de leur enfance, je ne le supporte pas... L'enfance, c'est un miroir qui absorbe les images, les émotions, et qui les reflétera plus tard dans votre vie d'adulte. C'est un miroir derrière lequel il aurait fallu rester caché et ne pas grandir. L'enfance, c'est une blessure qui se referme et qui s'infecte à mesure que l'on devient adulte... »

Meyers se souvint de ce moment à son cabinet, au début de l'année 1990, alors que Singleton revenait d'une journée de travail, le visage et les mains souillés de pétrole. Il avait éprouvé le besoin de consulter à ce moment-là.

L'enfance est une plaie.

L'enfance. Des fragments de la sienne émergèrent de sa mémoire.

Quelle enfance avait-il eue réellement, dans le fin fond d'un comté de la Colombie-Britannique, au sein d'une famille de paysans qui ne croyaient qu'au labeur et au mouvement des Enfants de Dieu ? La secte, qui se voulait un mouvement hippie pacifiste et porteur de paroles religieuses, prônait aussi l'inceste et une forme de prostitution missionnaire. Jusqu'à ses quinze ans, en 1974, alors que son enfance ne se présentait pas comme malheureuse mais plutôt comme expérimentale, le jeune Matthew avait été l'un de ces gamins répartis dans les cent soixante-dix colonies existantes, et sexualisés très jeunes…

Il scruta le visage de Clara. Sa pulsion se fit plus intense, insistante. Il ne comprenait pas ce soudain désir, cette subite envie de caresser ce petit ange endormi.

Pour penser à autre chose il sortit son téléphone, sélectionna dans une playlist l'album de Mick Jagger *Wandering Spirit.* Il avança jusqu'au treizième titre, « Angel in My Heart », puis il ferma les yeux. Les fédéraux pouvaient bien à présent trianguler son portable, il s'en moquait. Lorsqu'ils interviendraient, il serait trop tard, il en aurait fini avec toute cette mascarade.

Meyers repensa alors à Singleton et à son adage, puis il se posa cette ultime question : *Dois-je laisser la petite Clara grandir avec ses souffrances ?*

Le clavecin ouvrit le premier couplet et son cœur se serra.

Play upon your heart strings to me
I will sing a strange melody…

À présent que pouvait-il bien faire puisque tout était perdu ? Les secrets les plus inviolables l'étaient-ils vraiment ?

Il se rapprocha alors de la fillette, qui paraissait déjà avoir traversé les siècles tant son visage trahissait l'avancée de la maladie, il s'agenouilla près d'elle et caressa son front, très lentement, avec une infinie tendresse. Ému, Meyers laissa s'échapper une larme qui roula sur la peau grêlée de sa joue.

Il posa alors les mains sur le cou de Clara et chuchota :

— Dors, petit ange, la route est encore longue… Comme je comprends Singleton. Que c'est douloureux d'admettre que les enfants souffrent… Comme il est difficile d'admettre qu'ils peuvent vivre, grandir dans la joie, le bonheur, mais qu'ils peuvent aussi souffrir, mourir, disparaître à tout jamais et arracher ainsi le cœur de leurs parents… Dors, petite Clara, dors…

★

7 juin 2012, 3260 Hospital Drive, Juneau (Alaska)
Bartlett Regional Hospital, centre Carlson,
unité spécialisée pour le traitement des maladies génétiques

L'hélicoptère tournait dans le ciel depuis déjà quinze bonnes minutes. La police de la ville de Haines, qui se situait à environ cent cinquante kilomètres au nord de Juneau, avait mis à disposition quatre de ses hommes et son Agusta AW139 afin de pouvoir survoler la localité. L'appareil venait ainsi s'ajouter à la flotte aérienne des gardes-côtes déjà en rotation.

Des postes de contrôle avaient été disposés sur toute la zone portuaire de Juneau et ses bases d'envol pour hydravions, ainsi que sur les zones d'embarquement de l'aéroport. Le JPD et les pompiers avaient été entièrement mobilisés, sollicités pour participer activement aux recherches.

Carrie avait déclaré la disparition de Clara après avoir rejoint l'hôpital, juste après le débriefing. Le professeur Crown, quant à lui, avait du mal à admettre ce drame dont il se sentait responsable. Tout était allé si vite. Il avait préparé les bagages de la petite pour son séjour à New York, vérifié une dernière fois le contenu du pack médical pour la durée du voyage, puis il avait laissé Clara dans la salle de jeux du centre Carlson, à l'hôpital, le temps de téléphoner à son assistant afin de s'assurer que ce dernier le rejoindrait bien à l'aéroport.

Pour Carrie, il était évident que la disparition de Meyers n'était pas sans rapport avec le rapt de sa fille. Il y avait de fortes probabilités pour que Clara ait été enlevée par Meyers, et peut-être même Higgins.

La rage qui lui dévorait le ventre depuis qu'elle avait appris que son père avait été assassiné par Daniel Singleton s'était transformée en terreur, en une effroyable panique à l'idée de ne plus jamais revoir sa petite Clara. Ce fragile fragment de cœur qui venait de lui être arraché avait provoqué un immense vide en elle.

Elle pénétra en jurant dans le hall d'accueil de l'hôpital, puis se dirigea vers le groupe de médecins qui discutaient non loin du bureau des admissions. Parmi eux, le professeur Crown, effondré par l'enlèvement de la petite. Carrie se posta devant lui et, d'un signe, elle lui demanda de s'écarter du groupe. Elle l'invita ensuite à s'isoler avec elle dans le corridor qui menait aux différents services.

Le regard empli de colère et peinant à retenir ses larmes, le lieutenant de police dévisagea longuement Crown.

— Professeur ! Où aviez-vous la tête ? rugit-elle. Je ne sais pas qui a fait ça, mais il me faudra une bonne raison pour ne pas l'abattre si je le tiens au bout de mon flingue, ce salaud ! Dites-moi que vous avez vu quelque chose ! Dites-moi au moins ça !

Le médecin secoua la tête, honteux.

— Je n'ai rien vu, Carrie, elle… Je l'ai laissée dans la salle de jeux le temps de passer un coup de fil à mon assistant… Je suis tellement désolé, Carrie… vraiment, j'espère…

— Laissez tomber, Crown, ça va aller, nous allons la retrouver. Meyers a enlevé Clara pour pouvoir couvrir sa fuite, c'est évident ! Il va quitter Juneau, et pour ça il a besoin d'une monnaie d'échange.

Crown observa Carrie d'un œil rond, se demandant si elle n'était pas en train de perdre la tête sous le coup de l'émotion.

— Meyers ? Mais pourquoi aurait-il fait ça ? Et pourquoi quitterait-il Juneau ?

— Je ne peux pas encore tout dévoiler, mais il se pourrait que votre confrère soit accusé d'abus sexuels sur mineurs. Tout porte à croire que Meyers souffre de troubles mentaux, et son cas pourrait nous mener à une affaire qui aurait pris naissance voilà quelques années...

Le professeur écarquilla davantage les yeux, effaré.

— Mon Dieu, j'en ai des frissons... Meyers, soupçonné de pédophilie... Il a constamment été en contact avec des enfants, ici, au centre, j'espère que...

— Préparez une liste de tous les gamins qu'il a pu suivre, les gosses qui ont bénéficié de sa thérapie. Nous convoquerons les parents, mais pour le moment, pas un mot.

Crown acquiesça, puis son regard fut attiré par trois hommes qui venaient de pénétrer dans le hall. Deux individus en costume-cravate restèrent à l'entrée. Le troisième, qui s'avança, portait un jean et une chemise noire. Il adressa un signe discret à l'attention du médecin.

Crown posa une main sur l'épaule de Carrie et se confondit de nouveau en excuses, consterné :

— Tout ça n'aurait pas dû arriver, je suis responsable, je ne sais pas comment vous aider...

— Je vous l'ai dit, préparez la liste des enfants suivis par Meyers... Moi, je vais voir les trois clowns qui viennent d'arriver.

— Quoi, ces types là-bas ?

— Oui. Juneau devient soudainement intéressant pour eux…

— Eux, c'est qui ?

— Des agents fédéraux, professeur, le FBI, si vous préférez…

★

7 juin 2012, 3260 Hospital Drive, Juneau (Alaska)
Bartlett Regional Hospital

Jake Nelson avait foncé depuis le central. Il avait écrasé l'accélérateur sans se soucier du Code de la route. Juste avant de quitter Carrie en lui promettant de la rejoindre au plus vite, il lui avait conseillé d'être coopérative avec les gars du FBI, qu'elle rencontrerait probablement.

Il se réentendait donner ses ordres aux sergents de service : « Vous me mobilisez toutes les forces disponibles, les agents locaux et même l'unité d'assaut. Faites établir un poste avancé à l'hôpital Bartlett, prévenez les pompiers et demandez des renforts jusqu'à Anchorage s'il le faut… »

Deux avis de recherche à Juneau, un rapt d'enfant, des adolescentes agressées, un homicide et un décès suspect, en à peine dix jours, tout cela avait attisé la curiosité des autorités supérieures. Mais pour l'heure, Jake se rendait à l'hôpital, où Noon Agaguk avait demandé à le voir. Lui, et personne d'autre. Elle détenait des informations importantes qui pouvaient tout aussi bien mener à ses agresseurs qu'apporter de nouveaux éléments concernant la mort d'Emma. L'étrange imagerie produite par son coma était revenue hanter l'adolescente, et cela avait eu pour conséquence de révéler des indices censés apporter un éclairage neuf sur l'accident survenu en 2010.

Même si Noon souffrait toujours d'horribles maux de tête, ainsi que de violentes douleurs lombaires, les médecins s'étaient prononcés favorablement sur son état de santé général et avaient autorisé sa sortie de l'hôpital, à condition qu'elle se déplace en fauteuil roulant pendant quelques jours.

Noon n'avait plus en mémoire le déroulé des événements qui l'avaient conduite à l'hôpital. Curieusement, elle n'avait plus aucun souvenir du moindre détail qui aurait pu lui rappeler ce qui s'était produit. C'était comme si l'on avait effacé sa mémoire. Seuls subsistaient des souvenirs résiduels de son adolescence, des moments importants de sa vie, des faits marquants, comme si ceux-ci avaient été imprimés à l'encre de Chine dans les limbes de son cortex…

À 11 h 35, Nelson monta les marches quatre à quatre, galopa dans le long corridor, puis il s'arrêta enfin devant la porte 303. Il s'épongea le front, ferma les yeux en reprenant son souffle, puis pria pour que la mère de Noon ne se trouve pas au chevet de sa fille. Pendant une fraction de seconde, il songea à Emma, sa fille chérie. Il vit son visage encore empreint de la douceur de l'enfance et il sentit son cœur se flétrir.

Il expira profondément, comme pour évacuer le stress qu'il sentait sourdre, puis il frappa brièvement. La voix de Noon lui parvint et il entra.

La jeune fille terminait de se brosser les cheveux. Elle jeta un œil furtif à Nelson, le regard triste. Un petit sourire forcé éclaira son visage encore marqué, puis elle lança d'une voix chevrotante :

— Vous êtes venu, monsieur Nelson… C'est bien, merci. J'ai des choses à vous dire…

— Évidemment que je suis venu, Noon, comment te sens-tu ?

— Pas très bien, j'ai comme l'impression d'avoir trop dormi. Je suis dans les vapes.

Elle était assise sur le lit. Le capitaine Nelson vint s'installer auprès d'elle. Il posa une main sur son épaule.

— Noon, les éléments que tu nous as fournis la dernière fois ont été d'une importance capitale. Samantha et toi avez subi un lavage de cerveau, et les gars qui ont fait ça avaient intérêt à vous faire perdre la mémoire… Les aboiements qui te reviennent portent à croire qu'il pourrait s'agir des chiens de la propriété de Gramms, à l'entrée de la piste forestière, juste avant le chalet d'Higgins. Lorsque tu t'es enfuie, à demi consciente, tu as dû passer devant eux et ils t'ont poursuivie…

— Justement, le chalet…, articula-t-elle, je voulais vous parler de ça. J'ai comme l'impression de…

Elle éclata brusquement en sanglots et se blottit dans les bras du flic. Celui-ci la serra contre lui et la réconforta.

— Allons, Noon, ça va aller, je suis là. Ta peine est grande, des gens t'ont fait du mal, mais tu es là, bien en vie. Nous allons tout faire pour comprendre ce qui s'est passé et punir ces types, tu peux me faire confiance.

— Je sais, monsieur Nelson, mais c'est pour vous que j'ai du chagrin, pour vous, pour Emma.

Une vague d'émotion submergea le flic. Sa gorge se serra et il tenta de garder la tête froide :

— Pourquoi, Noon ? Tu peux tout me dire, vas-y.

La jeune fille acquiesça puis baissa les yeux, comme si soudainement elle n'avait plus la force de soutenir le regard du flic.

— Je me suis réveillée en sueur l'autre nuit, j'avais l'impression d'étouffer, comme si je m'asphyxiais. J'ai eu des visions, ou alors c'était un rêve, je ne sais plus, c'était super bizarre. J'ai pas rêvé de mon agression, mais plutôt de l'époque où les jeunes de Juneau se retrouvaient près du chalet... On buvait de la bière et on fumait des clopes, mais on faisait rien de méchant. Un jour Emma a essayé de fumer un pétard et de boire une bière, elle a été malade et elle a même vomi...

Noon avait évoqué ce souvenir en riant, le visage de nouveau éclairé. Nelson aussi avait esquissé un sourire et caressé le bracelet de cuir qu'il portait au poignet.

— Et ensuite je me vois tomber de très haut et je me réveille. Je crois que ce cauchemar a débloqué ma mémoire, enfin je crois... Je me suis souvenue qu'il y avait ce 4 × 4 toujours garé derrière le chalet, sous le grand cyprès, en bordure de la forêt.

Le flic fronça les sourcils.

— Le 4 × 4 ? C'est-à-dire ? s'étrangla-t-il en se grattant les avant-bras.

— Cette espèce de gros 4 × 4 noir, un pick-up cabine je crois... Un après-midi, après avoir séché les cours, avec mon petit copain de l'époque, on a eu envie de s'éloigner du groupe, d'être seulement tous les deux. Ethan était très amoureux et...

Elle hésita quelques secondes.

— J'ai compris, Noon, l'aida Nelson, et ensuite ?

— Je ne peux pas oublier cette voiture..., murmura-t-elle en rougissant. Après, on est descendus et Ethan a fumé une cigarette en s'asseyant sur l'énorme pare-buffle chromé. Je me souviens même qu'il trouvait dommage qu'un si beau pare-chocs soit abîmé...

Le regard dans le vague, Nelson frissonna. Un flash le traversa : il s'agissait de ce jour où Peter Higgins lui avait proposé de lui prêter son imposant pick-up, un Dodge Ram Laramie noir, ce jour où il avait décidé de partir sur les bords de la Taku pour traquer le saumon sauvage.

— Continue, Noon, tu te souviens de quoi d'autre ?

L'adolescente avait du mal à poursuivre, mais elle fit l'effort de solliciter sa mémoire :

— Je me suis souvenue d'une discussion avec Samantha Cardwell, monsieur Nelson…

Le capitaine resta silencieux. Son visage s'était couvert de plaques rouges et sa peau, sur le pourtour de son cuir chevelu, semblait à vif. La gorge nouée, il se gratta nerveusement le crâne et passa une main sur son visage. Des squames se détachèrent alors et des rougeurs apparurent autour du nez et de la barbe.

Noon dévisagea Nelson un long moment, puis poursuivit :

— Je me suis souvenue de ce jour où elle m'avait raconté qu'un type louche l'avait abordée. Il était au volant de cette même voiture. J'ai jamais su qui c'était, monsieur Nelson, ça non, je n'en sais rien.

Noon éclata de nouveau en sanglots. Elle avait peine à reprendre sa respiration.

Le capitaine de police ne pouvait plus parler, l'émotion le submergeait lui aussi, mais il fallait qu'il en ait le cœur net. Non sans peine, il réussit à bafouiller :

— Tu… tu es certaine que ce véhicule était… ?

— Oui, c'était… c'était le pick-up de M. Higgins, oui.

Ce jour où il avait accepté la proposition d'Higgins, celle d'emprunter son véhicule, lui revint en mémoire : « Allez-y, capitaine, prenez-le pour la journée, partez à la pêche avec, je sais que vous en crevez d'envie. Ça vous fera l'occasion de l'essayer… et si je ne suis pas là dans la soirée, ramenez-le demain. »

★

My fondest memories, juin 2012, Alaska

Je m'étais fourni en témazépam dans différentes pharmacies pour ne pas nourrir les soupçons. J'étais forcé de simuler des dépressions à répétition pour que les médecins me prescrivent cette saloperie de came. Ce n'était pas que j'en raffolais, mais ce sédatif était devenu un outil indispensable pour mes parties de chasse.

Un jour, une de mes proies a complètement pété les plombs après avoir absorbé cette substance. Il faut dire que je l'ai fait boire plus que de raison, et le cocktail s'était avéré explosif.

Quand je l'ai sodomisée dans la petite chambre du deux-pièces que je louais, elle n'a pas réagi, elle s'est laissé faire sans se plaindre. Ce n'est que plus tard dans la soirée, lorsque je l'ai conduite dans la forêt et qu'on s'est retrouvés à l'extrémité du sentier, à l'embranchement de mes trois cyprès de Nootka, que la petite salope a cédé à la panique. Son long hurlement s'est propagé au cœur des bois, et les chiens dans le lointain lui ont répondu…

Son corps tout entier qui tremble… Cette lueur de fin de journée qui glisse sur la peau de son visage, ce crépuscule incendiaire qui se dilue dans ses larmes et se reflète dans ses yeux. Les chiens… les chiens dans le lointain qui hurlent à la mort, les chiens de Gramms qui rôdent autour de sa propriété…

Jamais je n'aurais imaginé pouvoir faire tout cela, prendre de tels risques. À Anchorage, il me suffisait de monter dans le Piper Super Cub et de voler quelques minutes pour me retrouver au cœur de contrées sauvages, et ainsi ne pas être inquiété par le voisinage.

Mais cette proximité entre les morts et les vivants m'excitait. Mon terrain de chasse bordait la civilisation, s'étendait à quelques pas d'une poignée d'êtres humains ignorants, des paysans incultes ne se doutant pas que, pour survivre, la forêt de Tongass devait être nourrie…

35

Chaque croix marque un emplacement

7 juin 2012, 1930 Lemon Creek Road, Juneau (Alaska)
Lemon Creek Correction Center

LE PLAN DEVAIT FONCTIONNER. Coûte que coûte.

Louise avait reçu par mail le fameux formulaire avec l'en-tête du centre pénitentiaire fédéral de Sheridan, signé de la main de Marshall. Le technicien de la cellule réseau informatique du JPD s'était amusé à créer une contrefaçon à s'y méprendre. Il s'agissait d'une déclaration sur l'honneur qui stipulait que le détenu Singleton pourrait bénéficier des privilèges consignés dans ledit document, et cela pour la durée de sa peine, aux conditions suivantes : il était tenu de fournir aux enquêteurs des forces locales ou fédérales la liste exacte des noms de ses victimes de 1970 à 1983, et de leur indiquer l'emplacement précis où se trouvaient ensevelis les corps. Également inclus dans les conditions : lever le voile sur l'affaire de l'assassinat du capitaine Harry Callan en 1989. Le tout avait été numérisé et renvoyé par mail depuis une fausse messagerie, avatar de celle de la prison de Sheridan.

Tout semblait parfait. Dans l'esprit de Louise, cela ne pouvait pas foirer. Son appât avait attiré le poisson, il fallait juste que celui-ci morde à l'hameçon.

La boule au ventre, elle avança dans le couloir et, de nouveau, elle perçut les odeurs, les couleurs fades et les cris, quelque part dans les entrailles du centre, parmi les cellules où des hommes finiraient leurs jours.

Louise avait fait le choix de venir visiter Singleton le matin car elle s'était rappelé que le monstre lui avait confié prendre son témazépam aux alentours de 10 heures. En général, les benzodiazépines provoquaient hébétude et somnolence peu de temps après la prise. Singleton avait commis sa première erreur : assommé par le sédatif, il n'y verrait que du feu et se mettrait rapidement à table.

La porte du parloir 32 s'ouvrit sèchement et Louise aperçut l'ignoble individu, souriant, le combiné déjà collé à l'oreille. Elle prit place sans le lâcher du regard, posa le document sur la tablette devant elle, juste sous la paroi de plexiglas, puis s'adressa froidement à l'homme qui semblait la dévorer des yeux :

— Bonjour, Daniel. Je n'ai qu'une parole : je viens vous porter ce qui devrait sceller notre pacte.

— Bonjour, chère Louise. Effectivement, ce qui aurait dû prendre des jours, voire des semaines, n'a pris que quarante-huit heures… Bravo ! Je n'arriverai décidément jamais à percer les mystères de l'administration pénitentiaire. Alors, je vous écoute…

L'enquêtrice s'inquiéta. Singleton n'avait pas du tout l'air shooté par la prise de son anxiolytique, il paraissait même très éveillé.

— Il me semble que c'est moi qui dois vous écouter, non ? Ça a pas d'allure, vot'truc..., rétorqua-t-elle.

Singleton eut un petit rire moqueur.

— Oh ! Doucement, chère Louise, laissez-moi le temps de viser votre document, de vérifier que tout est en ordre, et ensuite seulement nous commencerons à parlementer.

Louise tenta une manœuvre en proférant des mots qui lui donnèrent un haut-le-cœur :

— Daniel, je... je sais que vous détestez les enfants, mais une fillette a été enlevée, ce matin, et je ne voudrais pas qu'il...

— Laissez-moi deviner. Il s'agit de la petite Callan, la petite-fille de ce très regretté Harry Callan, c'est ça ?

— Oui, c'est la fille de l'agent Carrie Callan.

— Décidément, pas de chance pour cette famille... Et je parie que vos soupçons se portent sur cette ordure de Meyers, j'me trompe ?

— Non, c'est bien ça, répondit Louise, agacée.

— Et je crois être en mesure de répondre que vous avez raison...

Il laissa peser le silence pendant quelques secondes, le temps que Louise prenne conscience de l'absolu contrôle qu'il possédait sur l'affaire.

— Allez, fit-il en ricanant, voyons ce que ce bon vieux Marshall a d'intéressant à me proposer...

Il demanda à Louise de lui présenter le document en le pointant de l'index à travers la paroi. La jeune femme déplia le précieux sésame et le plaqua contre le plexiglass. Hésitante, elle s'efforça de maîtriser l'infime tremblement de sa main qui trahissait son anxiété.

Alors que Singleton s'approchait pour scruter la lettre, Louise détourna l'attention du criminel en touchant sa corde sensible : sa vanité.

— Nous l'avons reçu par mail, ce matin, très tôt.

Singleton vérifia aussitôt d'un rapide coup d'œil la date et l'heure imprimées en tête du courriel. Louise poursuivit alors, gardant tant bien que mal son sang-froid :

— Évidemment, on recevra plus tard le document officiel, par voie postale, dont une copie vous sera remise. Cette offre est unique et ne peut pas être modifiée. J'ai pu avoir au téléphone le directeur du centre pénitentiaire de Sheridan, hier soir, et il a été très ferme sur un point : il ne tolérera aucune demande de modification se référant à cet accord. C'est à prendre ou à laisser, Daniel…

Singleton l'observa. Il esquissa un sourire sournois, puis déclara à voix basse :

— Rien n'est moins sûr… Marshall ne sait pas ce que nous réserve l'avenir. Et moi je détiens tellement de secrets, dans une ère où tout se négocie, à une époque où les informations voyagent à la vitesse d'un claquement de doigts à travers les réseaux, chère Louise.

— Le temps presse, une fillette va peut-être mourir, Daniel.

— Peut-être est-ce son heure…

— Je vous en prie !

Il se laissa aller en arrière sur son siège, les bras croisés, l'air suspicieux. Il fit mine d'observer le plafond, les murs, et enfin les caméras braquées sur eux. Il toussa bruyamment puis, après avoir de nouveau plongé son regard dans celui de la jeune policière, il amorça enfin son récit de sa voix hypnotique :

— C'était l'hiver… je sais plus trop. Comme je vous l'ai déjà dit, j'étais engagé bénévole pour le nettoyage des plages. Cela faisait plus de six ans que j'étais chaste, depuis 1983, juste après mon dernier gibier qui, je l'avoue, m'avait donné du fil à retordre…

— On n'a pas l'temps pour ça, Daniel… Une fillette va mourir, câlisse !

— … Je l'ai lâchée dans la forêt, comme d'habitude, pour la chasser, et la petite garce m'a bien baisé en grimpant dans un épicéa de Sitka. Mais elle n'a pas eu tant de chance que ça. Une branche s'est brisée et elle a fait une chute de six mètres. Les deux jambes cassées, elle n'avait pas pu aller bien loin. Le lendemain je l'ai retrouvée, froide et dure comme une pierre. J'ai recouvert son corps de feuillages et je suis rentré chez moi, avec mon petit avion personnel, un Piper Super Cub d'occasion qui tournait du tonnerre. J'emmenais toujours mes proies au nord d'Anchorage avec ce coucou, j'avais accès à n'importe quel endroit. Ah, quand j'y repense, cette partie de chasse m'avait contrarié, ouais… Puis quelques semaines plus tard, les flics ont découvert le cadavre de Joanne Perth, que j'avais dissimulé en 1982 dans une gravière, à Seward. Comme si l'Alaska n'était pas assez vaste pour que ces gamins se retrouvent à jouer dans cette foutue carrière… Bref, un détective qui bossait pour la division de l'Alaska State Troopers a commencé à mettre son nez là-dedans, un certain Glenn Morgan…

— Attendez, Daniel, ne croyez pas obtenir une réduction de peine en me racontant tout ça ! Il a été convenu que vous désigneriez les emplacements des corps, que vous donneriez votre version des faits sur l'assassinat du capitaine Callan et que vous m'éclaireriez davantage sur le docteur Meyers…

— Je ne suis pas en train de tenter de marchander, chère Louise, je vous raconte comment ceci a mené à cela.

— Dans ce cas, poursuivez…

— Morgan a commencé à faire du vent, son équipe et lui-même avaient exhumé deux corps et procédé à des recoupements judicieux, alors le moment était venu de temporiser et de me remettre à une forme de chasse plus…

disons, conventionnelle. Je suis donc retourné dans l'ombre. J'ai vécu dans la douleur d'un toxicomane en manque. En 1989, n'en pouvant plus, j'ai décidé de mettre les voiles et de quitter Anchorage. Après le naufrage du pétrolier, trop de médias, d'enquêteurs et de journalistes traînaient dans la zone, c'était la folie. J'ai mis le cap sur Juneau après avoir appris qu'on y montait une cellule de soutien logistique. On y réclamait des bénévoles pour nettoyer les plages, ramasser les cadavres d'animaux, bref, pour nettoyer la merde qu'avait répandue Exxon. Un certain Peter Higgins avait soi-disant mis à disposition tous ses bateaux pour les opérations prévues dans le cahier des charges du groupe pétrolier, comme par exemple le transit du matériel et des vivres pour les bénévoles, qu'il fallait acheminer sur la côte qui longe Cordova, Valdez et tous les autres villages du littoral touchés par la marée noire. C'était l'occasion pour moi de me fondre dans la masse. J'ai travaillé dur. J'avais du mal à m'adapter au beau milieu de tous ces gens traumatisés par ce qui venait de leur arriver, de ces gosses qui m'irritaient plus qu'ils ne m'apitoyaient. J'ai ensuite rencontré Meyers, plusieurs fois. J'avais besoin de consulter. Et pendant mes consultations, nous parlions souvent de Peter Higgins. Il me vantait la générosité et la bienveillance de ce type qui ne m'inspirait pas confiance. Meyers me parlait de l'importance que donnait Higgins à son fils Jan, qu'il aimait plus que tout. Il évoquait sa fortune bâtie à la sueur de son front, les emplois qu'il avait créés à Juneau, les dons qu'il faisait régulièrement pour aider la communauté. Meyers répétait à tout le monde que la soupe servie le midi et le soir aux bénévoles, ainsi que le pain et le poisson qu'ils pouvaient déguster gratuitement étaient offerts par Higgins. Certains disaient qu'Higgins avait acheté le maire, qu'en définitive celui-ci n'était qu'un homme de paille. Le véritable maire de la ville, c'était Higgins. Peu à peu, en discutant avec les détracteurs du millionnaire qui lui vouaient une haine profonde, j'ai compris que cet homme n'était pas si blanc qu'on le prétendait. Ce type, intraitable en affaires, avait la réputation de détourner des fonds de diverses sociétés et de rendre occultes certains de ses comptes. Peu avant que ne soit démantelé le réseau de prostitution de Mendenhall Valley, j'avais pu profiter de quelques prostituées très bon marché. C'est par l'une d'elles que j'ai appris que beaucoup d'argent liquide transitait chez le millionnaire, et c'est là que m'est venue l'idée...

— L'idée ? Qu'avez-vous fait ? s'agaça Louise.

— L'impatience vous perdra, chère Louise, vous ne savez pas contrôler vos émotions, vous ignorez comment canaliser les bonnes énergies. Ce minable document en est la preuve absolue..., dit-il en laissant glisser son regard sur la fausse lettre signée par Marshall.

Le cœur de Louise s'emballa.

— Vous êtes si impatiente, continua le détenu, que vous n'avez même pas tenté de faire une demande authentique auprès de Marshall, de crainte que celle-ci soit refusée ou trop longue à venir. Ce manque de confiance en vous, cette absence de conviction, c'est navrant, chère Louise.

— Ne me laissez pas tomber, Daniel.

— Nous rediscuterons de mes privilèges, Louise. Même si cela ne se voit pas, je suis furieux. Je vais donc vous parler du meurtre d'Harry Callan, et un peu de notre ami Meyers. Pour le reste, je suis désolé, mais je ne donnerai l'emplacement des corps qu'une fois ma requête accordée par Marshall. C'est à prendre ou à laisser...

Elle accepta d'un signe de tête. Avait-elle le choix ? Singleton reprit alors lentement le cours de son récit, imperturbable, comme si rien n'était venu le contrarier :

— L'idée qui me vint à ce moment-là n'était pas brillante, mais elle pouvait me sortir de ce trou à rats et me permettre de filer au Canada ou dans un autre État. Il fallait que je cambriole la propriété de Peter Higgins, que je trouve son coffre, ou l'endroit où il planquait son liquide, et que je rafle tout. Après quoi j'aurais pris le premier vol pour disparaître. Et je l'ai fait. Je me suis rendu sur Evergreen Avenue, le soir du gala de la police organisé au profit des associations de pêcheurs victimes de la marée noire. Le moment idéal : les trois quarts des forces de police locales étaient monopolisés pour veiller sur le gratin de Juneau. Peter Higgins, qui en était le parrain, allait s'y trouver une bonne partie de la soirée en compagnie de sa femme et de son fils. J'ai fracturé la porte du garage et j'ai déconnecté l'alarme préhistorique. Je n'ai pas traîné. Ce que je cherchais, c'était la chambre d'Higgins, ou son bureau. Le coffre-fort n'était pas dissimulé, juste posé au sol contre le mur, il n'était même pas protégé par une combinaison. Vous pouvez croire cela, chère Louise ? Higgins se croyait tellement au-dessus de tout… J'ai tourné la poignée et la porte s'est ouverte. À ce moment-là, j'ai compris qu'il n'y aurait pas d'argent. J'ai fouillé l'intérieur et j'y ai trouvé des tas de papiers, des factures, des contrats de location, des titres de propriété, bref, tout un foutoir de documents. Mon œil a été attiré par deux enveloppes kraft scellées, posées sur l'une des deux étagères. Je me souviens d'avoir espéré en sortir une liasse de billets, mais j'étais loin d'être au bout de mes surprises. J'ai décacheté la première enveloppe, et les photos que j'en ai retirées m'ont fait l'effet d'une bombe. Des gamins, nus, qui posaient de façon équivoque… Sur certaines photos on pouvait même voir Meyers, à poil lui aussi. Les farfadets avaient tous les yeux bandés avec un foulard… J'ai souri. Ces photos-là représentaient l'argent que je n'avais pas trouvé. Dans l'autre enveloppe il y avait un contrat signé par Higgins et Exxon. Un accord de sous-traitance logistique et matérielle. Higgins faisait payer au prix fort à la compagnie pétrolière la location de ses bateaux pendant les opérations de nettoyage. J'étais l'homme le plus chanceux du monde… J'avais de quoi faire chanter un psychiatre aisé et un millionnaire influent. J'ai pris ce que je pouvais, des babioles qui traînaient sur le bureau, un petit tableau accroché au-dessus d'un secrétaire et j'ai tout fourré dans un sac. Je suis redescendu, je suis de nouveau passé par le garage, et là…

Louise avait les yeux qui brillaient. Elle savait que Singleton prendrait un malin plaisir à détailler le meurtre de l'agent de police.

— À l'instant où je suis ressorti de la maison, on a braqué sur moi une lampe torche et j'ai entendu : « Levez les mains et ne bougez plus ! Vous êtes en état d'arrestation. » Et lorsque mes yeux se sont habitués à l'éclairage, je l'ai vu, lui, le capitaine Callan, le seul flic de tout Juneau à être resté à patrouiller de nuit, et sans binôme de surcroît. Il braquait son flingue sur moi. Je lui ai répondu que je n'opposerais pas de résistance, que je n'étais pas armé et que je serais coopératif. Il m'a ensuite demandé de déposer mon sac sur le sol, lentement. Et puis ce pauvre Harry a scellé son destin… Il m'a passé les bracelets les mains devant. Pourquoi il a fait ça ? Peut-être pourriez-vous me l'expliquer, Louise. En tout cas, c'est ce qui l'a tué. Il a procédé à une palpation en règle très hâtive. Il n'a pas trouvé mon couteau à dépecer, mon fidèle compagnon de chasse dissimulé sur ma hanche droite, à l'intérieur de mon jean. Il m'a demandé de me mettre à genoux, il s'est retourné, a passé le bras à l'intérieur du véhicule de patrouille par la vitre ouverte afin de se saisir de la radio, et là, je me suis levé d'un bond, j'ai sorti ma lame et je l'ai frappé dans le dos à trois reprises. Je crois qu'il était déjà mort, mais par prudence je l'ai frappé encore une fois. Après ça, j'ai récupéré mon sac et je me suis enfui pour rejoindre le centre-ville…

Louise ne regardait plus Singleton, elle observait un coin du plafond, cherchant dans ce vide le moyen d'atténuer sa nausée. Après un long silence, elle se ressaisit et imagina la petite Clara aux mains de Meyers.

— Parlez-moi de Meyers, maintenant ! rugit-elle.

— Non, pas encore… Je vous parle d'abord de moi. Vous ne voulez pas savoir qui je suis vraiment ?

Louise plongea :

— Que faisiez-vous avant cela, enfin j'veux dire, votre vie, c'était quoi ? Votre travail ?

Singleton laissa s'échapper son petit rire habituel, avant de répondre :

— Quelle curieuse question, chère Louise ! J'étais boulanger. Je possédais une petite boulangerie dans un centre commercial d'Anchorage, jusqu'en 1985… Dès le début des années 1970, ça a été l'âge d'or en Alaska. La construction de l'oléoduc trans-Alaska de 1974 à 1977 avait attiré de nombreux ouvriers, tous grassement payés et qui cherchaient à dépenser leur fric… et cela avait tout autant attiré prostituées, proxénètes, trafiquants de drogue et escrocs. Je crois sincèrement que c'est l'accroissement du nombre de putes qui m'a poussé à faire ce que j'ai fait. Moi aussi, je voulais profiter, à ma façon. Quand ça a commencé à sentir le roussi, j'ai tout quitté. J'ai vendu l'affaire et j'ai mis les voiles…

Louise se leva, dévisagea Singleton un long moment, puis elle appuya sur le bouton d'appel.

— Quoi ? C'est tout ? Tout cela pour savoir comment est mort ce valeureux capitaine Harry Callan et pour m'entendre vous confirmer que Meyers est un pédophile ? brailla le détenu derrière sa paroi en faisant claquer les chaînes qui entravaient ses pieds.

Louise porta le combiné à son oreille :

— Je ne comprends pas. Que voulez-vous dire ?

— Ce que vous venez d'apprendre ne vous avancera pas dans la course contre la montre pour retrouver la petite Clara Callan.

— Je n'ai plus rien à échanger, Daniel, désolée. Vous ne voulez rien me donner de plus...

— Je n'attends rien en retour.

Hors d'elle, Louise se rua sur la paroi de plexiglas et la cogna violemment de la paume de sa main en hurlant :

— Alors parlez ! Parlez ! Dites ce que vous savez et arrêtez de jouer ! Vous savez ce que vous méritez, Daniel, hein ? Vous méritez de mourir sur une chaise électrique jusqu'à ce que vos yeux sortent de leurs orbites, ostie de criss de câlisse !

— Charmant, chère Louise... Reprenez donc vos esprits et écoutez-moi. Lors de notre première rencontre, je vous ai parlé d'Higgins et de Meyers. Ces deux-là sont liés par de curieux secrets. La pédophilie de Meyers, la traîtrise d'Higgins envers la communauté alaskienne, mais aussi autre chose... Asseyez-vous donc, chère Louise, et ouvrez grand vos charmantes oreilles.

— Je vous écoute.

— Après la nuit du cambriolage, j'ai pris le large. Je suis retourné à Anchorage et je suis passé à travers les mailles du filet jusqu'à mon arrestation, en 1990. On m'a collé une soi-disant agression sexuelle au premier degré. J'ai pris dix ans. Lorsque je suis ressorti, j'avais pas un dollar. J'ai vécu quatre ans sur le dos de Shelby, ma compagne. Et un beau jour, voilà qu'elle m'apprend être enceinte. La suite, vous la connaissez. Et puis je me suis dit que les photos et le contrat d'Higgins pouvaient me remettre à flot. Je suis allé au container 28, j'ai numérisé les photos, le contrat, et j'ai envoyé le tout par la poste à ce très cher bienfaiteur de millionnaire, en lui laissant une adresse mail afin qu'il prenne contact avec moi.

— Il s'est passé quoi, après ça ? demanda Louise, polarisée par le récit du criminel.

Le bourdonnement électrique de l'ouverture du sas résonna à cet instant.

— J'ai reçu une réponse, mais elle provenait de Jan, le fils d'Higgins. Ce gamin de vingt ans me faisait savoir qu'il valait mieux que je me fasse discret, car ma petite visite dans le bureau de son père, à l'époque, avait été filmée par les caméras de surveillance. Il me conseillait d'oublier cette histoire et m'affirmait que son père protégerait Meyers quoi qu'il arrive.

— Vous avez fait quoi ?

— J'ai abdiqué. Je n'avais pas le choix. Il m'était insupportable d'imaginer qu'Higgins pouvait à tout moment évoquer ce cambriolage foireux. S'il déclarait le vol aux autorités, on me relierait automatiquement au meurtre du capitaine Callan, c'était la preuve irréfutable… Un meurtre capital, vous savez ce que ça vaut, aux États-Unis, hein, Louise ? Le meurtre d'un policier dans l'exercice de ses fonctions, c'est comme décrocher la timbale, on gagne très gros.

— Donc, Higgins savait depuis le début que vous étiez l'assassin de Callan. Et ensuite ? insista Louise en soupirant.

— Ensuite ? Allez donc jeter un coup d'œil du côté de la zone industrielle de Juneau, sur Greens Creek, celle qui longe Glacier Highway. C'est là-bas que se trouve la conserverie Higgins & Son Fish. C'est là que Meyers tenait son cabinet de consultation avec ses collaborateurs lors de la catastrophe. Quand je suis arrivé par avion, nous avons survolé la zone. Les locaux existent toujours...

Louise le remercia d'un signe de tête, se leva et poussa la porte du parloir. Avant qu'elle ne sorte, Singleton cogna contre la paroi avec le combiné. L'enquêtrice revint sur ses pas et s'empara de nouveau de l'appareil.

— Vous avez gagné ma confiance, Louise, alors je vous ouvre une nouvelle porte. La carte d'Anchorage que vous avez trouvée dans le container 28... je m'en servais pour mes parties de chasse et aussi comme carnet de bord. Récupérez-la, ou parlez-en aux agents du State Troopers d'Anchorage, et vous découvrirez les corps. Chaque croix sur cette carte marque un emplacement... Ah, une dernière chose...

— J'écoute.

Il inspira fort, ferma les yeux puis souffla tout bas :

— Dites-moi que vous ne m'oublierez pas, chère Louise.

— Je ne peux rien vous promettre, Daniel...

36

La meute de loups

7 juin 2012, 1880 Evergreen Avenue, Juneau(Alaska)
Domicile de Peter Higgins

— JE SUIS DEVANT L'ENTRÉE DE LA PROPRIÉTÉ de Peter Higgins. Apparemment les volets sont clos, mais j'aperçois l'un de ses véhicules stationné en bordure de la forêt de Tongass. Un Dodge Ram Laramie noir. Envoyez-moi un service fourrière avec un camion plateau au 1880 Evergreen Avenue, c'est pour une mise sous scellé de pièce à conviction. Je m'occupe du juge. Je vous rappelle dès que j'ai du nouveau. Terminé.

Jake Nelson raccrocha la radio et s'avança sur le chemin qui menait à la demeure du millionnaire. Sur la gauche, un splendide terrain et une allée de gravier blanc conduisant à l'arrière du bâtiment. C'est là qu'était stationné le pick-up.

Le flic observa les alentours, jeta un coup d'œil à toutes les fenêtres, puis fit quelques pas sur le gazon impeccable du domaine. Il longea l'aile principale, passa devant la piscine et s'assura qu'aucun voisin ne se trouvait dans les parages.

Un soleil chaud illuminait l'ensemble de la propriété enclavée dans son écrin de verdure.

Nelson monta le grand escalier qui menait à la rotonde et aux pièces principales de la résidence, et, une fois sur le palier, il sonna à deux reprises.

Aucune réponse. Silence total.

Nelson redescendit, contourna la maison, puis se dirigea d'un pas décidé vers le pick-up garé à l'orée de la forêt qui bordait le domaine.

J'veux en avoir le cœur net, putain ! Faut que ça s'arrête, tout ça, j'suis trop vieux pour ces conneries...

Il se remémora les paroles de Noon Agaguk à propos du véhicule d'Higgins.

Le pare-chocs...

Cela lui évoquait vaguement quelque chose, un détail important qui avait été relevé sur les lieux de l'accident, à seulement quelques mètres d'où avait été retrouvé le corps d'Emma.

Sa gorge se noua, ses mains se mirent à trembler tant il avait peine à croire ce qu'il commençait à entrevoir.

Il réentendait la voix d'Higgins : « Allez-y, capitaine, prenez-le pour la journée, partez à la pêche avec, je sais que vous en crevez d'envie. »

Mon Dieu, était-ce ce jour-là ? Était-ce ce putain de jour ?

Le tremblement de ses mains s'intensifia lorsqu'il arriva à hauteur du Dodge et qu'il s'accroupit devant l'imposante calandre. Il réentendait la voix de Noon : « C'était... c'était le pick-up de M. Higgins, oui. »

Nelson se laissa glisser au sol, tout contre le pare-chocs, et la digue de résistance qu'il avait bâtie depuis des années se rompit. Il sanglotait en gémissant, tel un gosse, puis enfin, lentement, surmontant sa crainte de découvrir ce qui le terrorisait, il se retourna pour observer le rutilant pare-buffle de chrome.

Il le détailla longuement, resta figé un instant, puis se mit à rire, soulagé.

Il ne se souvenait pas d'avoir percuté le muret qui longeait le ravin sur Basin Road, le jour où Higgins lui avait prêté le 4 × 4 . Pourtant le pare-chocs de la Dodge était tordu sur le côté droit.

Le détail manquant, l'indice probant relevé sur les lieux de l'accident lui revint alors clairement : la longue éraflure et la trace de peinture qui griffaient le parapet de béton par-dessus lequel Emma avait basculé.

Le capitaine se releva, fit quelques pas sur le côté et examina le flanc droit du pick-up.

Rien. Rien qu'une peinture lisse et vernie.

Ça collait. Higgins avait fait réparer la carrosserie sans se soucier de l'état du pare-chocs. Qu'à cela ne tienne, il enquêterait chez tous les carrossiers de la région, jusqu'à Anchorage s'il le fallait. Pour confondre Higgins, il était absolument nécessaire de prouver qu'il avait fait réparer son 4 × 4 juste après l'accident qui avait entraîné la mort d'Emma.

Le capitaine allait enfin pouvoir démontrer que le décès de sa fille n'était pas lié à un accident, et ainsi faire inculper le coupable. Car il fallait un coupable…

Il serra les dents, s'empara de son téléphone et prit une série de photos du pick-up. Une fois terminé, il regagna son véhicule et lança un second appel radio.

★

7 juin 2012, Montréal (Canada)
Centre pénitentiaire Rivière-des-Prairies, cellule 30

Il fusillait l'avocat d'un regard noir.

Luka n'avait pas pris la peine de se coiffer, ni même de se raser, ce qui était très inhabituel chez lui, mais depuis la veille les mauvaises nouvelles s'accumulaient.

Il se tortilla sur son siège puis grinça :

— Répétez-moi ça, maître... Le docteur Meyers vous a envoyé bouler ? Hein ? Pour qui il se prend, cet enfoiré ?

— Catégoriquement, répondit l'avocat en épongeant son front luisant de sueur. Il prétend que ce n'est qu'une question d'heures, que cette histoire va de toute façon péter au grand jour et qu'il n'a que faire de notre arrangement. Il ne témoignera pas en votre faveur, monsieur Ricci... Aussi, je préférerais me désavouer.

Ricci tapa du poing sur la table.

— Et ma queue, hein ? Il l'a pas sucée, ma queue, peut-être, ce salopard ? Je ne l'ai pas caressé comme il me le demandait, ce fils de pute ? Et vous, là, vous me lâchez ? Vous savez que je vous suivrai jusque dans vos cauchemars ? Vous croyez quoi ? Que je vais encore me laisser baiser ?

Le surveillant, qui se tenait dans un angle de la pièce, intima à Ricci de baisser d'un ton.

— Monsieur Ricci, poursuivit l'avocat, des infos vous concernant ont été transmises à Juneau, en Alaska, et ont provoqué une réaction en chaîne. L'enquête a fini par aboutir à des conclusions impliquant Meyers, ce qui réduit notre stratégie de... pression à néant. Nous avons définitivement perdu notre carte maîtresse.

Serrant plus fort les poings et les mâchoires, le visage cramoisi, Ricci se retint de hurler. Il réussit à bafouiller :

— Comment vous savez tout ça, vous ? Qui vous a informé ?

— Eh bien... ils en ont parlé aux infos, et puis un confrère est arrivé ce matin à Juneau pour s'occuper du cas Singleton qui va déchaîner une fièvre médiatique.

— Singleton ?

— Ce type est soupçonné d'avoir tué plusieurs femmes ces trente dernières années. Pour la plupart des prostituées. Ça vous dit quelque chose ?

Luka esquissa un sourire et haussa les épaules. Qu'est-ce qu'il en avait à foutre, d'une poignée de putains assassinées ? La star, c'était lui.

Le « dépeceur de Montréal » venait de perdre son armure. Il réalisa qu'il serait seul lorsque s'ouvrirait son procès. Il serait seul face aux jurés, il serait seul face à la famille d'Ushi Huang, seul face à ses juges et seul face à la justice des hommes.

Seul avec lui-même.

Aurait-il la force d'attendre le procès et d'affronter tout cela ? Aurait-il la force de continuer à enfumer tout ce petit monde avec son histoire ? Cette théorie selon laquelle il aurait été victime d'un complot politique, d'une tentative d'assassinat commanditée par le Premier ministre canadien ? Aurait-il la force de persuader les jurés de croire à son récit, celui d'un jeune homme qui avait été boxé par la vie, d'un marginal qui voulait juste être célèbre et adulé ?

La partie était terminée.

Luka avait été élevé au sein d'une horde de loups, mais à cet instant précis, à l'heure même où il voyait toutes les serrures se refermer une à une, il venait d'être banni de la meute...

37
Zona

7 juin 2012, 13570 Glacier Highway, Greens Creek, Juneau (Alaska)
Conserverie Higgins & Son Fish

À 11 H 45, la bombe orange vif lança des éclats de feu en pénétrant sur l'aire de stationnement déserte et, dans un ultime grondement, s'immobilisa, rendant au lieu ce silence de culte légèrement troublé par le ressac de la mer. Peter Higgins venait de couper le moteur de la Dodge Viper qu'il ne conduisait presque jamais et qu'il avait sortie exceptionnellement de son garage afin de pouvoir goûter, peut-être pour la dernière fois, au prodigieux vertige de la vitesse.

À chacun de ses passages sur Glacier Highway, lorsqu'il arrivait à hauteur de la conserverie, les souvenirs affluaient. Il était forcé de détourner son regard de l'entrepôt, cet endroit dans lequel il avait vu défiler une grande partie de sa vie…

Il s'était garé sur le vaste parking auquel étaient rattachés plusieurs embarcadères. Amarré à chacun, un petit troller grinçant se dandinait au rythme du ressac. Higgins les observa avec nostalgie. L'image de ses bateaux rentrant d'une nuit de pêche et qui débarquaient des tonnes de poissons sous la lueur vacillante des lampadaires émergea lentement. Il se rappela cette bonne odeur du large, forte, qui pour lui avait été synonyme de pêche miraculeuse pendant des années. Il réentendait les rires de ses gars aux visages burinés et aux traits tirés par la fatigue, conscients d'exercer un métier éreintant mais heureux d'être marins.

Higgins tourna la tête et scruta les quais d'embarquement de la zone d'expédition, situés juste derrière l'usine. Deux semi-remorques y étaient attelés en attente d'un chargement. Plus loin, sur la droite, à environ une centaine de mètres, les locaux qu'occupaient à l'époque les services de comptabilité et la direction. Le long bâtiment qui s'étendait sur une cinquantaine de mètres servait désormais à la société Northfast de dépôt, d'atelier et de zone technique pour les bateaux en cale sèche. Un ancien troller finissait ses jours près de la grande porte du hangar, dévoilant sa coque rongée par la rouille et sa colonie d'anatifes probablement aussi vieille que le navire.

Higgins ouvrit la porte de la Viper côté passager, s'empara de sa Winchester semi-automatique encore enveloppée de sa housse, puis referma la portière du bolide.

Il fallait en finir, il avait repensé à tout cela, depuis la veille. Il ne pouvait plus vivre avec ces fantômes. Meyers avait pété les plombs, et Dieu seul savait ce qu'il pourrait bien raconter s'il se faisait prendre. Et puis il y avait le rapt. Pas n'importe quel rapt, celui de l'enfant d'un officier de police ! Une gamine, malade, qui pouvait à tout moment avoir besoin de l'intervention d'un médecin spécialisé.

Tout cela était allé trop loin.

Lorenzo avait très probablement voulu faire chanter le psychiatre, et ce dernier l'avait tué. Il ne croyait plus à la thèse d'un type qui cherchait à l'effrayer, cela ne tenait plus.

Mais pourquoi ce sombre connard a-t-il défoncé la mâchoire du cadavre pour empêcher l'identification ? Pourquoi ne s'est-il pas débarrassé du corps ?

Higgins traversa à grands pas le parking et se retrouva près des anciens locaux administratifs. Au loin, plus au sud, le rotor de l'Agusta AW139 bourdonnait comme un gros insecte en quadrillant le secteur du centre-ville.

Il jeta un dernier coup d'œil autour de lui pour s'assurer que la zone était bien déserte, puis il se précipita dans le grand escalier qui menait à l'étage du bâtiment, le fusil en bandoulière. Arrivé sur la plate-forme, il poussa délicatement la porte de métal vitrée. Une odeur de moisissure et de poisson l'agressa. Il renifla aussi une désagréable émanation de mazout qui provenait de deux gros fûts bleu et rouge, deux barils frappés du logo d'ExxonMobil. Les cuves étaient disposées contre le mur, recouvertes d'une épaisse couche de crasse et de gasoil. Un long corridor se déroulait sur toute la longueur de l'édifice, avec à gauche et à droite les accès aux nombreux bureaux de l'étage. Tout au bout du couloir, une porte en bois sur laquelle était toujours fixée la petite plaque qu'il avait fait installer en 1989, lorsque Meyers et son équipe étaient venus établir la cellule de soutien psychologique. « Confidential Zone – Dr Meyers », lut Higgins avec émotion. Derrière cette porte, un escalier en colimaçon menait au sous-sol qui abritait l'ancien cabinet du psy.

Higgins fit glisser le fusil de son épaule au creux de son bras, ôta la housse qui le protégeait, puis il introduisit les cartouches une à une dans la chambre. Il traversa le vestibule, caressa la plaque de laiton sur la porte, qu'il ouvrit délicatement.

Prudent, il tendit l'oreille et s'engagea dans l'escalier, se guidant dans la pénombre en laissant glisser sa main sur le mur de béton râpeux. Plus il s'enfonçait dans les profondeurs du sous-sol, plus il percevait cet air frais auquel se mêlait l'effluve de moisissure et de poisson. Il se souvint de ce premier hiver, des médecins qui se plaignaient du froid et de l'odeur. Dans un recoin, il distingua les vieilles caisses en plastique réformées qui servaient à l'expédition du poisson frais, ces caisses entreposées au sous-sol et desquelles se dégageait encore cet entêtant relent de vieille marée. Cela le fit sourire. Il descendit les dernières marches et se retrouva dans la pièce principale, celle qui servait jadis de hall d'accueil, de salle d'attente.

Un bruit lui parvint depuis l'ancien cabinet de consultation.

Il se positionna face à la porte, pointa le canon de la Winchester devant lui, et d'un coup de pied enfonça la fine épaisseur de bois aggloméré...

★

7 juin 2012, 3260 Hospital Drive, Juneau (Alaska)
Bartlett Regional Hospital

À 11 h 45, Carrie pénétra dans la salle du poste avancé qu'avaient mis en place les fédéraux. L'immense local technique de l'hôpital avait été transformé en poste de transmission et pôle logistique. Un type en chemise noire guida le lieutenant de police au cœur du quartier général qui fourmillait d'enquêteurs, puis lui indiqua un homme en blouson. La quarantaine épanouie et généreuse, l'officier vint à sa rencontre.

— Lieutenant Callan, bonjour, fit-il en tendant la main, je suis l'agent spécial Monroe. Je suis affecté au département des sciences du comportement. Ne vous en faites pas pour votre fille, nous allons la retrouver. Le dispositif Amber Alert a été déclenché depuis vingt minutes et les gardes-côtes vont décoller avec deux hélicoptères. Dans quatre-vingts pour cent des cas, nous retrouvons la personne enlevée dans les trois premières heures qui suivent sa disparition, au-delà ce pourcentage chute. Je ne veux pas vous mettre la pression, mais un enfant aux mains d'un prédateur sexuel, ce n'est jamais très bon, il faut aller vite. Nous savons que d'ordinaire c'est la police qui se charge d'une disparition ou d'un enlèvement, mais là le dossier commence à peser. Votre homme pourrait effectivement être lié aux homicides et enlèvements qui ont eu lieu dans votre localité ces derniers jours. Parlez-moi de votre gars, que savez-vous du bonhomme ?

Carrie eut la sensation d'un coup de poing dans le ventre. Le discours concis et ruminé de l'agent fédéral l'avait scotchée. Comment pouvait-on montrer autant de froideur et de rigueur à la tâche devant une mère morte d'angoisse, terrorisée à la seule pensée de ne jamais revoir son enfant ?

— Que voulez-vous que je vous dise ? Je le connais à peine, même si ce gars est une figure locale...

— Le professeur Crown nous a confié que Meyers avait déjà été en contact avec votre fille, vous confirmez ? demanda l'agent en ôtant son blouson noir siglé des trois lettres mythiques.

Carrie acquiesça d'un signe de tête. Elle jeta un œil autour d'elle, observa les agents qui s'affairaient au téléphone ou sur les ordinateurs déployés sur les tables, puis répondit d'une voix chevrotante :

— Ce salopard était censé faire suivre à Clara cette fameuse thérapie, avant qu'elle ne parte pour New York, mais j'ai refusé. Cette espèce d'ordure est en train de faire foirer la prise en charge du protocole médical de ma fille, elle devait partir aujourd'hui, en fin de matinée.

— Que pouvez-vous me dire au sujet de sa… de son attirance pour les jeunes garçons ?

— Nous l'avons découverte très récemment, en perquisitionnant l'appartement de l'ex-employé de Peter Higgins, qui lui-même aurait pu être impliqué dans un ancien réseau de prostitution. Nous avons trouvé des tas de photos très explicites, mais nous n'avons pas pu l'interpeller pour l'entendre à ce sujet, il avait déjà disparu…

— Un avis de recherche a également été lancé à l'encontre de Peter Higgins… mais parlez-moi encore de Meyers. Connaissez-vous ses habitudes, savez-vous s'il aurait pu se rendre à un endroit précis de Juneau ?

— Non ! Je vous l'ai dit, je ne connais pas ce type. J'ai dû le voir plus souvent à la télé qu'en chair et en os, ou l'entendre à la radio. Les seules fois où j'ai été en contact avec lui, c'est quand on a discuté du cas de ma fille, à l'hôpital, et le jour où je l'ai convoqué au central du JPD afin d'éclaircir certains points…

— C'est-à-dire ?

— Il a été en contact avec Luka Ricci, à Montréal, et il a également expérimenté sa thérapie sur Daniel Singleton alors qu'elle en était au stade expérimental.

L'agent Monroe opinait du chef tout en griffonnant de brèves notes sur un calepin.

— Et pour Singleton ?

— Idem, il est lié à Meyers et Higgins. Il faisait partie des équipes de bénévoles après la catastrophe de 1989 et il a aussi…

Une douloureuse sensation de piqûre dans les narines et les yeux submergea Carrie.

— Quelque chose ne va pas, lieutenant ?

— C'est… Singleton… Il s'est confié à l'enquêtrice canadienne qui se trouve en ce moment parmi nous, il lui a avoué être… il lui a avoué avoir abattu mon père en 1989.

— Je suis sincèrement désolé, murmura Monroe. Mais dites-moi, qui est cette enquêtrice ? Est-ce celle qui a récemment découvert les trois enfants, à Anchorage ?

— Oui, c'est elle, Louise Beaulieu, elle est rattachée au SPVM de Montréal.

L'agent fédéral se racla la gorge, puis déclara d'une voix pompeuse :

— Vous savez que tout ce qu'elle a consigné, tout ce qu'elle a pu apprendre ne représentera rien aux yeux d'un tribunal de l'État de l'Alaska ? Vous le savez, n'est-ce pas ? Aux yeux de la justice, ici, elle ne représente pas un officier de police en fonction…

— Je sais tout ça. J'officialiserai moi-même toutes les déclarations de Singleton, je signerai de mon nom tous les formulaires et les rapports… je veux que ce salopard reste en enfer.

Monroe fit mine de ne rien avoir entendu.

— Merci pour ces précisions, Carrie. Nous n'en savons guère plus sur notre homme, mais ces infimes détails peuvent nous faire avancer… Nous allons retrouver Clara, c'est une promesse.

38
Résilience

7 juin 2012, 13570 Glacier Highway, Greens Creek, Juneau (Alaska)
Conserverie Higgins & Son Fish

— REGARDE-TOI, MATTHEW, tu es pitoyable. Moi qui pensais avoir traversé toutes ces années auprès d'un homme aussi dur que du roc, insubmersible, je ne vois plus à présent que l'ombre vacillante d'un pauvre type perdu…

Higgins se tenait au centre de la pièce, le canon de la Winchester braqué sur Meyers.

Il flottait dans la pièce froide et délabrée comme une force occulte, une présence invisible. La pénombre accentuait cette sensation de malaise et le grêle rayon de lumière qui filtrait par la minuscule imposte vitrée frappait le canapé sur lequel se tenait Meyers, installé au côté de la petite Clara.

La fillette paraissait endormie, sereine. Le médecin, lui, souriait béatement. De sa main gauche, il caressait un Smith et Wesson 625 de calibre .45 posé sur sa cuisse. Il ne semblait pas impressionné par la présence de Peter Higgins, encore moins par le canon du fusil braqué sur lui.

— Ça te rappelle quelque chose, ce flingue, Peter ? fit-il en agitant son arme. On peut dire qu'on n'est pas près de l'oublier, cette date, nous autres, hein ? Tu m'as offert ce calibre en 1990, pour mon anniversaire, pour sceller notre amitié foireuse. Chacun son secret gardé par l'autre, hein ?

— Sauf que toi, t'as déconné, Matthew ! Tu as déraillé au fil des années... Et la gamine, qu'est-ce que t'as fabriqué avec la gamine de Callan, t'es devenu cinglé ou quoi ?

— Ne t'inquiète pas pour elle, je lui ai juste administré un sédatif. Je ne voulais pas qu'elle assiste à tout ça. Et je ne l'ai pas *touchée*, si c'était ta question...

— Tu ne voulais pas qu'elle assiste à tout ça ?

— Ouais, les retrouvailles, les règlements de comptes... Tu es d'accord avec moi, c'est bien le moment de remettre les pendules à l'heure, hein, Peter ?

Higgins tira une chaise qui se trouvait près de la porte d'entrée et s'installa avec prudence, sans jamais lâcher Meyers du regard.

— Tu comptes faire quoi, maintenant ? Tu n'as pas trouvé mieux que de kidnapper la gamine du lieutenant Callan ? Si j'avais su qu'on en serait là aujourd'hui, j'aurais pris le temps de brûler toutes ces saloperies de photos et de...

— Et de quoi, Peter ? Me tuer ? M'éliminer de ta vie, comme un vulgaire caillou logé dans ta chaussure ? Comme tu le fais chaque fois qu'un problème vient interférer dans ta putain de vie de millionnaire ? Je ne t'en veux pas, pour les photos, tu avais beaucoup plus important à faire, n'est-ce pas ? Et puis, tu ne pouvais pas prévoir que Singleton allait cambrioler ton domicile et tomber sur les polaroïds...

— Je ne pensais pas à Singleton.

Meyers fit mine de réfléchir, contempla le visage de Clara et caressa son front avec douceur. Puis il releva la tête et s'esclaffa :

— Oh ! pardon ! Tu pensais à l'autre série de photos, celle qui avait été dupliquée... Oui, c'est vrai que toi aussi, tu as été trahi... qui plus est par ton propre sang, ta propre chair !

— Laisse Jan en dehors de tout ça, salopard ! rugit Higgins en bondissant de son siège et en agitant le canon du fusil.

— Détends-toi, Peter, ne va pas nous claquer une durite, le meilleur reste à venir. Je ne sais pas qui de nous deux aura le plus de cran lorsqu'il faudra rouvrir ces blessures merdiques, mais ce que je sais, c'est que nous allons poser notre jeu sur la table ensemble et faire le décompte.

— Que vas-tu faire de la fillette ?

— Mon Dieu ! Le grand Higgins, le bienfaiteur de Juneau s'inquiète du destin de la petite Clara... Pourra-t-elle vraiment échapper à son karma ? Ou doit-elle subir, comme son grand-père et sa mère, les caprices du Créateur ?

— Le Créateur n'a rien à voir là-dedans, bordel ! Singleton a tué Harry Callan parce qu'il s'était fait prendre la main dans le sac, sur ma propriété !

— C'est bien ce que je te dis, les caprices du Créateur... Tu t'es pris pour Dieu, à cette époque, tu savais qui avait buté Harry Callan mais tu n'as jamais rien dit, tu n'as jamais lâché le morceau.

— C'était pour te protéger ! Je t'ai toujours protégé, Matthew, j'ai toujours...

La rage submergea Higgins, blessé, pétrifié à l'idée d'accepter ce qu'il était devenu. Une bête essoufflée, une proie fatiguée, traquée par une meute de chiens enragés.

— Non, Peter, en refusant l'offre de Singleton tu lui as laissé l'occasion de conserver ces putains de photos. Il était évident qu'un jour ou l'autre la vase finirait par remonter à la surface…

Un bourdonnement fit vibrer les murs du sous-sol, suivi du chuintement caractéristique des pales d'un hélicoptère. Ils tournèrent tous deux la tête vers le petit rectangle de ciel au travers de l'imposte.

— Tu sais que le FBI a débarqué à Juneau ? Ce que tu viens d'entendre, ce sont les hélicos des gardes-côtes. Des renforts arrivent de partout, tu ne t'en sortiras pas, Matthew.

— Parce que tu crois que tu vas t'en sortir, toi ?

— Je ne comprends pas…

— Vraiment ? Peter, tu vas plonger toi aussi. Je sais ce que tu as fait pour protéger ton honneur, pour que Jan puisse être pleuré comme un bon fils, même après sa mort. Mais ton sacrifice n'a pas suffi… Il a fallu aller plus loin, et tu m'as impliqué.

Higgins se rua sur le psychiatre, la Winchester en avant. Il lui colla le canon du fusil sur le crâne et le fit ensuite glisser sur son torse.

Meyers ne broncha pas et garda son flegme.

— Tu joues à quoi, là, Peter ? Tu veux que j'emporte tous mes secrets dans la tombe et que tu sois inculpé pour homicide volontaire ? Peut-être même que tu décrocherais un meurtre avec préméditation, qui sait ? Réfléchis. Au pire tu prendras perpète, mais tu quitteras l'Alaska. Ils te transféreront, comme Singleton. Tu seras loin, tu fuiras la honte, Juneau t'oubliera, tout comme certains ont déjà oublié le poison qu'a répandu Exxon sur la région. Toi, tu l'as déjà oublié, hein ? Depuis le début, même, en collaborant avec ces vermines…

Higgins se remémora les huit chiffres du chèque à l'en-tête de la compagnie pétrolière.

— Personne ne s'en plaindrait aujourd'hui. L'argent que je soutirais à Exxon, je le redistribuais à tous ces pauvres gens qui œuvraient pour le bien de l'environnement et de la communauté…

— Peter, tu as gagné des millions ! Tu te foutais de ce qui était en train de se passer à ce moment-là. Tu as mis ta famille à l'abri du besoin et tu as tiré profit du désastre.

— Tu es loin d'être blanc, toi aussi.

Meyers haussa les épaules.

— Quoi ? Parce que j'ai aimé les jeunes garçons ? Je ne leur ai jamais fait de mal, moi…

— Je n'en suis pas certain, Matthew.

De nouveau le vrombissement des hélicoptères en rotation, très proche. Leurs ombres géantes zébrèrent la minuscule fenêtre de l'alcôve, puis le bruit s'estompa peu à peu.

— Deux nouveaux hélicos des gardes-côtes viennent de décoller, précisa Higgins. Ils longent le littoral et inspectent les zones industrielles et artisanales…

Meyers balaya d'un geste le canon du fusil qu'Higgins pointait toujours sur lui. Il se leva mollement, tout en prenant garde de ne pas heurter la fillette, puis il se dirigea vers le vieux bureau métallique qui trônait encore dans un coin de la pièce. Il tira une chaise grinçante, s'installa, déposa son arme sur le plateau et s'adressa à Higgins sur un ton solennel :

— Tu te souviens, Peter, c'est ici que je me tenais lorsque je recevais mes patients. J'ai fait ça pendant dix-huit mois.

— Matthew, arrête ! Où tu veux en venir, à la fin ? Finissons-en avant que le FBI ne débarque et nous descende comme deux vulgaires criminels.

— Ce n'est pas ce que nous sommes ? grinça Meyers.

Higgins baissa la tête en soupirant. Il détourna le canon du fusil et déposa l'arme contre son siège.

— Peter, il faut que nous parlions de Jan. Je suis là pour t'écouter, Peter, de nouveau, dans ce qu'il reste de cet ancien cabinet. Tu es face à moi, et il faut que tu me parles de ton fils, il le faut. Tout ce que j'ai pu t'apprendre pour t'aider à traverser l'épreuve de sa mort, c'était aussi pour que tu puisses t'accepter, toi. Le bracelet de la montre de Jan, respirer son odeur… Cet intense marqueur psychologique t'a permis d'exister, de garder la tête hors de l'eau. Nous devons parler, Peter, trois ans ont passé depuis la mort de Jan…

Higgins le scruta d'un œil noir, le souffle court. Il observa la petite Clara puis soupira :

— Tu as raison. Le moment est venu, en effet. Mais d'abord, on ramène l'enfant. On la dépose dans ma voiture, une patrouille finira bien par la retrouver…

— Non, mon ami, Clara reste avec nous… Et quand on en aura terminé, elle ira rejoindre les anges. Mais avant cela, réponds à la question qui me brûle les lèvres : connaissais-tu la double identité de Rodolphe ? savais-tu qu'il était Carlos Lorenzo pendant toutes ces années ?

— Non… je t'assure. J'ai juste appris qu'il chapeautait le réseau de Mendenhall Valley… voilà, bon… maintenant on dégage la petite. Rends-la à sa mère, elle n'a rien à voir avec tout ça.

— Revenons à ce fameux réveillon de Noël 2007, Peter, ce maudit soir où Jan t'a annoncé la nouvelle…

Higgins se pencha en avant sur son siège, se massa le visage en gémissant, puis bafouilla :

— Je… je ne suis pas certain de… j'ignore si j'ai la force.

— C'est là qu'intervient la résilience, Peter. Sers-toi de cette douleur, réactive ce traumatisme pour te régénérer, pour t'aider à revenir des ténèbres et à renaître. Ne sens-tu pas le cocon se fissurer ? Ne le sens-tu pas se craqueler comme celui de la chrysalide avant sa métamorphose, juste avant l'imago final ? Nage, remonte à la surface ! Tu vas pouvoir respirer à l'air libre. Remonte des profondeurs, Peter. Jan est mort depuis trois ans maintenant…

39

La preuve formelle

7 juin 2012, 13570 Glacier Highway, Greens Creek, Juneau (Alaska)
Conserverie Higgins & Son Fish

LOUISE GARA SA VOITURE DE LOCATION sur le parking voisin de la conserverie. L'aire de stationnement appartenait à une entreprise de transport qui y parquait ses remorques. Elle observa les alentours et repéra la Dodge Viper, à une cinquantaine de mètres du vieux bâtiment près des embarcadères. Elle vérifia l'arme que lui avait confiée Carrie, puis elle trottina jusqu'au bolide. Elle posa la main sur le capot. Il était encore chaud. Idem pour les pneus. Qui, à Juneau, pouvait bien posséder un véhicule à cent trente mille dollars ? En un flash elle se rappela cette voiture, sur une photo placardée au JPD. Oui, elle se souvenait de ce cliché sur lequel Nelson et Higgins posaient, souriants, devant la rutilante Dodge orange.

Si ce mangeux d'marde d'Higgins se trouve ici en compagnie de Meyers, je ne ferai pas le poids, et ils risquent de s'en prendre à Clara…

Louise se décida à traverser le vaste parking, marqua un temps d'arrêt puis bifurqua sur sa gauche, non loin des locaux de l'entreprise voisine. Elle longea une immense traîne et se dissimula entre les roues jumelées d'une remorque de type Tautliner. Elle scruta les alentours en espérant ne pas avoir été repérée, puis extirpa son smartphone de sa poche sans quitter des yeux l'entrée de l'entrepôt. Elle rédigea fébrilement un SMS qu'elle envoya à Carrie.

Sui à la conserverie. Venez avec équip réduite.
Présence Clara à confirmer.

Louise savait que toute tentative d'intervention en solo s'apparenterait à du suicide. Le douloureux souvenir de sa course-poursuite à Douglas Island lui revint à l'esprit.

La respiration saccadée, elle ferma les paupières. Elle fit abstraction des émanations de gasoil, de caoutchouc et de poisson qui flottaient partout autour, puis tenta de reconstituer dans son esprit, pixel par pixel, l'image de Juliette qui semblait avoir disparu. Voilà deux jours qu'elle avait perdu la connexion avec elle. Pourquoi ? Pourquoi le fantôme de sa sœur l'avait-il abandonnée ? Juliette avait-elle compris qu'elle n'était pas responsable de sa mort ?

Avait-elle enfin compris que Louise *aurait* voulu la sauver, mais qu'elle était restée sur la berge, tétanisée par une terreur indescriptible ? Juliette était-elle enfin partie en paix, vingt-deux ans après sa propre mort ?

Louise tenta d'entrer en communication avec elle, espérant un signe, un déclic.

En vain. Juliette lui avait-elle définitivement pardonné ?

Et elle, allait-elle rester là sans bouger, une fois de plus, pendant qu'une fillette se trouvait très probablement en danger de mort ?

Elle ouvrit les yeux. Elle consulta sa montre et estima grossièrement qu'il faudrait aux forces de l'ordre une vingtaine de minutes pour rappliquer depuis Juneau, en empruntant Egan Drive et Glacier Highway.

Son portable vibra. Un SMS de Carrie :

On est là dans 15 mn... fais pas la conne.

Louise se dégagea de sous la remorque et emprunta les premières marches de l'escalier. Pour se rassurer, elle effleura la crosse de son Glock à l'instant où sa main droite se posa sur la poignée de la porte.

Immobile sur le seuil, elle découvrit un long couloir plongé dans une semi-pénombre. La lueur pourtant faible qui filtrait par les stores délabrés l'aveugla douloureusement et des larmes lui vinrent. Elle respira cette odeur de gasoil et de marée, comme si ces deux relents étaient à jamais liés à cette région de l'Alaska.

Elle vacilla brièvement, prise d'un vertige.

Elle ressentit encore cette léthargie qui l'empêchait d'être totalement en possession de ses moyens. La fatigue. Le manque de sommeil. Cette impression de ralenti et de flou permanent.

Louise avait très peu dormi depuis qu'elle avait débarqué à Juneau, et mis à part un moment de somnolence après le sédatif administré par le docteur Newman pour lui recoudre le cuir chevelu, elle n'avait pas eu l'occasion de profiter d'un sommeil naturel et réparateur.

Les yeux mi-clos, le flingue braqué devant elle, elle avança dans le corridor. Elle s'arrêta un instant, puis parvint à distinguer la vieille porte en bois, tout au fond. Elle comprit alors…

★

7 juin 2012, 12 h 20, 10005, Crazy Horse Drive,
Juneau (Alaska)
Cardwell Body Repair

Jake Nelson avait écumé quatre des cinq carrossiers qui officiaient à Juneau. Il lui restait encore à vérifier la carrosserie Cardwell, près du club de golf de Mendenhall.

L'entreprise avait été rachetée en 2007 pour une bouchée de pain, juste après que le propiétaire fut arrêté et condamné pour le viol de sa fille Samantha. Jake était lui-même venu procéder à l'arrestation de Gabriel Cardwell, sur son lieu de travail. Samantha avait expliqué à Emma s'être trouvée mal, le 3 mars au soir, elle ne se souvenait plus comment elle était rentrée chez elle ni ce qu'elle avait fait de sa journée. Prise de vertiges, elle était allée au lit très tôt. Une dispute avait éclaté avec son père au sujet de courses qu'elle avait rapportées incomplètes. Les mauvaises relations qu'elle entretenait avec son paternel depuis le décès de sa mère n'arrangeaient pas le climat glacial qui régnait au domicile des Cardwell.

Le lendemain matin, Samantha s'était réveillée avec du sang sur les cuisses, dénudée, et pour seul souvenir des événements un grand vide, un trou noir et abyssal.

Les mois étaient passés. Puis un jour, elle avait décidé de partager ses doutes avec Emma Nelson, espérant que cette dernière garderait le secret…

Jake Nelson coupa le moteur et descendit du véhicule. Il lorgna l'enseigne de la carrosserie et, tiré de ses pensées par un bourdonnement dans le ciel, il mit ses mains en visière devant ses yeux en scrutant l'horizon. Pendant quelques secondes, il suivit du regard les deux hélicoptères des gardes-côtes qui remontaient le long du littoral.

Que s'est-il passé, ici ? Pourquoi tout ce foutoir à Juneau, qu'est-ce qui nous a échappé ?

Il balaya ses pensées et pénétra dans le magasin qui sentait le caoutchouc et la graisse de moteur. Il fit quelques pas entre les gigantesques piles de pneus en solde, puis contourna la caisse centrale en saluant l'employée, qui reconnut le flic de Juneau.

Il ouvrit une porte et se retrouva dans l'atelier de Hans Dickinson, au milieu d'un fatras de moteurs et de pneus répandus au sol. Il trouva le carrossier allongé sous un vieux pick-up, entre une Porsche accidentée et une antique Ford Capri de 1976.

Nelson s'accroupit devant le véhicule et, avant même qu'il puisse dire quoi que ce soit, le mécanicien laissa échapper des grognements de sous le châssis :

— Repassez vers 16 heures, monsieur Loyd, on n'est pas à l'usine ici, je vous l'ai dit, je dois changer l'embrayage de votre épave, c'est assez long...

— Hans, c'est Jake... Nelson. Tu veux bien sortir de sous ta vieille carcasse ?

Le mécanicien fit rouler la planche à roulettes sur laquelle il était installé, puis s'extirpa de sous le pick-up. Il s'essuya hâtivement les mains sur son bleu de travail et déclara en riant :

— Ouais, je sais, c'est un peu chaud, je fais ça à l'ancienne sous une bagnole posée sur un cric foireux, mais tous les ponts sont utilisés, tu vois ? Alors, dis-moi... ça va ?

Que me vaut la visite de notre shérif local ? Tu cherches une occasion ?

Nelson secoua la tête, l'air sérieux.

— Je m'en doutais… vous avez du pain sur la planche, j'ai entendu les infos. Au flash de midi, ils ont dit que la petite de Callan avait été kidnappée, c'est vrai, dis ? C'est quoi ce merdier, en ce moment, à Juneau ?

— Je ne peux pas vraiment en parler, Hans. Si je viens te voir aujourd'hui, c'est pour te demander un grand service…

— Jake, tu sais que lorsque je le peux, je fais tout pour te donner un coup de main. Tu as besoin d'une bagnole pour aller à la pêche ?

— Il ne s'agit pas de ça… j'ai besoin que tu fouilles dans tes archives, dans ta comptabilité au besoin. Il faut que tu me dises si, dans le courant de l'année 2010, tu as travaillé sur le véhicule de Peter Higgins, un Dodge.

— Un Ram Laramie noir ?

— Oui, c'est ça…, répondit le flic, surpris.

— C'est moi qui lui ai vendu ce bijou. Il avait toutes les options, un 4 × 4 de folie ! Qu'est-ce que tu veux savoir exactement ?

— Je veux savoir si tu as effectué des travaux de réparation sur la carrosserie de son pick-up.

— Merde, oui ! Ce grand fou avait bousillé l'aile droite… et le pare-buffle en chrome avec ! Pour la tôle, je lui ai fait un super boulot… Quelle date, tu dis ?

— 2010… à partir de mars 2010, balbutia Nelson, le cœur serré.

Son visage s'était empourpré, dévoilant des zones de peau à vif. Son psoriasis prenait des proportions inquiétantes.

Le garagiste fit lentement disparaître le sourire béat qui s'affichait en permanence sur son visage tartiné de cambouis, puis il s'éclaircit la voix avant de répondre :

— Je… il m'avait déposé le véhicule en urgence, en me disant qu'il fallait reprendre la carrosserie immédiatement pour pas que la corrosion s'attaque à la tôle. Il m'avait promis qu'il me paierait le double de ce que coûterait l'intervention. Tu penses bien que j'ai lâché toutes les autres urgences… Mais qu'est-ce qui se passe avec ton visage, Jake, on dirait qu'il…

— Tu as conservé la facture ?

— Non, tu penses bien… Il m'a payé en liquide, Jake, je lui ai fait ce boulot au black, tu comprends ? Je suis désolé…

Nelson serra les dents. Pas de facture, pas de preuve matérielle. Mais ce n'était qu'un détail. Il n'avait pas la preuve formelle censée incriminer Higgins, mais il avait un témoin : Hans Dickinson. Après une expertise poussée sur le Dodge d'Higgins et sur les lieux de l'accident, les experts scientifiques trouveraient bien les éléments nécessaires pour inculper le riche rentier.

Désormais, il allait pouvoir enfin donner un sens à tout cela. Même si la vérité s'avérait douloureuse…

— Dis-moi, Jake… tu penses à quoi, exactement ? osa timidement Dickinson.

Tout en se dirigeant vers la sortie, Nelson shoota du pied dans un vieux carton graisseux qui traînait. Il se retourna et lança au mécanicien abasourdi par ce qu'il venait de comprendre :

— Ce salopard d'Higgins a tué ma fille… cet ignoble fils de pute a tué ma petite Emma ! C'est lui ! Il me faut un coupable, il faut que tout cela s'arrête…

40

Comme des brebis au milieu des loups

7 juin 2012, 13570 Glacier Highway, Greens Creek, Juneau (Alaska)
Conserverie Higgins & Son Fish

— JE N'AI JAMAIS VOULU LA TUER… J'ai pété les plombs, mais je ne lui ai pas fait de mal. Je voulais juste protéger mon fils, préserver la mémoire de Jan…, avoua Higgins qui laissait se fendiller sa carapace.

Meyers jeta un œil en direction de Clara. La fillette était toujours endormie sur le canapé, recouverte d'un vieux plaid.

— Mais il n'y a pas que ça, Peter, jeta froidement le psychiatre. Tu as aussi voulu sauver la face, c'était ton nom qui était en jeu, la fameuse dynastie Higgins ! Il ne s'agissait pas uniquement de ton fils…

— Ne mets pas en doute l'amour que je portais à mon fils, espèce de salopard !

— C'est surtout une question d'honneur dont il était question, non ? Jan était mort l'année précédente, malgré cela tu as éliminé la gamine de Nelson. Tu craignais qu'elle révèle cette merde dans laquelle Jan trempait. Tu savais que ton fils était lié au réseau de prostitution de Mendenhall Valley, il s'était confié à toi…

Higgins secoua la tête, la gorge serrée.

— Emma Nelson était soupçonneuse mais elle n'était pas dangereuse…, bredouilla-t-il.

— J'aimais peut-être les jeunes garçons, Peter, continua Meyers, mais ton fils, lui, c'était un violeur de gamines. Et grâce à moi, on a évité le pire… Putain ! C'est quand même moi qui ai témoigné à charge contre Gabriel Cardwell lorsque sa fille a été violée ! T'as oublié ça ? C'est moi qui ai pris médicalement en charge ce type après le décès de sa femme, tu t'en souviens pas, hein ? La fiche médicale qui stipulait que sa santé mentale n'était pas stable, que cela pouvait le mener à des comportements agressifs… c'est grâce à moi ! Tu as déjà oublié que c'est encore moi qui ai fait suivre à Samantha Cardwell une thérapie et qui l'ai persuadée que son père était le seul responsable de son agression ? Que c'est moi qui l'ai convaincue de se confier à un proche ? Tu oublies tout ça, Peter ? Tu m'répugnes… C'est tout ça qui a permis à la police de conclure que Gabriel Cardwell était coupable… J'ai sauvé le cul de ton fils qui avait violé cette petite.

Peter Higgins l'écoutait en caressant l'acier froid du fusil posé contre son siège. Il restait silencieux, laissant la rage et le dégoût le submerger. La tête lui tournait. Il perçut des voix, des sons. Comme si une petite mélodie accompagnait les paroles de Meyers, une enfilade d'accords métalliques, cette sonorité très distinctive d'une boîte à musique aux harmonies dissonantes. Il regarda Meyers, un sourire en coin.

— Tu souris, Peter ? Pourtant tu ne devrais pas, il reste encore beaucoup trop de choses à sortir de la vase. Les vieux secrets enfouis dans les profondeurs sont lourds à porter, et pour les remonter à la surface, tu as besoin d'aide. Tu t'es perdu, Peter, tu t'es égaré comme la brebis biblique. Et moi, je suis là, prêt à abandonner les quatre-vingt-dix-neuf autres brebis pour te retrouver...

— Je n'ai peut-être pas très envie de les remonter à la surface, ces secrets, cher Matthew. Je n'ai jamais aimé intégrer les troupeaux, tu le sais...

— Pourtant, il le faut. Jan était à l'origine de certains enlèvements, ou tentatives d'enlèvement, ici, à Juneau. Il était coupable de plusieurs agressions sexuelles. C'est lui qui informait Lorenzo sur les *candidates* aptes à faire le tapin, il n'avait qu'à observer toutes ces lycéennes qui traînaient aux abords de la forêt, près du chalet, et choisir celles qui feraient l'affaire. Les filles de Juneau étaient expédiées à Anchorage pour faire le trottoir, et celles d'Anchorage étaient conduites ici, à Juneau. Ton propre fils, ainsi que ton concierge qui menait une double vie, était entré dans la bergerie, Peter. Ces filles étaient comme des brebis envoyées au milieu des loups. En 2007, quand Jan est venu te trouver, ce fameux soir du réveillon, et qu'il t'a tout déballé, tu as cru perdre pied et sombrer, faire naufrage comme ce putain de pétrolier de chez Exxon...

Higgins se leva brusquement, s'empara de son fusil et, rageur, le pointa sur Meyers. Une fois encore, le médecin garda un sang-froid redoutable. Il s'empara calmement de son Smith et Wesson et l'orienta en direction de Clara.

— Qu'est-ce que tu branles ? hurla Higgins.

— Tu vois bien, Peter, je braque mon arme sur cette fillette sans défense, et si tu ne reposes pas ton fusil, je l'abattrai dans son sommeil. Tu me tueras peut-être après, et puis quoi ? Il ne te restera plus qu'à mettre le canon de ta Winchester dans ta putain de bouche et à presser la détente. Parce que quand sa mère débarquera ici en compagnie des fédéraux, il y a très peu de chances pour qu'elle te laisse la vie sauve…

Higgins hésita, observa Clara, puis posa son arme. Il s'approcha du bureau de Meyers, comme soumis devant son juge, accablé, forcé d'admettre sa culpabilité.

— Qu'est-ce que tu veux, Matthew ? À quoi tu joues, là ?

— Je veux que tu me dises tout ce qui s'est passé… Après ce réveillon, tu es venu me trouver pour me dire que Jan t'avait avoué avoir violé deux fillettes : Samantha Cardwell et Noon Agaguk. Tu étais effondré, comme tout père qui apprend que son enfant est un criminel. Tu te souviens de ça ? Moi, je t'ai épaulé depuis 1989, je ne t'ai jamais lâché. Je t'ai aidé, Peter, je t'ai aidé à cacher tes secrets, j'ai…

— Moi aussi, je t'ai aidé…

— … pour toi j'ai fabriqué de faux rapports médicaux sur la santé mentale de mes patients, j'ai menti devant les tribunaux, j'ai envoyé des innocents en taule. T'es conscient de ça ou pas ? J'ai fait subir des électrochocs à ces deux gamines. Au fil des consultations, elles me parlaient de leurs agressions, les souvenirs leur revenaient. Elles retrouvaient la mémoire… J'ai assassiné Samantha Cardwell, pour toi, Peter. Et toi, t'as fait quoi pour moi ? Rien. Absolument rien ! Quand cette vermine de Singleton t'a proposé de te *vendre* son silence, de te rendre en échange d'une somme d'argent les photos et le contrat que tu avais signé avec Exxon, tu as refusé tout net. Tu lui as laissé la possibilité de me salir, sans penser aux conséquences…

— Ce n'est pas moi, Matthew ! Jan avait filtré les e-mails de l'entreprise ce jour-là. C'est lui qui a traité avec Singleton. Je ne savais pas que Jan avait conclu un marché avec cette pourriture… C'est comme ça qu'il s'est retrouvé en possession des photos. Et c'est probablement de cette façon qu'elles sont tombées entre les mains de Carlos Lorenzo…

— Bravo, Peter, tu commences à comprendre ! Lorenzo et ton fils avaient une seule idée en tête, un plan qui aurait pu mettre sur la paille ton joli petit cul de millionnaire… ils voulaient simplement nous faire chanter. Et l'intérêt de me faire chanter, moi, c'était de te faire payer, toi. Ils savaient que nous partagions nos secrets… À la mort de Jan, tu t'es dit que l'affaire était enterrée, tu t'es senti soulagé…

— Ne me cherche pas, Matthew…, grinça Higgins, prêt à exploser.

— … mais voilà que cette petite conne d'Emma Nelson, la fille de notre cow-boy local, aurait eu des révélations à faire concernant l'une de ses camarades. Et comme, toi, t'entretenais des relations plutôt *très* amicales avec le capitaine Nelson, tu en avais été informé. Noon avait des cauchemars dans lesquels elle voyait apparaître le visage de son agresseur, et elle en avait parlé à Emma. Alors tu l'as tuée. Tu connaissais ses habitudes de joggeuse, tu savais que Basin Road était une route déserte et que personne ne te verrait faucher la petite avec ton pick-up.

Higgins se leva de nouveau, fit quelques pas, puis il se positionna sous l'imposte et tenta d'observer le ciel. Il changea ensuite de conversation, au grand étonnement de Meyers :

— C'est curieux, on n'entend plus la rotation des hélicoptères… Je crois qu'ils…

— Ils ne nous cherchent plus, Peter… ils nous ont localisés.

Higgins tourna la tête et observa le médecin, l'air surpris. Il plongea la main tout au fond de la poche de son pantalon et serra très fort la montre de Jan.

Meyers s'empara alors de l'arme qui se trouvait devant lui, joua avec le barillet et lâcha dans un soupir :

— Ce que je ne comprends pas, c'est si l'avocat de Ricci a pu se procurer ces putains de photos…

— L'avocat de Ricci ?

— Dans un e.mail, il me propose de témoigner en faveur de ce schizophrène de gamin, il veut que j'établisse un rapport prouvant sa démence, en échange de quoi il passera sous silence mon passé peu glorieux…

Un bruit. La porte du cabinet s'ouvrit et Louise braqua son arme sur Meyers.

— J'veux pas déranger, par contre j'vous conseille de poser lentement votre flingue sur le bureau, doc'. Et n'approchez pas du vôtre, Higgins.

41

Allez au diable !

7 juin 2012, Glacier Highway, Greens Creek, Juneau (Alaska)

CARRIE ROULAIT SUR GLACIER HIGHWAY, avec à ses côtés l'agent Monroe qui s'agrippait comme il le pouvait.

Plusieurs véhicules du JPD suivaient, accompagnés de deux fourgonnettes noires qui transportaient l'unité d'assaut. Le mot d'ordre avait été clair : ni sirène ni gyrophares jusqu'au point de chute. Des instructions avaient également été transmises aux gardes-côtes, leur demandant de cesser toute rotation.

Malgré la ceinture qui le maintenait fermement collé au siège, Monroe n'avait pas l'air rassuré par la conduite quasi suicidaire de Carrie. Il essaya d'adopter une attitude détendue lorsqu'il lui conseilla de ralentir :

— Heu… lieutenant, vous devriez lever le pied, la chaussée me paraît étroite, là, non ?

— Ma fille est entre les mains d'un pédophile et vous croyez que je vais traîner en route ? hurla-t-elle dans l'habitacle alors que la radio crépitait.

— Tant que nous ne sommes pas repérés, Clara ne risque rien. Meyers va se servir de votre fille comme d'un otage pour lui permettre de négocier sa fuite… Et votre collègue, vous avez des nouvelles ?

La voix dans la radio continuait d'émettre un message d'alerte à l'attention de tous les véhicules de patrouille présents dans le périmètre de l'intervention. L'opératrice demandait à tous les effectifs disponibles de se rendre impérativement sur la zone de Greens Creek.

— De quoi ? Quelle collègue ? répondit Carrie en scrutant dans le rétroviseur le convoi qui avait peine à suivre.

— Cette très jolie rousse, l'enquêtrice de Montréal, celle qui vous a prévenue que votre fille pourrait bien se trouver à la conserverie…

— Non, elle devait confirmer la présence des suspects et de Clara, mais j'ai pas de nouvelles…

Semblable à une procession funèbre, le convoi des forces de l'ordre parvint silencieusement sur les lieux, sans sirène ni lueurs tournoyantes. Ils stoppèrent en amont, une cinquantaine de mètres avant l'entreprise de transport North-Fast.

Après un rapide briefing, les hommes du JPD, l'unité d'assaut et les quelques agents fédéraux se déployèrent rigoureusement. Seuls deux tireurs avaient été désignés. Une patrouille de deux véhicules appartenant au JPD avait été envoyée au nord de Glacier Highway, et une autre au sud afin de bloquer la circulation le temps de l'opération.

Carrie enfila un gilet de protection, vérifia le chargeur de son arme et contrôla que les deux autres se trouvaient bien à sa ceinture. Monroe se rapprocha, posa une main sur son bras, puis lui conseilla d'une voix mielleuse :

— Je vous suggère de ne pas y aller, vous devriez les laisser faire, souffla-t-il en désignant du menton la troupe d'assaut qui s'apprêtait à intervenir.

D'un regard assassin, Carrie examina un long moment le visage de Monroe, puis elle hocha la tête en grommelant :

— Putain, vous êtes bien tous les mêmes, vous autres, les fédéraux… Les couillus portent obligatoirement une plaque sur laquelle on peut lire trois lettres, hein ? Arrêtez, agent Monroe, vous me faites mourir de rire, là !

L'agent fédéral n'eut pas le temps de protester que déjà le lieutenant Callan traversait la zone de stationnement, disparaissant entre les poids lourds et les traînes sur cale.

★

7 juin 2012, 12 h 35, Glacier Highway, Greens Creek, Juneau [Alaska]

Emma.

Était-il plausible qu'Higgins soit responsable de ce *pseudo-accident* ?

Dans son esprit, Jake Nelson superposa l'affaire d'Emma aux récents événements dans lesquels semblait impliqué Higgins. Cela laissait supposer le pire. Quelles que soient les raisons de ce drame, Higgins avait préservé le secret de cette horrible tragédie, il l'avait gardé pour lui, enfoui, tout en continuant à le fréquenter, lui, Nelson, comme s'il ne s'était jamais rien passé, comme si les tragédies qui les unissaient n'étaient que des chimères. Le notable de Juneau avait continué à jouer le bon samaritain, l'homme généreux de la communauté, celui qui veillait au bon fonctionnement de cette microsociété dans laquelle il vivait entouré de ses pairs. Avait-il pensé apaiser sa conscience en aidant son prochain ? Avait-il voulu se dédouaner de sa culpabilité, tenter de chasser le démon qui vivait en lui depuis toutes ces années ?

« MAIS IL S'EST PASSÉ QUOI ? » hurla le capitaine de police en frappant violemment de la paume le centre du volant.

Nelson filait sur Glacier Highway, impatient de débarquer à la conserverie et d'en découdre avec Higgins.

Au diable la police et la loi, au diable les procédures ! À son domicile, Nelson avait ôté son uniforme pour enfiler des vêtements civils. Il avait rangé son arme de service et sa plaque au fond d'un tiroir. Il avait ressorti du carton qui dormait sur une étagère son vieux compagnon hérité de son père : un fusil de chasse de calibre .12 auquel il avait retiré une partie du canon et de la crosse. Il avait ensuite bourré les poches de son blouson de cuir de cartouches Brenneke.

Pour finir, il avait récupéré dans la chambre d'Emma la photo qui se trouvait dans un cadre fixé au mur, sur laquelle sa fille posait au côté de Noon Agaguk. Très loin, en arrière-plan, on distinguait la propriété de Gramms et ses chiens hystériques, ainsi que le chemin qui s'enfonçait dans la forêt vers le chalet d'Higgins.

Juste avant de quitter son domicile, Nelson avait réceptionné un message radio lui confirmant que le Dodge Ram Laramie avait été placé sous scellé. C'était illégal, mais il s'en moquait, il n'en était plus à une infraction près.

Tout en roulant, la rage au ventre, avec la sensation de ne plus appartenir au monde des hommes, il caressa du bout des doigts le fusil qui se trouvait sur le siège passager. Il ricana, à la fois tourmenté par un sentiment de vengeance incommensurable et une indéfinissable mélancolie.

Au diable tout ce petit monde, au diable la loi, au diable son petit code d'honneur de flic sage et plein de bons principes ! Lorsqu'il serait là-bas, si cela tournait mal, si les circonstances le forçaient à aller jusqu'au bout, alors il n'hésiterait pas. Et peu lui importaient les conséquences.

★

7 juin 2012, 12 h 40, 13570 Glacier Highway, Greens Creek, Juneau (Alaska)

Carrie traversa un fatras de cartons et de papiers gras qui sentaient le fuel. Sa fréquence respiratoire se stabilisait peu à peu à mesure qu'elle avançait dans la pénombre du couloir.

Furieuse, elle soupira, grogna et se dit enfin qu'elle n'était qu'une connasse pour être tombée aussi facilement dans la gueule du loup. Comment avait-elle pu permettre à ce salopard de kidnapper son enfant ?

Carrie espéra que le SWAT n'interviendrait pas trop tôt et qu'il ne bombarderait pas les locaux de fumigènes et autres gaz asphyxiants.

Soudain, elle entendit s'ouvrir la porte tout au bout du corridor. Quelqu'un était entré et avançait silencieusement. Carrie distingua l'ombre sur le mur d'en face, à travers les vitres dépolies de la pièce dans laquelle elle se trouvait.

Elle entendit respirer l'individu qui venait de s'immobiliser, juste derrière la paroi. Elle perçut un souffle et, enfin, une voix :

— C'est moi, Jake…

Sa fréquence cardiaque s'accéléra.

— Jake ! Mon Dieu.. je vous serai éternellement reconnaissante..

★

— Osti de tabarnak ! J'veux pas vous barber, docteur Meyers, mais c'est terminé ! Je vous ai catché, là ! Je sais ce que vous avez fait subir à ces petits, et je sais aussi que vous êtes responsable de la mort de Samantha Cardwell.

Higgins tourna la tête, observa Louise, puis déclara :

— Attendez ! Vous déraillez ou quoi ? Quelle preuve vous avez pour juger Meyers ? Comment pouvez-vous être certaine qu'il soit responsable de la mort de Samantha Cardwell ?

Abasourdi, Meyers scruta Higgins. La situation le fit sourire. Entendre ce type déclamer que la Canadienne devait revoir sa copie lui parut presque grotesque. Ce même type qui avait les mains aussi sales que lui, qui avait passé sous silence l'assassinat d'Harry Callan par Singleton, qui avait tué la fille de Nelson, ce type-là prenait sa défense ! Alors qu'il était censé se délecter de le voir sombrer...

Louise répondit avec calme :

— Les fédéraux vont débarquer avec la cavalerie. On va évacuer Clara...

Higgins ne bronchait plus. Il pensait à Jan, Emma et Samantha. Lentement, Meyers leva la tête et grogna d'une voix qui trahissait son inquiétude :

— Et alors, Monsieur-les-mains-propres, tu dis plus rien ? Tu nous expliques pas comment t'as buté la fille de Nelson ? Comment tu voulais protéger ton dégénéré de fils, ce violeur de fillettes, hein ? Allez, raconte-nous, Peter. Moi, je t'ai à peu près tout balancé...

— Suffit, c'est bon ! l'interrompit Louise en jetant un coup d'œil inquiet sur Clara. Chu tannée de vos scènes de ménage... On va évacuer les lieux et vous parlerez de ça au poste.

Il y eut un flottement, quelques secondes durant lesquelles Meyers et Higgins s'observèrent, puis le psychiatre siffla à voix basse :

— Allez tous au diable !

Il s'empara de son arme posée sur le bureau et enfonça le canon dans sa bouche.

La détonation fut courte, et l'éclair de feu très bref.

La balle pénétra le crâne de Meyers pour en ressortir en explosant l'arrière de la boîte crânienne. De la matière cérébrale et de l'os vinrent crépir le mur de béton brut, et le psychiatre s'effondra sur le bureau. Une odeur infecte se dégagea aussitôt et plana dans la pièce, un repoussant mélange de poudre et de poil roussi.

Higgins était pétrifié et incapable de sortir un seul son de sa gorge. Son rythme cardiaque s'accéléra et plus aucun bruit ne lui parvint, comme si ses tympans avaient explosé. En observant l'épaisse flaque de sang qui se répandait sur le plateau du bureau, il songea à la mort. À sa propre mort. Celle qu'il allait devoir affronter, celle qu'il méritait, celle qui le rapprocherait de Jan…

Tout semblait décalé et silencieux autour de lui. Il avait perdu le contrôle et toute notion de la réalité. Hébété, il suivit du regard Louise qui, sans le lâcher des yeux, courait vers Clara et ordonnait par téléphone aux forces de l'ordre d'intervenir immédiatement, en précisant qu'elle se chargeait de la fillette, indemne mais inanimée.

Higgins percevait la scène au ralenti, et la voix de l'enquêtrice lui parvenait hachée, étouffée.

Louise se rapprocha de lui, déboucla sa ceinture et la retira de son jeans. Avec, elle lui attacha les mains dans le dos en serrant suffisament. Enfin, elle souleva délicatement la petite Clara et la prit dans ses bras.

— Vous, ne vous avisez pas de bouger d'ici, le bâtiment est cerné…

Après avoir repris son souffle, Higgins s'extirpa du fond de sa bulle :

— Putain ! Mais vous êtes cinglée… et la gamine ? Qu'est-ce que vous allez foutre avec la gamine ? Où est-ce que vous l'emmenez ?

Louise s'approcha de lui, posa une main sur son épaule et répliqua d'une voix sombre :

— Faut pas vous faire du sang de cochon, Higgins, vous allez vivre, je ne me ferai pas le bourreau d'un autre. Vous devrez répondre de vos crimes devant les persécutés, qui deviendront à leur tour vos persécuteurs…

Higgins se laissa submerger par la désagréable sensation d'avoir perdu plus que son honneur.

Il détourna le regard, et Louise quitta la pièce.

42

Au diable les lois

7 juin 2012, 12 h 50, 13570 Glacier Highway, Greens Greek, Juneau (Alaska)

En larmes, Carrie se précipita et lui arracha Clara des bras. Submergée par l'émotion, elle embrassa sa fille en remerciant Louise.

Jake Nelson s'approcha, puis demanda, avec de l'inquiétude dans la voix :

— Louise, où se trouve Higgins ? C'était quoi, ce coup de feu ?

— Meyers est mort, il s'est… il s'est fait sauter la tête. Higgins est toujours dans le cabinet. Je crois que la seule issue, c'est celle par laquelle on est tous entrés… Allons-y, chu prête à vous suivre, capitaine !

— Non ! Surtout pas… restez avec Callan, elle en a besoin.

Quatre flics du JPD pénétrèrent alors dans le corridor. Ils étaient accompagnés d'une équipe de secours et d'un agent du FBI.

L'agent fédéral s'inquiéta et interrogea l'officier :

— Je suis l'agent Monroe, FBI. Quelqu'un de blessé, capitaine ?

— Non… Moi, ça va. Mais occupez-vous de Callan et de sa fille, je vais m'occuper d'Higgins…

— Le groupe d'intervention est déjà entré par l'arrière du bâtiment, capitaine Nelson, l'opération est en cours. Higgins et Meyers n'iront pas loin…

Nelson secoua la tête :

— Meyers est mort… quant à Higgins, laissez-moi intervenir seul. Nous nous connaissons depuis des années, il n'opposera aucune résistance.

L'agent Monroe acquiesça, fit signe à l'équipe du JPD de rebrousser chemin, puis il raccompagna Carrie et Louise jusqu'à la sortie.

Nelson regarda son fusil, s'assura qu'une cartouche était bien chambrée, puis il s'enfonça dans le couloir en courant.

★

7 juin 2012, 13 h 00, Juneau (Alaska)

Rapidement sur les lieux, l'équipe de soins prit en charge Clara et l'emmena par hélicoptère sur le poste avancé, à l'hôpital même. Pendant le transport, la fillette s'éveilla et demanda à voir sa mère, ignorant tout de ce qui avait bien pu se dérouler lors de son sommeil chimique.

Clara sourit au médecin qui se tenait près d'elle et prit sa main, en lui relatant d'une toute petite voix ce dont elle avait *rêvé*, alors qu'elle était encore inconsciente :

— Tu sais, monsieur, j'ai vu mon papa…

— Ton papa ? Où ça, là où tu te trouvais ?

— Non, t'es idiot ! dit Clara en riant, dans mon rêve, j'ai vu papa dans mon rêve… C'est un grand hockeyeur, mon papa, tu sais ? Il vit à Toronto, c'est Andrew Parker, on le voit à la télé quand ils passent les matchs.

Le médecin rit de bon cœur en ajustant la perfusion de la fillette, puis assura :

— Si c'est le Andrew Parker qui joue chez les Maple Leafs de Toronto, c'est un excellent joueur de Ligue nationale. C'est vraiment ton père ?

— Bah bien sûr, qu'est-ce que tu crois, répondit fièrement Clara.

— Donc, tu l'as vu dans ton rêve ?

— Oui, je l'ai vu, il était là pour moi, il était revenu.

— Revenu ?

— Oui, du Canada. Il est pas rentré chez nous depuis 2010. Maman m'a toujours dit que ma maladie lui faisait peur, mais moi j'crois pas. J'crois que papa a toujours pensé au hockey, et un peu à moi…

Ému, le médecin remonta la couverture et se pencha en avant, troublé, pour embrasser le front ridé de la fillette qui s'était rendormie en souriant.

★

7 juin 2012, 13 h 00, 13570 Glacier Highway, Greens Greek, Juneau (Alaska)

Nelson ouvrit la porte de l'ancien cabinet d'un coup de pied puis pénétra dans la pièce.

Il vit aussitôt le cadavre de Meyers qui reposait la face contre le bureau métallique, l'arrière du crâne haché et à moitié répandu sur le mur derrière lui.

Il s'approcha, récupéra le Smith et Wesson ensanglanté qui se trouvait près du du cadavre, puis il s'avança au centre de la pièce. Il perçut des gémissements étouffés et des reniflements, quelque part dans la pénombre. En pivotant, il découvrit Peter Higgins affalé sur un canapé ridicule. Son visage était lactescent, blême, son regard vide. Alors que Nelson s'avançait, fusil entre les mains, Higgins entendit les paroles de Louise : « Vous devrez répondre de vos crimes devant les persécutés, qui deviendront à leur tour vos persécuteurs… »

— Bonjour, Peter. Vous vous êtes foutu dans une sacrée merde… Pour Meyers, c'est fini. Mais pour vous, il me semble qu'il reste encore beaucoup de choses à éclaircir…

Higgins prit alors réellement conscience que Meyers était mort. Ce qui pouvait avoir son avantage…

— Je ne crois pas, non, répondit-il en regardant le flic droit dans les yeux. Je n'ai rien à voir avec tout ça. Meyers a tué Lorenzo parce que celui-ci voulait le faire chanter. Il possédait les photos de… Putain ! Je n'ai rien à voir avec tout ce merdier, bordel ! C'est lui qui a agressé les deux gamines, il leur a fait subir une sismothérapie pour effacer leur mémoire. Les filles savaient qu'il était à l'origine de leur agression sexuelle, à l'époque…

Nelson hocha la tête puis, braquant son fusil sur Higgins, il déclara d'une voix déformée par la rage .

— Alors pourquoi ne jamais en avoir parlé ? Depuis quand déteniez-vous ces informations ?

— Je viens de l'apprendre…

Nelson eut un hoquet. Il avait un mal fou à contenir le feu qui le brûlait, à retenir son doigt sur la détente, à retenir le coup de crosse qu'il voyait s'écraser sur la gueule de cette ordure. Son visage était en feu, son psoriasis enflammait sa peau. Il se gratta le cou et le crâne jusqu'au sang, puis il prit une profonde inspiration, releva le canon du fusil, et sa voix tonna :

— Peter Higgins, je vous arrête pour le meurtre d'Emma Nelson, commis le 15 août 2010. Vous avez le droit de garder le silence. Si vous renoncez à ce droit, tout ce que vous direz pourra être ou sera utilisé contre vous devant une cour de justice… Voilà, maintenant, relevez-vous. Nous allons passer par l'arrière du bâtiment, je ne veux pas qu'on nous voie…

— Jake… vous vous trompez, je vous assure.

— La ferme, salopard ! Vous avez tué ma fille, j'en ai les preuves…

Du bout du canon, Nelson poussa Higgins vers la sortie tout en marchant derrière lui.

— Moi qui ai toujours pensé que vous étiez un homme de cœur – même si vous n'étiez pas forcément loyal en affaires –, je viens de découvrir après toutes ces années qu'en fin de compte vous êtes un monstre… Ma fille détenait certainement un secret qui vous concernait, et elle en est morte. Ici, à Juneau, les secrets s'avèrent tous fatals. La thèse de l'accident ne tient pas, Peter, je…

— Inutile de vous fatiguer, Jake, je ne parlerai qu'en présence de mon avocat, est-ce bien clair ? rétorqua Higgins.

Nelson laissa s'échapper un rire grotesque, puis appuya le canon de l'arme sur le dos du suspect.

— Un avocat ? Là où nous allons, vous n'aurez pas besoin d'avocat, Peter. Là où nous allons, vous aurez droit au tribunal des hommes…

Il y eut un flottement dans la démarche d'Higgins. Il ralentit peu à peu le pas, puis finit par s'arrêter et se retourner. Un petit sourire se dessina lentement sur ses lèvres et il marmonna, mâchoires serrées :

— « Là où nous allons, vous aurez droit au tribunal des hommes », alors c'est ça, Jake, vous allez m'abattre comme un chien, sans procès ni jugement ? Vous, l'homme de loi, vous allez transgresser le cinquième et le sixième amendement de la constitution des États-Unis d'Amérique, c'est ça ?

— Fermez-la, Higgins ! Retournez-vous et marchez !

— Vous allez vous rendre coupable d'un délit, Jake, et cela ne ramènera pas votre fille, risqua l'autre en se remettant en marche, vous allez enfreindre la loi…

— Au diable la loi, au diable la procédure ! termina Nelson en atteignant la sortie qui donnait, à l'arrière de la conserverie, sur le petit parking du personnel où l'attendait son véhicule.

43

Le dieu païen

7 juin 2012, 13 h 15, 13570 Glacier Highway, Greens Greek, Juneau (Alaska)

À L'INSTANT OÙ LOUISE S'APPRÊTAIT À GRIMPER avec Carrie dans son véhicule pour rejoindre l'hôpital, un sergent du JPD se présenta.

— Comment ça va, toutes les deux ? demanda-t-il, la voix couverte par les hélicos qui survolaient la zone.

Louise eut une moue expressive.

— On peut dire que ça va. Ça c'est joué à rien pour la petite, mais l'hélico vient de la prendre en charge. Vous vouliez nous voir ?

Le flic acquiesça. Louise fit signe à Carrie de partir sans elle.

— Beaulieu, j'ai besoin de voir Nelson, vous savez où il se trouve ?

— On ne vous a pas prévenu ? Meyers s'est buté… et Jake s'est mis en tête de procéder seul à l'arrestation d'Higgins. Il s'est introduit dans le bâtiment.

— Quoi ? Tout seul ?

Ils furent interrompus par la voix d'un homme qui s'époumonait du haut de l'escalier. L'agent Monroe gesticulait depuis la plate-forme qui menait à l'intérieur du bâtiment. Une main en porte-voix, il braillait des mots incompréhensibles tout en désignant de l'index l'entrée du premier étage.

Les deux flics se précipitèrent. Monroe descendit la volée de marches et s'arrêta devant eux, paniqué :

— Je suis retourné à l'intérieur pour épauler Nelson, mais il n'y plus personne là-dedans. Il reste le cadavre de Meyers au sous-sol, mais Higgins et Nelson ne sont plus là !

— Câlisse ! Il y a une autre issue, alors ? Ils ne se sont pas volatilisés, quand même !

— D'après le chef de groupe de l'unité d'assaut, lorsqu'ils ont parcouru le sous-sol pour sécuriser les lieux, ils ont trouvé deux issues possibles…

— J'comprends pas, pourquoi Nelson se serait tiré avec Higgins ? fit Louise.

— Peut-être qu'il est en route pour le central, il a emmené le suspect après l'interpellation, c'est possible, le capitaine Nelson est quelqu'un de tellement procédurier, bafouilla le sergent.

— Justement, ça ne colle pas ! rétorqua Louise.

— Vous avez lancé un appel radio depuis le central ? continua Monroe en observant les équipes de flics qui se rassemblaient sur le parking.

— Il n'est pas venu avec un véhicule de patrouille, précisa le sergent. Il… il voulait juste que je le rejoigne ici.

Intriguée, Louise demanda :

— Pourquoi Nelson vous a demandé ça, tabernouche ?

Le sergent hésita, puis il se rapprocha de Louise et confia à voix basse :

— Je ne suis pas sûr qu'il voulait que ça se sache, mais… un peu avant midi il a appelé le central et nous a demandé de faire saisir le véhicule d'Higgins, sur sa propriété d'Evergreen Avenue. Il voulait que le labo analyse des trucs dessus, il voulait le faire expertiser. C'était pas très légal tout ça, on voulait pas trop. On a insisté pour qu'il prévienne le juge avant qu'on intervienne, on voulait pas être mouillés à une magouille. Alors il nous a expliqué qu'Higgins pourrait être le chauffard qui avait tué sa fille en 2010, et que la surprise était la manière la plus efficace de le coincer…

Il ne suffit à Louise que d'un bref instant pour traduire ce qu'elle venait d'entendre. Elle fila vers la route, suivie par Monroe et le sergent.

— C'est la caisse d'Higgins, ça ? demanda-t-elle en désignant la Viper orange.

— Oui, l'équipe de la scientifique va venir la récupérer, répondit Monroe. Pourquoi ? Qu'est-ce qui se passe, Beaulieu ?

— À votre avis, Monroe, vous feriez quoi si vous découvriez l'identité de l'assassin de votre fille ?

L'agent du FBI n'eut pas le temps de répondre. Louise ouvrit la portière du bolide et s'engouffra à l'intérieur. Un ronronnement s'échappa de sous le capot lorsqu'elle mit le contact, puis elle abaissa sa vitre et lança :

— On n'a plus beaucoup de temps. Nelson va tuer Higgins. Et si on ne l'en empêche pas, toute cette affaire finira aux oubliettes et le décès de sa fille ne sera jamais élucidé, ainsi que tout ce merdier. On reste connectés par radio, agent Monroe… J'ai une petite idée de l'endroit où Nelson va tuer Higgins.

— Attendez, Beaulieu, vous n'êtes pas officiellement autorisée à intervenir sur cette opération ! C'est désormais une enquête fédéra…

— Je vais juste faire en sorte qu'un homme évite de passer le reste de ses jours en taule, Monroe. Pour la suite, ça sera à vous de voir…

Louise démarra en trombe, s'engagea sur Glacier Highway et disparut après le premier virage.

★

7 juin 2012, 17h25, Montréal (Canada)
Centre pénitentiaire Rivière-des-Prairies, cellule 30

Il se sentait si seul.

Luka avait la sensation que le monde s'employait à le haïr. Depuis le départ de sa sœur, il avait traversé les déserts de l'existence sans elle. Elle qu'il aimait tant. Elle qu'il avait sortie des griffes de leur beau-père alors qu'ils n'étaient encore que des adolescents.

Il se souvenait de leur père ravagé par l'alcool et la drogue, malade, dépressif, rapidement hospitalisé et abandonné comme un chien par sa femme. Elle qui n'avait jamais espéré le rétablissement de son époux avait rapidement trouvé du réconfort dans les bras d'un autre. Un dénommé Spencer. Un monstre, une espèce de sauvage qui battait Luka et le considérait comme une serpillière. Ce déséquilibré martyrisait aussi Leslie. L'ordure le terrorisait : « Si tu parles à qui que soit, Luka, si tu te plains, tu quitteras l'appartement dans un cercueil… »

C'était bien à cause de tout cela qu'il s'était retrouvé pendant quelque temps en hôpital psychiatrique. Il y avait donc des traces, il y avait donc des preuves, et avec l'appui de Meyers il aurait pu être déclaré irresponsable au moment des actes. Mais ce salopard l'avait salement abandonné, tout comme son avocat, tout comme Leslie qui avait préféré mourir plutôt que rester à son côté.

Encore un échec, comme toujours, comme tout ce qu'il avait entrepris. Le monde n'avait pas voulu de lui sur les écrans, dans les magazines, pas même les clients potentiels qui le connaissaient comme escort-boy. « Trop maigre ! », « Pas assez musclé », ses cruels détracteurs y allaient de bon cœur sur les réseaux et les sites de rencontres. Malgré cela, Luka avait toujours pensé très fort que la célébrité arriverait un jour, qu'il deviendrait une porn-star que les réalisateurs s'arracheraient. Mais ce jour n'était jamais arrivé. Alors il avait bien fallu braquer les projecteurs sur lui en trouvant une autre solution. Et il l'avait trouvée, cette solution, celle qui allait faire parler de lui dans le monde entier, celle qui allait faire de lui une icône du mal pour la postérité.

Il se souvint de la pathétique interview qu'il avait donnée en 2007 sur une chaîne du câble dans une émission gay, *The Temptations* :

« Pervers narcissique, moi ? Non, j'ai juste envie de négocier mon corps au plus offrant, de vendre ma gueule, ma personne. Je suis beau gosse, j'ai un beau petit cul et je veux fourguer mon image, profiter de tout ça… en travaillant comme ça, je suis mon propre patron. Je me vends à une clientèle de classe, ça m'évite d'être strip-teaseur pour pouvoir bouffer. Grâce à mon job d'escort j'ai pu vivre des expériences que je n'aurais pas pu découvrir autrement. Quatre ou cinq clients par jour, ça me permet de gagner ce que je devrais gagner en un mois. J'ai mes propres horaires et je ramasse plein de fric… ».

Le meurtre d'Ushi Huang l'avait élevé sur les marches du podium, l'avait propulsé au faîte de sa gloire. Les médias de la planète entière lui avaient accordé une célébrité mais elle avait été chaotique, éphémère. Il savait que l'on n'entendrait peu ou plus parler de lui jusqu'à ce que s'ouvre son procès.

Qui penserait à lui après tout ça ? Qui l'aimerait ? À part toutes ces pouffiasses qui mouillaient leur petite culotte parce qu'il était le « dépeceur de Montréal », parce qu'il était Luka Ricci. Qui le verrait comme celui qui avait tué pour donner du sens à la mort ? Qui était Luka Ricci ? Était-il vraiment celui qui avait pris plaisir à fournir du snuff movie à la planète Internet, du vrai, du pur, pas ces conneries que l'on trouvait partout sur la Toile, pas ces espèces de fausses exécutions mal filmées et maladroitement mises en scène, ces supercheries à deux sous ? Était-il celui qui avait sublimé l'acte du snuff movie, que beaucoup pensaient être une légende urbaine ? Ou bien alors Ricci était-il un nouveau genre de tueur, un meurtrier 2.0 qui avait compris que les yeux du monde ne s'attarderaient sur lui que s'il offrait son intime violence en pâture, jetée aux becs affamés d'une population connectée. « Internet est Dieu », pensait Luka, un dieu païen auquel il fallait faire des offrandes, promettre des sacrifices. Et c'est ce qu'il avait fait…

Nombre d'individus pensaient que l'espèce humaine n'était pas tant fascinée par la violence réelle, mais ils se trompaient.

Luka se redressa sur son lit et scruta les moindres recoins de sa cellule. Il contempla ensuite la photo de Leslie qu'il avait fixée sur le mur, tout près de son oreiller. Il se leva, récupéra le bas de son jogging qui était plié et posé sur la chaise, puis commença par déchirer la doublure de la taille. Il en retira l'élastique et l'enroula autour de sa cuisse, près de l'aine, en serrant très fort. Après quoi il retourna se coucher, tira les draps et se mit à pleurer doucement. Il décrocha la photo de Leslie qu'il embrassa à plusieurs reprises puis qu'il plaça sous l'oreiller, tout près de la lettre qu'il avait rédigée la veille. Dans l'enveloppe, il récupéra la petite lame qu'il avait extraite du rasoir jetable et la cala entre ses dents, juste le temps de tapoter sur sa cuisse et de trouver l'artère.

Il sanglotait, il avait peur mais il fallait qu'il le fasse. Lui qui s'était construit une multitude d'identités au fil du temps, il lui avait fallu se déconstruire graduellement jusqu'à sa complète décrépitude, son déclin.

Il inspira fort puis se lacéra profondément la peau de la cuisse d'un geste assuré. Il trancha au passage l'artère fémorale et une nappe de sang se mit à sourdre lentement. Il était prêt, c'était là, maintenant.

Il s'allongea, tira le drap jusque sous son menton puis desserra l'élastique autour de sa cuisse. Une fois le garrot ôté et la pression sanguine libérée, le sang se mit à jaillir sous les draps.

Il ne restait plus à Luka Ricci que quelques frêles minutes à vivre dans ce monde-là, peut-être même quelques secondes. Il sentait déjà le vertige l'envahir.

Il repensa à son vol Montréal-Paris, le jour de sa fuite, il se revit affublé de son jean kaki crasseux et de son tee-shirt noir à l'effigie de Mickey Mouse. Il repensa à maman, papa, ce salopard de Spencer, Leslie, Carlos Lorenzo, Ushi Huang, ses amants, son avocat, le docteur Meyers… tous lui apparaissaient, tentant d'entrer une dernière fois en contact avec lui. Luka les entendait chuchoter à mesure que disparaissaient leurs visages. Il les entendait lui affirmer : « Internet est Dieu ! Un dieu païen, tu te dois de lui offrir ton sacrifice… mais toi tu n'es rien ni personne. Tu ne seras jamais personne, Luka… »

L'ultime pensée qui traversa sa conscience, juste avant de plonger dans la mort, fut pour sa victime, Ushi Huang.

Sa mort ressemblait tant à la sienne : découpé sur un lit à se vider de son sang.

44

L'imago final

7 juin 2012, 13 h 25, Juneau (Alaska)
Forêt Nationale de Tongass

Les lieux semblaient appartenir au décor du film *The road*, réalisé par John Hillcoat.

Les ruines du chalet calciné s'étendaient jusqu'aux abords obscurs de la forêt de Tongass, mêlant ses cendres noires aux racines des résineux.

Higgins était affalé sur le sol charbonneux, impassible, résolu à accepter ce qui l'attendait. Nelson avait passé sa paire de menottes à l'un de ses poignets et l'avait attaché à un vieux tuyau de plomberie. Assis face à lui sur une table de jardin en métal noirci, le flic l'observait silencieusement, le fusil posé sur ses genoux.

Seuls quelques pépiements d'oiseaux venaient troubler ce silence inquiétant, combler le gouffre abyssal qui séparait les deux hommes.

Jake Nelson déglutit et se décida enfin à parler :

— C'est l'heure du jugement, Peter, et la parole est à la défense. Votre défense. Alors, je vous écoute, je suis prêt à tout entendre…

Surpris, l'autre le dévisagea sans répondre. Il soupira et laissa ensuite reposer l'arrière de son crâne sur la surface de mur carbonisé.

— Vous savez, Peter, vous allez mourir, continua le flic, et c'est avec plaisir que j'irai finir mes jours en taule, si cela devait mal tourner. Mais vous êtes conscient que je suis capitaine de police, et devant un juge ma parole est comme celle d'un enfant, elle est pour ainsi dire empreinte de vérité. Lorsque je déciderai d'en finir avec vous, je vous détacherai et je vous abattrai. Il me sera très facile d'expliquer que je vous ai conduit sur les lieux de votre propriété incendiée, que vous vouliez m'amener à découvrir une preuve liée au meurtre de Lorenzo, et que vous avez cherché à vous enfuir. Vous m'avez ensuite menacé de votre arme et je vous ai abattu… voilà les faits.

— Vous ne le ferez pas, Jake. Vous allez me livrer, permettre qu'on me juge et qu'on me condamne… Et puis je n'ai pas d'arme…

— Oh ! J'ai récupéré le Smith et Wesson de Meyers. J'ai bien fait, non ? Il me suffira de tirer quelques projectiles sur ma bagnole avec, et ça donnera l'illusion qu'un drame a été évité et qu'un officier de police s'est retrouvé en situation de légitime défense… Bref, et si on passait aux choses sérieuses, Peter ? Je crois qu'il est temps de tout me déballer, l'heure n'est plus aux secrets, qu'en pensez-vous ?

Higgins creusa le sol spongieux du bout de sa botte, renifla, puis marmonna :

— Ça risque de ne pas vous plaire, mon cher Jake… Je doute que cette histoire soit celle que vous voulez entendre.

— Dites toujours…

Higgins acquiesça d'un mouvement de tête, observa les ruines tout autour de lui, ramena les genoux sous son menton, puis commença :

— J'ai fait une putain de connerie en acceptant d'aider Meyers. Ces photos dont il ne pouvait pas se séparer, ce besoin permanent de se remémorer les relations qu'il avait eues avec ces adolescents, le plaisir qu'il en avait tiré, tout ça allait finir par exploser dans son crâne. Un jour, pendant une consultation à son cabinet, à la conserverie, il m'a confié une enveloppe qui contenait les photos et les négatifs de toute sa vie de salopard pédophile. Il voulait que je les fasse disparaître, que je brûle tout. Lui, il était incapable de le faire, il disait que c'était comme s'il se coupait un bras. Je sais, j'aurais dû le dénoncer aux flics, et rien de tout ça ne serait arrivé. Mais je n'ai pas pu. Il connaissait mes secrets, il aurait pu parler et m'entraîner dans sa chute...

— Donc, ce n'était pas des rumeurs ?

Higgins éluda. Il poursuivit, le regard dans le vague :

— ... alors j'ai accepté, mais je ne les ai pas brûlées tout de suite. J'ai entreposé les photos dans mon coffre, chez moi. Puis est venu le soir du gala de la police, ce fameux soir où...

— Le soir où Harry Callan a été assassiné..., soupira Nelson en baissant la tête.

— Ce connard de Singleton s'est tiré avec des papiers compromettants et les photos de Meyers... Il ne pouvait pas prévoir que je payais Harry Callan sous la table pour surveiller ma propriété chaque fois que je m'absentais. Disons qu'il était là au mauvais moment. Les caméras de surveillance avaient tout enregistré, même le meurtre... Vous voyez ce que j'veux dire, Jake, n'est-ce pas ?

— Où se trouvent les cassettes des enregistrements ?

— Pourquoi êtes-vous inquiet, Jake ? Ne vous en faites pas, le secret a été bien gardé…

— Où sont les cassettes de ce putain d'enregistrement vidéo !

— Je n'ai pas dénoncé Singleton car il possédait la preuve que j'avais traité avec Exxon à l'époque, et si la communauté de Juneau l'avait appris j'aurais été banni, moi qui avais mis tant d'années à construire tout ça. Ç'aurait été un déshonneur, j'aurais sali mon nom et les miens. Et puis sur cette vidéo il y a le reste, ce que *nous savons*, Jake. Et les photos de Meyers… J'étais coincé, alors j'ai laissé couler l'épisode du meurtre de Callan… Vous voyez ce que je veux dire, hein ? Singleton, Meyers et moi étions liés par la force des choses. Plus tard, Singleton a été arrêté. Et dix-sept ans plus tard, un vaste réseau de prostitution s'était monté à Juneau, que vous avez réussi à démanteler sans jamais connaître les véritables « patrons », vous voyez de quoi je veux parler ? Au fond, vous aussi, Jake, vous êtes lié à nous tous…

Nelson lui fit signe de poursuivre.

— Ce qui m'avait le plus chagriné, ce n'était pas tant de savoir que certaines jeunes filles qui se trouvaient enrôlées dans ce merdier étaient des gamines qui traînaient par ici, fit Higgins en désignant les environs, qu'il s'agissait de petites étudiantes de Juneau. Non, ça a été plutôt de savoir que mon fils louait les services de ces traînées. Mais ce qui m'a le plus secoué, c'est lorsque j'ai compris que mon concierge, ce type qui gérait l'intendance du chalet et de ma propriété d'Evergreen Avenue, était en fait un putain de salopard qui tenait les ficelles de ce réseau. Le job de concierge qu'il avait obtenu chez moi n'avait été qu'une vague couverture pour repérer les jeunes filles, c'est ici qu'il les choisissait, et lorsque je l'ai congédié, quelqu'un d'autre s'est chargé de ce travail à sa place...

— C'était qui, Peter ? demanda Nelson en quittant la table sur laquelle il était assis.

— J'ai appris plus tard que mon fils, mon propre fils... Jan... il... Jan travaillait avec cette ordure de Lorenzo. Alors j'ai fermé les yeux, une fois de plus. J'ai fourni du fric à mon fils et je lui ai demandé d'arrêter ses conneries. Mais il y avait bien pire. Le soir du réveillon de Noël 2007... il m'a tout avoué. Un après-midi, il s'était trouvé ici, au chalet. Les ados se tenaient là-bas, à l'orée de la forêt, comme à leur habitude. Quand leurs camarades ont quitté les lieux, deux jeunes filles sont restées seules. Il a discuté, a bu un peu avec elles, fumé de l'herbe, puis l'une d'elles est partie. Il a fini par inviter celle qui restait à l'intérieur du chalet...

— Qui c'était, cette petite ? Qui c'était ? hurla soudain Nelson en braquant le canon du fusil dans la direction d'Higgins.

— Samantha Cardwell...

— Et Jan a abusé d'elle, c'est ça ? ajouta Nelson, les traits déformés par le dégoût.

Higgins confirma d'un signe de tête, prit une longue inspiration, puis aborda enfin le récit que redoutait tant le flic :

— Samantha avait beaucoup bu, et Jan aussi. Il avait versé dans sa boisson une saleté qu'il s'était procuré sur le Web, du GHB, je crois. Il m'a confié avoir eu une pulsion, il a ressenti ce... ce besoin. Samantha était soûle et droguée. À cause de la forte dose de GHB, elle s'était retrouvée à la limite du coma et il... il en a profité. Ensuite, quand elle s'est réveillée, il l'a raccompagnée à l'entrée de Juneau. Elle est rentrée chez elle sans se rappeler quoi que ce soit.

Elle n'avait plus aucun souvenir de la journée qu'elle avait passée. La suite, vous la connaissez...

— La suite, je la connais ? rugit Nelson. Oui, je la connais... Un innocent est parti en taule... Mais quelle espèce d'homme êtes-vous, Peter ? Vous avez protégé Singleton en dissimulant sa culpabilité pour le meurtre d'Harry Callan. Vous avez protégé votre fils qui était coupable du viol de Samantha Cardwell. Et vous avez tué ma fille..., finit-il en s'avançant pour poser le canon de son fusil sur le front d'Higgins.

Ce dernier ferma les yeux, déglutit lentement, puis chuchota :

— Avant Samantha, il y avait eu Noon Agaguk. Jan avait procédé de la même manière. Quand il m'a avoué tout ça le soir de Noël, je me suis dit que je ne pouvais pas faire autrement que de l'aider. Il avait toute la vie devant lui, je ne pouvais pas le laisser sombrer. Je lui ai promis de m'occuper personnellement de cette affaire. Dans un premier temps, je vous ai permis de démanteler le réseau de Mendenhall Valley...

— Qu'est-ce que vous racontez, Peter ? C'est quoi, ces conneries ?

— La lettre anonyme, c'était moi. La lettre qui vous indiquait les appartements où cette saloperie de trafic avait lieu, oui, c'était moi... Vous croyez quoi ? J'ai fait ça pour Jan, pour le sortir de ce merdier. Je n'ai jamais balancé Lorenzo, je lui ai juste demandé de disparaître Quant à Meyers, il avait été commissionné par le juge pour établir le profil psychologique de chacun des pères des fillettes. Il en avait profité pour piper les dés. Il avait insisté sur le fait que Gabriel Cardwell était instable. Qu'il avait eu un mal de chien à accepter le décès de son épouse. Pareil pour le père de Noon. Meyers avait mis en avant une instabilité psychologique due à la perte de son entreprise de pêche, juste après le déversement de 1989. Quant aux filles, elles n'avaient plus aucun souvenir de ce qui s'était produit... Sauf ces derniers mois, lors des visites chez Meyers. Il leur faisait suivre sa thérapie par la résilience. C'est là qu'elles ont commencé à retrouver la mémoire. Elles disaient voir de plus en plus nettement le visage de leur agresseur et être capables de décrire le drame de façon plus précise. Alors, quand Meyers m'a informé de ce pépin, on est passés à la phase suivante...

— Et c'était quoi, la phase suivante ? Des tortures qui s'apparentaient à celles que faisaient subir les nazis à leurs victimes ? ironisa le flic.

Higgins baissa la tête.

— Meyers savait qu'une sismothérapie pouvait altérer les zones du cerveau dédiées à la mémoire, comme le lobe pariétal, le temporal ou l'occipital. On voulait pas les tuer, ces filles, on voulait juste effacer leur mémoire...

— Vous êtes de beaux salopards, vous et Meyers !

Muet, Higgins creusait la terre du talon de sa bottine, persuadé que Nelson finirait par l'abattre. Il en aurait alors terminé avec cette histoire. Il savait le chagrin qu'un père ressentait, la tristesse qui le rongeait suite à la perte d'un enfant...

Le flic inspira profondément, jeta un coup d'œil autour de lui comme pour s'assurer qu'ils étaient bien seuls, puis il posa son fusil contre la paroi carbonisée. Il s'accroupit ensuite face à Higgins et déclara tout bas :

— Je peux vous promettre une chose, et je sais que vous y tenez plus que tout. Si vous avouez, si vous reconnaissez le meurtre d'Emma, les crimes de Jan n'auront jamais existé. Je ne dévoilerai jamais ce secret, à personne...

Higgins releva la tête, dévisagea Nelson un long moment, puis esquissa un sourire. Il se sentait à cet instant-là comme un animal traqué en bout de course, inexorablement voué à donner satisfaction au chasseur qui le poursuivait.

— Je n'ai pas tué Emma, Jake, vous le savez très bien ! Début 2010, Samantha parlait souvent de son agression à votre fille. Elle avait des bribes de mémoire qui lui revenaient. Je crois qu'Emma avait fini par comprendre. C'était votre fille, Peter, qui se trouvait avec Samantha le jour du viol, c'est elle qui l'avait quittée peu avant. Emma était venue me trouver, pour essayer de comprendre ce qui avait bien pu se passer ce jour-là. Elle voulait savoir si Jan avait vu quelqu'un avec Samantha après son départ, elle voulait savoir s'il s'était confié à moi. Elle m'avait assuré qu'elle finirait par retrouver la trace du violeur de son amie. Elle ne croyait pas à la culpabilité du père de Samantha et elle avait entendu les folles rumeurs qui couraient au sujet de Jan, comme le fait qu'il aurait agressé plusieurs jeunes filles. Ce soir-là, j'ai compris que les choses se gâtaient, et j'ai eu peur. Mais je n'ai pas tué votre petite, je n'ai jamais pu… Vous savez ce qui s'est passé, mais vous êtes dans le déni !

Higgins s'interrompit et serra les dents, incapable d'aller plus loin. Nelson puisa au fond de lui la force nécessaire pour ne pas attraper son fusil et presser la détente. Il ferma les yeux, puis ânonna alors d'une voix chevrotante des mots qu'il avait du mal à entendre lui-même :

— Continuez, je vous en prie, Peter, par pitié, continuez… Je veux vous l'entendre dire !

— Jake, je… j'ai pensé à Jan. Je n'avais aucune idée de ce qu'Emma avait découvert, mais si elle avait mis au jour les crimes de mon fils, le scandale aurait éclaté, tout serait remonté à la surface. Pourtant, je vous le répète, je ne l'ai pas tuée… Il faut vous faire une raison, revenir à la surface…

— Dites-le ! s'étrangla Nelson en braquant une nouvelle fois le fusil sur le crâne d'Higgins. Dites ce que vous avez fait, dites-le ! Repentez-vous !

Higgins soupira et, d'une voix monocorde, il commença à relater très lentement ce qui s'était déroulé ce jour-là :

— Le chauffeur roulait très vite sur la piste forestière de Gold Creek. Il n'y avait personne d'autre que lui et Emma sur cette route. Il se rapprochait de plus en plus, une voix lui disait d'être prudent, mais il se sentait fort, invulnérable... Il était ivre et il a perdu le contrôle du véhicule quand il a heurté la jeune fille et le muret de béton qui borde le ravin... Ça vous dit rien, Nelson ? Malgré tout, il a réussi à maîtriser l'embardée du 4 × 4 et il a roulé jusqu'au centre-ville, persuadé que l'adolescente qu'il avait percutée s'en remettrait et que ça restait un accident sans gravité... Ça vous dit quelque chose, maintenant ?

Les paupières closes, Nelson était comme le papillon qui venait de sortir du cocon, semblable au lépidoptère qui abandonnait sa chrysalide. C'était comme s'il était passé de l'état larvaire à celui de nymphe, pour enfin finir à l'air libre, offert à la lumière juste après avoir atteint l'imago final.

Il respirait enfin. Maintenant, il savait...

Il laissa défiler les images de l'enfance d'Emma.

Tourmenté par l'immense douleur qui s'échappait de son cœur, Nelson ne sentait plus son index qui écrasait de plus en plus fort la détente du fusil.

Perdu dans le flot d'images, la conscience ravagée par les mots d'Higgins, il perçut quelque part au fond de son esprit un bourdonnement, un ronronnement qui se métamorphosa bien vite en un rugissement assourdissant...

45

À armes égales

7 juin 2012, 13 h 40, Juneau (Alaska)
Forêt nationale de Tongass

La Viper gronda une dernière fois et Louise coupa le moteur.

Elle descendit du véhicule, s'approcha lentement des décombres, et vit Nelson, effondré. Son fusil était braqué sur la tête d'Higgins, lui-même recroquevillé contre la paroi à demi consumée du chalet.

— Arrêtez, Nelson ! N'allez pas foutre votre vie en l'air ! Pensez à Emma… Vous ne pourrez jamais prouver qu'Higgins est l'assassin de votre fille ni que Singleton est le meurtrier d'Harry Callan.

Nelson tourna lentement la tête, le visage dévasté par le chagrin et la rage.

Il ferma les yeux en grimaçant, comme s'il se préparait à ressentir une douleur à l'instant où il ferait feu.

— Non, non, non, non ! Attendez, Nelson... Il doit répondre de ses crimes, ne vous faites pas seul juge et bourreau..., haleta Louise, paniquée.

— Fichez le camp, Beaulieu, tout ça vous dépasse. Laissez-moi ! Je me rendrai aux autorités lorsque j'en aurai fini... Tirez-vous !

— Si vous faites ça, Higgins et Singleton auront gagné et aucun des meurtres ne sera puni... Laissez-le avouer ses crimes !

Nelson parut revenir à la raison et relâcha peu à peu la pression qu'il exerçait sur la détente de l'arme.

Il observa avec dégoût le richissime rentier qui ne brillait plus vraiment. Celui-ci tira sur la menotte qui le retenait au tuyau, se frotta le poignet, inspira profondément pour se donner du courage, puis déclara pompeusement :

— Quoi ? Qu'est-ce que vous voulez que je vous dise de plus ? Pour Samantha Cardwell, c'est Meyers qui s'en est chargé... après qu'elle lui a échappé. Et avant de mourir, il m'a avoué avoir tué Lorenzo, alors vous voyez, je n'ai pas de sang sur les mains...

— Crevure ! hurla Nelson, l'écume au bord des lèvres.

Louise s'approcha prudemment. Elle se tenait à présent tout près du flic.

— Capitaine, laissez pisser, il sera condamné pour tout ça...

— Non, Beaulieu, il mérite de crever, ne vous mêlez pas de ça, vous n'êtes...

— Ouais, je sais, chu qu'une feuille d'érable sur un drapeau, chu qu'une épaisse, une grande tarla... Mais je sais ce que représente la perte d'un être cher, la culpabilité de n'avoir rien pu faire pour éviter sa mort... Tuer ou se tuer, pour virer de son cœur la douleur, ça ne marche pas ! C'est le temps qui vous guérira, capitaine...

— Tirez ! hurla soudain Higgins. Tirez, Jake, allez ! Abattez-moi... Je ne mérite que ça, je ne veux pas retourner là-bas, avec ce troupeau asservi, je ne veux pas être jugé et condamné par les hommes, je veux être jugé et condamné par l'homme qui ressent les mêmes peines, les mêmes douleurs que moi !

— Non ! Capitaine, ne faites pas ça ! supplia Louise.

— Les mêmes douleurs ? Les mêmes peines ? Comment osez-vous me dire ça ? Comment osez-vous comparer mon chagrin au vôtre, espèce d'ordure ? Votre fils est mort par accident, ma fille a été assassinée...

— Par pitié, Jake, abattez-moi ! supplia Higgins, la voix déformée par la rage.

— La mort de nos enfants n'est pas comparable, salopard, vous avez tué ma petite...

— Ne m'accusez pas d'un crime que je n'ai pas commis, Jake... Accusez-moi plutôt de celui dont je suis coupable.

Il fouilla de sa main libre dans la poche de son jeans et en ressortit la Breitling de Jan. Il la tendit à Nelson.

Le flic jeta un regard interrogateur à Louise, intrigué par l'étrange réaction d'Higgins.

— Allez-y, Jake, regardez le cadran, et dites-moi ce que vous indiquent les aiguilles...

Nelson s'approcha.

— 8 heures... et alors ?

— Vous vous souvenez, Jake, de l'heure à laquelle les gardes-côtes ont prévenu le central pour signaler un bateau de pêche en perdition dans la baie ?

— C'était à peu près cette heure-là, je crois... On vous a contacté pour vous informer que les gardes-côtes avaient identifié le bateau et qu'il s'agissait de l'un des vôtres.

Higgins hocha la tête.

Curieuse de savoir où il souhaitait en venir, Louise s'assit sur la table de jardin, sur ses gardes, prête à intervenir.

— Dix jours avant sa disparition, Jan était venu me trouver pour me dire qu'il n'en pouvait plus, qu'il était prêt à tout balancer. Les viols, le passé de Meyers, les saloperies que je passais sous silence, tout. Raisonner mon fils, c'était comme pisser dans un violon, ce petit gars avait la tête aussi dure que la roche. Je lui ai suggéré de partir, de quitter l'Alaska et de s'établir en Europe. Je lui ai proposé beaucoup d'argent, afin qu'il puisse s'exiler loin de sa terre natale, fuir cet endroit où la honte finirait par le tuer, pour qu'il puisse créer sa propre entreprise et oublier tout ça. Jan ne voulait rien entendre et était bien décidé à se rendre aux autorités, à avouer les viols de Samantha Cardwell et de Noon Agaguk. Il était également au courant pour le meurtre du capitaine Callan, et il me tenait avec ça. Il voulait que je révèle la vérité. Je ne pouvais pas flinguer le nom d'Higgins comme ça, sur le coup de tête d'un gamin, vous comprenez ? Cette année-là, j'étais en passe de prendre le fauteuil de maire, vous vous en souvenez, Jake ?

— Je m'en souviens très bien, Peter, mais ça n'a pas fonctionné, Dieu merci ! lança Nelson.

Il se détourna et rejoignit Louise.

— Ce jour-là, c'était la clôture de la saison de pêche, Jack. Jan s'est pointé à la conserverie aux alentours de 4 heures du matin. Il embarquait généralement à 4 heures 30 pour prendre la mer. Il était seul. Son coéquipier avait fini la saison et était reparti pour Anchorage. À l'usine, j'avais mis en congé le personnel pour deux mois. Nous avons bu un café que Jan avait trouvé dégueulasse, et nous avons parlé une dernière fois de notre affaire. Il répétait et répétait qu'à son retour il passerait au central du JPD pour se livrer. Je me suis senti trahi par ma propre chair, mon sang. Nos regards se sont croisés, et je n'ai vu qu'une lueur de désespoir dans les yeux de mon fils.

Nelson sursauta, se rapprocha d'Higgins et, plongeant un regard noir dans le sien, il lui demanda d'une voix glaciale :

— Est-ce que... vous avez... ?

— J'avais dilué un bon paquet de témazépam dans son café. Avec le sucre, je m'étais dit qu'il ne sentirait rien. J'avais interverti le rapport météo du jour avec celui de la semaine précédente. Jan savait que le temps allait être mauvais, mais pas aussi orageux. Je l'ai ensuite laissé prendre la mer, sachant que ce que je m'apprêtais à faire était le pire des scénarios, celui que je n'avais jamais voulu envisager, jusqu'au dernier moment...

Louise observa Nelson qui paraissait tétanisé par le glaçant récit que leur livrait Higgins, et écarta le fusil posé sur la table.

Higgins continua d'une voix brisée, se laissant peu à peu engloutir par les enfers dont il entrevoyait déjà les lueurs :

— ... au bout d'une heure, j'ai regretté cette folie de vouloir donner la mort à mon fils. J'ai pris un de mes hors-bord et j'ai rejoint le troller qui se trouvait déjà à la sortie du détroit. Le temps commençait à se gâter et ça soufflait fort. J'ai abordé le bateau de Jan et je suis monté à son bord. Il avait vomi et ne tenait plus debout. J'ai essayé une nouvelle fois de le raisonner, je voulais qu'il rentre à la maison, je voulais que tout redevienne comme avant. Nous nous sommes de nouveau disputés et, à un moment, Jan a détaché la montre de son poignet, la Breitling que je lui avais offerte, et il l'a jetée à mes pieds. Il était comme fou, enragé. Il m'a sauté dessus et on s'est battus. Je l'ai poussé et il est tombé en arrière. Sa tête a heurté le bastingage du bateau et il s'est... il... il était mort. Jan était mort, il s'était brisé la nuque, putain... Il y avait des marques sur son visage, sa lèvre était ouverte, son arcade aussi et… et il y avait des griffures sur son cou et sur ses bras. Alors j'ai rassemblé mes forces, même si ce que je m'apprêtais à faire me semblait impossible, et j'ai fait passer le corps par-dessus bord. J'ai ramassé la montre et j'ai quitté le troller. J'ai laissé le navire à la dérive et j'ai rejoint la côte un peu plus tard… Il était 8 heures lorsque le JPD m'a contacté pour me signaler qu'un bateau appartenant à ma flotte se trouvait à la dérive. C'est là que j'ai bloqué cette putain de tocante sur cet horaire, pour ne jamais oublier ce que je venais de commettre…

— Vous avez tué votre fils, Peter ? balbutia Nelson, abasourdi.

— Après ça, j'ai cru que toute cette merde était enterrée, mais ça a continué avec votre fille, de plus en plus soupçonneuse. Ne faites donc pas l'ingénu, Jake ! Vos secrets sont tout aussi inavouables…

Nelson se rapprocha de la table en observant brièvement Louise, puis il fronça les sourcils en s'emparant de son fusil.

— Quoi ? Moi, je dissimulerais des secrets inavouables ? Vous déraillez, Peter !

— Oh boy ! Écoutez, fit Louise en s'intercalant entre les deux hommes, je crois qu'on va sagement rentrer au central. Nelson, vous placez Higgins en garde à vue, comme ça vous l'interrogerez légalement…

— Moi, ce que je crois, grinça Higgins, c'est qu'il ne veut surtout pas que l'on sache comment Jake Nelson, capitaine de police à Juneau, flic respecté par tous dans la communauté, a laissé mourir un homme par lâcheté. Il ne veut surtout pas que je révèle comment il a laissé mourir ce pauvre Harry Callan…

Louise se figea. Une sensation froide glissa dans le creux de ses veines. Nelson sentit son pouls s'accélérer. Il grimaça, s'approcha d'Higgins sans un mot, le canon du fusil en avant, et appuya sur la détente.

Silence.

Il tira de nouveau.

Higgins ferma les yeux, rentra la tête dans les épaules, mais rien ne se produisit.

Furieux, Nelson ramena la pompe et vérifia le magasin. Celui-ci était vide. À l'instant où il s'apprêtait à engager une cartouche Brenneke sortie de sa poche, il entendit le cliquetis caractéristique d'un automatique que l'on armait.

Louise lui conseilla de lever les mains et de les placer derrière sa tête.

— Règle numéro un, Nelson, ne jamais croire que l'allié est votre ami. Quelques secondes d'inattention de votre part et j'ai pu retirer les cartouches de votre fusil. Allez, mettez-vous à genoux, capitaine Nelson… J'ai envie d'entendre ce que ce chien sale d'Higgins a de si important à dévoiler…

Ce dernier regarda Louise avec dédain, puis laissa sa langue se délier :

— Oui, je sais, c'est un choc pour vous, Jake, mais peut-on vraiment vous reprocher cette erreur ? Vous étiez si jeune… Quel âge aviez-vous, déjà ? Vingt-sept, vingt-huit ans ? Vous étiez un sergent plein d'ambition. C'est pour cela que vous êtes resté tétanisé devant Singleton… C'est bien pour ça, hein, Nelson ? Lorsque Harry Callan a passé l'appel radio pour demander un véhicule de renfort, vous étiez à deux rues et vous vous êtes pointé rapidement. Mais vous êtes arrivé au moment où Singleton poignardait ce pauvre Harry. Et vous êtes resté médusé devant cette espèce de monstre couvert du sang de Callan. Vous n'avez pas levé le petit doigt. Vous avez juste passé un appel d'urgence pour qu'on envoie une ambulance. Vous avez déclaré avoir trouvé le corps du capitaine de police lorsque vous êtes arrivé. Sauf que la vidéosurveillance de ma propriété était en fonction ce soir-là, et je possède cette preuve que Singleton est bien le meurtrier de Callan et que vous, vous n'avez rien tenté pour l'interpeller. Vous l'avez laissé s'enfuir... vous étiez paralysé par la peur. Votre visage apparaît nettement à l'image et l'on peut même voir votre nom gravé sur la plaque de votre poche de chemise.

Le visage de Nelson virait rouge sang. Les érythèmes couvraient sa peau jusque dans son cou. Il frotta nerveusement sa joue contre son épaule puis dévisagea longuement Higgins, la rage au ventre, ne pouvant répliquer.

Louise avait du mal à croire ce qu'elle venait d'entendre. Tout semblait si irréel, et pourtant Jake Nelson ne semblait pas vouloir contredire son accusateur. Elle poussa alors Higgins dans ses retranchements :

— Est-ce que vous êtes prêt à témoigner et à apporter la preuve de ce que vous avancez ?

— Je possède toujours l'enregistrement vidéo... je n'ai jamais parlé à personne de tout ça. Je gardais ce secret comme une carte, un atout. J'ai toujours pressenti que Nelson ne reviendrait jamais à la raison à propos d'Emma et qu'il finirait par s'étouffer avec sa lâcheté. J'ai toujours craint qu'il finisse par me tenir pour responsable de la mort de sa fille. Et je ne voulais pas être démuni le jour où arriverait ce moment... Lui et moi, je voulais qu'on soit à armes égales...

— Sa fille ? Comment ça ? s'étonna Louise, un peu plus abasourdie à mesure que pleuvaient les révélations.

— Il ne sait plus où il en est, ce pauvre type ! gronda Nelson. Je ne sais pas pourquoi il ne veut pas avouer le meurtre de ma fille... Elle savait, pour les viols ! Ma petite Emma savait...

Il se laissa aller soudainement, les yeux brillants et les lèvres tremblantes, comme un enfant éprouvant le besoin d'expulser de son cœur un gros chagrin.

— Je n'ai tué personne, Jake, répliqua Higgins à voix basse. Je n'ai pas de sang sur les mains. Mon fils est mort accidentellement, et je n'ai fait que lui donner la mer comme sépulture, là où ses cendres auraient fini par disparaître, tôt ou tard. C'est Meyers qui a tué la petite Samantha et Lorenzo, pas moi. Moi, j'ai essayé de protéger mon fils. Vous, vous avez laissé crever un homme, et par votre faute votre fille est morte... Vous l'avez laissée mourir le jour de l'accident parce que vous êtes terrorisé par la mort, le sang, la violence... La mémoire vous revient, maintenant, capitaine Nelson ? Le lendemain, lorsque vous avez déposé le 4 × 4 chez moi, vous m'avez laissé un petit mot : « Merci pour tout. Ce véhicule est fantastique. Malheureusement j'ai croisé la route d'un tout jeune élan qui traversait la piste et je l'ai percuté. Il y a quelques dégâts sur la tôle. Je prendrai en charge la réparation. Je vous appelle demain. » Vous ne vous souvenez pas, Jake ? Je vous ai rappelé et je vous ai dit de ne pas vous inquiéter. Qu'il ne fallait pas vous emballer pour si peu et que ce n'était que du matériel. Rappelez-vous, je vous ai rassuré et vous ai dit que je me chargerais moi-même des réparations... J'ai fait le rapprochement le lendemain, lorsque les médias locaux ont annoncé qu'on avait retrouvé une jeune joggeuse sur le secteur de Gold Creek, morte, probablement renversée par un chauffard...

— C'était un accident, putain de merde ! Un accident ! hurla Nelson, je, j'étais...

Se laissant submerger par le chagrin, il continua péniblement, d'une voix déchirante perchée dans les aigus :

— Pourquoi croyez-vous que je traîne cette saloperie, hein ? Vous voulez voir à quoi ressemble ma vie aujourd'hui, ma putain de vie ?

Il déchira sa chemise et dévoila son torse. La peau était ridée, striée et froissée, comme si on avait rebouché de profonds trous à l'aide de pâte à modeler. Louise et Higgins détournèrent le regard, heurtés par la vision.

Le choc traumatique qu'il avait subi à la mort d'Emma avait déclenché un zona, une dermatose virale liée au virus de l'herpès. L'affection s'était muée en sarcome de Kaposi. Une forme de cancer de la peau…

— On porte tous notre croix…, grinça Higgins.

Nelson resta silencieux, ainsi offert au regard gêné de Louise. Près d'un téton, une protubérance violacée et grosse comme un œuf de caille semblait vouloir s'extraire des chairs tellement la peau était tendue. Son torse entier était recouvert de taches brunâtres. La peau était creusée d'énormes sillons qu'avaient causés les différentes interventions chirurgicales pour retirer les sarcomes. De nombreuses lésions purulentes, récemment traitées à la povidone iodée, couraient un peu partout sur les pectoraux et la zone abdominale.

Il baissa la tête, puis se livra enfin :

— … j'étais ivre ce jour-là, je roulais sur la piste forestière de Gold Creek… je redescendais du chalet après cette journée de pêche, car vous n'étiez pas là et je pensais garder votre véhicule pour y retourner le lendemain. Je venais de recevoir un appel du central, on me signalait une tentative d'enlèvement du côté de Mendenhall Valley, je… je roulais vite et puis cette saloperie de téléphone est tombé. Je me suis penché pour le récupérer… juste deux putains de secondes ! J'avais vu la silhouette de la joggeuse, un peu plus loin sur la route, et… et lorsque je l'ai percutée, je me suis enfui. Je n'aurais jamais eu le courage d'endosser cette responsabilité : être ivre et avoir tué quelqu'un, moi, un flic. J'avais si peur de trouver le cadavre de la jeune fille au bas du ravin… J'ignorais qu'il s'agissait de ma gamine. Si j'avais su… si j'avais su que c'était elle… Mon Dieu ! Beaulieu… laissez-moi sombrer, laissez-moi mourir, par pitié !

— Que Dieu bénisse l'Amérique et vous protège, Nelson, il ne vous reste plus qu'à espérer que le Diable vous épargne..., ricana Higgins en scrutant le visage défait du flic.

— Dieu n'a rien à voir dans tout ça, Higgins, et depuis le temps qu'il me laisse patauger dans ma merde, je suis en droit de me dire qu'il n'existe pas... J'en ai plus rien à foutre, de toutes ces conneries, il pourrait descendre du ciel devant moi que je persisterais dans le déni.

Un vent puissant se leva et fit frémir la végétation alentour. Le vacarme s'intensifia au-dessus de leurs têtes, la poussière et les cendres noires qui recouvraient la zone se soulevèrent en un nuage opaque, et les deux hélicoptères entreprirent enfin leur descente. Une armada de véhicules de police débarqua devant les ruines de la propriété, ainsi que le fourgon de l'unité spéciale. Les hommes, armés de fusils d'assaut, se déployèrent méthodiquement et encerclèrent la zone.

Louise resta figée, son flingue toujours braqué sur Nelson. Elle tentait de distinguer les hommes en approche à travers l'épais nuage de cendres, et à ce moment-là Nelson agrippa son poignet. Il lui tordit le bras, elle hurla de douleur, et le coup de feu éclata.

Un long cri résonna par-delà le manteau vaporeux et le groupe d'intervention plongea à l'intérieur du voile de cendres.

Louise discernait les silhouettes qui se déplaçaient comme des ombres chinoises au travers de l'écran de poussière, elle entendit les hurlements des hommes de l'unité d'assaut puis, vacillante au cœur de la confusion, elle sentit ses forces la quitter et elle s'écroula...

Épilogue

8 juin 2012, 10 h 30, 3260 Hospital Drive, Juneau (Alaska), Bartlett Regional Hospital, centre Carlson, unité spécialisée pour le traitement des maladies génétiques

LORSQUE CLARA OUVRIT LES YEUX, elle reconnut aussitôt la princesse Raiponce qui lui souriait, posant aux côtés du prince Flynn Rider et de son fidèle destrier Maximus. Un magnifique rayon de soleil frappait le poster, donnant à l'affiche un aspect féerique en sublimant ses couleurs.

La petite fille esquissa un sourire, puis aperçut sa casquette Hello Kitty perchée sur la tête d'un énorme ours blanc en peluche, lui-même posé sur le bureau de sa chambre.

Un ours ? Mais j'ai pas d'ours dans ma chambre, moi...

Clara avait dormi des heures. Des soins de première urgence lui avaient été administrés dès son arrivée, et toute une batterie d'examens avait été pratiquée. Elle avait réintégré sa chambre dans l'unité spécialisée du centre Carlson, à l'hôpital Bartlett, sous surveillance médicale et policière.

La fillette n'avait plus vraiment de souvenirs concernant les événements passés, elle revoyait quelques scènes très confuses et se remémorait à peine le moment où Meyers l'avait enlevée. Elle se rappelait qu'il lui avait promis qu'elle verrait sa mère à l'aéroport, juste avant d'embarquer pour New York. Puis plus rien. Le trou noir. Elle se souvenait de s'être ensuite réveillée dans les bras d'un policier cagoulé, puis d'avoir été placée à l'intérieur d'une coque en plastique, à bord d'un hélicoptère.

Surprise, Clara observa plus attentivement l'imposante peluche, comme s'il s'agissait là d'un être vivant, comme si le plantigrade lui évoquait quelque chose, ou plutôt quelqu'un...

Elle n'avait que six ans le jour où son père avait remporté un énorme ours brun en peluche à la fête foraine annuelle de Juneau, et elle se souvenait de l'avoir énormément aimé, cet animal si doux. C'était peu avant que son père ne s'en aille, avant qu'il ne s'envole pour Toronto.

Au fond de son esprit, tout au fond de son cœur, Clara avait toujours su que son père n'était pas parti à cause d'elle. Elle savait qu'il était simplement parti vivre ses rêves, accéder à son plus grand désir : devenir un champion de hockey.

Papa m'aime de tout son cœur, je le sais, et un jour il reviendra.... Ça me rend triste qu'il ne soit pas là, mais j'attendrai, et j'espère être là quand il viendra me voir, j'espère que la maladie me laissera le temps de le revoir...

À cet instant se produisit un fait inconcevable pour la petite Clara, un peu comme si un miracle se produisait, comme si la princesse Raiponce avait soudainement été dotée du pouvoir de se matérialiser dans la vraie vie.

Le cœur de l'enfant se mit à battre très fort, des larmes lui montèrent aux yeux et l'émotion lui serra la gorge. Un petit cri similaire à celui d'un d'animal s'échappa d'entre ses lèvres quand elle se leva de son lit pour se précipiter sur son père qui entrait dans la chambre, les bras grands ouverts.

La fillette se jeta sur lui, en pleurs, s'agrippant à son cou comme pour ne plus le laisser partir, pour le garder définitivement tout contre elle, pour qu'il redevienne son papa pour toujours.

— Je suis là, ma Clara, je suis revenu, maintenant, je suis là pour toi... je t'aime très fort.

— Mon papa, c'est toi ? Hein, c'est bien toi, dis ? Tu m'as beaucoup manqué... beaucoup, beaucoup...

Andrew Parker serra sa fille tout contre lui. Il embrassa et caressa son petit crâne chauve sous l'œil ému du professeur Alexander Crown qui l'avait accompagné.

— Promis, ma Clara, je ne partirai plus, je suis venu pour toi...

— Où est maman ? Tu as vu maman ? Elle sait, maman, que tu es revenu ?

Andrew observa Crown, attendant que le médecin lui vienne en aide, qu'il explique avec ses mots à lui où se trouvait Carrie. Celui-ci se positionna devant la fillette, chercha son regard et lui répondit en prenant la voix la plus douce qu'il put :

— Clara, ta maman a été très courageuse et elle va bien... Elle se trouve à l'étage en dessous, elle dort. Elle était très fatiguée et elle avait besoin de repos. Mais dès demain, avec ton papa, et si tu veux, tu pourras lui rendre visite...

— Ça me fait triste quand même de ne pas la voir tout de suite... Mais demain on viendra avec papa..., dit-elle en souriant. Et ce soir, papa peut m'emmener avec lui ?

— Absolument. D'ailleurs tu peux emporter quelques affaires avec toi, ta grosse peluche et ton pyjama.

La petite fille serra le cou de son père en l'embrassant et se laissa glisser sur le sol. Elle courut à l'autre bout de la chambre, tira sa valise de sous le bureau et s'empressa d'y fourrer ses effets.

Andrew Parker, ému, eut du mal à articuler lorsqu'il s'adressa au médecin :

— Quand j'ai vu aux infos ce qui était en train de se passer à Juneau, j'ai sauté dans le premier avion. Mon cœur a failli s'arrêter au moment où ils ont annoncé le kidnapping de Clara.

— Rassurez-vous, elle va bien… Elle a juste mis du temps à évacuer le sédatif que le ravisseur lui avait fait absorber. Pour le reste, sa maman vous expliquera les détails un peu plus tard. Mais il faut que vous sachiez que Carrie Callan a signé un protocole d'accord afin d'envoyer Clara à New York et que soit testée sur elle une nouvelle molécule supposée affaiblir, voire éradiquer, certains symptômes de la maladie…

— Oui, je sais, professeur, sa mère m'avait envoyé un email pour m'en informer.

— Clara devait partir hier, mais évidemment, avec les événements… Il y a un autre départ prévu dans deux jours et je crois qu'il…

— Je vais vous accompagner à New York. Je veux être avec ma fille, qu'est-ce que vous en dites ? l'interrompit Andrew.

Alexander Crown acquiesça en souriant, visiblement heureux de cette décision. Clara, qui venait à peine de franchir le seuil de la porte avec sa valise à roulettes rose bonbon, avait juste eu le temps d'entendre son père évoquer New York.

— Tu connais New York, papa ?

— Non, ma chérie, mais je vais en profiter pour découvrir cette merveilleuse ville avec toi.

— Mais comment ?

— Parce que je t'accompagne, je serai près de toi.

La lumière inonda alors le visage de la fillette, qui se serra contre son père. Clara ne parlait plus, submergée par un sentiment d'amour qu'elle n'avait pas ressenti depuis longtemps.

Elle avait toujours su que son père serait là, un jour ou l'autre.

Alors, Andrew embrassa tendrement sa fille en soufflant près de son oreille :

— Ma petite chérie, désormais je serai toujours près de toi.

★

18 juin 2012, 87 rue Sainte-Catherine, Montréal (Canada)
Terrasse du bar Les Foufounes électriques

Pour son retour depuis le « Land of the Midnight Sun », Louise avait voyagé dans l'inconfort d'un appareil affrété par une compagnie low cost, mais cela ne l'avait pas empêchée de sombrer dans une lourde léthargie. Elle était éreintée, submergée par la fatigue et les wagons de sommeil qu'elle traînait derrière elle comme des casseroles. Des visions l'avaient engloutie, son cortex épuisé s'était comme réinitialisé après lui avoir repassé le film des épreuves finales, de la curieuse expérience qu'elle avait vécue à Anchorage et à Juneau.

Dès son arrivée à l'aéroport de Montréal, elle avait été prise en charge par les autorités et félicitée par Marc

Maréchal. Évidemment, il n'avait pas manqué de lui faire part de son désir qu'une chaîne de télévision ou une station radio consacre un temps d'antenne au SPVM afin de relater cette incroyable affaire. Il avait souhaité que Louise s'exprime au sujet de Daniel Singleton et de l'étrange lien que le tueur avait tissé avec elle.

Le gouvernement de l'État de l'Alaska avait promis d'envoyer son porte-parole à Montréal pour donner une conférence de presse, mais aussi pour présider une cérémonie en l'honneur de l'inspecteur Beaulieu, durant laquelle une médaille lui serait remise pour sa bravoure et son étroite collaboration avec les services de police de Juneau et d'Anchorage.

Dès qu'elle eut posé le pied sur le sol canadien, Louise avait eu l'impression d'être libérée d'un poids, comme si la charge qui pesait sur ses épaules s'était envolée. Comme si le fait d'avoir permis à quelques âmes tourmentées de se libérer avait expurgé son esprit, lui avait ôté ce petit caillou douloureux qu'elle traînait dans sa chaussure depuis la mort de Juliette. Sauver la vie de la petite Clara lui avait permis de se racheter, de dédouaner sa conscience.

La mort, dans toute sa noirceur, poussait les êtres dans cette singulière phase de déconstruction et de reconstruction que l'on nommait plus communément le deuil. De la douleur au chagrin, de la tristesse à la mélancolie, de la nostalgie aux souvenirs, jusqu'au jour où l'aube se lève sur une nouvelle idée de la mort, sur l'acceptation du vide, de l'absence, sur le processus d'un lâcher-prise analgésique. Telle la rêverie quasi suicidaire de Lamartine dans « L'isolement » – selon le poète : « Un seul être vous manque, et tout est dépeuplé ! » Puis un jour le ciel se dégage et, de nouveau, le chant du monde nous parvient…

Il restait encore quelques détails à éclaircir concernant les terrifiantes affaires de Juneau, mais les vieux démons qui hantaient la communauté avaient disparu.

Daniel Singleton, quant à lui, avait ouvert de nouvelles portes.

Il avait décidé de se mettre à table avec le juge et avait désigné les emplacements exacts des corps ensevelis de ses victimes. Il avait également dévoilé la cache dans laquelle était planquée la fameuse carabine de calibre .223, l'arme qui avait servi pour les meurtres des jeunes femmes. Elle se trouvait dissimulée dans le grenier d'une petite maison qu'il possédait à Muldoon, un quartier de classe moyenne, à Anchorage.

Ce n'est pas moins de dix-sept corps de jeunes femmes, dix-sept sépultures que les forces de police avaient mises au jour dans les zones boisées et retirées du nord d'Anchorage. Mais selon le magistrat, Singleton ne s'était pas totalement livré. Et lors de ses nombreux interrogatoires, le criminel avait très souvent laissé entendre qu'il possédait une carte de Juneau, que d'autres corps pouvaient être enterrés dans l'immensité de la forêt de Tongass. Mais il ne divulguerait pas les emplacements, gardant cette carte comme un atout majeur dans son jeu.

Installée en terrasse du pub Les Foufounes électriques – le haut lieu de la culture underground punk des années 1980 à Montréal –, Louise sirotait une bière fraîche, plongée dans le souvenir des derniers jours passés. Elle repensait à l'instant où Jake Nelson s'était donné la mort. Elle ressentait encore les doigts du flic qui s'étaient resserrés autour de sa main, et elle réentendait la déflagration qui avait suivi.

Ironie du sort, l'homme qui avait été témoin du meurtre d'Harry Callan s'était suicidé avec l'arme de service qui avait appartenu au capitaine Callan. Louise l'avait su le lendemain, lorsqu'elle avait remis le glock à l'armurerie du JPD.

Higgins, lui, avait été inculpé pour complicité de meurtre sur les personnes de Samantha Cardwell et de Carlos Lorenzo, pour homicide involontaire sur la personne de Jan Higgins, ainsi que pour diverses dissimulations de preuves ayant entravé le bon fonctionnement des investigations, notamment en ce qui concernait l'assassinat d'Harry Callan. Il se trouvait incarcéré au Lemon Creek Correction Center, dans l'attente de son procès.

Nelson s'était jugé et condamné lui-même. Lors de l'intervention de l'unité d'assaut, il s'était emparé de l'arme de Louise et avait introduit le canon dans sa bouche. La magistrature avait étouffé l'affaire, elle avait protégé le capitaine de police en occultant son implication dans le meurtre d'Harry Callan, tout en négociant avec Singleton et Higgins afin que ceux-ci ne dévoilent jamais ce qui s'était produit en 1989. Quant à l'accident qui avait entraîné la mort d'Emma Nelson, les hautes autorités avaient décidé que cela resterait un accident et que le chauffard n'avait toujours pas été retrouvé à ce jour.

À Juneau, les secrets devaient demeurer des secrets…

Louise en avait encore des frissons. Toute cette noirceur, ces existences brisées, tous ces malheurs, ces sacrifices. Mais elle gardait tout de même le sourire puisque avant son départ elle avait appris par le docteur Newman que le papa de la petite Clara était revenu pour prendre soin de sa fille.

Louise avala une longue gorgée de bière en fermant les yeux. Elle se délecta de cet intense moment de quiétude. Le fait de savoir que le soleil allait se coucher la réconfortait, savoir que la nuit finirait par tomber lentement, cela, rien que cela l'apaisait.

Elle consulta une dernière fois sa montre en se demandant ce qui pouvait bien retarder Nina. Elle n'avait pas pour habitude d'être en retard, encore moins de poser des lapins. Il était 14 heures, elle avait probablement émergé de sa sieste et s'était apprêtée pour venir retrouver Louise…

Nina était une femme séduisante, qui avait pour métier celui de charmer un public enfiévré dans les cabarets de Montréal. Elle enflammait les nuits québécoises et brûlait les planches depuis trois ans déjà, avec son show burlesque qui oscillait entre lyrisme et humour, intitulé *« Miss Rose around midnight »*.

Louise eut alors une pensée fugace pour Luka Ricci qui, selon lui, avait esthétisé le meurtre et déposé le label de l'art criminel.

Singleton, quant à lui, s'était payé le luxe de faire parvenir une étrange lettre à l'enquêtrice, une missive enflammée, une sorte de message codé illustré par de bien curieux symboles. À l'intérieur de l'enveloppe, Louise avait trouvé une fine chaîne et un crucifix en or.

Elle aperçut soudain Nina de l'autre côté de la rue. Celle-ci lui fit un grand signe de la main, puis traversa l'avenue en courant. Louise admira l'élégance avec laquelle la jeune femme franchissait les quelques mètres qui les séparaient. Elle était vêtue d'une robe à fleurs verte et blanche au tissu léger, chaussée d'une paire de Louboutin Vickybass Shiny et portait un mini-sac à main ridicule confectionné dans une boule de peluche rose. Un foulard de soie blanc nouait en queue-de-cheval ses longs cheveux rose-fuchsia.

Nina s'approcha de Louise et la prit dans ses bras recouverts de tatouages, la serra très fort, heureuse de pouvoir enfin revoir celle qu'elle avait perdue depuis des mois et de lui dire combien elle lui avait manqué.

Émue, Louise lui caressa la joue du revers de la main et déposa un long baiser sur ses lèvres. La jeune danseuse la serra davantage contre elle. Le regard du marquis tatoué sur son épaule fixait Louise, avec dans les yeux l'expression délicate d'un être apaisé, rassuré, un sourire fugace au coin des lèvres.

Tout était si parfait.

Même si l'ombre de Singleton semblait désormais vouloir se lier à la sienne.

Tout était si parfait.

Même si elle se remémorait ce que lui avait confié le capitaine Stern, de la division spéciale de l'Alaska State Troopers, à propos de Singleton : *« Un sadique tel que lui, c'est le grand requin blanc des agresseurs sexuels, c'est le genre de tueur en série qui se fond dans la masse, le plus compétent, et c'est celui qui commet le plus de crimes au fil du temps. Ce type est cinglé… comme il ne pouvait pas admirer les trophées de ses victimes tous les jours, comme il le faisait avec les têtes d'animaux dans son sous-sol, eh bien il avait contourné cet obstacle en offrant les bijoux de ses victimes à Shelby, en lui imposant de les porter pour qu'il puisse les admirer sur elle… Vous vous imaginez ce type vous offrir les bijoux de l'une de ses victimes ? »*

Tout semblait si parfait.

Même si elle avait reçu ce crucifix et avait lu l'intrigante phrase tirée du courrier que lui avait adressé Singleton, avec cette utilisation de la première personne du pluriel qui lui avait glacé le sang. Cette phrase qui ressemblait tant à un extrait du recueil *Le Mariage du ciel et de l'enfer*, de William Blake :

Chère Louise, voici la croix et l'or. Puissent ce métal inaltérable et ce symbole vous protéger, vous permettre de toujours grandir. L'enfance est une plaie, c'est le miroir de notre passé, mais ça, vous le savez. Juliette est partie, elle a décidé de vous laisser vivre en paix. Mais si les portes de la perception étaient lisses et grandes ouvertes, l'univers et l'existence apparaîtraient à l'homme tels qu'ils sont, c'est-à-dire infinis. Alors, pour vous, chère Louise, je vais nous ouvrir grand ces portes et nous apporter ainsi l'incommensurable.

Lorsque vous recevrez le second crucifix, les portes seront alors ouvertes…

Votre dévoué D. S

Ghost track

Missa pro defunctis

23 mars 2013, 15 h 30, Roatán ([Honduras)
Hôtel Henry Morgan Resort

DANIEL SINGLETON ÉTAIT RESTÉ SILENCIEUX jusqu'à ce qu'aucun bruit ne lui parvienne, jusqu'à ce qu'il fût persuadé d'être bien seul.

Dix minutes, environ. C'était le temps qu'il lui avait fallu pour attendre l'équipe composée des trois ouvriers de l'usine Sanitext.

Employé depuis quelques mois au service blanchisserie, il avait saisi l'opportunité de se dissimuler dans une immense caisse emplie de draps et de serviettes destinés au recyclage, il avait patienté jusqu'à ce que le camion arrive, comme chaque semaine, à 15 heures 40 pétantes. Là, les employés avaient chargé les différents lots de linge et étaient repartis en ignorant qu'à leur bord se trouvait un dangereux tueur en série. Destination l'usine de blanchiment du textile d'hygiène, à Salem, à environ quarante-cinq kilomètres de Sheridan. Après cela, Daniel Singleton s'était volatilisé dans la nature.

Singleton avala d'un trait son Bloody Mary préparé par le barman de l'hôtel, enfonça un peu plus son borsalino sur sa tête et soupira. À travers le verre opaque de ses lunettes de soleil, il observait la jeune femme qui se baignait à quelques mètres. Elle était belle et arborait une magnifique crinière rousse. Autour de son cou, une chaîne en or à laquelle pendait un crucifix qui scintillait sous le soleil.

Le son du ressac et l'écume scintillante qui venait mourir sur le sable berçaient les rares touristes indolents qui se prélassaient sous le soleil de Roatán. Singleton était venu se fondre au cœur de cette population insouciante, loin d'imaginer qu'un monstre sommeillait tout près. Il avait choisi cette île du Honduras peuplée de cinquante mille habitants et enchâssée en plein milieu des Caraïbes, au cœur du département des Islas de la Bahía, afin de goûter à un bref et relatif repos.

Il faisait juste escale. Le temps d'élaborer la suite…

Encore quelques jours d'anonymat, et il irait rejoindre cette jeune femme qui l'avait tant captivé ces derniers mois, cette belle et flamboyante Louise Beaulieu. Et malgré les différences et tout ce qui les opposait, il était persuadé qu'il restait encore une carte à jouer, qu'il pouvait encore *la sauver*…

Le fauve n'était pas en chasse, mais il était conscient que la bête noire qui somnolait tout au fond de lui s'éveillerait tôt ou tard. Et alors, il serait temps…

Il enfonça les écouteurs du téléphone dans ses oreilles. Le mobile d'occasion qu'il s'était dégoté sur un marché local, vendu à la sauvette par un jeune Hondurien désœuvré, avait une connexion Internet limitée, mais cela lui avait suffi pour télécharger une photo de la belle Canadienne. Depuis quelques semaines, celle-ci faisait la une de nombreux quotidiens de Montréal. Louise Beaulieu semblait enquêter sur une affaire qui promettait d'être complexe et médiatique.

Singleton appuya sur la touche lecture de sa playlist et attendit en fermant les yeux.

Selon des sources policières, les dépouilles retrouvées ces derniers mois avaient toutes le même signe distinctif : « corps relativement momifiés, peau parcheminée, absence du cœur, membres inférieurs ou supérieurs parfois manquants »...

La musique s'écoula lentement tout au creux de ses tympans, elle glissa comme une rivière sauvage, limpide et bruyante. Le chant sacré le plongea dans les profondeurs d'une léthargie si douce qu'il se délecta à se laisser aller de la sorte, à perdre le contrôle de son corps et de son esprit.

... les flics de Montréal recherchaient donc un tueur en série, assurément. Les neuf victimes retrouvées n'avaient pas encore été identifiées, mais ce qui était certain, c'était l'absence d'organes ou de membres. Tous les corps avaient été enterrés depuis cinq ou six ans, mis à part le tout premier, découvert le 18 juin sur le chantier de la rue Sanguinet. Celui-ci, coulé dans le béton à la construction de l'immeuble, avait sans aucun doute été enseveli en 2002. Ce n'est que lorsque la dixième proie du tueur fut découverte que Louise Beaulieu et son équipe purent enfin comprendre...

Le *Requiem* de Wolfgang Amadeus Mozart lui emplissait la tête, le projetait, loin, vite, fort, il vibrait au centre de son cortex comme une machine infernale à mesure qu'il approchait de son flamboyant final...

… le dernier cadavre présentait des entailles sur toute sa surface et des pièces de chair avaient été nettement retirées…

Missa pro defunctis, la messe pour les défunts, le requiem pour le repos de l'âme, pour qui veut bien s'en aller paisiblement. Singleton laissa un large sourire se former sur ses lèvres et, au creux de son esprit, il vit clairement se dessiner le visage de l'enquêtrice et le crucifix en or qui pendait à son cou.

… les flics canadiens recherchaient bien un tueur anthropophage, un cannibale qui aurait dépecé ses victimes et disséminé les corps très probablement depuis 2002…

Le final du *Requiem* électrisa son échine, le fit frémir, et il sourit de nouveau au moment où sa mémoire lui rappela combien notre espèce est fragile.

Il ouvrit un instant les paupières et entrevit la jeune touriste rousse qui s'était étendue à plat ventre sur la plage, laissant le ressac se briser sur le galbe de ses mollets. Le scintillement du crucifix en or sous le soleil le fit sourire… Il connaissait parfaitement l'hôtel et le numéro de chambre qu'occupait la délicieuse rouquine.

C'est à cet instant qu'il songea à son fabuleux trésor, aux nombreux bijoux enterrés au pied du majestueux conifère, aux jeunes filles également enterrées au pied des cyprès de Nootka, dans la forêt de Tongass, près de Juneau.

L'idée de remettre à Louise la véritable carte détaillée sur laquelle figuraient les emplacements des corps le traversa.

Il se persuada qu'il le ferait…

… Selon les enquêteurs canadiens, le profil du criminel pourrait bien être celui d'un homme qui reproduirait des schémas, qui imiterait le mode opératoire d'un tueur ayant sévi depuis déjà presque un demi-siècle…

Alors qu'il parcourait sur le smartphone l'article de presse canadien qui évoquait la découverte des corps, Singleton sembla soudain comprendre comment tout cela avait commencé, et quelles en étaient les origines.

Le flash le ramena alors en 1984, en décembre, lorsque les médias du monde avaient annoncé le décès d'un détenu tristement célèbre condamné à quinze peines de perpétuité...

Remerciements

Merci, Glenn, pour ta confiance. Cette collaboration, j'en suis persuadé, sera une belle et longue aventure !

Je ne pourrais avoir la conscience tranquille si je n'évoquais point certains noms comme ceux d'Alexis Aubenque et de Stéphane Marchand qui me suivent, me comprennent, me supportent et m'orientent depuis le tout début. Ils sont devenus au fil du temps de vrais amis.

Indéniablement, écrire, c'est aussi écouter, construire et, chaque fois, apporter un peu plus de magie et d'esthétisme à ses récits, et pour cela je remercie les conseils d'auteurs et d'éditeurs, tels que Lilas Seewald, Bernard Minier, Stéphane Marchand (eh oui, encore !). Nos (interminables) discussions m'ont très souvent permis d'atteindre la plupart de mes objectifs, tout en prenant paradoxalement du recul devant ceux-ci.

Je ne remercierai jamais assez les nombreux libraires, blogueurs, chroniqueurs ou lecteurs qui m'émeuvent chaque fois qu'ils font preuve d'encouragement, de soutien, ou même parfois d'affection à mon égard. J'ai tendance à dire que l'ère numérique que nous vivons, l'explosion des réseaux sociaux, ont eu pour conséquence d'annihiler le rite sacré de la caste *édito-littéraire*, de désacraliser « l'auteur », ce qui à mon sens n'est pas tout à fait faux, mais cette ère nouvelle a aussi produit un effet positif en permettant au lecteur de déclarer tout son amour littéraire à l'auteur ; et de cet amour peut naître parfois le carburant indispensable à la survie du placenta de notre imaginaire…

Un clin d'œil à ceux et à celles qui ont lu le manuscrit dans sa forme primitive, qui ont contribué à lui faire prendre du muscle ; et très sincèrement, cela reste un véritable plaisir de vous confier cette tâche. Merci à Sarah, Lucie Merval, Sandra Bonnelie, Marie-France Mar-Adamczewski, Pépita Sonatine, Bruno Lamarque.

Un spécial merci à Gérard Coquet pour m'avoir autorisé à utiliser le nom du cabinet d'architecte KumQuat.

Un grand merci à Julien Menard, infirmier urgentiste. Grâce à ses connaissances, j'ai pu rendre crédible l'évocation de soins médicaux, décrire le mieux possible les interventions du corps médical d'urgence et l'utilisation du matériel hospitalier.

Toute ma gratitude pour mes fabuleux hôtes, Jean-Lou et Vincent, qui m'ont invité à venir mettre la touche finale à mon roman dans le cadre somptueux de leur propriété, bercé par le chant des cigales quelque part dans la pampa varoise. Merci à vous deux.

À l'éminent Boris Cyrulnik pour ce que son concept de résilience m'a inspiré.

Enfin, un chaleureux remerciement aux services de police de la ville de Montréal (SPVM) qui, avec une extrême gentillesse, m'ont éclairé sur les détails troublants d'une *certaine* affaire criminelle, mais aussi sur le fonctionnement hiérarchique de leurs services.

Je demande pardon, j'implore la clémence de tous ceux que j'ai pu délaisser pendant cette longue période, le temps que *Une forêt obscure* prenne forme, lorsque je me terrais chez moi, les rideaux tirés à m'enfoncer sous la glace millénaire de l'Alaska. Mais l'alien poussait en moi, et je me devais de nourrir cet hideux fœtus qui ne demandait qu'à naître. Pardon encore, je vous sais indulgents...

Garder le meilleur pour la fin ? Oui... c'est pour cela que ces dernières lignes sont pour Nathalie Théry qui, selon mon point de vue, peut rivaliser sans problème avec les meilleurs monteurs du cinéma d'Hollywood. Merci pour ce travail si précieux et si enrichissant.

Merci à l'équipe des éditions Robert Laffont et de la collection « La Bête noire ». Merci pour ce voyage...

Playlist

(par ordre d'apparition dans le texte)

01 : « Teenage Dream », Katy Perry. Album « Teenage Dream ». Capitol Records/EMI/Virgin, 2010.

02 : « Paradise Circus », Massive Attack. Album « Heligoland ».Virgin Records, 2010.

03 : « River of Tears », Eric Clapton. Album « Pilgrim ». Reprise Records, 1998.

04 : « True Faith », New Order. Album « Substance ». Factory Records, 1987.

05 : « Supreme », Robbie Williams. Album « Sing When You're Winning ». Chrysalis Records, 2000.

06 : « Railroad Worksong », Notting Hillbillies. Album « Missing… Presumed Having a Good Time ». Warner Bros Records, 1990.

07 : « Boring Ones », Big Fox. Album « Big Fox ». Hybris, 2011.

08 : « No One », Alicia Keys. Album « As I Am ». Label J, 2007.

09 : « Let it snow ! Let it snow ! Let it snow ! », Frank Sinatra. Side A/Columbia Records, 1950.

10 : « Until Dawn », Sophie Zelmani. Album « Sophie Zelmani ». Sony Music Entertainment, 1995.

11 : « Don't you », Simple Minds. Face A/A&M Records, 1985.

12 : « Song for Bob », Nick Cave & Warren Ellis. Bande originale du film : « L'Assassinat de Jesse James par le lâche Robert Ford ». Mute Records, 2007.

13 : « The Fable », Audra Mae. Album « The Happiest Lamb ». SideOneDummy Records, 2010.

14 : « Angel in my Heart », Mick Jagger. Album « Wandering Spirit ». Atlantic Records, 1993.

15 : « Requiem », W.A. Mozart.

PARUS DANS

LA BÊTE NOIRE

Tu tueras le Père
Sandrone Dazieri

Les Fauves
Ingrid Desjours

Tout le monde te haïra
Alexis Aubenque

Cœur de lapin
Annette Wieners

Serre-moi fort
Claire Favan

Maestra
L. S. Hilton

Baad
Cédric Bannel

Les Adeptes
Ingar Johnsrud

L'Affaire Léon Sadorski
Romain Slocombe

À PARAÎTRE DANS

LA BÊTE NOIRE

La prunelle de ses yeux
Ingrid Desjours
(octobre 2016)

Chacun sa vérité
Sara Lövestam
(novembre 2016)

Aurore de sang
Alexis Aubenque
(novembre 2016)

Retrouvez

LA BÊTE NOIRE

sur Facebook et Twitter

Vous souhaitez être tenu(e) informé(e)
des prochaines parutions de la collection
et recevoir notre *newsletter* ?

Écrivez-nous à l'adresse suivante,
en nous indiquant votre adresse e-mail :
servicepresse@robert-laffont.fr

À DÉCOUVRIR
CHEZ MILADY
THRILLER

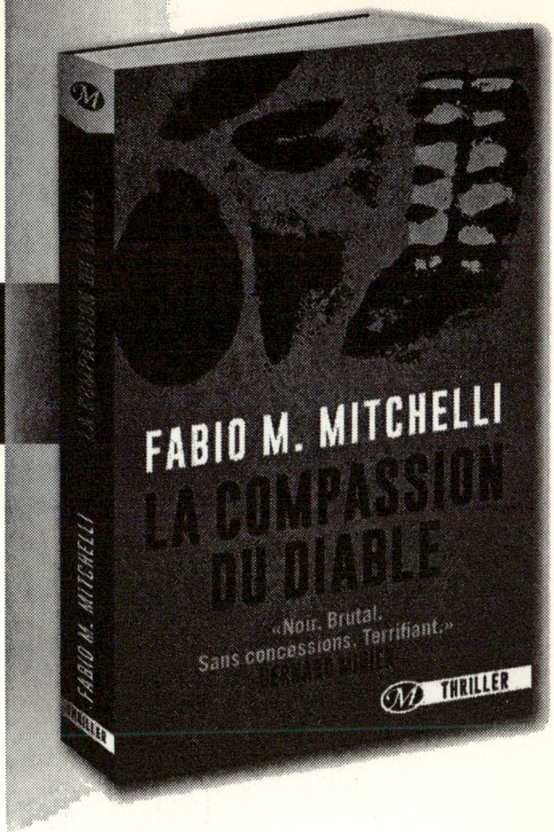

FABIO M. MITCHELLI
LA COMPASSION DU DIABLE

« Un incontournable du genre. »
Sandra Bonnélie,
blog « Passion Thrillers »

« Une nouvelle pépite dans le thriller français. »
Gérard Collard,
Librairie La Griffe noire

ET SI VOUS VOUS METTIEZ LE DIABLE DANS LA POCHE ?

Deux flics, un tueur. Des corps horriblement torturés.

Deux enquêteurs, le cannibale de Cleveland, une traque sans relâche… et vous. Vous et le diable.

Entrez dans la matrice du mal, dans les méandres d'une âme criminelle dès le ventre de la mère.

Plongez tout au fond de l'enfer.

Surnommé le « Livre bleu », *La Compassion du diable* est inspiré du parcours sanglant du *serial killer* américain Jeffrey Dahmer. Un thriller à la mécanique implacable.

DISPONIBLE EN LIBRAIRIES

THRILLER

www.milady.fr

Cet ouvrage a été composé et mis en pages
par ÉTIANNE COMPOSITION
à Montrouge.

Imprimé en France par CPI
en août 2016

Dépôt légal : septembre 2016
N° d'édition : 55288/01 – N° d'impression : 136900